文字聲韻論叢

陳新雄 著　　東大圖書公司 印行

國立中央圖書館出版品預行編目資料

文字聲韻論叢／陳新雄著.--初版.--
臺北市：東大發行；三民總經銷，
民83
　　　面；　　公分.--(滄海叢刊)
ISBN 957-19-1606-4 (精裝)
ISBN 957-19-1607-2 (平裝)

1.中國語言-聲韻-論文，講詞等

802.24　　　　　　　　　　82008789

© 文 字 聲 韻 論 叢

著　者　陳新雄
發行人　劉仲文
著作財
產權人　東大圖書股份有限公司
總經銷　三民書局股份有限公司
印刷所　東大圖書股份有限公司
　　　　復興店／臺北市復興北路三八六號六樓
　　　　重慶店／臺北市重慶南路一段六十一號
　　　　郵　撥／〇一〇七一七五──〇號
初　版　中華民國八十三年一月
編　號　E 80094
基本定價　伍元伍角陸分
行政院新聞局登記證局版臺業字第〇一九七號

ISBN 957-19-1607-2 (平裝)

序

　　民國七十三年，歲次甲子，余年五十，乃出五十以前之單篇論文二十五篇，彙集為《鍥不舍齋論學集》。荏苒光陰，倏又十年，今屆六十矣。門人議為祝壽，吾自思度，學問無成，事業無就，何敢言壽。昔洪亮吉〈與孫季逑書〉云：「使揚子雲移研經之術以媚世，未必勝漢廷諸人，坐廢深沉之思；韋弘嗣舍著史之長以事蓉，未必充吳國上選，並亡漸漬之效。二子者專其所獨至，舍其所不能，為足妒耳。」景伊先師在世之日，喜此數語，屢以語新雄，欲其牢記之。今先師謝世，亦已十年，撫今思昔，愾歎何似。然洪氏僂語，盤繞於懷，則未敢或忘者也。

　　荀子有言：「鍥而不舍，金石可鏤。」余往服膺斯語，取以名齋，後復以名余之論文集。昔蘄春黃君不及五十而不著書，余雖彙為論集，亦非謂學問有成，聊示諸生余之鍥而不舍力行不懈者耳。余竊自思，濫竽黌宮，二十餘載，每諭諸生，宜勤於所學，莫可懈怠。然坐而言固不如起而行之為愈也，欲取信於人，言之終年，不如時時出其論述之可信也。余門下諸生，余告誡其每年至少撰述論文一篇，必如此也，其漸漬之效，乃可見也。今五十之後，再彙為此集，則所以取信於諸生者也。古人有言，言教不如身教，諸生試觀，汝之業師，為身體力行之者，抑夸夸其談者乎！

　　五十以後，雖年有述著，然散在諸學術刊物，檢尋不易，因為彙

集此篇，其文學論述，當另出專編。此集所收，盡為論文字聲韻之作，彙集既成，因名之曰《文字聲韻論叢》。東大圖書公司盡力文化事業，嘉惠學子，口碑遠播，今允為刊行，盛情可感，因泐數言，以充序文云耳。

中華民國八十二年七月七日抗日戰爭紀念日
贛州陳新雄謹序於臺北市和平東路鍥不舍齋

文字聲韻論叢

目　次

黃季剛先生及其古音學

壹

　　黃侃（一八八六～一九三五）字季剛，晚號量守居士，湖北省蘄春人。他的父親雲鵠先生，出身翰林，在四川省做過道臺，也是一個很有名的經學家。晚年始生季剛先生，故愛之深而督課也嚴，從小就把《說文》、《廣韻》、《爾雅》、《史記》、《漢書》、《文心雕龍》、《昭明文選》等書教他讀熟。季剛先生因爲資質聰慧，所以從小就已經奠定了良好的學殖基礎。

　　黃季剛先生的青年時代，正值滿清政府覆滅的前夕，先生有著強烈的民族革命思想，而與黃興克強先生、宋敎仁漁父先生皆頗有往來，曾在故鄉蘄春創設孝義會，常在深山野寺之中，召集附近民衆，講演中國國勢之危急，以及種族革命的大義，聽者無不動容。清廷得報大驚，電飭張之洞查辦，張查爲雲鵠先生的公子，於是遂誆先生到武漢，然後輾轉送往日本深造。在日本時，得結識餘杭章太炎炳麟先生，季剛先生愛其學遂師事之，此後稱餘杭爲本師而不名，與汪旭初東皆爲章門的大弟子，並稱爲「章門二妙」。太炎先生嘗稱許季剛先生說：

　　　余違難居東，季剛始從余學，年逾冠耳，所爲文詞，已淵懿異

> 凡俗，因授小學經說，時亦賦詩唱和。……清通之學，安雅之
> 辭，舉世罕與其匹，雖以師禮事余，轉相啓發者多矣。

　　可見太炎先生稱許之深了。辛亥武昌起義，季剛先生與居正覺
生、黃興克強同在漢口，他看到民軍力量太單薄，不足以抗北軍久練
之師，便自告奮勇回到蘄春，欲號召舊衆，共襄大事。惜事機不密，
爲清廷偵知，予以突襲，事遂不成，先生避往九江。後南京臨時政府
成立，他估量自己的個性，不宜做官，便也不參加各種組織。早年在
北京，曾有人邀他做東三省宣撫使的秘書長。不到三個月，就棄職離
開了，從此以後，就一直在北京大學教書。

　　季剛先生生性狂放，又好飲酒，酒後更睥睨無忌，臧否古今人物，
而於當時那些提倡新文學的人物，像胡適之、陳獨秀之流，更是罵不
絕口。那時候，他只有對劉申叔師培不罵，但當袁世凱想做皇帝，劉
師培參加了籌安會，季剛先生遂與之絕交，直到劉氏失意家居，才又
恢復交誼。他就是這樣一位具有眞性情的人。

　　季剛先生晚年是在南京度過的，最初賃居在大石橋北塊，民國十
九年庚午十一月十二日丙辰曾集東坡與玉谿詩句爲聯語，爲先師瑞安
林景伊（尹）先生書之。如附圖（一）。

　　後來感到羈泊連年，賃居不便，於是在藍家庄的九華村，覓得一
地，自建一屋，取陶淵明「量力守故轍，豈不飢與寒」的詩義，因名
爲「量守廬」。太炎先生曾爲撰〈量守廬記〉。黃先生一向被人看成
爲一位玩世不恭的人物，其實他做學問一點也不狂妄。他不肯隨便著
書，他認爲讀古人的書還來不及，又何必忙著去發表呢？一定要著書
的話，也要等到五十歲以後，等到學問圓融了，那時再著書也不遲。
量守廬落成的第三年，正值季剛先生五十歲的生日，太炎先生送給他

庚午十一月十二日丙辰集東坡玉谿句爲景作書之

窮勤閉室主人黃侃書于上元石橋賃居

附 圖（一）

一副「韋編三絕今知命；黃絹裁成好著書」的對聯。先生得之初大喜，張之壁上，因太炎先生屢勸黃先生著述，他也答應在五十歲以後，一定專心著述。誰知看了又看，聯中竟嵌有「絕命書」三字在內，忙叫人把聯卸下。一聯成讖，季剛先生竟於是年溘然長逝了。民國二十四年乙亥九日，黃先生携同本師瑞安林景伊先生及公子念田同登金陵雞鳴寺，歸後賦詩，並爲本師林先生書之。如附圖（二）。

　　本師林先生於季剛先生賦詩及去世有詳細的說明。林先生說：

　　　　民國二十四年乙亥九日，先師黃君偕念田世兄及尹等共遊金陵
　　　　雞鳴寺，歸而賦詩，並書以示尹，越二日先師以咯血卒，此書
　　　　竟成絕筆。太炎先生見而傷感，因題其耑，而命尹善藏之。

　　太炎先生題識後，不久亦下世，故其所題亦成絕筆。先師在世之日，於此兩代師尊之絕筆墨寶，視同拱璧，不輕易示人。惟先師仙逝以後，此集兩代師尊之絕筆墨寶，今在何方？筆者亦不知其詳，殊堪慨歎！

　　季剛先生平日諄諄告誡學生要爭取時間讀基本書籍，他自己的確也是這樣做的，像《說文》、《廣韻》、《爾雅》這些基本書籍，簡直是沒有一日離手。多的反復鑽研幾十遍，少的也是十幾遍。眉批夾注，朱墨雜施，加上各式各樣的符號，那種勤劬的鑽研，實在令人敬佩。黃先生在民國十七年六月二十日的《閱嚴輯全文日記》中說：

　　　　余觀書之捷，不讓先師劉君，平生手加點識書如《文選》，蓋
　　　　已十過，《漢書》亦三過，注疏圈識，丹黃爛然，《新唐書》
　　　　先讀，後以朱點，復以墨點，亦是三過。《說文》、《爾雅》、

此李剛伐第七表興來家一首詩勾己成讀其不未諦以故時觀其草稿
漫為猶不見兩家也芳伊其革頑之乙亥天重汐日青疋顯化

秋氣侵懷正黯陶苦辰倍欲卻登高應憐業菊露雙淚

漫藉清樽歷二毛青家霜寒驅旅雁蓬山風急扞靈鼇神

方不救群生危獨佩莫囊未足豪

乙亥冬獨吟甫成適景伊以佳紙至遂為錄之壟守店士黃侃

《廣韻》三書，殆不能計遍數。

錢玄同先生序本師林先生景伊《中國聲韻學通論》云：

> 黃君邃於小學，聲韻尤其所專長，《廣韻》一書，最所精究，
> 日必數檢，韋編三絕，故于其中義蘊，闡發無遺，不獨能詮其
> 名詞，釋其類例，且由是以稽先秦舊音，明其聲韻演變之迹，
> 考許君訓詁，得其文字孳乳之由；蓋不僅限于《廣韻》，且不
> 僅限于聲韻學，已遍及于小學全部矣。

筆者隨侍先師 林景伊先生二十七年，見先師過錄季 剛先生手批
《說文》與《文選》二書，嘗借錄一過，茲各影一頁，觀其用功爲何
如也。參見附圖（三）、（四）。

黃先生已經刊布的專著和單篇論文，與語言文字有關的，計有
《說文略說》、《音略》、《聲韻略說》、《聲韻通例》、〈與人論
治小學書〉、《詩音上作平證》、《說文聲母字重音鈔》、〈廣韻聲
勢及對轉表〉、〈談添盍怗分四部說〉、〈反切解釋上編〉、〈求本
字捷術〉、《爾雅略說》、《春秋名字解詁補誼》、《蘄春語》等多
種；此外，一九八五年以後武漢大學出版社，又在黃先生猶子黃焯教
授指導下，整理黃先生遺著問世，計有《黃侃聲韻學未刊稿》、《黃
侃手批爾雅正名》、《字正初編》、《量守廬羣書箋識》、《黃侃手
批說文解字》等多種絡續問世。

下面關於他古音學說的介紹，主要是根據以上各種。個人對黃先
生與向來的說法略有不同，向來稱黃先生爲清代古音學的殿後人，我
則稱他爲民國古音學研究的開創人。因爲清代古音學主要以顧炎武、

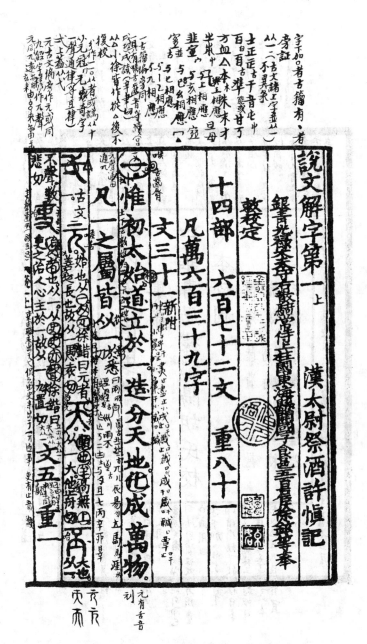

附　圖（三）

何評校文目有
讀書記校注屢
見余孫胡梁
引葉劉朱劉其
校注之文所謂
何評弘彔讀
書記耳

余仲林云義門
高手大夫高贍愿
文章不罔文選學
而獨加賞好訪攷
眾本汲汲為之
善映有評家多
兩析表注滷
其法泠以今觀

汪靜門余仲林孫頥谷胡杲泉朱蘭坡梁昭林張仲雅蔣薛子韻胡祝泉諸
家書於文義有關者並巳參核其掇拾瑣屑支蔓牽纏之辭少于文之工
拙亏尺可謂之選注學不可謂之選學亦不惶備錄也

何義門所謂
是書多散人之說以為巳有注之有説而多出裏

《四部備要》
集部
中華書局據鄱陽胡氏校
刻本校刊

桐鄉　陸費達　總勘
杭縣　高時顯　輯校
杭縣　吳汝霖　輯校
　　　丁輔之　監造

附　圖　(四)

江永、段玉裁、孔廣森、王念孫、江有誥等人所代表的考古派爲主，而這一派集大成的應該是章太炎先生。審音派自戴震以後，卽未再發展，直到黃先生出，始受到肯定，故在古音學的研究上，黃先生應該是民國以來審音派的開創人。

貳

黃季剛先生研究古音學，是結合考古、審音，聯繫古音、今韻、等韻來說的。他的《聲韻略說》論聲韻條例古今同異說：

> 從前論古韻者，專就說文形聲及古用韻之文以求韻部；專就古書通借字，以求聲類；而於音理，或不了然。是以古韻家所作反切，往往世無此音。至於錢竹汀，音學之魁碩也，能知古無舌上，爲一大發明矣；而云古舌、齒互通，泯五聲之大界；嚴鐵橋亦古韻之專家也，能知十六韻類展轉相通，而絶去一切牽強之條例矣；而云廣韻分部多誤。至於今韻之家，不爲字母、等韻之學所拘攣，卽自我作古而爲種種怪異之論。於是今聲、古韻永無溝合之時，而聲韻條例，竟無從建立。

這是說聲有聲類，韻有韻類，不可因爲音變的關係而淆亂了他的內部的規律。古今的漢語只是一個體系的發展，利用中古韻書，結合其他的材料，詳推音理，就能找出古今音的發展規律來。

從這個基本認識出發，他首現重視《廣韻》的聲類與韻類，所以對於陳澧的《切韻考》就特別推崇。黃先生〈與友人論小學書〉云：

番禺陳君著《切韻考》，據切語上字以定聲類，據切語下字以
定韻類，於字母等子之說各有所辯明，足以補闕失，解拘攣，
信乎今音之管籥，古音之津梁也。其分聲為四十一，兼備古
今，不可增減。

所以他的〈反切解釋上編切語上字總目〉就基於陳澧之所考，而
定為四十一聲類。

黃先生又說：

其分韻類為一類、二類、三類、四類，皆以切語下一字定之；
亦有二類實同，而陳君不肯專輒合併者，固其謹也。

因此其〈廣韻聲勢及對轉表〉就細分為九類二十六攝，七十二對
轉，三百三十九小類。接著他發現在陳澧所考定的《廣韻》聲紐影、
曉、匣、喻、為、見、溪、羣、疑、端、透、定、泥、來、知、徹、
澄、娘、日、照、穿、神、審、禪、精、清、從、心、邪、莊、初、
床、疏、幫、滂、並、明、非、敷、奉、微四十一聲紐。在此四十一
聲紐中，他發現古無輕唇音非、敷、奉、微四紐，業經錢大昕證明；
古無舌上音知、徹、澄三紐，亦經錢大昕證明；古無娘、日二紐，則
經章太炎證明，黃君創立一「紐經韻緯表」，持此古所無之九紐，進
察《廣韻》二百零六韻，三百三十九小類，發現凡無此九變聲之韻或
韻類，也一定沒有喻、為、羣、照、穿、神、審、禪、邪、莊、初、
床、疏等十三紐。那麼這十三紐亦一定與非、敷、奉、微、知、徹、
澄、娘、日等九紐同一性質可知，到底是什麼性質呢？那就是變聲。
四十一聲紐減去二十二變聲，所剩下的十九紐，就是古本聲了。而

只有古本聲的韻就是古本韻了。黃先生根據這種方法考察《廣韻》二
百零六韻三百三十九小類，其不見變聲二十二紐的，共得三十二韻
（舉平入以賅上去），而此三十二韻中，魂痕、寒桓、歌戈、曷末八
韻互為開合，併其開合，則為二十八部。而此二十八部與顧炎武、江
永、戴震、段玉裁、孔廣森、王念孫、江有誥、章炳麟以來的古韻分
部，適相符合。就以上諸家的古韻分部，分其所可分，恰得二十八
部。陸氏《切韻》既兼存古音，則此二十八部即陸氏所定之古韻區
別，又復奚疑？故黃君〈與人論治小學書〉云：

> 當知二百六韻中，但有本聲，不雜變聲者為古本音，雜有變聲
> 者，其本聲亦為變聲所挾而變，是為變音。

因為古本韻不用輕脣、舌上、半齒等變聲作切語，因此知道凡
「古本韻」的切語上字，一定是「古本聲」。他在《爾雅略說》中說：

> 古聲類之說，萌芽於顧氏，錢氏更證明「古無輕脣、古無舌
> 上」，本師章氏證明「娘、日歸泥」（原注：此理本於《切韻
> 指掌圖》、《切韻指南》，而興化劉融齋亦能證明。）自陳蘭
> 甫作《切韻考》，劃分照、穿、床、審、禪五母為九類，而後
> 齒、舌之界明，齒舌之本音明。大抵古音於等韻只具一四等，
> 從而《廣韻》韻部與一四等相應者，必為古本韻，不在一四等
> 者，必為後來變韻，因而求得古聲類確數為十九。

茲錄其正聲、變聲表於後：

發音部位	正聲	變　　　　　　　　聲	說　　　　明
喉	影	喻爲	清濁相變
	曉		
	匣		
牙	見		清濁相變
	溪	群	
	疑		
舌	端	知照	輕重相變
	透	徹穿審	
	定	澄神禪	
	泥	娘日	
	來		
齒	精	莊	輕重相變　心邪清濁相變
	清	初	
	從	床	
	心	邪疏	
脣	幫	非	輕重相變
	滂	敷	
	並	奉	
	明	微	

　　通過這四十一聲類正變的分析，不但證明了錢、章二人古聲學說的正確，而且也解決了錢、章二人所沒有解決的問題，也就是建立了古聲母的系統❶。所以太炎先生的《菿漢微言》稱讚他的古聲紐系統

---

❶　關於古聲母的系統，下列諸人對黃先生學說有修正之功，當據以修改。列　（文轉下頁）

是一大發明。章氏說:

> 黃侃云:「歌部音本為元音,觀《廣韻》歌、戈二韻音切,可
> 以證知古紐消息,如非、敷、奉、微、知、徹、澄、娘、照、
> 穿、床、審、禪、喻、日諸紐,歌、戈部中皆無之,即知是古
> 音矣。」此亦一發明。

而國內講古聲類的人,也奉為定論❷。

考出了古本聲,再從聲韻互相影響的認識出發,回過頭來推求《廣
韻》中的古本韻,他的《聲韻略說》論聲韻條例古今同異條說道:

> 韻部多少,古今有異也。《廣韻》中諸韻,但有十九聲者皆為
> 古音(除上去兩聲不用),又以開合同類者併之,得二十八部。
> 其在陰聲:曰歌、灰、齊、模、侯、蕭、豪、咍;其在入聲:
> 曰曷、屑、沒、錫、鐸、屋、沃、德、合;其在陽聲:曰寒、
> 先、痕、青、唐、東、冬、登、覃、添。自此以外,皆為今
> 音。《切韻》共分二百六部(此中更應分類,有一韻一類者,
> 有一韻之中含數類者),若用分類法,更加對轉法列之,實有

(文接上頁)

名於後:

1. 曾運乾<喻母古讀考>,載《東北大學季刊》第二期,曾氏以為喻、為
   二母非影母之變聲,喻母古歸定,為母古歸匣。
2. 錢玄同<古音無邪紐證>,載《師大國學叢刊》;戴君仁<古音無邪紐
   補證>,載《輔仁學誌》十二卷一、二期合刊,錢、戴二氏以為邪紐非
   心紐之變聲,古讀當歸定母。
3. 陳新雄<群母古讀考>,載《中央研究院國際漢學會議論文集》,陳氏
   以為群紐非溪紐之變聲,古讀當同於匣。

❷ 丁邦新兄語我:李方桂先生之古聲母系統,與黃先生古聲十九紐大致相
   若。

七十二類。以較古只有十二類者，則繁變多矣。(歌一、曷寒二、灰沒痕三、屑先四、齊錫青五、模鐸唐六、侯屋東七、蕭八、豪沃冬九、咍德登十、合覃十一、怗添十二。)

這是因爲《廣韻》中的古本韻都用古本聲作反切上字❸，而《廣韻》韻部與一四等相應者必爲古本韻，於是以聲求韻，以韻求聲，反復證明，得出古本韻三十二部，其中歌戈、曷末、寒桓、痕魂本是四部，在《廣韻》裏因爲兼有開合而分立，今併其開合，就只有二十八部了。錢玄同《文字學音篇》說：

> 黃侃復於《廣韻》中考得三十二韻爲古本韻，此三十二韻中，惟有影、見、溪、曉、匣、疑、端、透、定、來、泥、精、清、從、心、幫、滂、並、明十九紐，無其他之二十二紐，因知古紐止此十九。

又說：

> 黃侃據章君之說，稽之《廣韻》，得三十二韻。(知此三十二韻爲古本韻者，以韻中止有十九古本紐也。因此三十二韻中止有古本紐，故知此十九紐實爲古本紐，本紐本韻，互相證明，一一吻合，以是知其說之不可易。)合之爲廿八部。

至於這古本韻二十八部十二類，怎樣變入《廣韻》二百零六韻三

---

❸ 有少數例外，但都是有原因的。請參看陳新雄＜蘄春黃季剛（侃）先生古音學說駁難辨＞，載《國立臺灣師範大學學報》第十五期。

百三十九類呢？黃先生〈與人論小學書〉云：

> 《廣韻》分韻雖多，要不外三理：其一，以開合洪細分之。其
> 二，開合洪細雖均，而古本音各異，則亦不能不異，如東冬必
> 分、支脂之必分、魚虞必分、佳皆必分、先仙必分、覃談必
> 分、尤幽必分是也。其三，以韻中有變音、無變音分。如東第
> 一（無變音）鍾（有變音）、齊（無變音）支（有變音）、寒桓
> （無變音）刪山（有變音）、蕭（無變音）宵（有變音）、豪
> （無變音）肴（有變音）、青（無變音）清（有變音）、添（無
> 變音）鹽（有變音），諸韻皆宜分析，是也。

錢玄同先生的〈廣韻分部說釋例〉說得更加清楚。錢氏說：

> (一)古在此韻之字，今變同彼韻之音，而特立一韻者。如古
> 「東」韻之字，今韻變同「唐」韻之合口呼者，因別立
> 「江」韻，則「江」者「東」之變韻也。
>
> (二)變韻之音，為古本韻所無者。如「模」韻變為「魚」韻，
> 「覃」韻變為「侵」韻是也。
>
> (三)變韻之母音全在本韻，以韻中有今變紐，因別立為變韻。
> 如「寒」「桓」為本韻，「山」為變韻，「青」為本韻，「清」
> 為變韻是也。
>
> (四)古韻有平入而無去上，故凡上去之韻，皆為變韻。如「東
> 一」之上聲「董」、去聲「送一」，在古皆當讀平聲，無上
> 去之音，故云變韻是也。

今據錢說，列正韻變韻表於下:

正韻				變韻				說 明
平	上	去	入	平	上	去	入	
東¹	董	送¹	屋¹	鍾	腫	用	燭	合口音變撮口音
				江	講	絳	覺	正韻變同唐韻
多（渾）		宋	沃	東²		送²	屋²	正韻變同東韻細音
模	姥	暮		魚	語	御		合口韻變爲撮口韻
齊	薺	霽		支	紙	寘		變韻中有變聲，又半由歌戈韻變來
				佳	蟹	卦		正韻變同咍韻
灰	賄	隊		脂	旨	至		正韻變同齊韻
				微	尾	未		正韻變同齊韻，又半由魂痕韻變來
				皆	駭	怪		正韻變同咍韻
咍	海	代		之	止	志		正韻變同齊韻
魂	混	慁	沒	文	吻	同	物	合口音變爲撮口音
				諄	準	稕	術	合口音變爲撮口音，又半由先韻變來
痕	很	恨（麧）		欣	隱	焮	迄	開口音變爲齊齒音
寒	旱	翰	曷	刪	潸	諫	黠	變韻中有變聲，又半由先韻變來
				山	產	襇	鎋	變韻中有變聲
				元	阮	願	月	正韻變同先韻
						祭		入聲變陰去齊撮呼，又半由魂韻入聲變來
桓	緩	換	末			泰		入聲變陰去
						夬		入聲變陰去有變聲
						廢		入聲變陰去齊撮呼

先 銑 霰 屑	眞 軫 震 質	正韻變魂痕韻細音
	臻（榛）（詵）櫛	正韻變同痕韻
	仙 獮 線 薛	變韻中有變聲，又半由寒桓韻變來
蕭 篠 嘯	尤 有 宥	正韻中有變聲，又半由寒桓韻變來
	幽 黝 幼	正韻變同侯韻細音
豪 皓 號	宵 小 笑	正韻變同蕭韻
	肴 巧 效	變韻中有變聲，又半由蕭韻變來
歌 哿 箇	麻 馬 禡	變韻中有變聲，又半由模韻變
戈¹ 果 過	戈² / 戈³	合口音變爲撮口音
唐 蕩 宕 鐸	陽 養 漾 藥	開口音變爲齊撮音
	庚 梗 映 陌	正韻變同登韻，又半由青韻變來
青 迥 徑 錫	耕 耿 諍 麥	正韻變同登韻，又半由登韻變來
	清 靜 勁 昔	變韻中有變韻
登 等 嶝 德	蒸 拯 證 職	開口音變爲齊撮音
侯 厚 候	虞 麌 遇	正韻變同模韻細音，又半由模韻變來
添 忝 㮇 帖	談 敢 闞 盍	正韻變同覃韻❹
	鹽 琰 豔 葉	變韻中有變聲
	嚴 儼 釅 業	變韻中有變聲，又半由覃韻變來

---

❹ 黃先生此處，當據其〈談添盍帖分四部說〉一文加以修正，卽談敢闞盍四
韻應列爲古本韻，其變韻則爲銜檻鑑狎（變韻中有變聲）、鹽琰豔葉（正
韻變同添韻）、嚴儼釅業（正韻變同添韻）。

	侵 寢 沁 緝	正韻變同登韻細音，而仍收脣
	咸 豏 陷 洽	變韻中有變聲，又半由添韻變來
覃 感 勘 合❺	銜 檻 鑑 狎	變韻中有變聲
	凡 范 梵 乏	洪音變爲細音

這不但把古今音變的問題解決了，也把古音、廣韻、等韻整個系統都弄清了。黃先生《聲韻略說・論斯學大意》云：

> 往者，古韻、今韻、等韻之學各有專家，而苦無條貫。自番禺陳氏出，而後《廣韻》之理明，《廣韻》明，而後古音明，今古之音盡明，而後等韻之糾紛始解。此音學之進步一也。

按宋、元等韻圖於開合各圖，各分四等，四等之區別如何？迄無人能正確說明，使人理解，如江永《四聲切韻表・凡例》云：

> 音韻有四等，一等洪大，二等次大，三、四皆細，而四尤細，學者未易辨也。

這洪大、次大、細與尤細之間的區別，江氏既言學者未易辨，所以中國學者就一直沒有辨別清楚，師弟相傳，終身不解。直到瑞典漢學家高本漢 (Bernhard Karlgren) 博士撰《中國音韻學研究》，才開始假定一、二等無〔i〕介音，故同爲洪音，但一等元音較後較低 (grave) 故洪大，二等元音較前較淺 (aigu) 故爲次大；三、四等均有〔i〕介音故爲細音，但三等的元音較四等略後略低，故四等

---

❺　此表正韻欄內上去二聲亦當爲變韻，屬於平入變上去之變韻。

尤細。

羅常培《漢語音韻學導論》根據高本漢的理論，把四等的區別，說得更爲清楚。他說道：

今試以語音學術語釋之，則一、二等皆無〔i〕介音，故其音大，三、四等皆有〔i〕介音，故其音細。同屬大音，而一等之元音，較二等之元音略後略低，故有洪大次大之別。如歌〔ɑ〕之與麻〔a〕，咍〔ɑi〕之與皆〔ại〕，泰〔ɑi〕之與佳〔ai〕，豪〔ɑi〕之與肴〔ai〕，寒〔ɑn〕之與刪〔an〕，覃〔ɑm〕之與咸〔am〕，談〔ɑm〕之與銜〔am〕，皆以元音之後〔ɑ〕與〔a〕前而異等；同屬細音，三等之元音較四等之元音略後略低，故有細與尤細之別，如祭〔iɜi〕之與霽〔iei〕，宵〔iɜu〕之與蕭〔ieu〕，仙〔iɜn〕之與先〔ien〕，鹽〔iɜm〕之與添〔iem〕，皆以元音之低〔ɜ〕與高〔e〕而異等，然則四等之洪細，蓋指發元音時口腔共鳴之大小而言也。惟冬〔uoŋ〕之與鍾〔iuoŋ〕，登〔əŋ〕之與蒸〔iəŋ〕以及東韻之分公〔uŋ〕弓〔iuŋ〕兩類，戈韻之分科〔uɑ〕𤓰〔iuɑ〕兩類，麻韻之分家〔a〕遮〔ia〕兩類，庚韻之分庚〔ɐŋ〕京〔iɐŋ〕兩類，則以有無〔i〕介音分也。

高、羅二氏以元音共鳴之大小與介音〔i〕之有無，作爲分辨洪大、次大、細與尤細的標準，自然較爲清楚而且容易掌握。但仍然存在著不少問題。高、羅二氏既說一、二等的區別繫於元音的後〔ɑ〕與前〔a〕。然而我們要問：怎麼知道歌、咍、泰、豪、寒、覃、談諸韻的元音是後〔ɑ〕？而麻、皆、佳、肴、刪、咸、銜諸韻的元音是前

〔a〕。恐怕最好的回答就是歌、哈……等韻在一等韻，麻、皆……等韻在二等韻，這是存在的問題之一。或者說，根據現代各地漢語方言推論出歌、哈……等讀後〔ɑ〕，麻、皆……等讀前〔a〕，對一個初學聲韻學的人而言，要從何處掌握這些方言資料？要怎樣推論。都是十分棘手的事情。這是存在的問題之二。為什麼等韻的四等，在〔a〕類元音裏面有前後高低的不同，作為洪大、次大、細與尤細分辨的標準，而在其他各類元音如〔u〕、〔o〕、〔ə〕、〔ɐ〕等則沒有這種區別？這是存在的問題之三。為什麼同屬〔a〕類元音，三等戈韻瘸類〔iuɑ〕的元音，反而比二等麻韻瓜類〔ua〕的元音既後且低？這是存在的問題之四。為什麼在〔a〕類元音中，二等元音是〔a〕，三等是〔ɛ〕，而在麻韻二等的家類〔a〕與三等的遮類〔ia〕，卻是同一前元音〔a〕？這是存在的問題之五。因為有這些問題存在，高、羅二氏解釋四等的說法，並不能就此認為成了定論。黃季剛先生《聲韻通例》說：

> 凡變韻之洪與本韻之洪微異，變韻之細與本韻之細微異，分等者大概以本韻之洪為一等，變韻之洪為二等，本韻之細為四等，變韻之細為三等。

這是多麼簡單直接而又讓人易懂的說法。試以東韻公、弓二類為例，公類為洪音，應置一等或二等，然其所有的反切上字全都是古本聲，所以是古本韻的洪音，自應列於一等，則毫無疑問；弓類為細音，應置三等或四等，因其反切上字雜有今變聲，故為今變韻之細音，所以應置於三等，這也無所可疑。推之歌、哈、泰、豪、寒、覃、談諸韻，因皆為洪音，而反切上字皆為古本聲，故為古本韻之洪音，乃悉置於一等。而麻、皆、佳、肴、刪、咸、銜諸韻，雖亦為洪音，但其反

切上字雜有今變聲，故爲今變韻之洪音，所以乃是二等韻。祭、宵、仙、鹽諸韻爲細音，其反切上字雜有今變紐，故爲今變韻之細音，因而爲三等韻；而霄、蕭、先、添諸韻亦爲細音，其反切上字悉爲古本聲，故爲古本韻之細音，所以爲四等韻。標準一致，沒有歧異。洪細以〔i〕介音之有無爲準，聲母之正變既易掌握，則甚麼樣的韻應歸於甚麼等，就可一目了然，而無所致疑了。現在再舉《韻鏡》外轉二十三開與外轉二十四合兩轉牙音字爲例，列表說明其四等之區別與洪細正變的關係：

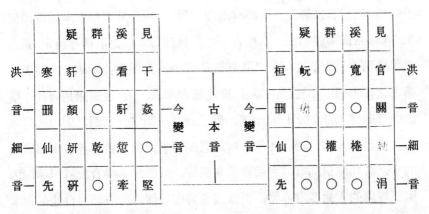

不但四等的問題弄清楚了，甚至於三等韻重紐的現象，亦有脈絡可尋。這種現象就是支、脂、眞、諄、祭、仙、宵、清諸韻部分喉、牙、脣音的三等字，伸入四等。董同龢先生《中國語音史》認爲支、脂、眞、諄、祭、仙、宵諸韻的脣、牙、喉的字，實與三等有關係，而韻圖雖三等有空卻置入四等者，乃因等韻的四等型式下，納入三等之內的韻母，事實上還有一小類型，就是支、脂諸韻的脣、牙、喉音字排在四等位置的，這類型與同轉排在三等的脣、牙、喉音字是元音鬆緊的不同，三等的元音鬆，四等的元音緊。關於重紐的問題，除董先生以元音鬆緊爲說外，周法高先生〈廣韻重紐的研究〉一文則以爲

是元音高低的不同，三等的元音較低，四等的元音較高。陸志韋《古音說略》則以三等有〔I〕介音，四等有〔i〕介音作爲區別。龍宇純〈廣韻重紐音值試論 —— 兼論幽韻及喻母音值〉一文則以爲三等〔j〕有介音，四等有〔ji〕介音。李新魁兄的《漢語音韻學》則認爲重紐是聲母的不同，三等是脣化聲母，四等非脣化聲母。雖各自成理，但要令初學聲韻學的學者一聽就明白清楚，則仍有很大的距離。我曾經試著用黃先生古本音的理論，來說明重紐的現象，結果，效果還算不錯。因爲重紐的現象通常都有兩類古韻來源。今以支韻脣音字重紐爲例，加以解說。支韻有兩類來源，一自其本部古本韻齊韻變來，(參見正韻變韻表。本部古本韻、他部古本韻之名稱今所定，這是爲了區別與稱說的方便。凡正韻變韻表中，正韻列於變韻之上端者，稱本部古本韻，不在其上端者，稱他部古本韻。)這種變韻是屬於「變韻中有變聲」的，卽「卑、㮰、陴、彌」一類字。韻圖之例，凡自本部古本韻變來的，例置四等，所以置四等者，因爲自本部古本韻變來的字，各類聲母都有，舌齒音就在三等，脣、牙、喉音放置四等，因與三等處的舌齒音有連繫，不致誤會爲四等韻。另一類則自他部古本韻歌戈韻變來，這類變韻是屬於「半由歌戈韻變來」的，就是「陂、鈹、皮、縻」一類的字。韻圖之例，從他部古本韻變來的字例置三等。故「陂、鈹、皮、縻」置於三等，以別於自本部古本韻變來置於四等的「卑、㮰、陴、彌」。當然有人會問，怎麼知道「卑、㮰、陴、彌」等字來自本部古本韻齊韻？而「陂、鈹、皮、縻」等字卻來自他部古本韻？這可以從《廣韻》的諧聲偏旁看出來。例如支韻從「卑」得聲的字，在「府移切」下有「卑、鵯、椑、箄、裨、鞞、⿰卑頁、痺、渒、錍、⿰巾卑」；「符支切」下有「陴、⿰韋卑、焷、脾、⿺麥卑、埤、裨、蜱、⿱卑䖵、⿸疒⿱卑土、⿸疒⿱卑䖵、椑、郫」；從「比」得聲的字，在「匹支切」下有

「𤸫」；「符支切」下有「䩄、紙」；從「爾」得聲的字。在「式支切」下有「𩁹、䨒」；「息移切」下有「纚」；「武移切」下有「彌、鸍、瓕、𤟭、獼、𪐴、搦、孊、䤮、𤟭、瀰」等字。而在齊韻，從「卑」得聲的字，「邊兮切」下有「豍、椑、椑、箄、鵧」；「部迷切」下有「鼙、鞞、椑、𩵋」；「匹迷切」下有「𠜾、鎞」；從「比」之字，「邊兮切」下有「椑、螕、秕、篦、紕、篦、椑、狴、鈚、梐」；「部迷切」下有「肶、笓」；「匹迷切」下有「磇、鷝、批、鈚」；從「爾」得聲之字，在齊韻上聲薺韻「奴禮切」下有「禰、嬭、䙅、瀰、鬤、薾、鑈、轜」。這在在顯示出支韻的「卑、𤸫、豍、彌」一類字確實是從齊韻變過來的，觀其諧聲偏旁可知，段玉裁以為凡同諧聲者古必同部。至於從「皮」得聲的字，在支韻「彼為切」下有「陂、詖、髲、鞁」；「敷羈切」下有「鈹、帔、鮍、披、𣖔、䂶、狓、狓、旇、秛、玻」；「符羈切」下有「皮、疲」；從「麻」得聲的字，「靡為切」下有「𪎭、𪎡、𪏆、𪎸、𪌭、𪍩、䊼」；而在戈韻從「皮」得聲的字，「博禾切」下有「波、𥟯、碆」；「滂禾切」下有「頗、坡、玻」；「薄波切」下有「婆、鄱」；從「麻」得聲的字，「莫婆切」下有「摩、魔、𪎭、䃴、魔、𪎮、磨、劘、𦟱、麻、饝」。兩相對照，也很容易看出來，支韻的「陂、鈹、皮、𪎭」一類字是從古本韻歌戈韻變來的。或許有人說：古音學的分析，乃是清代顧炎武等人以後的產物，作韻圖的人恐怕未必具有這種古音知識。韻圖作者雖然未必有清代以後古韻分部的概念，然其搜集文字區分韻類的工作中，對於這種成套出現的諧聲現象，未必就會熟視無睹，則於重紐字之出現，必須歸字以定位時，未嘗不可能予以有意識的分析。

黃先生從《廣韻》、等韻、古音三者交錯中，考得古韻二十八部，在方法上，與過去純粹根據《詩經》韻腳與《說文》諧聲的傳統

方法迥然不同，而在處理舊有成績上，更是擇善而從，吸收了各家合理的部分。他的《音略》說：

> 古韻部類，自唐以前，未嘗昧也。唐以後始漸茫然。宋鄭庠肇
> 分古音為六部，得其通轉之大界，而古韻究不若是之疏。爰逮
> 清朝，有顧、江、戴、段諸人，畢世勤劬，各有啓發，而戴君
> 所得為獨優，本師章氏論古韻二十三部，最憭然矣。余復益以
> 戴君所論，成為二十八部。

拿黃先生二十八部與章太炎二十三部相比較，多出了入聲錫、鐸、屋、沃、德五部，這都是根據戴震研究的結果而來的，其中蕭部的入聲尚未分出外，大抵應分的都已盡分了。茲錄他的二十八部與章太炎的二十三部分合對照表於後：

陰　　　　　聲	入　　　　　聲	陽　　　　　聲
歌戈（章氏歌部）	曷末（章氏泰部）	寒桓（章氏寒部）
	屑（章氏至部）	先（章氏眞部）
灰（章氏脂部）	沒（章氏隊部）	痕魂（章氏諄部）
齊（章氏支部）	錫（章併入支部）	青（章氏青部）
模（章氏魚部）	鐸（章併入魚部）	唐（章氏陽部）
侯（章氏侯部）	屋（章併入侯部）	東（章氏東部）
蕭（章氏幽部）		

豪（章氏宵部）	沃（章併入宵部）	多（章氏多部）
咍（章氏之部）	德（章併入之部）	登（章氏蒸部）
	合（章氏緝部）	覃（章氏侵部）
	怗（章氏盍部）	添（章氏談部）

這二十八部的部目，都是《廣韻》固有的，而立爲古韻部的部目，正因爲是古本韻的韻目。其實他這二十八部，都是前有所承的，他的《音略》說：

> 右定古韻陰聲八，陽聲十，入聲十，凡二十八部，其所本如左：歌（顧炎武所立）、灰（段玉裁所立）、齊（鄭庠所立）、模（鄭所立）、侯（段所立）、蕭（江永所立）、豪（鄭所立）、咍（段所立）、寒（江所立）、痕（段所立）、先（鄭所立）、青（顧所立）、唐（顧所立）、東（鄭所立）、冬（孔廣森所立）、登（顧所立）、覃（鄭所立）、添（江所立）、曷（王念孫所立）、沒（章氏所立）、屑（戴震所立）、錫（戴所立）、鐸（戴所立）、屋（戴所立）、沃（戴所立）、德（戴所立）、合（戴所立）、怗（戴所立）。此二十八部之立，皆本昔人，曾未以臆見加入，至於本音之讀法，自鄭氏以降，或多未知，故二十八部之名，由鄙生所定也。

黃先生從《切韻》出發，確立古音系統，關係等韻結構；再從等韻結構，重驗《切韻》系統，修訂古韻分部。後來他察覺《切韻》殘

卷中，談盍兩韻亦無今變聲，於等韻屬一等韻，因此有〈談添盍怗分四部說〉一文，認為談盍兩韻也是古本韻，應當與添怗二部區分開來。舉出《說文》形聲聲母、《詩經》和他書用韻、疊韻、聲訓、音讀等證據來證明這四部應當區分，又根據音韻結構與韻部相配的關係，以及古音相通的事實，斷定覃、談、添、合、盍、怗六部就是痕、寒、先、沒、曷、屑六部之收脣音。《廣韻》從眞到先十四韻，顧炎武合為一部，江永分為兩部，段玉裁分為三部，入聲也因之分為三部；這些就是痕、寒、先、沒、曷、屑六部。至於《廣韻》從侵到凡的九韻，顧炎武合成一部，江永分為兩部，入聲也隨著分為兩部，從此以後，就再沒有一位古韻學家主張再分析的。在這篇裏，黃先生卻主張覃、談、添、合、盍、怗平入分成六部。

　　黃先生這一主張，從音韻結構來看，是值得人們的重視的，因為《廣韻》自眞至仙十四個收音於-n的韻，既分成了痕、寒、先三個古韻部，入聲自質至薛十三個收音於-t的韻，也分成了沒、曷、屑三個古韻部；若收音於-m及-p韻尾的韻，只分覃添與合怗四部，則與收音於-n與-t的六部，在音韻結構上，不足相配，所以主張談盍從添怗分出來，加上覃合兩部，則正好與收音於-n與-t的六部相配，這個理論，當然值得人們的重視❻。

　　董同龢先生的《上古音韻表稿》❼出來，對這四部的區分有一個比較清楚的界限，董氏非常細心地注意到：1.《廣韻》覃合兩韻的字，除屬上古侵緝部的字外，確有些要歸屬於談葉部，在《詩經》的韻脚上雖看不出來，但諧聲字上覃合韻的字卻與咸、鹽、嚴、凡、業

---

❻　黃侃〈談添盍怗分四部說〉一文，見《黃侃論學雜著》，頁二九〇～二九八，中華書局，一九六四，上海。

❼　董同龢《上古音韻表稿》，中央研究院歷史語言研究所出版，民國五十六年，臺北。

等韻有許多關聯。 2.添怗韻的字只諧咸洽，而不諧銜狎。 3.鹽葉兩韻當分兩類，一諧覃、咸、添與合、葉、怗，董氏稱爲鹽[2]；一諧談、銜與盍、狎，董氏稱爲鹽[1]。 4.嚴、凡與業、乏在諧聲上，一類與覃、合諧；一類與談、盍諧，所以也應分兩類。董氏的結論，他的分析，大體與黃侃的「談、盍」與「添、怗」的內容相當。

我在〈論談添盍怗分四部說〉❽一文，因爲董先生說：「葉、談兩部裏應該有些覃韻與合韻字的地位當無可疑。」因此曾經把《廣韻》覃、感、勘、合；咸、豏、陷、洽八韻的諧聲字的偏旁分析了一下，發現除了應歸古韻侵緝部的字外，有些應歸入談葉部的字也還不少，我還對照了全本王仁昫《刊謬補缺切韻》，這許多字也都見於全王，所以這些變入《廣韻》覃、感、勘、合；與咸、豏、陷、洽的字，應該是前有所承，不是無端闌入的。

而從音韻結構來看，談盍應從添怗分開，就更爲顯明。李方桂《上古音研究》❾，除東、侯兩部的主要元音是 u 外，其他各部都可分屬於 i、ə、a 三個元音系統裏去。他的系統如下：

韻尾＼元音	i	ə	a
-g	支陰 ig	之陰 əg	魚陰 ag
-k	支入 ik	之入 ək	魚入 ak
-ng	耕 ing	蒸 əng	陽 ang

❽ 陳新雄〈論談添盍怗分四部說〉，發表於《中央研究院第二屆國際漢學會議論文集》，頁五三～六六，民國七十八年六月，臺北。
❾ 李方桂〈上古音研究〉，《清華學報》新九卷一、二期合刊，民國六十年，臺北。

-d	脂陰 id	微陰 əd	祭陰 ad
-t	脂入 it	微入 ət	祭入 at
-n	眞 in	文 ən	元 an
-r	○ ir	微陰 ər	歌 ar
-b	○ ib	緝陰 əb	葉陰 ab
-p	○ ip	緝入 əp	葉入 ap
-m	○ im	侵 əm	談 am
-g^w	○ ig^w	幽陰 əg^w	宵陰 ag^w
-k^w	○ ik^w	幽入 ək^w	宵入 ak^w
-ng^w	○ ing^w	多 əng^w	○ ang^w

周法高的〈論上古音〉❿，三元音系統，則如下表：

韻尾＼元音	a	ə	e
ɣ	魚 aɣ	之 əɣ	支 eɣ
k	鐸 ak	職 ək	錫 ek
ng	陽 ang	蒸 əng	靑 eng

---

❿　周法高〈論上古音〉，《香港中文大學中國文化研究所學報》第二卷第一期，一九六九，香港。

wɣ	宵 awɣ	幽 əwɣ	侯 ewɣ
wk	藥 awk	覺 əwk	屋 ewk
wng	○ awng	冬 əwng	東 ewng
φ	歌 a	○ ə	○ e
r	祭 ar	微 ər	脂 er
t	月 at	物 ət	質 et
n	元 an	痕 ən	眞 en
p	葉 ap	緝 əp	○ ep
m	談 am	侵 əm	○ em

　　從李方桂先生與周法高先生的上古韻部元音與韻尾相配情形看來，實在有將添怗從談盍分開的必要，像李方桂先生 i 類元音的韻部就缺了很多，結構上顯得非常不完整。周法高先生因為把東、侯、屋也劃歸圓脣的舌根音韻尾，他的系統分配起來就整齊多了。但是添怗部沒有從談盍部分出來，在e元音行-p、-m收尾的韻部方面，就留下了兩個空檔。事實上，添怗部的字，也是較談盍部的字，更接近於眞質脂、耕錫支六部的，周法高的空檔出現在 e 類元音行下是有道理的。如果我們把添怗部從談盍部分出來，周氏的兩個空檔就塡起來了，古韻部的音韻結構，也就相當完整了。我們說添怗部與眞質脂、耕錫支相近，是有文獻上的證據可為證明的。

先說添與眞、耕的通轉，漢王褒的〈四子講德論〉⓫：「若乃美政所施，洪恩所潤，不可究陳。舉孝以篤行，崇能以招賢。去煩蠲苛，以經百姓。祿勤增奉，以屬貞廉。」這裏以陳、賢、姓、廉押韻，陳、賢眞部字，姓耕部字，廉添部字。《說文》忝（添）從心天（眞）聲。耕添通轉的字，《說文》：「耆、老人面如點處，从老省占（添）聲。讀若耿介之耿（耕）。」質怗通轉的字，《說文》：「瘞（質）、幽薶也。从土痰（怗）聲。」「瘱（質）、靜也。从心痰（怗）聲。」《史記・衞世家》：「庣伯」，《世本》作「摰伯」，庣怗部，摰質部。錫怗通轉的例，《莊子・達生》：「以臨牢筴。」筴（怗）即柵（錫）之假借，冊、策（錫）又作筴（怗），涉（怗）訓作歷（錫）。諸如此類，皆顯示眞耕添、質錫怗諸部關係之密切，把添怗分開，不但把兩個空格塡起來了，甚至李方桂先生的 ib 空檔也有了線索，也可以想辦法補起來了。劦（怗）聲的荔（質）在《廣韻》霽韻音郎計切，痰（怗）聲的瘱（質）在《廣韻》霽韻音於計切，與庣（怗）相通的摰（質）《廣韻》至韻脂利切，《詩・國風・關雎》毛傳：「雎鳩、王雎也，鳥摰而有別。」鄭箋：「摰之言至也。」以內、對作-əb、蓋作-ab 例之，則荔、瘱等字正好塡補此一空位。

關於這兩部的元音系統，我較傾向於董同龢先生《上古音韻表稿》以談盍的元音為 a，添怗的元音為 ɐ 的說法。同時根據我研究《詩經》韻的通轉現象⓬，那時認為有四個元音，就據董說，將添怗二部定為 ɐ 元音的韻部。並接受李方桂、王力⓭、周法高諸家的說法，將東屋、冬覺、藥諸部定為有圓脣舌根音的韻尾，寫法上則採王

⓫　見《昭明文選》。
⓬　陳新雄〈從詩經的合韻現象看諸家擬音的得失〉，《輔仁學誌》第十一期，七十一年六月，臺北。
⓭　王力《漢語音韻》，中華書局出版，一九六三，北京。

力、張琨❹的意見寫作 uŋ、uk 等，相配的陰聲部侯、幽、宵則認爲有-u 韻尾。又接受了王力的意見，把歌部訂爲-i 韻尾，則可節省一個元音，成爲三元音系統，與周法高比較接近。今列表說明我的系統如下：

元音 韻尾	ə	ɐ	a
φ	之 ə	支 ɐ	魚 a
k	職 ək	錫 ɐk	鐸 ak
ŋ	蒸 əŋ	耕 ɐŋ	陽 aŋ
u	幽 əu	宵 ɐu	侯 au
uk	覺 əuk	藥 ɐuk	屋 auk
uŋ	冬 əuŋ	○ ɐuŋ	東 auŋ
i	微 əi	脂 ɐi	歌 ai
t	沒 ət	質 ɐt	月 at
n	諄 ən	眞 ɐn	元 an
p	緝 əp	怗 ɐp	盍 ap
m	侵 əm	添 ɐm	談 am

　　黃先生除微、覺二部未曾分出外，其系統與上表相同。

---

❹　張琨《上古漢語韻母系統與切韻》，中央研究院歷史語言研究所單刊甲種之二十六，民國六十五年，臺北。

現在可以確定談添盍怗 四諧聲系統了。 添怗部的 字除了覃感勘合、咸豏陷洽八韻外，當然還得加上鹽嚴凡系的字，這些以外的，除當歸侵緝部的之外，其餘悉歸談盍部。下面是四部的諧聲聲首：

【談部】《廣韻》平聲談銜鹽半嚴半，上聲敢檻琰半儼半，去聲闞鑑豔半釅半。

　　　　炎聲　詹聲　甘聲　猒聲　厭聲　監聲　覽聲　敢聲　厜聲

　　　　嚴聲　巖聲　鹽聲　斬聲　銜聲　焱聲　剡聲

【添部】《廣韻》平聲添覃咸鹽半嚴半凡，上聲忝感豏琰半儼半范，去聲桥勘陷豔半釅半梵。

　　　　忝聲　占聲　兼聲　廉聲　欠聲　𨳯聲　冉聲　弇聲　𢎘聲

　　　　函聲　圅聲　臽聲　奄聲　𢆪聲　㦰聲　僉聲　贛聲　染聲

　　　　甜聲　閃聲　襾聲　銛聲　凵聲　冘聲　貶聲　㝬聲

【盍部】《廣韻》入聲盍狎葉半業半。

　　　　盍聲　劫聲　曻聲　巤聲　甲聲　厈聲　壓聲　妾聲　怯聲

　　　　耷聲　業聲

【怗部】《廣韻》入聲怗合洽葉半業半乏。

　　　　帀聲　盇聲　夾聲　耴聲　枼聲　聑聲　聶聲　品聲　涉聲

　　　　聿聲　疌聲　囟聲　籋聲　燮聲　帖聲　乏聲　法聲

至於各等的介音，我們可以採用一些近人的說法。列表於後：

	開　口	合　口
一等		u
二等	r	ru
三等	j	ju
四等	i	iu

　　黃先生通過反切去考先秦古音的辦法，是不是可以提供參考呢？《廣韻》一書本是兼包古今南北之音的韻書，我們既然承認漢語古今是一個系統，而語言的發展，又是新的質素積累和舊的質素衰亡，而二者都是漸進的，那麼中古用反切記下來的語音，就不可說和古音全不相涉，也不能說通過韻書考出來的古音和前人用其他方法考出來的，只是一種巧合。

　　至於有人說，以古本韻證古本聲，又以古本聲證古本韻，在邏輯上犯了「乞貸論證」（begging the question）的毛病。我曾經寫過〈蘄春黃季剛先生古音學說是否循環論證辨〉❶一文，詳為辨釋，這裏就不再贅述了。

　　我們知道，事物是相互依賴、相互制約的，而漢語的音節由聲韻拼成，聲變會影響韻，韻變也會影響聲，正如黃先生所說的：「古聲既變為今聲，則古韻不得不變為今韻，以此二物相挾而變。」是不是可以互證呢？我們還不宜輕率的認為他的方法根本錯了。

　　至於古聲十九紐的演變，我們該採用後人一些修正的說法，則黃先生的學說就更為圓滿了。曾運乾〈喻母古讀考〉一文❶，認為喻母歸定，為母歸匣。錢玄同❶、戴君仁❶二位先生考訂邪紐古歸定紐，我寫〈羣母古讀考〉，認為羣母古歸匣母。作此修正後，我們可以把黃先生古聲十九紐的演變列出來了。

〔一〕喉音（gutturals）：

❶　陳新雄〈蘄春黃季剛先生古音學說是否循環論證辨〉，載《孔孟學報》第五十八期，頁三一九～三六四，民國七十八年九月二十八日，臺北。
❶　曾運乾〈喻母古讀考〉，《東北大學季刊》第二期。
❶　錢玄同〈古音無邪紐證〉，《師大國學叢刊》單訂本。
❶　戴君仁〈古音無邪紐補證〉，《輔仁學誌》十二卷一、二期合刊，北平。

*ʔ-→影ʔ-

〔二〕牙音 (velars):

*k-、*k'-、*ŋ-、*x-→見k-、溪k'-、疑ŋ-、曉x-

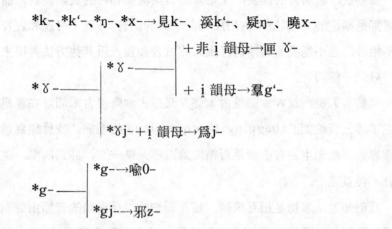

*g- ── ┃*g-→喻0-
　　　 ┃*gj-→邪z-

〔三〕舌音 (dentals):

					一四等→端t-透t'-定d'-泥n-
*t-	*t-	*t'-	*d'-	*n-	二三等→知tɛ-徹t'ɛ-澄dɛ'-娘nɛ-
	*tj-			*n-	
		*t'j-	*d'j-	*nj-	三等→照tɕ-穿tɕ'-神dʑ'-日nʑ-
		*thj-	*dhj-		三等→審ɕ-禪ʑ-

*l-→來l-　*d- ┃*d-→喻0-
　　　　　　　 ┃*dj-→邪z-

〔四〕齒音 (apical sibilants):

	*ts-	*ts'-	*dz'-	*s-	
*ts-	*ts-	*ts'-	*dz'-	*s-	一四等→精ts-清ts'- 從dz'-心s- 二三等→莊tʃ-初tʃ'- 床dʒ'-疏ʃ-
	*tsj-	*ts'j-	*dz'j-	*sj-	三 等→精ts-清ts'- 從dz'-心s-

〔五〕脣音 (labials)：

*b- *p'- *b'- *m-

一二四等及三等開口→幫p-滂p'-並b'-明m-

三等合口→非pf-敷pf'-奉bv'-微ɱ-

上面這張古聲紐演變表，較黃先生古本聲十九紐多了 *g、*d 二紐，這是接受了曾運乾與錢玄同等的說法，因為從諧聲上來說喻、邪二紐只是歸定，只能解決部分問題，像余 0-: 徐 z-: 涂 d'-: 除 dₑ'-這類諧聲現象是可以解決，但也不能認為就是定 d'-，否則以後的分化條件就不好解說了，所以得為它設想一個上古來源 *d-。但也只能解決上舉的諧聲現象，至於像羊 0-: 祥 z-: 姜 k-: 羌 k'-一類的諧聲情形，仍得不到圓滿的解釋，所以我們為它設想了一個上古 *g- 的來源，這就是為什麼多出兩個聲紐的緣故。

最後，我們要討論黃季剛先生對上古聲調的看法。黃先生認為「古無上去，惟有平入。」後來又寫了一篇〈詩音上作平證〉[19]，從《詩經》裏找出無上去的證據。按《詩經》的押韻，常常平上混用、去入混用；而四聲分開押韻的情形則就更多，我們應該如何給它一個合理的解釋？從四聲分用的情形看來，則王念孫、江有誥說古有四聲不無道理；從平上混用、去入混用的現象來看，則段玉裁「古四聲之

[19] 《黃侃論學雜著》，中華書局，一九六四，上海。

道有二無四，二者平入也。」及黃季剛先生「惟有平入」之說，又得到支持。我們今天看起來，這兩說似相反而實相成。何以言之？本師林先生景伊（尹）嘗以爲就《詩》中四聲分用的現象看來，可能古人實際語音中確有四種不同的區別存在；就《詩》平上合用，去入合用的現象看起來，古人在觀念上還沒有後世四聲的區分。古人在觀念上雖無四聲的區分，但於聲之舒促則應可加別異，後世所謂平上者，古人以爲平聲，卽所謂舒聲，後世所謂去入，古人以爲入聲，卽所謂促聲。因古人實際語音上已有四聲的區別存在，故《詩》中四聲分用畫然，又因其觀念上只能辨別舒促，故平每與上韻，去每與入韻❷。按林師此說，最爲通達，於《詩》中所表現的兩種現象，皆能兼顧，且解釋起來，也無所躓礙。不過段玉裁旣云：「古四聲不同今韻。」則古人的四聲就未必全同於後世。王力說：「王念孫和江有誥都以爲古人實有四聲，不過上古的四聲和後代的四聲不一致罷了。我們以爲王、江的意見，基本上是正確的，先秦的聲調分爲舒促兩大類，但又細分爲長短，舒而長的聲調就是平聲，舒而短的聲調就是上聲，促聲不論長短，我們一律稱爲入聲，長入到了中古變爲去聲（不再收 -p、-t、-k），短入仍舊是入聲，我們的理論根據是這樣，中古詩人把聲調分爲平仄兩類，在詩句裏平仄交替，實際上像西洋的『長短律』和『短長律』，中古的平聲是長的，上古的平聲也是長的，至於上古長入的韻尾-p、-t、-k則是因受長元音的影響，而逐漸消失了的。」（見《漢語史稿》）王氏原注云：「《公羊傳》莊公二十八年：『春秋伐者爲客，伐者爲主。』何休注云：『伐人者爲客，讀伐長言之，齊人語也。見伐者爲主，讀伐短言之，齊人語也。』伐字長言之，就是唸長入，短言之，就是唸短

---

❷ 本師林景伊先生此說，見於拙著《古音學發微》第五章所引，文史哲出版社，一九七二初版，一九七五再版，一九八三三版，臺北。

入，高誘注《淮南子》和《呂氏春秋》有所謂『急氣言之』、『緩氣言之』，可能也是短調和長調。」王力這一說法，實際上和段玉裁〈答江晉三論韻〉所說：「古四聲之道有二無四，二者平入也，平稍揚之則爲上，入稍重之則爲去，故平上一類也，去入一類也，抑之揚之舒之促之，順逆交遞而四聲成。」實際上是同一理念，王氏所謂舒促，即段氏所謂平入，王氏所謂舒而短，即段氏平稍揚，王氏所謂促而長，即段氏所謂入稍重，雖用語不同，而意思實際上相同。因王氏的說法，實際上與段氏旨意相同，故又說：「段玉裁說上古沒有去聲，他的話是完全對的，中古的去聲字有兩個來源，第一類是由入聲變來的，例如『歲』字依《廣韻》該讀去聲（直到現在還是去聲），但是《詩經・豳風・七月》叶『發』、『烈』、『褐』、『歲』，〈大雅・生民〉叶『載』、『烈』、『歲』，可見『歲』字本是一個收 -t 的字，屬入聲。……總之，一大部分的去聲字在上古屬於入聲（長入），到中古喪失了韻尾 -p、-t、-k 音變爲去聲，這是毫無疑問的。第二類的去聲是由平聲和上聲變來的，特別是上聲變去聲的字多些，上聲之中，特別是濁音上聲的多些。……一字兩讀也可以作爲證明，具有平去兩讀者，如『衣』、『過』、『望』等字最初都屬平聲；具有上去兩讀者，如『語』、『去』等字，最初都屬上聲。」（見《漢語史稿》）王氏所以認爲上古聲調有舒促兩大類的原因，頗有據於段玉裁之言。王氏云：「依段玉裁的說法，古音平上爲一類，去入爲一類；從《詩》韻和諧聲來看，平上常相通，去入常相通，這就是聲調本分舒促兩大類的緣故。」（見《漢語史稿》[21]）王氏既認爲上古聲調分舒促兩類各有長短，故他的上古聲調最後的結論是：「上古陰陽入各有兩個聲調，一長一短，陰

---

[21]　王力《漢語史稿》上冊，科學出版社，一九五八，北京。

陽的長調到後代變爲平聲，短調到後代成爲上聲，入聲的長調到後代
成爲去聲，短調到後代仍爲入聲。」(見《漢語音韻》)以王氏前後所
言對照看來，他所說的陰陽，就是所謂舒聲，他所說的入聲就是指促
聲。我們可就此以推，實際上舒促兩類的區別，就是指韻尾輔音有無
-p、-t、-k 而言，有的是促聲，沒有的就是舒聲。但是韻尾輔音-p、
-t、-k的有無，那卻是指韻母的音質問題。古人於韻母之爲陰聲 ——
不收任何輔音韻尾，陽聲 —— 收鼻音韻尾-m、-n、-ŋ，入聲 —— 收
塞音韻尾-p、-t、-k，這種音質上的差異，實易於區別；至於舒促兩
類又分長短，所謂長短，乃指調值問題，指元音留聲的久暫而言，此
在古人，雖能分，但亦易混。尤其在觀念上恐怕不容易區分清楚。王
氏既以後世平上來自古代舒聲，去入來自古代的促聲，同時又認爲雖
音高相同，而卻有音長的區別，舒之長變爲平，舒之短變爲上，促之
長變去，促之短爲入，於是由上古至中古之聲調，乃由舒促長短變爲
平上去入。從王氏接受段氏古無去聲的觀點看，實在所謂舒促，就是
段玉裁與黃季剛先生所說的平入，只不過二者的名稱略異而已。舒促
各有長短，逐演變爲中古之四聲。此種解釋，與本師林先生景伊秉承
黃君之旨，在《中國聲韻學通論》所說：「古惟有平入二聲，以爲留
音長短之大限，迨後讀平聲稍短而爲上，讀入聲稍緩而爲去。」基本
上，理念是完全一致的。不過王氏爲符合同音在相同條件必須相同的
演變通則，預爲後世四聲的產生而創設不同的條件，在解釋上比較合
理。因此我們可以說，古人在實際之語音上可能如王氏所說，有舒促
長短的區別，然在觀念上則僅有舒促（或者直稱爲平入亦無不可）的
辨識能力。因爲實際上有此四種區別存在，故四聲每每分用，因在觀
念上僅能辨舒促，故平上同爲舒聲多混用，去入同爲促聲，故亦多合
用。王氏既以去入同爲促聲，而證促音之長調後失輔音而變去；然平

上既同爲舒聲，且以偏旁證之，聲母聲子同在上聲者少，與平諧聲者多，舒聲之短調後世變上，因上聲只由於短讀，而非失去韻尾，故上聲之成，遠早於去。長入因元音長讀而失去輔音韻尾，則其所變者，當爲陰聲之去，然則陽聲之去，從何而來？王力雖說由平上之濁聲，特別是上聲的濁聲而來。這一點是王力聲調說的最大致命傷，因爲如果上聲的濁聲變了去聲，則上聲就沒有濁聲了，而《廣韻》上聲的濁聲仍在，則此說不能令人無疑。

　　關於這一點，蘇聯謝・葉・雅洪托夫(S. E. Yakhotov) 的〈上古漢語的韻母系統〉一文❷，對於王力的說法提出一些好的補充意見，頗能補王力此處的不足。雅洪托夫說：

> 但王力的理論不能解釋沒有*-p、*-t、*-k 韻尾的字是怎麼產生去聲的，也不能解釋爲什麼在任何字中去聲能成爲一種構詞手段。
>
> 奧德里古（A. G. Haudricourt）對去聲提出了與衆不同的解決辦法❷。他推測去聲字最初存在具有構詞後綴作用的輔音韻尾*-s。*-s 能跟任何字，甚至帶 -p、-t、-k 韻尾的字合在一起。後來*-s 前的輔音起了變化或脫落了，帶-s 的字（不管是陰聲還是陽聲）變成去聲；最後*-s 本身也脫落了。奧德里古爲屬入聲韻或單獨成韻的去聲字構擬了複輔音韻尾*-ks、*-ts、*-ps。
>
> 至於平聲或上聲的陰聲字，奧德里古則同王力一樣，推測它們

---

❷　謝・葉・雅洪托夫〈上古漢語的韻母系統〉一文，見唐作藩・胡雙寶編《漢語史論集》，北京大學出版社，一九八六，北京。

❷　奧德里古〈如何重建古代漢語〉("Comment reconatruire le chinois archaique," 載 *Word*，一九五四，十卷，No. 2-3)，頁三六三～三六五。

曾是開音節或曾有過半元音韻尾。

這是一條十分方便的道路，來解決陽聲的去聲來源，我們只要替陽聲的去聲字設想在上古有 -ms、-ns、-ŋs 三種韻尾就可以了，只要是這三種韻尾的字，到了中古就一律變成了去聲韻。黃先生的聲調說經過王力、雅洪托夫諸人的解說，實在是一種非常有見地的說法。

叁

清代學者的古音學研究，主要的目的是在讀通古書，他們知道通曉古音，才能給古書的通假現象作出合理的解釋。而訓詁與聲音是相爲表裏的，也只有掌握了語音規律，訓詁才能正確。本來任何學問都要講究實用的，而聲韻學本身爲工具之學，那就更不能例外，語言學家從複雜的語言現象找出規律，反過來，又利用這些規律去解決問題。所以我們在介紹黃先生的古音學說以後，再附帶地說明他對古音通轉的意見，和運用規律以說明具體問題的態度。

古韻通轉的規律，主要不外對轉與旁轉二類，對轉就是主要元音（韻腹）不變，只變韻尾；旁轉是主要元音的改變，或者韻尾也跟著改變。所以黃先生《聲韻通例》說：

> 凡陰聲陽聲互相轉曰對轉，陰聲陽聲自類音近相轉者曰旁轉，由旁轉以得對轉者曰旁對轉。

至於他二十八部中對轉、旁轉的關係，他在〈與人論治小學書〉中補充說明道：

陽聲先痕寒三部同收-n 為同列，青唐東冬登五部同收-ŋ 為同列，覃添二部同收-m為同列，凡陽聲同列者，其相對之陰聲、入聲亦為同列。灰歌同列，齊模侯蕭豪咍同列，屑沒曷同列，錫鐸屋沃德同列，合怗同列，凡同列之韻皆得通轉為旁轉，凡陰聲與陽聲相對者得相通轉為對轉，凡自旁轉而成對者為旁對轉，凡此列與彼列相比之韻亦得旁轉。

這是他承認通轉合乎音理的，至於古聲母的通轉，他在〈求本字捷術〉一文中透露一些消息：

昔人求本字者，有音同、音近、音轉三例，至為閎通；然亦非囂于淆亂者所可藉口，茲抽其緒條，以告同道。

音同有今音相同、古音相同二例，今音相同者，謂於《唐韻》、《切韻》中為同音，此例最易了。古音相同者，必須明於古十九紐之變，又須略曉古本音，譬如涂之與除，今音兩紐，然古音無澄紐，是除亦讀涂也；又如罹之與羅，今音異韻，然古音無支韻，是罹亦讀羅也。音轉者，謂雙聲正例，一字之音本在此部，而假借用彼部之字，然此部與彼部字，雖非同韻，的係同聲，是以得相通轉。音近者，謂同為一類之音，如見溪與羣疑音近，影喻與曉匣音近，古者謂之旁紐雙聲。然求音近之假借，非可意為指斥，須將一字所衍之聲通為計較，視其所衍之聲，分隸幾紐；然後由其紐以求其字，雖喉音可以假借舌音也，雖齒音可以假借為脣音也。若不先計較，率爾指同，均為假借，則其用過宏，朱駿聲於此不甚明瞭，猶不若王筠之慎也。

大抵見一字，而不了本義，須先就《切韻》同音之字求之。不得，則就古韻同音求之，不得者蓋已尟。如更不能得，更就異韻同聲字求之，更不能得，更就同韻同類或異韻同類之字求之。終不能得，乃計較此字母音所衍之字，衍爲幾聲，如有轉入他類之音，可就同韻異類之字求之。若乃異韻異類，非有至切至明之證據，不可率爾妄説。此言雖簡，實爲據借字以求本字之不易定法。王懷祖、郝恂九諸君罔不如此，勿以其簡徑而忽之。

正紐雙聲，旁紐雙聲是他的古聲通轉條例，黃先生研究聲韻不是孤立的，他是以語音爲綱，結合文字與詞彙作整體的研究。這種高度綜合的學問，他稱之爲小學。他在《聲韻略說》裏說：

小學徒識字形，不足以究語言文字之根本也。

黃先生知道詞義是透過語音表達的，只有掌握住語音這個樞紐，文字的發展變化才有條理可尋，要如何才能做到這一步呢？他認爲首先要綜合研究漢語聲音文字最基本的要籍。他在《爾雅略說》中說：

是故文字之作，蕭然獨立，而羣籍皆就正焉。辭書之作，苟無字書爲之樞紐，則蕩溢乎如系風捕影，不得歸宿。

因此，他很看重《說文》以及與文字有關的古文字書，先生對甲金文的重視，一般學者多未之知，我且舉他的《書眉日記》爲例，他在民國十八年九月二十四日記道：

來青寄《西清古鑑》附錢錄，又《說文古籀補》來。西泠寄《古籀拾遺》、《古文舊書考》、《恒軒吉金錄》、《周泰古璽》來。託石禪寄錢五十二元如北京富晉買書四種：《正續夢郼草堂吉金圖》、《歷代符牌錄》、《龜甲獸骨文字》、《殷墟書契待問編》，共郵費二元餘，甚貴。自寄十四元如天津買《簠室殷契徵文》。

自此日起，日記中每隔一、二日即託人搜購甲金文字的書籍，直到十月廿七日記下：

> 暮偕石禪詣榮寶齋買玻璃絲紙水筆，世界書局買三足顯微鏡，為鈔甲文之用。

先生在短短的一個多月之中，自積極購藏甲金文書籍，到起而臨摹手抄，可見其對此學的重視。可惜棄世太早，未能把他的心得與創獲公之於世，這不但是先生個人的損失，也是中國學術界的損失。

黃先生常諄諄告誡學生要爭取時間閱讀古籍中的基本書，而他自己治學的勤劬，對專業的摯愛，以及嚴格要求著作的品質，這些精神都是值得後輩學習的。而且每日規定日課為鈔書、校書、繙書、點書、撰作五種。茲錄其民國十七年六月三日《閱嚴日記》一頁影本於後（如附圖（五）），以證先賢治學之嚴且勤。至於先生治古音的方法及其觀點，縱在今日語言學極其發達之時，對我們仍是非常有用的。寫完了對黃先生治學的介紹後，特錄我當年根據先生《音略》完成證補後之自賦詩一首，作為此文的結語。詩曰：

> 念年燈火校蟲魚，析字論音意皦如。

肖即墨當羊久乃悟今夕月食也以占諡陳言說之夷秋

月也今月食既於正陽之月夷其衰乎此佳兆也得鷹若

書言購書事有十種無書傳新語礼左傳爾雅方言列女

已購者十六種堇值十四元又言近為商賈之事疲于奔

走故書問簡闕今心意稍定擬觀通鑑請示以治史之塗

徑又問購書餘翌謀見贈江蘇第一圖書館覆校善本書

目四冊閱漢文記州八卷凡閱四卷今日偹節今夕以後以

句詩遂至難喝今日未鈔校繕點撰為每日之程課十八

已有眞知承絕學，又翻舊典出新疏。

東坡萬里藏三卷，炎武千秋炳五書。

一脈相傳量守業，此身幸作瑞安徒。

參 考 書 目

《黃侃論學雜著》　　　　　　　中華書局

《文字學音篇》　　錢玄同　　　學生書局

《章氏叢書》　　　章炳麟　　　世界書局

《劉申叔遺書》　　劉師培　　　臺灣大新書局

《中國聲韻學通論》林　尹　　　黎明文化事業公司

〈集韻聲類表述例〉潘重規　　　《新亞學術年刊》第六期

《章炳麟跋黃季剛登高絕筆遺墨》　學海出版社

《黃季剛先生遺墨》　　　　　　學海出版社

《黃季剛先生手寫日記》　　　　學生書局

《訓詁學槩要》　　林　尹　　　正中書局

《漢語史稿》　　　王　力　　　科學出版社

《漢語音韻》　　　王　力　　　弘道文化事業有限公司

〈黃侃古音學述評〉王　力　　　中華書局〔《龍蟲並雕文集》第
　　　　　　　　　　　　　　　三冊〕

《漢語音韻學》　　羅常培　　　香港太平書店

〈上古音研究〉　　李方桂　　　《清華學報》新九卷一、二期合
　　　　　　　　　　　　　　　刊

〈論上古音〉　　　周法高　　　香港中文大學《中國文化研究所
　　　　　　　　　　　　　　　學報》第二卷第一期

《訓詁學簡論》　　　陸宗達　　　　北京出版社

〈清代古音學的殿後人黃侃〉　彭炅乾　《中國語言學史話》

《漢語史論集》　　　雅洪托夫　　　北京大學出版社

《音略證補》　　　　陳新雄　　　　文史哲出版社

《等韻述要》　　　　陳新雄　　　　藝文印書館

《古音學發微》　　　陳新雄　　　　文史哲出版社

《鍥不舍齋論學集》陳新雄　　　　學生書局

〈民國古音學研究的開創人黃侃〉　陳新雄　《師大學報》三十一期

〈蘄春黃季剛先生古音學說是否循環論證辨〉　陳新雄　《孔孟學報》
　　　　　　　　　　　　　　　　　　　　　　　　　　第五十八期

〈論談添盍怗分四部說〉　陳新雄　《中央研究院第二屆國際漢學會
　　　　　　　　　　　　　　　　　議論文集》

〈黃季剛先生之生平及其學術〉　柯淑齡　中國文化大學博士論文

原載民國八十二年三月《中國學術年刊》第十四期

李方桂先生《上古音研究》的幾點質疑

　　李方桂先生於一九六八年夏在臺灣大學作「上古音」的專題演講，那時我正在撰寫博士論文《古音學發微》，得先師許詩英（世瑛）先生介紹，前往聽講，獲益良多。但亦有幾點疑惑，雖與先生討論過，因限於李先生的寶貴時間，未能暢所欲言，盡吐所疑，故始終未能釋疑。後與丁邦新院士、何大安博士亦均談及部分疑惑，而亦未得充分討論，故希望藉此文向聲韻學專家學者，提出我積之多年的疑惑，與大家討論，聽取各位專家學者的高見，俾釋多年的疑惑。

一

　　我對李先生《上古音研究》的第一個疑惑，就是在三等韻當中「知」與「照三」兩系字的介音 -rj- 與 -j- 的標準何在？舉一個例子來加以說明。例如《廣韻》「中，陟弓切」，「終，職戎切」，這兩個字上古韻部都屬於「中」部，屬於李先生圓唇舌根音的韻部，李先生的擬音是〔əngw〕，而「中」「終」兩字《廣韻》的反切是可以系聯的。「中」字用「弓」字作切語下字，而「弓」字「居戎切」與「終」字的切語下字同用「戎」字，故在系聯上，「中」「弓」「終」三個字是同一韻類的。而在等韻圖中，「中」與「終」都是排在三等韻處，也就是說都是「三等字」，像《韻鏡》就是這樣安排的。所以從古韻部

跟代表中古音的《廣韻》與《韻鏡》來說，在韻類上，我們是無法區別「中」與「終」的不同。但是李方桂先生的《上古音研究》「中」的擬音〔*trjəngw>ṭjung〕，「終」的擬音〔*tjəngw>tśjung〕。現在我要提出的疑惑是：李先生根據什麼標準，把「中」字上古音的介音擬作 -rj- ，而把「終」字上古音的介音擬作 -j- 。因爲這兩個字在上古韻部相同，在中古韻類等列相同，李先生根據什麼理由把它們擬成不同的介音？ 如果把 r 當作聲母的一部分，則「知」〔tr-〕與「照」〔t-〕爲不同的聲母，則又何以說「端」「知」「照」三母在上古爲同源？如果著眼「知」「照」二系聲紐在《廣韻》本來就屬於不同的聲紐，而在擬音時予以不同的條件，把「知」系擬作 tr-等，把「照」系擬作t-等，則是任何人都能做得到的事情。我想以李先生的學術地位與素養，必定有他的理由。可是在論文裏未能詳細指出，致令人留下許多的疑點，故特別提出來，希望學者專家能爲李先生的說法提出一些滿意的解釋。關於此類問題，不僅出現於「中」部，其他的古韻部，也有同樣的情形。謹按李先生的古韻分部之先後次序，羅列於下：

一　之部入聲：

知系字	照系字
陟竹力切 *trjək>ṭjək	職之翼切 *tjək>tśjək
直除力切 *drjək>ḍjək	瀷昌力切 *thjək>tśhjək
敕恥力切 *thrjək>ṭhjək	食乘力切 *djək>dźjək

二　之部陰聲：

知系平聲字	照系平聲字
痴丑之切 *thrjəg>ṭhï	之止而切 *tjəg>tśï
治直之切 *drjəg>ḍï	蚩赤之切 *thjəg>tśhï

時市之切 *djəg>źï

知系上聲字	照系上聲字
徵陟里切 *trjəgx>ţï	止諸市切 *tjəgx>tśï
恥敕里切 *hnrjəgx>ţhï	齒昌里切 *thjəgx>tśhï
峙直里切 *drjəgx>ḍï	市時止切 *djəgx>źï
知系去聲字	照系去聲字
置陟吏切 *trjəgh>ţï	志職吏切 *tjəgh>tśï
眙丑吏切 *thrjəgh>ţhï	熾昌志切 *thjəgh>tśhï
值直吏切 *drjəgh>ḍï	侍時吏切 *djəgh>źï

三　蒸部:

知系字	照系字
徵陟陵切 *trjəng>ţjəng	蒸煮仍切 *tjəng>tśjəng
澄直陵切 *drjəng>ḍjəng	稱處陵切 *thjəng>tśhjəng
	繩食陵切 *djəng>dźjəng
	承署陵切 *djəng>źjəng

四　幽部入聲:

知系字	照系字
竹張六切 *trjəkw>ţjuk	粥之六切 *tjəkw>tśjuk
蓄丑六切 *thrjəkw>ţhjuk	俶昌六切 *thjəkw>tśhjuk
逐直六切 *drjəkw>ḍjuk	熟殊六切 *djəkw>źjuk

五　幽部陰聲:

知系平聲字	照系平聲字
輈張流切 *trjəgw>ţjəu	周職流切 *tjəgw>tśjəu
抽丑鳩切 *thrjəgw>ţhjəu	犫赤周切 *thrjəgw>tśhjəu
儔直由切 *drjəgw>ḍjəu	讎市流切 *djəgw>źjəu

知系上聲字 　　　　　　　　照系上聲字

肘陟柳切 *trjəgwx＞ʈjəu 　　　帚之九切 *tjəgwx＞tśjəu

丑敕久切 *hnrjəgwx＞ʈhjəu 　　丑昌九切 *thjəgwx＞tśhjəu

紂除柳切 *drjəgwx＞ɖjəu 　　　受殖酋切 *djəgwx＞źjəu

知系去聲字 　　　　　　　　照系去聲字

晝陟救切 *trjəgwh＞ʈjəu 　　　咒職救切 *tjəgwh＞tśjəu

畜丑救切 *skhrjəgwh＞ʈhjəu 　臭尺救切 *skhjəgwh＞tśjəu

胄直祐切 *drjəgwh＞ɖjəu 　　　授承咒切 *djəgwh＞źjəu

六 中部:

知系字 　　　　　　　　　　照系字

中陟弓切 *trjəngw＞ʈjung 　　終職戎切 *tjəngw＞tśjung

忡敕中切 *thrjəngw＞ʈhjung

蟲直弓切 *drjəngw＞ɖjung

七 緝部:

知系字 　　　　　　　　　　照系字

縶陟立切 *trjəp＞ʈjəp 　　　執之入切 *tjəp＞tśjəp

湁丑入切 *thrjəp＞ʈhjəp 　　䵝昌汁切 *thjəp＞tśhjəp

蟄直立切 *drjəp＞ɖjəp 　　　十是執切 *djəp＞źjəp

八 侵部:

知系字 　　　　　　　　　　照系字

碪知林切 *trjəm＞ʈjəm 　　　斟職深切 *tjəm＞tśjəm

琛丑林切 *thrjəm＞ʈhjəm 　　諶氏任切 *djəm＞źjəm

沈直深切 *drjəm＞ɖjəm

九 微部入聲:

知系字 　　　　　　　　　　照系字

黜丑律切 *thrjət＞ṭhjuĕt　　出赤律切 *thjət＞tśhjuĕt

術直律切 *drjət＞ḍjuĕt　　術食律切 *djət＞dźjuĕt

十　微部陰聲:

知系平聲字　　　　　　　　照系平聲字

追陟佳切 *trjər＞ṭjwi　　錐職追切 *tjər＞tśjwi

鎚直追切 *drjər＞ḍjwi　　誰視佳切 *djər＞źjwi

知系去聲字

轛追萃切 *trjədh＞ṭjwi

墜直類切 *drjədh＞ḍjwi

十一　文部:

知系字　　　　　　　　　照系字

屯陟綸切 *trjən＞ṭjuĕn　　諄章倫切 *tjən＞tśjuĕn

椿丑倫切 *thrjən＞ṭhjuĕn　　春昌脣切 *thjən＞tśhjuĕn

　　　　　　　　　　　　脣食倫切 *djən＞dźjuĕn

　　　　　　　　　　　　純常倫切 *djən＞źjuĕn

十二　祭部入聲:

知系字　　　　　　　　　照系字

哲陟列切 *trjat＞ṭjät　　晢旨熱切 *tjat＞tśjät

中丑列切 *thrjat＞ṭhjät　　掣昌列切 *thjat＞tśhjät

轍直列切 *drjat＞ḍjät　　舌食列切 *djat＞dźjät

　　　　　　　　　　　　折常列切 *djat＞źjät

十三　祭部陰聲:

知系字　　　　　　　　　照系字

跐丑例切 *thrjadh＞ṭhjäi　　制徵例切 *tjadh＞tśjäi

滯直例切 *drjadh＞ḍjäi　　掣尺制切 *thrjadh＞tśhjäi

世舒制切 *sthjadh>ɕjäi

逝時制切 *djadh>ʑjäi

十四 元部:

知系字

遭張連切 *trjan>ṭjän

纏直連切 *drjan>ḍjän

照系字

饘諸延切 *tjan>tɕjän

燀尺延切 *thjan>tɕhjän

禪市連切 *djan>ʑjän

十五 葉部:

知系字

輒陟葉切 *trjap>ṭjäp

鍤丑輒切 *thrjap>ṭhjäp

照系字

讋之涉切 *tjap>tɕjäp

謵叱涉切 *thjap>tɕhjäp

涉時攝切 *djap>ʑjäp

十六 談部:

知系字

霑張廉切 *trjam>ṭjäm

覘丑廉切 *thrjam>ṭhjäm

照系字

詹職廉切 *tjam>tɕjäm

探視占切 *djam>ʑjäm

十七 陽部:

知系字

張陟良切 *trjang>ṭjang

長直良切 *drjang>ḍjang

照系字

章諸良切 *tjang>tɕjang

昌尺良切 *thjang>tɕhjang

常市羊切 *djang>ʑjang

十八 宵部入聲:

知系字

芍張略切 *trjakw>ṭjak

照系字

灼之若切 *tjakw>tɕjak

妁市若切 *djakw>ʑjak

十九 宵部陰聲:

知系平聲字 照系平聲字

朝陟遙切 *trjagw>ṭjäu 昭止遙切 *tjagw>tśjäu

超敕宵切 *thrjagw>ṭhjäu 怊尺招切 *thjagw>tśhjäu

晁直遙切 *drjagw>ḍjäu 韶市昭切 *djagw>źjäu

知系上聲字 照系上聲字

肇治小切 *drjagwx>ḍjäu 沼之少切 *tjagwx>tśjäu

紹市沼切 *djagwx>dźjäu

知系去聲字 照系去聲字

朓丑召切 *thrjagwh>ṭhjäu 照之少切 *tjagwh>tśjäu

召直照切 *drjagwh>ḍjäu 邵寔照切 *djagwh>źjäu

二十 脂部入聲:

知系字 照系字

窒陟栗切 *trjit>ṭjět 質之日切 *tjit>tśjět

抶丑栗切 *thrjit>ṭhjět 叱昌栗切 *thjit>tśhjět

秩直一切 *drjit>ḍjět 實神質切 *djit>dźjět

二十一 脂部陰聲:

知系平聲字 照系平聲字

胝丁尼切 *trjid>ṭi 脂旨夷切 *tjid>tśi

樨直尼切 *drjid>ḍi 鴟處脂切 *thjid>tśhi

知系上聲字 照系上聲字

黹豬几切 *trjidx>ṭi 旨職雉切 *skjidx>tśi

雉直几切 *drjidx>ḍi 視承矢切 *djidx>źi

知系去聲字 照系去聲字

致陟利切 *trjidh>ṭi 至脂利切 *tjidh>tśi

緻直利切 *drjidh > ḍi　　　　　　示神至切 *sgjidh > dźi

二十二　眞部:

知系字　　　　　　　　　　　照系字

珍陟鄰切 *trjin > ṭjěn　　　　眞職鄰切 *tjin > tśjěn

陳直珍切 *drjin > ḍjěn　　　　瞋昌眞切 *thjin > tśhjěn

　　　　　　　　　　　　　　神食鄰切 *djin > dźjěn

二十三　佳部陰聲:

知系字　　　　　　　　　　　照系字

知陟離切 *trjig > ṭjě　　　　支章移切 *skjig > tśjě

　　　　　　　　　　　　　　禔章移切 *tjig > tśjě

　　　　　　　　　　　　　　提是支切 *djig > źjě

二十四　耕部:

知系字　　　　　　　　　　　照系字

貞陟盈切 *trjing > ṭjäng　　　征諸盈切 *tjing > tśjäng

檉丑盈切 *thrjing > ṭhjäng　　成是征切 *djing > źjäng

呈直貞切 *drjing > ḍjäng

二十五　侯部入聲:

知系字　　　　　　　　　　　照系字

瘃陟玉切 *trjuk > ṭjwok　　　燭之欲切 *tjuk > tśjwok

楝丑玉切 *thrjuk > ṭhjwok　　觸尺玉切 *thjuk > tśhjwok

躅直錄切 *drjuk > ḍjwok　　　贖神蜀切 *djuk > dźjwok

　　　　　　　　　　　　　　蜀市玉切 *djuk > źjwok

二十六　侯部陰聲:

知系平聲字　　　　　　　　　照系平聲字

株陟輸切 *trjug > ṭju　　　　朱章俱切 *tjug > tśju

貙敕俱切 *thrjug>ṭhju　　　樞昌朱切 *thjug>tśhju

厨直誅切 *drjug>ḍju　　　　殊市朱切 *djug>źju

知系上聲字　　　　　　　照系上聲字

拄知庾切 *trjugx>ṭju　　　主之庾切 *tjugx>tśju

柱直主切 *drjugx>ḍju　　　竪臣庾切 *djugx>źju

知系去聲字　　　　　　　照系去聲字

註中句切 *trjugh>ṭju　　　注之戍切 *tjugh>tśju

住持遇切 *drjugh>ḍju　　　樹常句切 *djugh>źju

二十七　東部:

知系字　　　　　　　　　照系字

重直容切 *drjung>ḍjwong　鍾職容切 *tjung>tśjwong

寵丑隴切 *thrjungx>ṭhjwong　衝尺容切 *thjung>tśhjwong

湩竹用切 *trjungh>ṭjwong　鱅蜀庸切 *djung>źjwong

　　除了少數幾部，知系與照系不同時出現，故不相衝突外，像以上二十七類，既有三等知系字，又有三等照系字的情形。我們實在看不出來，爲什麼知系的介音是-rj-，而照系的介音卻是-j-。如果因爲知系與照系的聲母不同，把知系的 r 算作聲母的一部分，也就是說上古音中，知系的聲母是 tr-的話，則知與照就不能算是同一個聲母。通常我們說，聲母在某些不同的韻母前面，由於韻母的不同，所以分化成不同的聲母。假若因爲知道在中古時本來就不同，所以預先設想在上古有不同的條件，嚴格說來，這是倒果爲因。假若在研究中國古音學的時候，這也可以做我們研究的方向，那又何妨經過大家討論後確認爲一可行的方法，讓我們年輕的一代可以坦然地採用呢?

二

李先生的《上古音研究》把「匣」「羣」「為」三個聲母認定在上古出於一源，這是一個很好的構想。但是卻把它們在上古的聲值定為〔g-〕，而其演變規律如下：

上古 *g＋j-（三等）→中古羣母 g＋j-

上古 *g＋（一、二、四等韻母)- →中古匣母 ɣ-

上古 *gw＋j- →中古喻三 jw-

上古 *gw＋ j ＋i- →中古羣母 g＋ j ＋w-

上古 *gw＋（一、二、四等韻母)-→中古匣母ɣ＋w-

從李先生這一演變規律，我們發現 *g-這個聲母在一、二、四等韻裏，都變成了別的聲母，而在三等韻，則有變與不變之分。這種情況與一等韻中的其他聲母的演變規律卻大異其趣。我們知道一等性的韻母裏，共有十九個聲母，除「匣」母外，尚有喉音的「影」「曉」；牙音的「見」「溪」「疑」；舌音的「端」「透」「定」「泥」；齒音的「精」「清」「從」「心」；以及唇音的「幫」「滂」「並」「明」等十八個聲母，而這十八個聲母，有一個共同的性質，就是在一等性韻母前都維持原來的聲母而不發生變化，通常我們說，一等性的韻母，因為沒有任何介音,所以最不易影響聲母而使發生變化；而三等性的韻母，因為有介音-j-的關係，由於介音-j-的摩擦性質，乃最易導致聲母的變化。例如舌音組，在一等韻仍舊保持為*t- *t‘- *d‘-（或d-) *n-不變,在三等則分別變成 ṭ- ṭ‘- ḍ‘-（或ḍ-) ṇ-（或 t- t‘- dₑ‘-（或dₑ-) nₑ-),齒音組在一等保持為 *ts- *ts‘- *dz‘-（或 dz-) *s-而不變,而在三等韻則變為tʃ- tʃ‘- dʒ‘-（或dʒ-) ʃ-（或tʂ- tʂ‘- d ʐ‘-（或dʐ-)

ʂ-)，唇音組在三等韻有些變爲pf- pf'- bvʻ-（或bv-）ɱ-。由此可見聲母在三等韻發生變化，而在一等韻則不變，幾乎可說是漢語演變的通則。而李先生關於 *g-的演變規律，則正好與漢語演變規律背道而馳。別的聲母在一等不變的，而此處變了；別的聲母在三等起變化的，此處卻不變。究竟是什麼原因導致這種奇異的現象，李先生論文中也沒有交代清楚，這難免要使人起疑，故特別提出，敬請各位專家學者，提供寶貴的意見。《廣韻》的「爲」與「羣」兩組聲母，在三等韻的分化，李先生的交代也不是很清楚。例如：

《廣韻》文韻：雲、王分切；羣、渠雲切。

仙韻：㿉、王權切；權、巨員切。

宵韻：鴞、于嬌切；喬、巨嬌切。

陽韻：王、雨方切；狂、巨王切。

這些「爲」母與「羣」母的字，它們的切語相同，在《韻鏡》同在三等，而李先生的《上古音研究》把它們擬構成下面的擬音：

雲 *gwjən＞juən　　　　羣 *gwjiən＞gjwən

㿉 *gwjan＞jwɐn　　　　權 *gwjian＞gjwɐn

鴞 *gwjagw＞jäu　　　　喬 *gjagw＞gjäu

王 *gwjang＞jwang　　　狂 *gwjiang＞gjwang

它們的韻母相同，甚麼樣的音是 gw＋j-，甚麼樣的音是 gw＋j＋i-，如果不是着眼在聲母本來就不同的立場去構擬的話，在韻母上來說，實在無從辨別的。這是讓我感到懷疑的另一方面。再說「爲」「羣」兩組都在三等，切語下字又是同類，爲什麼「爲」的 *gw- 變了 j-，而「羣」的 *gw-卻不變，這也是讓我感到不解的一方面。

三

古韻分部是根據《詩經》韻腳得來的，古韻的擬音是根據古韻部而構擬的，但是擬出來的音，再去衡量《詩經》的押韻，總覺得韻母的主要元音相去太遠，說這樣的韻母可以在一塊兒押韻，總覺得是十分牽強的。爲了說明這一點，我先把李先生的四元音系統，與各部的搭配列表於下，然後再作說明。

元音＼韻尾	-g	-k	-ng	-d	-t	-n	-r	-b	-p	-m	-gw	-kw	-ngw
i	ig 支陰	ik 支入	ing 耕	id 脂陰	it 脂入	in 眞	ir ○	ib ○	ip ○	im ○	igw ○	ikw ○	ingw ○
u	ug 侯陰	uk 侯入	ung 東	ud ○	ut ○	un ○	ur ○	ub ○	up ○	um ○	ugw ○	ukw ○	ungw ○
ə	əg 之陰	ək 之入	əng 蒸	əd 微陰	ət 微入	ən 文	ər 微陰	əb 緝陰	əp 緝入	əm 侵	əgw 幽陰	əkw 幽入	əngw 多
a	ag 魚陰	ak 魚入	ang 陽	ad 祭陰	at 祭入	an 元	ar 歌	ab 葉陰	ap 葉入	am 談	agw 宵陰	akw 宵入	angw ○

從上表看起來，李先生的 i 類元音與 u 類元音兩行，都留下了許多的空白，使人看起來，在音韻結構上，非常不嚴謹。這且不管，我們以這張元音與韻母的搭配表，來看看《詩經》的押韻是怎麼樣的情形，根據王念孫《古韻譜》，《詩經》的合韻現象是這樣的：

一　歌脂有合韻：

《詩・商頌・玄鳥》：四海來假，來假祁祁〔脂〕。景員維河〔歌〕。殷受命咸宜〔歌〕。百祿是何〔歌〕。

二　歌支有合韻：

《詩・小雅・斯干》九章：乃生女子，載寢之地〔歌〕。載衣之

裼〔支入〕。載弄之瓦〔歌〕。無非無儀〔歌〕。唯酒食是議〔歌〕。無父母詒罹〔歌〕。

三　歌侯有合韻:

《詩·大雅·桑柔》十六章: 民之未戾，職盜為寇〔侯〕。涼曰不可〔歌〕。覆背善詈〔歌〕。雖曰匪予，既作爾歌〔歌〕。

四　歌支宵有合韻:

《詩·鄘風·君子偕老》二章: 玼兮玼兮，其之翟〔宵入〕也。鬒髮如雲，不屑髢〔歌〕也。玉之瑱也，象之揥〔支〕也。揚且之皙〔支〕也。胡然而天也，胡然而帝〔支〕也。

五　祭脂有合韻:

《詩·小雅·正月》八章: 心之憂矣，如或結〔脂入〕之。今兹之正，胡然厲〔祭〕矣。燎之方揚，寧或滅〔祭〕之。赫赫宗周，褒姒滅〔祭〕之。

《詩·小雅·雨無正》二章: 周宗既滅〔祭〕。靡所止戾〔脂〕。正大夫離居，莫知我勩〔祭〕。

《詩·大雅·皇矣》二章: 作之屏之，其菑其翳〔脂〕。脩之平之，其灌其栵〔祭〕。

《詩·大雅·瞻卬》首章: 瞻卬昊天，則不我惠〔脂〕。孔填不寧，降此大厲〔祭〕。邦靡有定，士民其瘵〔祭〕。蟊賊蟊疾。靡有夷屆〔脂〕。

六　祭侯有合韻:

《詩·周頌·載芟》: 播厥百穀〔侯入〕。實函斯活〔祭入〕。驛驛其達〔祭入〕。有厭其傑〔祭入〕。

《詩·周頌·良耜》: 播厥百穀〔侯入〕。實函斯活〔祭入〕。

七　元脂支有合韻:

《詩・邶風・新臺》首章：新臺有泚〔支〕。河水瀰瀰〔脂〕。燕婉之求，籧篨不鮮〔元〕。

八　元眞有合韻：

《詩・大雅・生民》一章：厥初生民〔眞〕。時維姜嫄〔元〕。

九　支侯有合韻：

《詩・小雅・正月》六章：謂天蓋高，不敢不局〔侯入〕。謂地蓋厚，不敢不蹐〔支入〕。維號斯言，有倫有脊〔支入〕。哀今之人，胡爲虺蜴〔支入〕。

十　耕陽有合韻：

《詩・大雅・抑》三章：罔敷求先王〔陽〕。克共明刑〔耕〕。

十一　魚侯有合韻：

《詩・小雅・賓之初筵》二章：籥舞笙鼓〔魚〕。樂既和奏〔侯〕。烝衎烈祖〔魚〕。

《詩・大雅・皇矣》八章：是類是禡〔魚〕。是致是附〔侯〕。四方以無侮〔侯〕。

《詩・周頌・有瞽》：有瞽有瞽〔魚〕。在周之庭，設業設虡〔魚〕。崇牙樹羽〔魚〕。應田縣鼓〔魚〕。鞉磬柷圉〔魚〕。既備乃奏〔侯〕。簫管備舉〔魚〕。

十二　侯宵有合韻：

《詩・小雅・常棣》六章：儐爾籩豆〔侯〕。飲酒之飫〔宵〕。兄弟既具〔侯〕。和樂且孺〔侯〕。

據以上例外合韻之例，歌脂合韻、歌支合韻，主要元音爲 a 與 i 之別；祭侯合韻、魚侯合韻，主要元音爲 a 與 u 之別，支侯合韻，則主要元音爲 i 與 u 之別，如此一來，則元音之三極端均可在一起押韻，聽覺上是否和諧？這也是不能不令人疑心的地方。本文並不是對

李先生的觀點有何修正，只是個人埋藏在內心的幾點疑惑，提出來跟中外音韻學者專家共同商討，敬請大家惠予指正。

原載一九九二年十一月十日《中國語文》第六期（總第二三一期）

章太炎先生〈轉注假借說〉一文之體會

　　餘杭章炳麟太炎先生〈轉注假借說〉一文，深明六書轉注、假借之理，故多爲後世所推崇。魯實先先生《假借溯原》卽謂：「近人餘杭章炳麟說之曰：『以文字代語言，各循其聲，方語有殊，名義一也。其音或雙聲相轉，疊韻相迆，則爲更制一字，此所謂轉注也。』其說信合許氏之黨言，闢前修之貤謬矣。」如魯先生之洞燭轉注之精微，明察許氏之黨言，固向所欽佩。然後世之人，不察章氏之微恉，斷章取義者，亦復不尠。因乃不揣固陋，就章氏原文，略加詮釋，以就正於當世通人。

　　章氏認爲〈說文敍〉之釋轉注爲「建類一首，同意相受，考老是也。」後世詮釋紛紜，皆無足錄。而似得轉注之旨，而猶未得其全者，僅有二家。一爲休寧戴氏。故云：「休寧戴君以爲考老也、老考也更相注，得轉注名。段氏承之，以一切故訓，皆稱轉注。」戴段此說，章君以爲不繫於造字，不應在六書。但並未否定以「互訓」釋轉注之大義，故後文云：「汎稱同訓者，後人亦得名轉注，非六書之轉注也。」正因戴段以互訓釋轉注雖爲廣義之轉注，並未失轉注之大恉，故後文又謂：「戴段諸君說轉注爲互訓，大義炳然。」可見章君於戴段以互訓釋轉注之見解，完全加以肯定。顧戴段所釋者乃廣義之轉注，非六書之轉注耳，範圍有廣狹之殊。猶後人以同音通用爲假借，與六書之假借有別，同出一轍。故章君類舉而並釋之曰：「同聲通用者，後人雖

通號假借，非六書之假借也。」二爲許瀚同部互訓說。章君以爲許瀚同部互訓之說，實爲虛張類例，似是而非。故痛加駁斥云：「由許瀚所說推之，轉注乃豫爲《說文》設，保氏敎國子時，豈縣知千載後有五百四十部書邪？且夫故訓旣明，足以心知其意，虛張類例，亦爲繁碎矣。又分部多寡，字類離合，古文籀篆，隨時而異，必以同部互訓爲劑，《說文》鶌鷜互訓也，鴟雖互訓也，強蚚互訓也，形皆同部。而篆文鶌字作雕，籀文雎字作鶌，強字作彊，佳與鳥，虫與蚰，又非同部，是篆文爲轉注者，籀文則非，籀文爲轉注者，篆文復非，更倉頡、史籀、李斯二千餘年，文字異形，部居遷徙者，其數非徒什伯計也。」先生所以對許氏之說痛加駁斥者，卽因許氏說表面看來較戴氏爲精，易於淆惑後世，故許氏以後之人，若朱宗萊等，卽受其影響。但由於章君提出轉注通古籀篆而言，非僅指小篆也。且又有佳與鳥、虫與蚰之具體例證，於是有人乃變其說法，謂形雖不同部，但義類不殊，意義可通，亦轉注之例。持此說者實昧於造字之理，蓋文字非一時一地一人所造，此地之人造一宋字，無人聲也。从宀朩聲，其主觀意識著眼於深屋之中，寂靜無聲，故取義从宀；彼地之人造一誄字，義雖不殊，形構不一，其主觀意識著眼於人無言語，故誄靜無聲，因取義从言。是則造字之人，旣不相謀，主觀意識，又不相同，則其形構，何能同類？取義旣異，又何可通乎？此地造宋，彼地造誄，文字統一，加以溝通，故謂之轉注。先生因曰：「余以轉注假借悉爲造字之則」實指此而言也。

因《漢書・藝文志》嘗言：「古者八歲入小學，故周官保氏掌養國子，敎之六書，謂象形、象事、象意、象聲、轉注、假借，造字之本也。」班志旣言「造字之本」，故後人亦誤以爲章先生「造字之則」一語，爲造字之法則。然先生卻自釋爲原則，而非法則。其《國學略

說・小學略說》云：「轉注假借，就字之關聯而言，指事象形會意形聲，就字之個體而言，雖一講個體，一講關聯，要皆與造字有關。如戴氏所云，則與造字無關，烏得廁六書之列哉！余作此說，則六書事事不可少，而於造字原則，件件皆當，似較前人爲勝。」章氏釋造字之則爲造字原則，而非法則。造字之法則，僅限於指事象形會意形聲。故章氏〈轉注假借説〉後文云：「構造文字之術在一，字者指事象形形聲會意盡矣。」

　　轉注既與造字有關聯，而又非構造文字之方法，則其關聯何在？首先應拋開字形，而從語言著想，以探究其起因。故章氏云：「蓋字者，孳乳而寖多，字之未造，語言先之矣。以文字代語言，各循其聲，方語有殊，名義一也。其音或雙聲相轉，或疊韻相迤，則爲更制一字，此所謂轉注也。」蓋有聲音而後有語言，有語言而後有文字，此天下不易之理也。當人以文字代語言，各循其本地之聲音以造字，由於方言不同，造出不同之文字。例如廣州話「無」爲〔mou〕，廣東人根據廣州方言造字，造出「冇」字，北京人不識「冇」字，如欲溝通，惟有立轉注一項，使文字互相關聯。冇、無也；無、冇也。不正如考、老也；老、考也同一類型乎！故太炎先生〈小學略說〉云：「是可知轉注之義，實與方言有關。」方言如何形成？在語音方面，不外乎雙聲相轉與疊韻相迤二途。雙聲相轉，謂聲不變而韻變，例如「歌」字，北京kɤ、濟南kə、漢口ko、蘇州kəu、溫州ku、廣州kɔ、廈門kua。韻母雖有ɤ、ə、o、əu、u、ɔ、ua之不同，聲母則皆爲k，此即所謂雙聲相轉。疊韻相迤，謂韻不變而聲變，例如「茶」字，北京tʂ‘a、漢口ts‘a、長沙tsa、廣州tʃ‘a、福州ta。聲母有tʂ‘、ts‘、ts、tʃ‘、t之差異，韻母同爲a，此即所謂疊韻相迤。由於雙聲相轉與疊韻相迤，乃造成方言之分歧。譬如「食」字，中古音爲

dz'jək，今各地方言，塞擦音聲母變作擦音聲母，濁音清化，韻母簡化。或讀北京 ʂ、或讀漢口 s、或讀廣州 ʃIk。然閩南語語音讀 tsiaʔ，猶保存古音之遺跡，與通語大不相同，初到臺灣之大陸人，聽臺灣人說「食飯」爲 tsiaʔpŋ，因爲 tsiaʔ 音既不同通語之食，又不同於通語之吃，乃以其語言另造一从口甲聲之形聲字「呷」，若人不識此「呷」字，爲之溝通，則惟有轉注一法。呷、食也；食、呷也。此謂之轉注也。中國文字若純從此路發展，則孳乳日衆，造字日多，將不勝其負荷者矣。故先生云：「孳乳日繁，則又爲之節制，故有意相引申，音相切合者，義雖少變，則不爲更制一字，此所謂假借也。」此謂一字而具數用者，依於義以引申，依於聲而旁寄，假此以施於彼，故謂之假借。轉注假借之起因既明，繼則爲許愼所設之定義，加以訓釋。「何謂建類一首？類謂聲類。」以類詁爲聲類，有無證據？先生舉證云：「鄭君周禮序曰：『就其原文字之聲類。』夏官序官注曰：『薙讀如鬀小兒頭之鬀，書或爲夷，字從類耳。』」此兩則例證之類皆當訓爲聲類，是類訓聲類，於後漢乃通用訓釋。然後先生緊接而道：「古者類律同聲，以聲韻爲類，猶言律矣。」爲證明類律同聲，先生舉證道：「《樂記》律小大之稱，《樂書》作類小大之稱。《律歷志》曰：既類旅於律呂，又經歷於日辰。又《集韻》六術：類、似也，音律。此亦古音相傳，蓋類律聲義皆相近也。」後人每批評先生「類謂聲類，首謂聲首」之言，名義雖不同，含義無區別，認爲許君不致重沓疊出，侷促於聲韻一隅。實則乃疏忽先生此段文字之失也。假若只釋「類謂聲類」，則前所舉證，已足夠矣。後文「古者類律同聲，以聲韻爲類，猶言律矣。」一段文字，豈非蛇足！先生〈小學略說〉云：「轉注云者，當兼聲講，不僅以形義言，所謂同意相受者，義相近也；所謂建類一首，同一語原之謂也。」以聲韻爲類者，猶言以聲韻爲規律也。

是則建類一首，當爲設立規律，使同語原。因爲語原必以聲韻爲規律，方可確定是否同一語原。先生文云：「首者，今所謂語基。」首之訓基，先生舉證云：「管子曰：凡將起五音凡首。〈地員篇〉，莊子曰：乃中經首之會。〈養生主篇〉，此聲音之基也。《春秋傳》曰：季孫召外史掌惡臣而問盟首焉。杜解曰：盟首、載書之章首。《史記‧田儋列傳》蒯通論戰國之權變爲八十一首，首或言頭。《吳志‧薛綜傳》曰：綜承詔造祝祖文。權曰：復爲兩頭，使滿三也。綜復再祝，辭令皆新，此篇章之基也。《方言》人之初生謂之首。初生者，對孳乳寖多，此形體之基也。」上述舉證，足明首訓爲基，殆無疑義矣。是則一首者，同一語基之謂矣。語基即今人恒言之語根。

先生因云：「考老同在幽類，其義互相容受，其音小變，按形體成枝別，審語言同本株，雖制殊文，其實公族也。非直考老，言壽者亦同。（《詩‧魯頌》傳：壽考也。考老壽皆在幽類。）循是以推，有雙聲者，有同音者，其條理不異，適舉考老疊韻之字，以示一端，得包彼二者矣。夫形者七十二家，改易殊體，音者自上古以逮李斯無變，後代雖有遷訛，其大閫固不移，是故明轉注者，經以同訓，緯以聲音，而不緯以部居形體。」因轉注是設立聲韻規律，使出於同一語根，意義大同，故可互相容受，在字形上雖屬不同之兩字，就語言說，屬於同一語根，雖然字形不同，其實爲同一語族之同源詞。不過推尋語根，不僅限於疊韻一端，從雙聲關係，或同音關係，均可推尋語根，因此論轉注之義，不可牽於形體，必須以同訓爲首要條件，以同語根爲必要條件。

如果意義相同，語根相同，而部首也相同，當然可稱爲轉注。故章君云：「同部之字，聲近義同，固亦有轉注矣。許君則聯舉其文，

以示微旨。如芓、麻母也；萁、芓也。古音同在之類；蓄、蕾也；蕾、蓄也。同得畐聲，古音同在之類；蓨、苗也；苗、蓨也。古音同在幽類。……」先生以爲若此類轉注字，韻同而聲紐有異，在古本爲一語，後乃離析爲二。甚至有紐韻皆同，於古應爲一字，但許君不說爲同字，不列入重文。章君言其故云：「即紐韻皆同者，於古宜爲一字，漸及秦漢以降，字體乖分，音讀或小與古異，《凡將》《訓纂》相承別爲二文，故雖同義同音，不竟說爲同字，此轉注之可見者。」黃季剛先生《說文綱領》嘗云：「建類者，言其聲音同類，一首者，言其本爲一字。」不過閱時漸久，小有差異，前人字書，分爲二文，許君於此類字，不說成同字，但就字之關聯言，則必須以轉注之法加以溝通，此種情形，須用轉注，乃吾人顯明易知者也。但是轉注之字，既出同一語根，自不局限於同一部首，只要聲近義通，雖部首不同，文不相次者，亦轉注之例也。章君云：「如士與事、了與尥、丰與菶、火與焜燬、羊與戠、𠔁與跀、倞與勍、辛與愆、恫與痛俑、敬與憼、忌與惎𢛳、欺與諆、𢡱與悠、斻與游、夋竣與蹲、頁與顛巽僎、姝與姣、敝與幣，此類尤衆，在古一文而已。」然亦有某類字，在古雖爲一字，其後聲音小變，或因聲調之差別，分作不同之字，但其類義無殊，則亦屬於轉注之例。章君云：「若夫畐葡同在之類，用庸同在東類，畫挂同在支類，龏恭同在東類，……此於古皆爲一名，以音有小變，乃造殊字，此亦所謂轉注者也。」更有一類字，由於雙聲相轉，本來是一字一義，後來孳乳分爲二字，則更須轉注者予以溝通矣。章君云：「如屏與藩、并與匕、旁與溥、象與豫、牆與序、謀與謨、勉與懋慔、敉與緢緬、楙茂與𣟓、攴與撫、迎逆與訝、攷與敂、笿與籠、龍與霝、空與窠、丘與虛、泱與滃、甶與書、還與逮、但與裼、鴈與鵝、揣與㛐、□與圓圜、回與囩、弱與柔栠𠬝、芮與茸、冃

與冢、究𥦽與窮、誦與讀、嫗與嫗、雕與𪗪、依與㿝、爨與炊。此其訓詁皆同，而聲紐相轉，本爲一語之變，益粲然可睹矣。若是者爲轉注。類謂聲類，不謂五百四十部也。首謂聲首，不謂凡某之屬皆從某也。」章君之所以云類謂聲類，首謂聲首，乃因轉注一科，實爲文字孳乳之要例，同一字而孳乳則謂之同源字，同一語而孳乳則謂之同源詞，同源字與同源詞之要素，音近義同，或音同義近，或音義皆同。故若聲韻紐位不同，則非建類也，聲韻紐位者，確定音同音近之規律也。語言根柢不同，則非一首也，一首者謂語言根源相同也。因爲轉注爲文字孳乳要例，故與造字之理有關，但並不能夠造字。故章先生云：「構造文字之崇在一，字者指事、象形、形聲、會意盡之矣。如向諸文，不能越茲四例。」

　　文末，章先生特別指明轉注假借乃造字之平衡原則。章君云：「轉注者，繁而不殺，恣文字之孳乳者也；假借者，志而如晦，節文字之孳乳者也。二者消息相殊，正負相待，造字者以爲繁省大例。知此者稀，能理而董之者鮮矣。」自休寧戴氏提出六書體用之分以來，四體二用之說，從違不一，非議之者，謂體用之分不合班志「造字之本」一語。然蘄春黃季剛先生《說文綱領》曰：「按班氏以轉注、假借與象形、指事、形聲、會意同爲造字之本，至爲精碻，後賢識斯旨者，無幾人矣。戴東原云：『象形、指事、諧聲、會意四者，字之體也；轉注、假借二者，字之用也。』察其立言，亦無迷誤。蓋考、老爲轉注之例，而一爲形聲，一爲會意。令、長爲假借之例，而所託之事，不別製字。則此二例已括於象形、指事、形聲、會意之中，體用之名，由斯起也。」又云：「轉注者，所以恣文字孳乳；假借者，所以節文字之孳乳，舉此而言，可以明其用矣。」蓋指事、象形、形聲、會意四者爲造字之個別方法；轉注、假借爲造字之平衡原則。造字方

法與造字原則，豈非「造字之本」乎！故太炎先生曰：「余以爲轉注假借悉爲造字之則。」亦指此而言也。先師瑞安林景伊先生《訓詁學概要》曰：「餘杭章君之說轉注，本之音理，最爲有見，頗能去榛蕪而闢坦途，於諸家之糾葛，一掃而空，明晰簡直，蓋無出其右者矣。」

原載八十一年六月師大《國文學報》第二十一期

今本《廣韻》切語下字系聯

一·一

　　今本《廣韻》的韻類，自陳澧《切韻考·內篇》，以其三則系聯
條例系聯《廣韻》的切語下字爲三百十一類以來，以後各家，各有各
的看法，各有各的分類，或多或少，但卻沒有兩家的分類是完全相同
的。因爲不論《切韻》也好，《廣韻》也好，一開頭的時候就沒注意
到系聯，因此諸家主觀上的取舍不一，自然結果就不能完全一樣了。
筆者本文不是對以前各家提出批評，也不是要提出補充。而是根據我
自己的一些想法，作一次新的練習，把練習的結果提出來，看看與前
人有多大的差異。如果差異不大，那也很好，就是從各個角落，各種
方法，得到的結果，都大同而小異，則對《廣韻》的切語下字，也比
較有統一的看法。

二·一

　　陳澧《切韻考·條例》，仍爲本篇系聯《廣韻》切語下字的最重
要的依據。故先錄其條例於下，陳氏云：

切語之法，以二字為一字之音，上字與所切之字雙聲，下字與
所切之字疊韻，上字定其清濁，下字定其平上去入。上字定清
濁而不論平上去入，如東德紅切、同徒紅切，東、德皆清，
同、徒皆濁也，然同、徒皆平可也，東平、德入亦可也；下字
定平上去入而不論清濁，如東德紅切、同徒紅切、中陟弓切、
蟲直弓切，東紅、同紅、中弓、蟲弓皆平也，然同紅皆濁、中
弓皆清可也，東清紅濁、蟲濁弓清亦可也。東、同、中、蟲四
字在一東韻之首，此四字切語已盡備切語之法，其體例精約如
此，蓋陸氏之舊也，今考切語之法，皆由此而明之。

《廣韻》切語是否卽陸氏之舊，雖尚待商榷，今姑不論。然陳氏
以爲「切語之法，以二字爲一字之音，上字與所切之字雙聲，下字與
所切之字疊韻。」就一切正規切語而言，陳氏所論，應屬精約。且距
今一百多年之前，卽有此正確之分析，尤爲難得。由於陳氏對切語之
瞭解，遂訂定三則系聯條例。陳氏曰：

切語上字與所切之字爲雙聲，則切語上字同用者、互用者、遞
用者聲必同類也。　同用者如冬都宗切、當都郎切，同用都字
也；互用者如當都郎切、都當孤切，都當二字互用也；遞用者
如冬都宗切、都當孤切，冬字用都字，都字用當字也。今據此
系聯之爲切語上字四十類，編而爲表直列之。
切語下字與所切之字爲疊韻，則切語下字同用者、互用者、遞
用者韻必同類也。同用者如東德紅切、公古紅切，同用紅字
也；互用者如公古紅切、紅戶公切，紅公二字互用也；遞用者
如東德紅切、紅戶公切，東字用紅字，紅字用公字也。今據此

系聯為每韻一類、二類、三類、四類，編而為表橫列之。

自董同龢先生《漢語音韻學》稱之為基本條例以來，後此各家，均沿襲其名，今亦因之。陳氏又曰：

> 《廣韻》同音之字不分兩切語，此必陸氏舊例也。其兩切語下字同類者，則上字必不同類，如紅戶公切、烘呼東切、公東韻同類，則戶呼聲不同類，今分析切語上字不同類者，據此定之也。
>
> 上字同類者，下字必不同類，如公古紅切、弓居戎切，古居聲同類，則紅戎韻不同類，今分析每韻二類、三類、四類者，據此定之也。

董同龢先生稱之為分析條例者是也。筆者以為基本條例與分析條例之不同者，基本條例具積極性作用，將不能系聯之切語，設法系聯起來；分析條例為消極性的作用，主要用在防止系聯發生錯誤。此二條例，大體言之，體例精密，頗為實用。除此二條例外，尚有董氏稱之為補充條例者一則。茲錄於下：

> 切語上字既系聯為同類矣，然有實同類而不能系聯者，以其切語上字兩兩互用故也。如多、得、都、當四字，聲本同類，多得何切、得多則切、都當孤切、當都郎切，多與得、都與當兩兩互用，遂不能四字系聯矣。今考《廣韻》一字兩音者，互注切語，其同一音之兩切語上二字聲必同類。如一東德紅切、又都貢切，一送涷多貢切，都貢、多貢同一音，則都、多二字實

同一類也。今於切語上字不系聯而實同類者，據此定之。

切語下字既系聯為同類矣，然有實同類而不能系聯者，以其切語下字兩兩互用故也。如朱、俱、無、夫四字，韻本同類，朱章俱切、俱舉朱切、無武夫切、夫甫無切，朱與俱、無與夫兩兩互用，遂不能四字系聯矣。今考平上去入四韻相承者，其每韻分類亦多相承，切語下字既不系聯，而相承之韻又分類，乃據以定其分類，否則雖不系聯，實同類耳。

陳氏補充條例，有關切語上字者，今稱系聯切語上字補充條例；有關切語下字者，今稱系聯切語下字補充條例。上字補充條例，若未互注切語，則其法窮；下字補充條例「雖不系聯實同類耳」一語，在邏輯上有問題。蓋反切之造，本積累增改而成，非一時一地一人所造，其始原未注意系聯，則實同類因兩兩互用而不系聯者，固勢所不免。又有誰能決定凡不系聯的都不同類呢！例如：東德紅切、同徒紅切、公古紅切、紅戶公切，此四字切語下字固系聯矣。然切語下字只要與所切之字疊韻，則凡疊韻之字，均可作為切語下字，則東德紅切，可改作德同切，同徒紅切，可改作徒東切。如此一改，則東與同、紅與公兩兩互用矣，誰敢說他們是不同類的呢！對於陳氏補充條例之未精密者，宜有補例之作也。

二 · 二

民國七十六年六月五日，筆者發表〈陳澧切韻考系聯廣韻切語上下字補充條例補例〉一文，於國立臺灣師範大學國文系《國文學報》第十六期。筆者的〈反切上字補充條例補例〉是：

今考《廣韻》平上去入四聲相承之韻，不但韻相承，韻中字音亦多相承，相承之音，其切語上字聲必同類。如平聲十一模：「都、當孤切」、上聲十姥：「覩、當古切」、去聲十一暮：「妒、當故切」，「都」、「覩」、「妒」為相承之音，其切語上字聲皆同類，故於切語上字因兩兩互用而不能系者，可據此定之也。如平聲一東：「東、德紅切」、上聲一董：「董、多動切」、去聲一送：「涷、多貢切」、入聲一屋：「㝅、丁木切」，東、董、涷、㝅為相承之音，則切語上字「德」、「多」、「丁」聲必同類也。「丁、當經切」，「當、都郎切」，是則德、多與都、當四字聲亦同類也。

筆者〈反切下字補充條例補例〉云：

今考《廣韻》四聲相承之韻，其每韻分類亦多相承，不但分類相承，每類字音亦多相承。今切語下字因兩兩互用而不系聯，若其相承之韻類相承之音切語下字韻同類，則此互用之切語下字韻亦必同類。如上平十虞韻朱、俱、無、夫四字，朱章俱切、俱舉朱切、無武夫切、夫甫無切，朱與俱、無與夫兩兩互用，遂不能四系聯矣。今考朱、俱、無、夫相承之上聲為九虞韻主之庚切、矩俱雨切、武文甫切、甫方矩切。上聲矩與甫、武切語下字韻同類，則平聲朱與無、夫切語下字韻亦同類。今於切語下字因兩兩互用而不系聯者，據此定之也。

茲依《廣韻》之次，再舉數例因兩兩互用而不能系聯者，系聯於後，以廣其用。

（一）《廣韻》入聲一屋：「穀（谷）、古祿切」（括弧內爲同音字，後放此）、「祿、盧谷切」；「卜、博木切」、「木、莫卜切」。穀與祿、卜與木兩兩互用而不系聯。今考穀、木相承之平聲音爲一東韻「公、古紅切」、「蒙、莫紅切」，公、蒙切語下字韻同類，則穀、木韻亦同類也。

（二）《廣韻》上聲五旨：「几、居履切」、「履、力几切」；「矢、式視切」、「視、承矢切」。几與履、矢與視兩兩互用而不系聯。考履、矢相承之平聲音爲六脂「梨、力脂切」、「尸、式脂切」，梨、尸切語下字韻同類，則、履矢韻亦同類也。」（尸，《廣韻》式之切誤，今據《全王》改。）

（三）《廣韻》六至：「位、于愧切」、「媿（愧）、俱位切」；「醉、將遂切」、「遂、徐醉切」。位與媿（愧）、醉與遂兩兩互用而不系聯。今考媿、醉相承之平聲音爲六脂「龜、居追切」、「嶉、醉綏切」。按六脂：「綏、息遺（惟）切」、「惟（遺）、以追切」。則龜、嶉同類，而媿、醉亦同類也。

今系聯今本《廣韻》切語下字，其有兩兩互用而不能系聯者，則據〈切語下字補充條例補例〉以定之也。

二·三

自敦煌《切韻》殘卷問世以來，後人彙集爲一篇者多種，計有劉復《十韻彙編》，姜亮夫《瀛涯敦煌韻輯》，潘重規師《瀛涯敦煌韻輯新編》，周祖謨《唐五代韻書集存》等多種。此類韻書對我們系聯今本《廣韻》的反切下字，也有相當大的助益。現在舉幾個例子來加以說明。

《廣韻》上平十六咍：「開、苦哀切」、「哀、烏開切」；「裁(才)、昨哉(災)切」、「災、祖才切」。開與哀、哉與才兩兩互用不系聯。今考裁字，《切三》「昨來反」。我們知道《切韻》《廣韻》是同音系的韻書，在這種情況下，我們沒有任何證據說那本韻書的切語是正確的，那本韻書的切語是不正確的，那麼，我們只有承認兩本韻書的反切都是對的。這樣就有利於我們用來系聯今本《廣韻》的反切下字了。

假如我們承認兩個切語都是對的，那麼，我們就可以利用數學上的等式來決定這兩個切語下字的關係。我們把它演算如下：

因為　裁＝昨＋哉；裁＝昨＋來

所以　昨＋哉＝昨＋來

則：　哉＝來

而來落哀切，哀、開本與哉、才兩兩互用而不系聯，今證明哉、來同類，則哉、哀就可系聯了。茲再舉下平聲六豪韻為例，豪韻「勞(牢)、魯刀切」、「刀、都牢切」；「襃、博毛切」、「毛、莫袍切」、「袍、薄襃切」，刀、牢與毛、袍、襃彼此互用而不系聯。今考《切三》「蒿、呼高反」，而《廣韻》「蒿、呼毛切」。則其演算式當如下：

因為　蒿＝呼＋毛；蒿＝呼＋高

所以　呼＋毛＝呼＋高

則：　毛＝高

《廣韻》「高、古勞(牢)切」，毛既與高韻同類，自亦與勞(牢)韻同類了。

故於《廣韻》切語下字有不系聯者，則可借助於《切韻》殘卷之切語以系聯之。

三·一

　　今本《廣韻》以張士俊澤存堂本爲主，輔以古逸叢書覆宋本，亦
參考周祖謨先生《廣韻校本》與《廣韻校勘記》。爲編排方便起見，
今按中古十六攝之次第，逐攝敍述於次：

三·二

(一)通攝：

上平一東		上聲一董	去聲一送	入聲一屋	開合等第
①紅公東		動孔董蠓㨝	弄貢送凍	谷祿木卜	開口一等
②弓宮戎融中終隆			衆鳳仲	六竹匊宿逐菊	開口三等

(1) 上平一東韻第一類切語下字紅公東，可以陳澧 基本條例系聯；
　　第二類切語下字，《廣韻》無隆字，豐各本《廣韻》均作「敷空
　　切」，誤。今據《切三》正作「敷隆切」。可以基本條例系聯。

(2) 上聲一董只一類，能系聯。

(3) 去聲一送韻第一類可系聯，第二類「鳳、馮貢切」誤。鳳爲平聲
　　馮、入聲伏相承之去聲音，當在第二類，《切韻考》列第一類
　　誤。除馮貢切外，皆能系聯。

(4) 入聲第一類「穀(谷)、古祿切」「祿、盧谷切」；「卜、博木切」
　　「木、莫卜切」。兩兩互用不系聯，今據〈補例〉系聯。參見二·
　　二(一)。

(5) 每一韻類之開合等第據《韻鏡》。

上平二冬	上聲（湩）	去聲二宋	入聲二沃	開合等第

冬宗　　　涷鶲　　　　統宋綜　　酷沃毒篤　合口一等

(1) 上平二冬可系聯。

(2) 《廣韻》二腫有「涷、都鶲切」「鶲、莫涷切」，《廣韻》「涷」下注云：「此是冬字上聲。」

(3) 去聲、入聲皆能系聯。後凡能系聯者只將切語下字列出，不再加注。

上平三鍾　　　上聲二腫　去聲三用　入聲三燭　　　開合等第
容鍾封凶庸恭　隴踵奉冗　頌用　　欲玉蜀錄曲足　合口三等
悚拱勇冢

(1) 上聲腫韻「腫、之隴切」「隴、力踵（腫）切」；「拱、居悚切」「悚、息拱切」。兩兩互用而不系聯，據〈補例〉拱之平聲相承之音爲恭，隴之平聲相承之音爲龍，平聲恭龍韻同類，則上聲拱隴亦韻同類也。

(2) 多之上聲涷鶲二字已經畫出本韻，歸入多之上聲（涷）矣。

三・三

(二)江攝:

上平四江　上聲三講　去聲四絳　入聲四覺　開合等第
雙江　　　項講澇　　巷絳降　　岳角覺　　開口二等

三・四

(三)止攝:

上平五支　　　上聲四紙　　　　去聲五寘　　　　開合等第

①移支知離羈宜奇　氏紙舐此是爹侈爾　避義智寄賜豉企　開口三等
　　　　　　　　綺倚彼靡弭婢俾

②爲規垂隨隳危吹　委詭累捶毀髓　　　睡僞瑞累恚　　　合口三等

(1) 按本韻「離、呂支切」「爲、力爲切」，則支、爲韻不同類，今
　「爲」字切語用「支」字，蓋其疏誤也。考本韻「爲、薳支切又
　王僞切」，去聲五寘「爲、于僞切又允危切」，《王二》「爲、榮僞
　反又榮危反」，《廣韻》「危、魚爲切」，根據《王二》又音則危、
　爲二字正互用爲類，不與支移同類也。

(2) 本韻「宜、魚羈切」「羈、居宜切」，羈、宜互用，自成一類，既
　不與支、移爲一類，亦不與危、垂爲一類，本韻系聯結果而有
　三類，則與「支」韻性質不合，支韻居韻圖三、四等，其爲細音
　無疑，究其極端，不外二類。考上聲四紙韻「狔、女氏切」，《集
　韻》「狔、乃倚切」，則倚、氏韻同類。倚相承之平聲音爲「漪、
　於離切」，氏相承之平聲爲「提、是支切」，上聲四紙「倚、於綺
　切，掎、居綺切，螘、魚倚切」，掎之相承平聲爲「羈、居宜切」，
　螘之相承平聲爲「宜、魚羈切」，是則羈、宜當併入支、移爲一
　類也。

(3) 併羈、宜入支移一類，則出現「重紐」問題，關於重紐問題，不
　僅出現在支韻，還出現於脂、眞、諄、祭、仙、宵、侵、鹽諸
　韻，爲談反切系聯而不可避免者。向來諸家對「重紐」之解釋，
　亦不盡相同。約而舉之，共有四說：

　(A) 董同龢〈廣韻重紐試釋〉，周法高〈廣韻重紐的研究〉，張
　　　琨夫婦〈古漢語韻母系統與切韻〉，納格爾〈陳澧切韻考
　　　對於切韻擬音的貢獻〉諸文都以元音的不同來解釋重紐的區
　　　別。自雅洪托夫、李方桂、王力以來，都認爲同一韻部應該

具有同樣的元音。今在同一韻部之中，認爲有兩種不同的元音，還不是一種足以令人信服的辦法。

(B) 陸志韋〈三四等與所謂喩化〉，王靜如〈論開合口〉，李榮〈切韻音系〉，龍宇純〈廣韻重紐音值試論〉，蒲立本〈古漢語之聲母系統〉，藤堂明保〈中國語音韻論〉皆以三、四等重紐之區別， 在於介音的不同。 筆者甚感懷疑的一點就是：從何判斷二者介音的差異，若非見韻圖按置於三等或四等，則又何從確定乎！我們正須知道它的區別，然後再把它擺到三等或四等去，現在看到韻圖在三等或四等，然後說它有甚麼樣的介音，這不是倒果爲因嗎？

(C) 林英津〈廣韻重紐問題之檢討〉，周法高〈隋唐五代宋初重紐反切研究〉， 李新魁〈漢語音韻學〉都主張是聲母的不同。其中以李新魁的說法最爲巧妙，筆者以爲應是所有以聲母作爲重紐的區別諸說中，最爲圓融的一篇文章。李氏除以方音爲證外，其最有力的論據，莫過說置於三等處的重紐字，它們的反切下字基本上只用喉、牙、脣音字，很少例外，所以它們的聲母是脣化聲母；置於四等處的重紐字的反切下字不單可用脣、牙、喉音字，而且也用舌、齒音字，所以其聲母非脣化聲母。但是我們要注意，置於三等的重紐字，只在脣、牙、喉下有字，而且自成一類，它不用脣、牙、喉音的字作它的反切下字，他用甚麼字作它的反切下字呢？何況還有例外呢？脂韻三等「逵、渠追切」，祭韻三等「劓、牛例切」，震韻三等「菣、去刃切」，獮韻三等「圈、渠篆切」，薛韻三等「噦、乙劣切」，小韻三等「殀、於兆切」，笑韻三等「廟、眉召切」，葉韻三等「腌、於輒切」，所用切語下字皆

非脣、牙、喉音也,雖有些道理, 但仍非十分完滿。

(D) 章太炎先生《國故論衡·音理論》論及重紐區別云:「嬀、
𪏱、奇、皮古在歌; 規、闚、岐、陴古在支, 魏、晉諸儒所
作反語宜有不同 , 及《唐韻》悉隸支部, 反語尚猶因其遺
跡, 斯其證驗最著者也。」董同龢〈廣韻重紐試釋〉一文,
也主張古韻來源不同。董氏云:「就今日所知的上古音韻系
看, 他們中間已經有一些可以判別爲音韻來源的不同: 例如
眞韻的『彬、砏』等字在上古屬『文部』(主要元音＊ə),
『賓、繽』等字則屬眞部 (主要元音＊e); 支韻的『嬀、𪏱』
等字屬『歌部』(主要元音＊a);『規、闚』等字則屬『佳部』
(主要元音＊e); 質韻的『乙、肸』等字屬微部 (主要元音
＊ə),『一、欪』等字則屬『脂部』(主要元音爲＊e)。」至
於古韻部來源不同的切語, 何以會同在一韻而成爲重紐? 本
師林景伊先生〈切韻韻類考正〉於論及此一問題時說:「𪏱、
闚二音,《廣韻》《切殘》《刊謬本》皆相比次, 是當時陸
氏搜集諸家音切之時, 蓋韻同而切語各異者, 因並錄之, 並
相次以明其實同類, 亦猶紀氏(容舒)《唐韻考》中(陟弓)、
笀 (陟宮) 相次之例, 嬀、規; 祇、奇; 𪎽、陸; 陴、皮疑
亦同之。今各本之不相次, 乃後之增加者竄改而混亂也。」
筆者曾在〈蘄春黃季剛先生古音學說是否循環論證辨〉一文
中, 於重紐之現象亦有所探索, 不敢謂爲精當, 謹提出以就
正當世之音學大師與博雅君子。筆者云:「甚至於三等韻重紐
的現象,亦有脈絡可尋。這種現象就是支、脂、眞、諄、祭、
仙、宵、清諸韻部分脣、牙、喉音的三等字, 伸入四等。董

同龢先生《中國語音史》認爲支、脂、眞、諄、祭、仙、宵
諸韻的脣、牙、喉音的字,實與三等有關係,而韻圖三等有空
卻置入四等者, 乃因等韻的四個等的形式下, 納入三等內的
韻母,事實上還有一小類型,就是支、脂諸韻的脣、牙、喉音
字之排在四等位置的, 這類型與同轉排在三等的脣、牙、喉
音字是元音鬆、緊的不同, 三等的元音鬆, 四等的元音緊。
周法高先生〈廣韻重紐的研究〉一文則以爲元音高低的不
同, 在三等的元音較低, 四等的元音較高。陸志韋《古音說
略》則以三等有〔Ⅰ〕介音, 四等〔i〕介音作爲區別。龍
宇純兄〈廣韻重紐音值試論 —— 兼論幽韻及喻母音值〉一文
則以爲三等有〔j〕介音, 四等有〔ji〕介音。近年李新魁
《漢語音韻學》則認爲重紐是聲母的不同, 在三等的是脣化
聲母, 四等非脣化聲母。雖各自成理, 但誰都沒有辦法對
初學的人解說清楚, 讓他們徹底明白。我曾經試著用黃季剛
先生古本音的理論, 加以說明重紐現象, 因爲重紐的現象,
通常都有兩類古韻來源。今以支韻重紐字爲例, 試加解說。
支韻有兩類來源, 一自其本部古本韻齊變來 (參見黃君正韻
變韻表。本部古本韻、他部古本韻之名稱今所定, 這是爲了
區別與稱說之方便。凡正韻變韻表中, 正韻列於變韻之上方
者, 稱本部古本韻, 不在其上方者, 稱他部古本韻)。這種
變韻是屬於變韻中有變聲的, 卽卑、𤳙、陴、彌一類字。韻
圖之例, 凡自本部古本韻變來的, 例置四等, 所以置四等
者, 因爲自本部古本韻變來的字, 各類聲母都有, 舌、齒音
就在三等, 脣、牙、喉音放置四等, 因與三等的舌、齒音有
連繫, 不致誤會爲四等韻字。另一類來源則自他部古本韻歌

戈韻變來的，就是陂、鈹、皮、麾一類的字。韻圖之例，從他部古本韻變來的字，例置三等。故陂、鈹、皮、麾置於三等，而別於卑、㸏皮、陴、彌之置於四等。當然有人會問，怎麼知道卑、㸏皮、陴、彌等字來自本部古本韻齊韻？而陂、鈹、皮、麾等字卻來自他部古本韻歌戈韻？這可從《廣韻》的諧聲偏旁看出來。例如支韻從卑得聲的字，在「府移切」音下有卑、鵯、椑、箄、裨、鞞、頻、痺、渒、錍、悼；「符支切」音下有陴、犦、焷、脾、蜱、埤、裨、蜌、蠯、麷、瘟、椑、郫；從㸏得聲之字，在「匹支切」音下有㸏皮；「符支切」音下有魮、紕；從爾得聲的字，在「弋支切」音下有鸓、鼺；「息移切」音下有纚；「武移切」音下有彌、鸍、㮰、壐、獼、壐、㮰、嬔、釁、禰、瀰等字。而在齊韻，從卑得聲之字，「邊兮切」音下有箄、椑、焷、箄、鵯；「部迷切」音下有鼙、鞞、椑、崥、頫；「匹迷切」音下有剕、錍；從㸏得聲的字，「邊兮切」音下有㡓、蜕、砒、㡓、紕、篦、椑、狴、鈚、批；「部迷切」下有肶、笓；「匹迷切」音下有磇、鷿、批、鈚；從爾得聲的字，在齊韻上聲薺韻「奴禮切」音下有禰、嬭、嶩、濔、鬤、欐、檷、鋪、鞦；這在在顯示出支韻的卑、㸏皮、陴、彌一類字確實是從齊韻變來的，觀其諧聲偏旁可知。段玉裁以為凡同諧聲者古必同部。至於從皮得聲之字，在支韻「彼為切」音下有陂、詖、鬆、鑾；「敷羈切」音下有鈹、帔、鮍、披、跛、耚、狓、翍、旇、秛、㟉；「符羈切」音下有皮、疲；從麻得聲之字，「靡為切」音下有麾、麾、麾、靡、靡、糜、縻、麿、醿；而在戈韻從皮得聲的字，「博禾切」音下有波、碆、磻；「滂禾切」音下有頗、坡、玻；「薄波切」音下有婆、蔢；從麻得聲的

字,「莫婆切」音下有摩、䃲、麾、𥕟、魔、䃺、磨、劘、臁、䐑、䉺。兩相對照，也很容易看出來，支韻的陂、鈹、皮、䃺一類字是從古本韻歌戈韻變來的。或許有人說，古音學的分析，乃是清代顧炎武等人以後的產物，作韻圖的人恐怕未必具有這種古音知識。韻圖的作者，雖然未必有清代以後古韻分部的觀念，然其搜集文字區分韻類的工作中，對於這種成套出現的諧聲現象，未必就會熟視無睹，則於重紐字之出現，必須歸字以定位時，未嘗不可能予以有意識的分析。故我對於古音來源不同的重紐字，只要能夠系聯，那就不必認爲它們有甚麼音理上的差異，把它看成同音就可以了。這樣才能叫做「重紐」。

(4) 上聲四紙韻「跪、去委切」「綺、墟彼切」，去、墟聲同類，則彼、委韻不同類，彼字甫委切，切語用委字，乃其疏也。今考《全王》「彼、補靡反」，當據正。「狔、女氏切」，《集切》「狔、乃倚切」，則倚、氏韻同類。又本韻「俾、並弭（渳）切，渳、綿婢切，婢、便俾切。」三字互用，然《王二》「婢、避爾切」，則爾、俾韻同類也。

(5) 去聲五寘「恚、於避切，餧、於僞切」上字聲同類，則下字避、僞韻不同類。「僞、危睡切」，避既與僞不同類，則亦與睡不同類。考本韻「諉、女恚切」，《王二》「女睡反」，則恚、睡韻同類，是與避韻不同類也，恚之切語用避字蓋其疏也。周祖謨〈陳澧切韻考辨誤〉云：「反切之法，上字主聲，下字主韻，而韻之開合皆從下字定之，惟自梁陳以迄隋唐，制音撰韻諸家，每以脣音之開口字切喉牙之合口字，似爲慣例，如《經典釋文》軌、媿美反，宏、戶萌反，虢、寡白反；《敦煌本王仁昫切韻》卦、古賣反，

坬、古罵反，化、霍霸反，《切三》《唐韻》蠖、乙白反，㦬、
胡伯反是也。」恚於避切,亦以脣音開口字切喉牙音之合口字也。

上平六脂	上聲五旨	去聲六至	合開等第
①夷脂飢肌私資 尼悲眉	雉矢履几姊視鄙美	利至器二冀四自寐 祕媚備	開口三等
②追佳遺維綏	洧軌癸水誄壘	愧醉遂位類萃季悸	合口三等

(1) 平聲六脂韻尸、式之切，之字誤，今據切三正作式脂切。

(2) 平聲六脂韻眉、武悲切，悲、府眉切，兩兩互用而不系聯。上聲
五旨韻美、無鄙切，鄙、方美切，亦兩兩互用不系聯。去聲六至
韻郿（媚）、明祕切，祕、兵媚（郿）切，亦兩兩互用不系聯。
脂、旨、至三韻列三等處之脣音字，絕不與其他切語下字系聯，
似自成一類。陳澧《切韻考・韻類考》、高本漢《中國音韻學
研究》與董同龢《中國語音史》均將此類字併入合口一類，並無
特別證據，亦與《韻鏡》置於內轉第六爲開口者不合。今考宋、
元韻圖，《韻鏡》《七音略》《四聲等子》皆列開口圖中，惟
《切韻指掌圖》列合口圖中，然《切韻指掌圖》不僅將脂韻此類
脣音字列於合口圖中，卽支韻之「陂、鈹、皮、糜（縻）」一類
字，亦列入合口圖中，可見《切韻指掌圖》乃將止攝脣音字全列
合口，對吾人之歸類，並無任何助益。惟《經史正音切韻指南》
之將脂、旨、至三韻中「美、備」等字，與支韻之「陂、鈹、
皮、糜」等字同列止攝內轉開口呼三等，則極具啓示性。在討論
支韻的切語下字系聯時，我們曾證明支韻「陂、鈹、皮、糜」一
類字當併入開口三等字一類，則從《經史正音切韻指南》的分類
看來，我們把這類字併入開口三等，是比較合理的。

(3) 脂韻惟、洧悲切；旨韻洧、榮美切皆以脣音開口字切喉、牙音合

口字也。

(4) 上聲旨韻几、居履切，履、力几切；視、承矢切，矢、式視切。兩兩互用而不系聯，今考履相承之平聲爲棃、力脂切；矢相承之平聲爲尸、式脂切，棃、尸韻同類，則履、矢韻亦同類也。

(5) 五旨韻「崣、徂累切」誤，累在四紙韻，全王徂壘反是也，今據正。

(6) 六至韻「悸、其季切」「季、居悸切」兩字互用，與它字絕不相系聯。宋元韻圖《韻鏡》《七音略》《四聲等子》《切韻指掌圖》《經史正音切韻指南》皆列合口三等，則此二字之歸類，確宜加以考量。考本韻「侐、火季切」「嚊、香季切」二字同音，《韻鏡》《七音略》有「侐」無「嚊」，陳氏《切韻考‧韻類考》錄「嚊」而遺「侐」，謂「侐」字又見二十四職，此增加字，其說非也。按上聲五旨韻有「嚊」字，注云：「恚視。火癸切，又火季切」，據上聲「嚊」字又音，顯然可知「嚊」與「侐」乃同音字，當合併。與「嚊、侐」相承之上聲音自然非「嚊、火癸切」莫屬矣。而「癸、居誄切」，則癸、誄（壘）韻同類也，如此可證相承之去聲「季、類」亦韻同類也。

(7) 六至韻「位、于愧（媿）切」「媿、俱位切」；「醉、將遂切」「遂、徐醉切」。兩兩互用而不系聯，然相承之平聲「綏、息遺切」「龜、居追切」「遺、以追切」，平聲龜、綏韻同類，則可證相承去聲媿、邃亦韻同類，而「邃、雖遂切」則媿、遂亦韻同類也。

上平七之	上聲六止	去聲七志	開合等第
而之其茲持甾	市止里理己士史紀擬	吏置記志	開口三等

(1) 上聲止韻「止、諸市切」「市、時止切」；「士、鉏里切」「里、良

士切」。兩兩互用而不系聯，今考市、里相承之平聲音爲七之「時、市之切」「釐、里之切」，時、釐韻同類，則相承之上聲音市、里亦韻同類也。

上平八微	上聲七尾	去聲八未	開合等第
①希衣依	豈狶	豙旣	開口三等
②非歸微韋	匪尾鬼偉	沸胃貴味未畏	合口三等

(1) 上聲七尾「尾、無匪切」「匪、府尾切」；「韙、于鬼切」「鬼、居偉切」。兩兩互用而不系聯。考本韻韙、匪、尾相承之平聲音爲「幃、雨非切」「非、甫微切」「微、無非切」，幃、非、微韻同類，則上聲韙、匪、尾韻亦同類也。

(2) 去聲八未「狒、扶涕切」，涕在十二霽，字之誤也，《王一》、《王二》均作扶沸反，當據正。又本韻「胃、于貴切」「貴、居胃切」；「沸、方味切」「未（味）、無沸切」。兩兩互用而不系聯，考胃、未相承之平聲音爲八微「幃、雨非切」「微、無非切」幃、微韻同類，則胃未韻亦同類也。

三・五

（四）遇攝:

上平九魚	上聲八語	去聲九御	開合等第
居魚諸余菹	巨舉呂與渚許	倨御慮恕署去據預助洳	開口三等
上平十虞	上聲九麌	去聲十遇	開合等第
俱朱于俞逾隅芻	矩庾甫雨武主	具遇句戍注	合口三等
輸誅夫無	羽禹		

(1) 上平十虞「朱、章俱切」「俱、舉朱切」；「無、武夫切」「跗（夫）、

甫無切」。兩兩互用而不相系聯，其系聯情形，詳見補例。

(2) 上聲九麌「庾、以主切」「主、之庾切」；「羽（雨）、王矩切」「矩、俱雨切」。兩兩互用而不系聯，今考主、矩相承之平聲爲十虞「朱、章俱切」「俱、舉朱切」。朱、俱韻同類，則主、矩韻亦同類也。

上平十一模	上聲十姥	去聲十一暮	開合等第
胡吳乎烏都孤姑吾	補魯古戶杜	故暮誤祚路	合口一等

三・六

（五）蟹攝：

	上平十二齊	上聲十一薺	去聲十二霽	開合等第
①	奚兮稽雞迷低	禮啓米弟	計詣戾	開口四等
②	攜圭		桂惠	合口四等
③	黐栘			開口三等

(1) 本韻「栘、成黐切」「黐、人兮切」，本可與開口四等一類系聯，董同龢先生《中國語音史・中古音系》章云：「《廣韻》咍、海兩韻有少數昌母以及以母字；齊韻又有禪母與日母字。這都是特殊的現象，因爲一等韻與四等韻例不與這些聲母配。根據韻圖及等韻門法中的『寄韻憑切』與『日寄憑切』兩條，可知他們當是與祭韻相當的平上聲字，因字少分別寄入咍、海、齊三韻，而借用那幾韻的反切下字。寄入齊韻的『栘』等，或本《唐韻》自成一韻，《集韻》又入咍韻，都可供參考。」按董說是也，今從其說，將「栘、黐」二字另立一類，爲開口三等，實爲祭韻相承之平聲字也。

去聲十三祭	開合等第
①例制祭劌懇袂瘵蔽	開口三等
②銳蕆芮衞稅	合口三等

(1) 按本韻有「㸛、丘吠切」「㷍、呼吠切」，吠在二十一廢，且《王一》、《王二》、《唐韻》祭韻皆無此二字，蓋廢韻之增加字而誤入本韻者，本韻當刪，或併入廢韻。

(2)「劒、牛例切」、「藝、魚祭切」二字爲疑紐之重紐。

去聲十四泰	開合等第
①蓋帶太大艾貝	開口一等
②外會最	合口一等

上平十三佳	上聲十二蟹	去聲十五卦	開合等第
①膎佳	買蟹	隘賣懈	開口二等
②蛙媧緺	夥柺	卦	合口二等

(1) 上聲柺、乖買切，此以脣音開口字切喉牙音合字也。

(2) 去聲卦、古賣切，此以脣音開口字喉牙音合字也。

上平十四皆	上聲十三駭	去聲十六怪	開合等第
①諧皆	楷駭	界拜介戒	開口二等
②懷乖淮		壞怪	合口二等

(1) 平聲崴、乙皆切、與挨、乙諧切同音，考此字《切三》作乙乖切，今據正。

(2) 去聲拜、博怪切，陳澧《切韻考》云:「拜、布戒切，張本、曹本及二徐皆博怪切，誤也。戒、古拜切，是拜戒韻同類。今從明本、顧本。」陳說是也，今從之。

去聲十七夬	開合等第
①夬話快邁	合口二等

　②喝犗　　　　　　　　　　　開口二等

(1) 本韻夬、古賣切，賣字在十五卦，《王二》《唐韻》均作古邁
　　反，今據正。

　　上平十五灰　上聲十四賄　去聲十八隊　　　　開合等第
　　恢回杯灰　　罪賄猥　　　對昧佩內隊繢妹輩　合口一等

(1) 去聲十八隊「對、都隊切」「隊、徒對切」；「佩、蒲昧切」「妹
　　（昧）、莫佩切」。兩兩互用而不系聯，今考隊、佩相承之平聲音
　　爲十五灰「頹、杜回切」「裴、薄回切」，頹、裴韻同類，則隊、
　　佩韻亦同類也。

　　上平十六咍　上聲十五海　　去聲十九代　開合等第
　　來哀開哉才　改亥愷宰給乃在　耐代漑磑愛　開口一等

(1) 上平十六咍「開、苦哀切」「哀、烏切開」；「裁（才）、昨哉切」
　　「哉、祖才切」。兩兩互用而不系聯，今考哉、哀相承之去聲音
　　爲十九代「載、作代切」「愛、烏代切」，載、愛韻同類，則哉、
　　哀亦韻同類也。

(2) 上聲十五海「茝、昌給切」「佁、夷在切」，乃與祭韻配之上聲字
　　寄於海韻，而借用海韻之切語下字者也。

(3) 去聲十九代「慨、苦蓋切」，蓋在十四泰，本韻無蓋字，《王二》
　　苦愛切、《唐韻》苦槩（漑）切，今據正。

　　　　去聲二十廢　　　　　　　開合等第
　　①　刈　　　　　　　　　　開口三等
　　②　肺廢穢　　　　　　　　　合口三等

(1) 本韻「刈、魚肺切」此以脣音合口字切喉牙音開口字也。

三・七

（六）臻攝:

上平十七眞	上聲十六軫	去聲二十一震	入聲五質	開合等第
① 鄰珍眞	忍軫引盡腎	刄晉振覲遴印	日質一七悉吉	開口三等
人賓	紖		栗畢必叱	
② 巾銀	敏		乙筆密	開口三等

(1) 十七眞「珍、陟鄰切」「鄰、力珍切」;「銀、語巾切」「巾、居銀切」。兩兩互用而不系聯。按巾、銀一類,《韻鏡》列於外轉十七開,考法國巴黎國家圖書館藏唐本文選音殘卷,「臻、側巾反」「詵、所巾反」「榛、仕巾切」,顯然可知,本韻巾、銀一類字,原是與臻韻相配之喉、牙、脣音也,故《韻鏡》隨臻韻植於十七轉開口,迨《切韻》眞、臻分韻,臻韻字因係莊系(照二)字,故音升爲二等字,而巾、銀一類字因留置在眞韻,故保留爲開口三等字而不變。此類喉、牙、脣音字,韻圖置三等,與同轉置於四等之喉、牙、脣音字,正好構成重紐。在系聯上雖無任何線索可資依據,但根據前文對支、脂諸韻重紐字之了解,則此類字與同轉韻圖置於四等處之字,非當時韻母之差異,乃古音來源之不同也。今表中分立者,純爲論說之方便也。

(2) 十七眞有「囷、去倫切」「贇、於倫切」「麕、居筠切」「筠、爲贇切」四字當併入諄韻,而諄韻「趣、渠人切」「砏、普巾切」二字則當併入眞韻。

(3) 十六軫韻「殞、于敏切」,以脣音開口字切喉、牙音合字也。又本韻殞、窘渠殞切二字當併入準韻,愍字切語用殞字,乃其疏也。

查慇字相承之平聲爲泯、武巾切，實與臻韻相配之喉、牙、脣音
字，則慇亦當爲與臻韻上聲榛、齔相配之脣音字，非合口三等字
也。《韻鏡》以慇入十七轉開口，窘入十八轉合口可證。然則《韻
鏡》十七轉有殞字者，亦爲誤植。龍宇純兄《韻鏡校注》云:
「《廣韻》軫韻殞、隕、磒、隉、霣、熉、蒶 等七字于敏切，合
口，當入十八轉喻母三等，《七音略》十八轉有隕字是也。唯其
十七轉隕字亦當刪去。」按龍說是也，殞當併入準韻，置於《韻
鏡》十八轉合口喻母三等地位。又十八準韻蝀、棄忍切，辰、
珍忍切，膠、興腎切，溰、鉏紖切四字當併入本韻。

(4) 二十一震韻，「鈗、九峻切」峻與浚同音，當併入 稕 韻。

(5) 入聲五質韻，「密、美畢切」，《切三》「美筆切」，當據正。「率、
所律切」，律在六術，當併入術韻。又本韻乙、筆、密一類字，
實與臻韻入聲櫛相配之脣、牙、喉音，公孫羅《文選音決》櫛音
側乙反可證。據此則乙、筆、密亦猶巾銀一類，當爲開口三等字
也。

上平十八諄	上聲十七準	去聲二十二稕	入聲六術	開口等第
倫綸匀迍脣旬遵	尹準允殞	閏峻順	聿邮律	開口三等

(1) 十八諄「趣、渠人切」「忿、普巾切」二字當併入眞韻；而眞韻
困、贇、麇、筠四字則移入本韻。

(2) 上聲十七準「蝀、棄忍切」「辰、珍忍切」「膠、興腎切」「溰、
鉏紖切」四字當併入軫韻；而軫韻窘、殞二字則移入本韻。

(3) 去聲二十二稕，震韻「鈗、九峻切」當移入本韻。

上平十九臻	上聲（榛）	去聲（齔）	入聲七櫛	開口等第
詵臻	榛	齔	瑟櫛	開口二等

(1) 臻韻上聲有榛、業仄謹切，齔、初謹切，因字少併入隱韻，並借

用隱韻「謹」爲切語下字。

(2) 臻韻去聲櫬、瀙、嚫、賮、襯、儭、齔七字初覲切，因字少併入
震韻；或謂僅有一齔字，因字少併入隱韻。兩說均有根據，前說
據《韻鏡》十七轉齒音二等有櫬字；後說則據隱韻「齔、初謹切
又初斳切」，初斳切當入焮韻，而焮韻無齒音字，則其屬臻韻去
聲無疑，本應附於焮韻，而焮韻無此字，故謂附於隱韻也。兩說
皆不可非之。

上平二十文　上聲十八吻　去聲二十三問　入聲八物　開合等第
分云文　　　粉吻　　　　運問　　　　　弗勿物　合口三等

(1) 二十文「芬、府文切」與「分、府文切」同音，誤。《切三》「無
云反」亦誤，陳澧《切韻考》據明本、顧本、正作「撫文切」是
也，今從之。

上平二十一欣　上聲十九隱　去聲二十四焮　入聲九迄　開合等第
斤欣　　　　　謹隱　　　　斳焮　　　　　訖迄乞　開口三等

(1) 入聲迄「訖、居乙切」，乙字在五質，《切三》「居乞切」是也，
今據正。

上平二十三魂　上聲二十一混　去聲二十六慁　入聲十一沒　開合等第
昆渾奔尊魂　　本忖損袞　　　困悶寸　　　　勃骨忽沒　合口一等

(1) 入聲十一沒，「麧、下沒切」乃與痕韻相承之入聲，由於字少，
併入於沒韻之故也。

上平二十四痕　上聲二十二很　去聲二十七恨　入聲(麧)　開合等第
恩痕根　　　　墾很　　　　　艮恨　　　　　(麧)　　開口一等

三・八

（七）山攝：

上平二十二元	上聲二十阮	去聲二十五願	入聲十月	開合等第
①軒言	攍偃	建堰	歇謁竭訐	開口三等
②袁元煩	遠阮晚	怨願販万	厥越伐月發	合口三等

(1) 去聲二十五願「攕、芳万切」，《王二》叉万切，今據正。本韻
　　「健、渠建切」「圏、臼万切」渠、臼聲同類，則建、万韻不同
　　類，建字切語用万字，乃其疏也。考建字相承平聲爲「攐、居言
　　切」，上聲爲「湕、居偃切」均爲開口三等，今據其相承爲平上
　　聲字音改列於開口三等。

(2) 入聲十月「月、魚厥切」「厥、居月切」；「伐、房越切」「越、王
　　伐切」。兩兩互用而不系聯，今考與月、伐相承之平聲音爲「元、
　　愚元切」「煩、附袁切」，元、煩韻同類，則月、伐亦同類也。

上平二十五寒	上聲二十三旱	去聲二十八翰	入聲十二曷	開合等第
安寒干	笴旱但	旰旦按案贊	葛割達曷	開口一等

上平二十六桓	上聲二十四緩	去聲二十九換	入聲十三末	開合等第
官丸端潘	管緩滿纂卵伴	玩筭貫亂換段 半漫喚	撥活末括栝	合口一等

(1) 平聲二十五寒「濡、乃官切」，今移入桓韻。

(2) 上聲二十四緩「攤、奴但反」，今移入旱韻。又緩韻「滿、莫旱
　　切」「伴、蒲旱切」《五代切韻殘本》「滿、莫卵反」「伴、步卵
　　反」，今據正。

(3) 去聲二十八翰「儧、祖贊切」，古逸叢書本作「徂贊切」是也，
　　今據正。又去聲二十九換「半、博慢切」誤，慢在三十諫，《王
　　一》《王二》《唐韻》均作「博漫切」是也，今據正。又本韻
　　「換、胡玩切」「玩、五換切」；「縵（漫）、莫半切」「半、博漫

切」。兩兩互用而不系聯，今考換相承之平聲音爲「桓、胡官切」，
縵相承之平聲音爲「瞞、母官切」，桓、瞞韻同類，則換、縵韻
亦同類也。

(4) 入聲十二曷「搞、矛割切」，按寒、桓；旱、緩；翰、換；曷、
末八韻，脣音聲母皆出現於合口一等韻內，不出現於開口一等，
且末韻明母下已有末字莫撥切，故此字亦非合口韻之遺留者，則矛
割一切，實有問題。陳澧從明本、顧本作予割切亦非。因爲一等
韻內不出現喻母字。《王二》《唐韻》皆無，蓋增加字也。龍宇
純兄《韻鏡校注》云：「《廣韻校勘記》云：『元泰定本作予割
切，《玉篇》餘括切。』案曷聲之字例不讀脣音，《廣韻》矛爲
予之誤字，無可疑者，惟一等韻不得有喻母字，予、餘二字，亦
不能決然無疑，然此當是後人據《廣韻》誤本所增。《七音略》
無此字，又《集韻》字讀阿葛切，疑此字當讀如此。」按本韻影
母已有「遏、烏葛切」，則《集韻》一音，亦爲重出，所謂據誤
本所增者是也。十三末「末、莫撥切」，「撥、北末切」；「括、古
活切」「活、戶括切」。兩兩互用而不系聯，今考末相承之平聲音
爲「瞞、母官切」，活相承之平聲音爲「桓、胡官切」，瞞、官韻
同類，則末、活韻亦同類也。

上平聲二十七刪　上聲二十五潸　去聲三十諫　入聲十四黠　開合等第
①姦顏班　　　　　板赧　　　　晏澗諫鴈　　八拔黠　　開口二等
②還關　　　　　　綰鯇　　　　患慣　　　　滑　　　　合口二等

(1) 上聲二十五潸韻，綰、戶板切，僩、下赧切。二字同音，《全
王》僩、胡板反，綰、戶板反，二音相次，似亦同音，然考《韻
鏡》外轉二十四合以綰、綰爲一類；外轉二十三開則以潸、僩爲
一類。《廣韻》刪、潸、諫、黠四韻脣音字配列參差，最爲無

定。茲分列於下：

平聲	刪韻	上聲	潸韻	去聲	諫韻	入聲	黠韻
開口	合口	開口	合口	開口	合口	開口	合口
	班布還		版布綰		○○○	○○○	八博拔
	攀普班	販普板			襻普患	汃普八	
	○○○	阪扶板			○○○	○○○	拔蒲八
	蠻莫還	矕武板		慢謨晏		密莫八	

刪韻全在合口，潸、諫二韻全在開口，諫韻開合各一，《韻鏡》
全在合口，高本漢以爲皆爲開口（參見譯本《中國音韻學研究》四十
二頁）。此類脣音字宜列入開口，其列合口者，以脣音聲母俱有合口
色彩故也。卽班 pan→pʷan。

　　平聲刪班、蠻二字切語下字用還字，乃以喉牙音之合口字切脣音
開口字也；上聲潸韻版布綰切，亦以喉牙音音合口字切脣音開口字
也。去聲三十諫韻襻、普患切，亦以喉牙音合口字，切脣音開口字也。
入聲十四黠韻，滑、戶八切，周祖謨《廣韻校勘記》云：「滑爲合口
字，此作戶八切，以開口字切合字也。」媚烏八切亦然。又出、五骨
切誤，《唐韻》五滑反是也，今據正。

上平聲二十　上聲二十六產　去聲三十一襉　入聲十五鎋　開合等第
八山

①閒閑山	簡限		莧襉	瞎轄鎋	開口二等
②頑鰥			幻	刮頒	合口二等

(1) 上平二十八山韻，《切三》此韻「有頑、吳鰥切」一音，今據
　　補。

(2) 上聲二十六產韻，周祖謨云：「產韻陳氏分劃、僝二類，僝**按初**
　　綰切，《唐韻》殘本並無，綰在潸韻，僝《萬象名義》音叉產反，

《玉篇》叉限反，是與劌爲同字，今合併爲一類。」按《全王》憛與醆同音側限反，不別爲音，周說是也，當併爲一類。

(3) 去聲三十一襇韻，幻、胡辦切，此以脣音開口字切喉牙合口字也。

下平聲一先	上聲二十七銑	去聲三十二霰	入聲十六屑	開合等第
①前先煙賢 田年顚堅	典殄繭峴	佃甸練電麵	結屑蔑	開口四等
②玄涓	畎泫	縣絢	決穴	合口四等

(1) 下平一先韻「先、蘇前切，前、作先切」；「顚、都年切，年、奴顚切」。兩兩互用而不系聯，考先韻先、顚相承之上聲音爲「銑、蘇典切，典、多殄切」，韻同一類，則先、顚韻亦同類也。

(2) 去聲三十二霰「縣、黃練切」練字誤，《王二》作「玄絢反」是也，今據正。

下平聲二仙	上聲二十八獮	去聲三十三線
①然仙連延乾焉	淺演善展輦蹇寋免辨	箭膳戰扇賤線面碾變卞彥
②緣泉全專宣川員 權圓攣	兗緬轉篆	掾眷絹倦卷戀釧嗹

入聲十七薛	開合等第
列薛熱滅別竭	開口三等
雪悅絕劣爇輟	合口三等

(1) 下平二仙韻「延、以然切，然、如延切」；「焉、於乾切，乾、渠焉切」。兩兩互用而不系聯，考本韻「嗎、許延切」，《五代刊本切韻》作「許乾反」，則延、乾韻同類也。又本韻「專、職緣切」，「沿（緣）、與專切」；「權、巨員切」，「員、王權切」。兩兩互用不系聯，然本韻「嬽、於權切」，而《五代刊本切韻》作「嬽、於

緣切」，則權、緣韻同類也。

(2) 去聲三十三線韻，「線、私箭切，箭、子賤切，賤、才線切」；
「戰、之膳切，繕（膳）、時戰切」。兩兩互用而不系聯，今考本
韻「偏、匹戰切」，《集韻》作「匹羨切」，則戰、羨韻同類也。
又本韻「絹、吉掾切，掾、以絹切」；「眷（卷）、居倦切，倦渠卷
切」。兩兩互用而不系聯，但本韻「旋、辭戀切」，《王二》《唐
韻》均作「辭選反」，則選、戀韻同類也。又本韻「遍、方見切」，
見在三十二霰，《王二》《唐韻》俱無，蓋霰韻之增加字而誤入
本韻者也。去聲「彥、魚變切」，相承之上聲爲「齴、魚蹇切」，
入聲爲「孽、魚列切」，皆爲開口細音，則彥亦當入開口細音一
類。變字相承之平聲爲「鞭、卑連切」，上聲爲「辡、方免切」，
入聲爲「鷩、幷列切」皆爲開口細音一類，則「變」字亦當爲開
口細音一類，今切語「變、彼眷切」。亦以喉牙音之合口切脣音
開口字也。又「卞、皮變切」，與「便、婢面切」爲重紐。《韻
鏡》卞列三等，便列四等。

(3) 入聲十七薛韻「朅、丘謁切」謁字在十月，《切三》《王二》均
作「去竭切」《唐韻》「丘竭切」，今據正。又本韻「絕、情雪
切，雪、相絕切」；「輟、陟劣切；劣、力輟切」，兩兩互用而不
系聯，考本韻「爇、如劣切」，《切三》《王二》作「如雪切」，
則劣、雪韻同類也。

三·九

彤聊蕭堯么　鳥了皛皎　　弔嘯叫　　　　開口四等

下平聲四宵　　　　上聲三十小　　　去聲三十五笑　　　開合等第

邀宵霄焦消遙招昭　兆小少沼夭矯表　妙少照笑廟㲋召要　開口三等

嬌喬鱎瀌

(1) 下平四宵韻「宵（霄）、相邀切，要（邀）、於霄切」;「昭（招）、
　　止遙切，遙、餘昭切」。兩兩互用而不系聯，今考本韻相承之上
　　聲「繚、力小切，小、私兆切」繚、小韻同類，則平聲燎、宵韻
　　亦同類也。燎、力昭切，宵、相邀切，則昭、邀韻亦同類也。

(2) 上聲三十小韻「肇（兆）、治小切」「小、私兆切」;「沼、之少切」
　　「少、書沼切」兩兩互用而不系聯，今考兆、沼相承之平聲音爲
　　四宵「晁、直遙切」，「昭、止遙切」晁、昭韻同類，則兆、沼韻
　　亦同類也。

(3) 去聲三十五笑韻「照、之少切」「少、失照切」;「笑、私妙切」
　　「妙、彌笑切」。
　　　照與少，笑與妙兩兩互用不系聯。今考平聲四宵「超、敕宵切」、
　　「宵、相邀切」，則超、宵韻同類。超、宵相承之去聲音笑韻
　　「朓、丑召切」、「笑、私妙切」，超、宵韻旣同類，則朓、笑韻
　　亦同類，笑旣與朓同類，自亦與召同類，而「召、直照切」，是
　　笑、照韻亦同類矣。

下平聲六豪　　上聲三十一巧　　去聲三十六號　　開合等第

茅肴交嘲　　絞巧飽爪　　　教孝貌稍　　　開口二等

下平聲六豪　　　　上聲三十二皓　　去聲三十七號　　開合等第

刀勞牢遭曹毛袍褒　老浩皓早道抱　到導報耗　　　　開口一等

(1) 下平聲六豪韻「刀、都牢切」「勞（牢）、魯刀切」;「褒、博毛切」
　　「毛、莫袍切」「袍、薄褒切」。刀、勞互用，褒、毛、袍三字互

用，遂不能系聯矣。今考勞、袍相承之上聲音爲三十二皓「老、盧皓切」、「抱、薄皓切」老抱韻同類，則勞袍韻亦同類矣。

三·十

（九）果攝:

下平聲七歌	上聲三十三哿	去聲三十八箇	開合等第
俄何歌	我可	賀箇佐个邏	開口一等
下平聲八戈	上聲三十四果	去聲三十九過	開合等第
①禾戈波和婆	火果	臥過貨唾	合口一等
②迦伽			開口三等
③靴脮䘽			合口三等

(1) 上聲三十四果韻「爸、捕可切」「觰、作可切」二音《切三》無，蓋哿韻增加字誤入本韻，《切韻》哿、果不分。

(2) 去聲三十九過韻「磋、七過切」，《韻鏡》列內轉二十七箇韻齒音次清下，《全王》「七箇反」，當據正，並併入箇韻。「侉、安賀切」，本韻無賀字，賀字在三十八箇韻，《王一》「烏佐反」，與「安賀切」音同，當併入箇韻。

三·十一

（十）假攝:

下平聲九麻	上聲三十五馬	去聲四十禡	開合等第
①霞加牙巴	下疋雅賈	駕訝嫁亞	開口二等
②花華瓜	瓦寡	化吳	合口二等

③遮車奢邪嗟賒　也者野冶姐　　夜謝　　　　　開口三等

(1) 去聲四十禡韻「化、呼霸切」、「𡎺、古罵切」皆以脣音開口字切
　　喉、牙音合口字也。《集韻》「化、呼跨切」可證。

三・十二

（十一）宕攝：

下平聲十陽	上聲三十六養	去聲四十	入聲十八藥	開合等第
		一漾		
①章羊張良陽莊	兩獎丈掌養	亮讓攘向	灼勺若藥約	開口三等
			略爵雀瘧	
②方王	往昉	況放妄	縛钁钁	合口三等

(1) 陳澧《切韻考》云：「十陽，王雨方切，此韻狂字巨王切，強字
　　巨良切，則王與良韻不同類，方字府良切，王既與良韻不同類，
　　則亦與方韻不同類，王字切語用方字，此其疏也。」先師林景伊
　　先生曰：「王應以方爲切，云借方爲切者誤，方字切語用良字，
　　及其疏也。方字相承之上聲爲昉字，《廣韻》分网切，《玉篇》
　　分往切，正爲合口三等，《廣韻》四聲相承，故可證方字切語用
　　良字之疏也。」考《廣韻》陽韻及其相承之上去入聲之脣音字，
　　宋元韻圖之配列，甚爲可疑。茲先錄諸韻切語於後，然後加以申
　　論。

平聲陽韻	上聲養韻	去聲漾韻	入聲藥韻
方府良切	昉分网切	放甫妄切	○○○○
芳敷方切	髣妃兩切	訪敷亮切	𩬋孚縛切
房符方切	○○○○	防符況切	縛符钁切

　　亡武方切　　网文兩切　　妄巫放切　　○○○○

　　除入聲藥韻𩇕、縛二字確與合口三等字一類系聯外，其平上去三聲皆開口三等與合口三等兩類雜用，無截然之分界。宋元韻圖，《韻鏡》《七音略》《四聲等子》《經史正音切韻指南》皆列入開口三等，惟《切韻指掌圖》列合口三等。若從多數言，似當列開口三等，然此類脣音字，後世變輕脣，則《指掌圖》非無據也。周祖謨氏〈萬象名義中原本玉篇音系〉一文，即以宕攝羊類脣音字屬合口三等，擬音爲-iuang, -iuak。就脣音變輕脣言，此類字應屬合口殆無疑義。高本漢《中國聲韻學大綱》亦以筐王方、縛爲一類，擬音爲-iwang, -iwak。據此以論，方字切語用良字蓋誤，林先生說是也。上聲昉當據《玉篇》正作分往切，訪敷亮切，亮字亦疏，況《王二》許放反，原本《玉篇》況詡誑反，皆爲合口三等一類，入聲列合口三等無誤，四聲相承，平上去三聲亦當同列合口三等，其列開口三等者誤也。周祖謨〈陳澧切韻韻考辨誤〉云：「陽韻脣音字方、芳、房、亡，《韻鏡》《七音略》均爲開口，《切韻考》據反切系聯亦爲開口，然現代方音等多讀輕脣f（汕頭讀 hu，文水讀 xu），可知古人當讀同合口一類也（脣音聲母於三等合口前變輕脣）。等韻圖及《切韻考》之列爲開口，其誤昭然可辨。」

下平十一唐	上聲三十七蕩	去聲四十二宕	入聲十九鐸	開合等第
①郎當岡剛旁	朗黨	浪宕謗	落各博	開口一等
②光黃	晃廣	曠	郭穫	合口一等

(1) 下平十一唐「傍、步光切」此以喉牙音合口字也。「幫、博旁切」亦當列開口一等。幫、傍雖不與郎、當系聯，但與幫相承之上聲音爲「榜、北朗切」，則榜、朗韻同類，則相承之平聲音幫、郎韻亦同類也。

(2) 去聲四十二宕「曠、苦謗切」，此以脣音開口字切喉牙音合口字也，「螃、補曠切」則以牙喉音合字切脣音開口字也。與螃相承之上聲榜，入聲博皆在開口一等可證。

(3) 入聲十九鐸韻，陳澧《切韻考》曰：「博補各切，此韻各字古落切，郭字古博切，則博與落韻不同類，卽與各韻不同類，博字切語用各字，亦其疏也。」按博字切語用各字不誤，郭字切語用博字者，乃以脣音開口字切喉牙音之合字也。

三 • 十三

(十二) 梗攝：

下平十二庚	上聲三十八梗	去聲四十三映	入聲二十陌	開合等第
①行庚盲	杏梗猛(打冷)	孟更	白格陌伯	開口二等
②橫	礦	蝗橫	虢	合口二等
③驚卿京兵明	影景丙	敬慶病命	逆劇戟郤	開口三等
④榮兄	永憬	詠		合口三等

(1) 下平十二庚韻「橫、戶盲切」，以脣音開口字切喉牙音合口字也。又本韻「驚(京)、舉卿切」「卿、去京切」；「明、武兵切」「兵、甫明切」。兩兩互用而不系聯，然兵相承之上聲音爲丙，上聲三十八梗韻「影、於丙切」「警、居影切」，是丙與警、影韻同類，則平聲兵與驚霙亦韻同類也。又本韻「榮、永兵切」，此以脣音開口字切喉牙音之合口字也。

(2) 上聲三十八梗韻「猛、莫幸切」誤，《切三》「莫杏切」，今據正。又本韻「礦、古猛切」，此以脣音開口字切喉牙音合口字也。又「丙、兵永切」「皿、武永切」皆以喉牙音合口字切脣音開口字

也。

(3) 陳澧《切韻考》曰：「三十八梗，此韻末又有打字德冷切，冷字魯打切，二字切語互用，與此韻之字絕不聯屬，且其平去入三聲皆無字，又此二字皆已見四十一迥韻，此增加字也，今不錄。」龍宇純兄《韻鏡校注》「《切韻考》以爲增加字，然《切三》《全王》便已二字分切，《集韻》亦同，且打字以冷爲切下字，冷音魯打切，以打爲切下字，二者自成一系，而今音打字聲母亦與德字聲母相合。」故主張打字應補於《韻鏡》外轉三十三開梗韻舌音端母下。此二字若照陳氏之說刪，則今音打、冷二字之音從何而來？若依龍兄之意保留於梗韻，然二等韻又何以有端系字存在？且又與開口二等處之杏、梗、猛等字絕不系聯，究應作何歸屬，實苦費思量。今姑依《韻鏡》歸入開口二等，但此一聲韻學上之公案，今仍保留於此，以待智者作更合理之解釋。

(4) 去聲四十三映韻「蝗、戶孟切」此以脣音開口字切喉牙音合口字也。又本韻「慶、丘敬切」「敬、居慶切」；「命、眉病切」「病、皮命切」。兩兩互用而不系聯，考本韻上聲相承之音警、丙韻同類，則去聲敬、柄韻亦同類也，「柄、陂病切」，則敬、病韻亦同類也。

(5) 入聲二十陌韻「韄、乙白切」「嚄、胡伯切」「虢、古伯切」「謋、虎伯切」皆以脣音開口字切喉牙音合口字也。

下平聲十三耕	上聲三十九耿	去聲四十四諍	入聲二十一麥	開合等第
①莖耕萌	幸耿	迸諍爭	厄戹革核摘責麥	開口二等
②宏			獲摑	合口二等

(1) 下平十三耕韻「宏、戶萌切」，此以脣音開口字切喉牙音合音字也。

(2) 入聲二十一麥韻「獲、胡麥切」「繣、呼麥切」皆以脣音開口字切喉牙音合口字也。「麥、莫獲切」則以喉牙音合口字切脣音開口字也。

下平聲十四清	上聲四十靜	去聲四十五勁	入聲二十二昔	開合等第
①情盈成征貞幷	郢整靜井	正政鄭令姓盛	積昔益跡易辟亦隻石炙	開口三等
②傾營	頃潁		役	合口三等

(1) 入聲二十二昔韻「隻、之石切」「石、常隻切」;「積、資昔切」「昔、思積切」。兩兩互用而不系聯,今考隻、積相承之平聲音爲十四清「征、諸盈切」「精、子盈切」。征、精韻同類,則相承之隻積亦同類也。又本韻「役、營隻切」以開口音切合口音也。

下平十五青	上聲四十一迥	去聲四十六徑	入聲二十三錫	開合等第
①經靈丁刑	頂挺鼎醒汀剄	定佞徑	擊歷狄激	開口四等
②扃螢	迥潁		鶪闃臭	合口四等

(1) 上聲四十一迥韻,陳澧《切韻考》曰:「迥、戶潁切,張本戶頂切,與婞、胡頂切音同,明本、顧本、曹本戶頃切,頃字在四十靜,徐鉉戶穎切,穎字亦在四十靜,蓋潁字之誤也,今從而訂正之。徐鍇《篆韻譜》呼炯反,《篆韻譜》呼字皆胡字之誤,炯字則與潁同音。」陳說是也,今據正。又本韻脣音聲母字,除幫母字在開口四等外,其餘「頩、匹迥切」「並、蒲迥切」「茗、莫迥切」皆用合口四等迥爲切語下字,此皆以喉牙音合口字切脣音開口字也。今據其相承之平聲、去聲、入聲韻脣音聲母字皆在開口四等而訂正之。

三·十四

（十三）曾攝:

下平十六蒸	上聲四十二拯	去聲四十七證	入聲二十四職	開合等第
仍陵膺冰蒸 乘矜兢升	拯庱	應證孕餕餕	①翼力直卽職 極側逼	開口三等
			②域淢	合口三等

(1) 上聲四十二拯韻「拯、無韻切」按《切三》《王一》本韻惟有拯一字，注云：「無反語，取蒸之上聲。」則本韻惟有拯一字，其餘諸字皆增加字也。

(2) 入聲二十四職韻，「力、林直切」「直、除力切」；「弋（翼）、與職切」「職、之翼切」。力與直、弋與職兩兩互用而不系聯，今考弋、力相承之平聲音爲十六蒸「蠅、余陵切」「陵、力膺切」，蠅陵韻同類，則弋力韻亦同類也。又本韻「域、雨逼切」「淢、況逼切」皆以脣音開口字切喉牙音之合口字也。

下平十七登	上聲四十三等	去聲四十八嶝	入聲二十五德	開合等第
①滕登增棱 崩恒朋	肯等	鄧亙隥贈	則德得北墨勒 黑	開口一等
②肱弘			國或	合口一等

(1) 入聲二十五德，「德、多則切」「則、子德切」；「北、博墨切」「墨、莫北切」。兩兩互用而不系聯，今考德北相承之平聲音爲十七登「登、都滕切」「崩、北滕切」，登、崩切語下字韻同類，則德北韻亦同類也。

三・十五

（十四）流攝:

下平十八尤	上聲四十四有	去聲四十九宥	開合等第
求由周秋流鳩州尤謀浮	久柳有九酉否婦	救祐副就僦富呪又溜	開口三等

(1) 下平十八尤韻，「鳩、居求切」「裘（求）、巨鳩切」；「謀、莫浮切」「浮、縛謀切」。鳩與裘、謀與浮兩兩互用而不系聯。今考鳩、浮相承之上聲音爲四十四有「久、舉有切」「婦、房久切」，久婦韻同類，則鳩浮韻亦同類也。

(2) 去聲四十九宥韻，「宥（祐）、于救切」「救、居祐切」；「僦、卽就切」「就、疾僦切」。宥與救、僦與就兩兩互用而不系聯。今考救、就相承之上聲音爲四十四有「久（九）、舉有切」「湫、在九切」，久、湫韻同類，則救、就韻亦同類也。

下平十九侯	上聲四十五厚	去聲五十候	開合等第
鉤侯婁	口厚垢后斗苟	遘候豆奏漏	開口一等
下平二十幽	上聲四十六黝	去聲五十一幼	開合等第
蚪幽烋彪	糾黝	謬幼	開口三等

三・十六

（十五）深攝:

下平二十一侵	上聲四十七寑	去聲五十二沁
林尋深任針心淫金吟今簪	稔甚朕荏枕凛飲錦瘁	鴆禁任蔭譖

入聲二十六緝　　　開合等第

入執立及急汲戢汁　開口三等

(1) 下平聲二十一侵韻，「金（今）、居吟切」「吟、魚金切」；「林、力尋切」「尋、徐林切」；「斟（針）、職深切」「深、式針切」。金與吟互用，林與尋互用，斟與深又互用，彼此不系聯。今考金、林、斟相承之去聲音爲五十二沁「禁、居蔭切」「臨、良鴆切」「枕、之任切」，而「鴆、直禁切」「妊（任）、汝鴆切」禁、臨、枕韻旣同類，則金、林、斟韻亦同類也。

(2) 上聲四十七寑韻，「錦、居飲切」「飲、於錦切」；「荏、如甚切」「甚、常枕切」「枕、章荏切」。錦、飲互用，荏、甚、枕三字又互用，故不能系聯。今考錦、枕相承之去聲音之禁、枕，其韻同類（參見上注），則上聲錦與枕韻亦同類也。

<h1 style="text-align:center">三・十七</h1>

（十六）咸攝：

下平聲二十二覃	上聲四十八感	去聲五十三勘	入聲二十七合
含男南	禫感唵	紺暗	閤眔合荅
開合等第			
開口一等			
下平聲二十三談	上聲四十九敢	去聲五十四闞	入聲二十八盍
甘三酣談	覽敢	濫瞰蹔暫	臘盍榼
開合等第			
開口一等			

(1) 入聲二十八盍韻：「欱、都榼切」誤，古逸叢書本《廣韻》作都榼

切是也，當據正。又本韻有「砝、居盍切」「讇、章盍切」二切，
《切三》《王二》《唐韻》俱無，增加字也。又「𠯗、倉雜切」，
雜在二十七合，《王一》「倉臘反」是也，今據正。

下平聲二十四鹽	上聲五十琰	去聲五十五豔
廉鹽占炎淹	冉斂琰染漸檢險奄儉	贍豔窆驗

入聲二十九葉	開合等第
涉葉攝輒接	開口三等

(1) 上聲五十琰韻「琰、以冉切」「冉、而琰切」；「險、虛檢切」「檢、
居奄切」「奄、衣儉切」「儉、巨險切」。彼此互用而不系聯。今
考本韻「貶、方斂切」《王二》「彼檢反」，是斂、檢韻同類也。

(2) 去聲五十五豔韻，「豔、以贍切」「贍、時豔切」；「驗、魚窆切」
「窆、方驗切」兩兩互用而不系聯，今考本韻「弇、於驗切」《集
韻》「於贍切」，是驗、贍韻同類也。

下平二十五添	上聲五十一忝	去聲五十六㮇	入聲三十帖	開合等第
兼甜	玷忝簟	念店	協頰愜牒	開口四等

下平二十六咸	上聲五十三豏	去聲五十八陷	入聲三十一洽
讒咸	斬減豏	䤲陷賺	夾洽

開合等第

開口二等

下平二十七銜	上聲五十四檻	去聲五十九鑑	入聲三十二狎
監銜	黤檻	懺鑒鑑	甲狎図

開合等第

開口二等

下平二十八嚴	上聲五十二儼	去聲五十七釅	入聲三十三業
䤡嚴	埯广	釅欠劍	怯業刧

開合等第

開口三等

下平二十九凡　上聲五十五范　去聲六十梵　入聲三十四乏　開合等第
芝凡　　　　　錢范犯　　　泛梵　　　　法乏　　　　合口三等

(1) 按咸攝上聲五十二儼、五十三豏、五十四檻之次，當改爲五十二
　　豏、五十三檻、五十四儼之次，四聲方能相應。去聲五十七釅、
　　五十八陷、五十九鑑之次，當改爲五十七陷、五十八鑑、五十九
　　釅之次，方能與平入相配合，四聲相配始井然有序。

(2) 陳澧《切韻考》曰：「五十八鑑，此韻有𪒠字，音黯去聲，而無
　　切語，不合通例。且黯去聲則當在五十七陷，與五十二豏之黯字相
　　承，不當在此韻矣。此字已見五十三檻，此增加字也，今不錄。」

(3) 陳澧《切韻考》曰：「二十九凡，凡符咸切、此韻字少故借用二
　　十六咸之咸字也，徐鍇符嚴反，亦借用二十八嚴之嚴字，徐鉉浮
　　芝切，蓋以借用他韻字，不如用本韻字，故改之耳。然芝字隱
　　僻，未必陸韻所有也。」

(4) 去聲六十梵韻「有劍、居欠切」「欠、去劍切」「俺、於劍切」當
　　併入去聲五十七釅，與欠、釅、劍等字爲類。

以上分析，計平聲八十四韻類，上聲七十六韻類，去聲八十四韻類，
入聲五十一韻類。四聲合計共二百九十五韻類。若上聲三十八梗韻打
冷二字併入杏梗猛爲一類，不單獨成爲一類，則僅爲二百九十四韻
類。與先師林景伊（尹）先生《中國聲韻學通論》所分二百九十四韻
類數目全符，惟個別字之分類有異同耳。

　　本文在武漢漢語言學國際學術研討會宣讀時，承社會科學院語言
研究所研究員邵榮芬先生講評，有所指正，特致謝忱。

參 考 書 目

《唐寫本王仁昫刊謬補缺切韻》　廣文書局印行

《廣韻校本》　世界書局印行

《廣韻校勘記》　周祖謨　世界書局印行

《校正宋本廣韻》　藝文印書館印行

《新校正切宋本廣韻》　林尹校訂　黎明文化事業公司印行

《古逸叢書本廣韻》　臺灣中華書局印行

《明內府本廣韻》　小學彙函第十四　中新書局有限公司印行

《十韻彙編》　學生書局印行

《瀛涯敦煌韻輯》　姜亮夫　鼎文書局印行

《瀛涯敦煌韻輯新編》　潘重規　新亞研究所出版

《唐五代韻書集存》　周祖謨　中華書局影印

《蔣本唐韻刊謬補缺》　廣文書局印行

《切韻考》　陳澧　學生書局印行

《漢語音韻學》　董同龢　廣文書局經銷本

《漢語史稿》　王力　科學出版社

《韻鏡校注》　龍宇純　藝文印書館印行

《等韻五種》　藝文印書館印行

《韻鏡研究》　孔仲溫　學生書局印行

《七音略研究》　葉鍵得　文化大學中文研究所碩士論文

《廣韻校錄》　黃侃箋識　黃焯編次　上海古籍出版社

《韻鏡校證》　李新魁校證　中華書局出版

《聲類新編》　陳新雄　臺灣學生書局印行

《等韻述要》　陳新雄　藝文印書館印行

《鍥不舍齋論學集》　陳新雄　臺灣學生書局印行

〈陳澧切韻考系聯廣韻切語上下字補充條例補例〉　陳新雄　臺灣師
　　範大學《國文學報》十六期

〈蘄春黃季剛先生古音學說是否循環論證辨〉　陳新雄　《孔孟學
　　報》五十八期

原載中華民國八十一年六月五日出版《教學與研究》第十四期

《史記·秦始皇本紀》所見的聲韻現象

　　《史記·秦始皇本紀》載秦始皇帝二十六年初幷天下，始皇推終始五德之傳，以爲周得火德，從所不勝，方今水德之始，衣服旄旌節旗皆上黑，數以六爲紀。這段話非常重要，因爲秦以水德自居，水北方，其色黑，故尚黑；水數六，故數以六爲紀。對秦於數尚六的概念瞭解後，於我們在〈秦始皇本紀〉裏所看到的六篇刻石辭的用韻有很大的幫助。這六篇刻石辭，依次是：

始皇二十八年泰山刻石❶

　　皇帝臨位，作制明法，臣下修飭。（古韻職部❷，廣韻入聲二十四職。）二十有六年，初幷天下，罔不賓服。（古韻職部，廣韻入聲一屋。）親巡遠方黎民，登兹泰山，周覽東極。（古韻職部，廣韻入聲二十四職。）從臣思迹，本原事業，祇誦功德。（古韻職部，廣韻入聲二十五德。）治道運行，諸産得宜，皆有法式。（古韻職部，廣韻入聲二十四職。）大義休明，垂于後世，順承勿革。（古韻職部，廣韻入聲二十一麥。）皇帝躬聖，旣平天下，不懈於

❶ 見藝文印書館影印乾隆武英殿刊本《史記·秦始皇本紀》及藝文印書館印行日本瀧川龜太郎《史記會注考證》。自始皇二十八年泰山刻石起至三十七年會稽刻石止皆然。
❷ 古韻某部，以拙著《古音學發微》所分三十二部爲準。

治。（古韻之部，廣韻去聲七志。）鳳興夜寐，建設長利，專隆教誨。（古韻之部，廣韻去聲十八隊。）訓經宣達，遠近畢理，咸承聖志。（古韻之部，廣韻去聲七志。）貴賤分明，男女禮順，慎遵職事。（古韻之部，廣韻去聲七志。）昭隔內外，靡不清淨，施於後嗣。（古韻之部，廣韻去聲七志。）化及無窮，遵奉遺詔，永承重戒。（古韻之部，廣韻去聲十六怪。）

司馬貞《索隱》曰：「此泰山刻石銘，其詞每三句爲韻，凡十二韻，下之罘、碣石、會稽三銘皆然。」

始皇二十八年琅邪臺刻石

維二十六年，皇帝作始。（古韻之部，廣韻上聲六止。）端平法度，萬物之紀。（古韻之部，廣韻上聲六止。）以明人事，合同父子。（古韻之部，廣韻上聲六止。）聖智仁義，顯白道理。（古韻之部，廣韻上聲六止。）東撫東土，以省卒士。（古韻之部，廣韻上聲六止。）事已大畢，乃臨于海。（古韻之部，廣韻上聲十五海韻。）皇帝之功，勤勞本事。（古韻之部，廣韻去聲七志。）上農除末，黔首是富。（古韻之部，廣韻去聲四十九宥。）普天之下，摶心揖志。（古韻之部，廣韻去聲七志。）器械一量，同書文字。（古韻之部，廣韻去聲七志。）日月所照，舟車所載。（古韻之部，廣韻去聲十九代。）皆終其命，莫不得意。（古韻之部，廣韻去聲七志。）應時動事，是維皇帝。（古韻支部，廣韻去聲十二霽。）匡飭異俗，陵水經地。（古韻支部，廣韻去聲六至。）憂恤黔首，朝夕不懈。（古韻支部，廣韻去聲十五卦。）除疑定法，咸知所辟。（《正義》音

避,古韻支部,廣韻去聲五寘。）方伯分職,諸治經易。（古韻支部,廣韻去聲五寘。）舉錯必當,莫不如畫。（古韻支部,廣韻去聲十五卦。）皇帝之明,臨察四方。（古韻陽部,廣韻下平十陽。）尊卑貴賤,不踰次行。（古韻陽部,廣韻下平十一唐。）姦邪不容,皆務忠良。（古韻陽部,廣韻下平十陽。）細大盡力,莫敢怠荒。（古韻陽部,廣韻下平十一唐。）遠邇辟隱,專務肅莊。（古韻陽部,廣韻下平十陽。）端直敦忠,事業有常。（古韻陽部,廣韻下平十陽。）皇帝之德,存定四極。（古韻職部,廣韻入聲二十四職。）誅亂除害,興利致福。（古韻職部,廣韻入聲一屋。）節事以時,諸產繁殖。（古韻職部,廣韻入聲二十四職。）黔首安寧,不用兵革。（古韻職部,廣韻入聲二十一麥。）六親相保,終無寇賊。（古韻職部,廣韻入聲二十五德。）驩欣奉教,盡知法式。（古韻職部,廣韻入聲二十四職。）六合之內,皇帝之土。（古韻魚部,廣韻上聲十姥。）西涉流沙,南盡北戶。（古韻魚部,廣韻上聲十姥。）東有東海,北過大夏,（古韻魚部,廣韻上聲三十五馬。）人迹所至,無不臣者。（古韻魚部,廣韻上聲三十五馬。）功蓋五帝,澤及牛馬。（古韻魚部,廣韻上聲三十五馬。）莫不受德,各安其宇。（古韻魚部,廣韻上聲九麌。）

司馬貞《索隱》曰:「二句爲韻。」

始皇二十九年之罘刻石

維二十九年,時在中春,陽和方起。（古韻之部,廣韻上聲六止。）皇帝東游,巡登之罘,臨照于海。（古韻之部,廣韻上聲十五海。）

從臣嘉觀，原念休烈，追誦本始。（古韻之部，廣韻上聲六止。）
大聖作治，建定法度，顯著綱紀。（古韻之部，廣韻上聲六止。）
外教諸侯，光施文惠，明以義理。（古韻之部，廣韻上聲六止。）
六國回辟，貪戾無厭，虐殺不已。（古韻之部，廣韻上聲六止。）
皇帝哀眾，遂發討師，奮揚武德。（古韻職部，廣韻入聲二十五德。）義誅信行，威燀旁達，莫不賓服。（古韻職部，廣韻入聲一屋。）烹滅彊暴，振救黔首，周定四極。（古韻職部，廣韻入聲二十四職。）普施明法，經緯天下，永為儀則。（古韻職部，廣韻入聲二十五德。）大矣哉！宇縣之中，承順聖意。（《索隱》協韻音憶。按意古韻之部，廣韻去聲七志。憶古韻職部，廣韻入聲二十四職。）群臣誦功，請刻于石，表垂于常式。（古韻職部，廣韻入聲二十四職。）

始皇二十九年東觀刻石

維二十九年，皇帝春游，覽省遠方。（古韻陽部，廣韻下平十陽。）
遂于海隅，遂登之罘，昭臨朝陽。（古韻陽部，廣韻下平十陽。）
觀望廣麗，從臣咸念，原道至明。（古韻陽部，廣韻下平十二庚。）
聖法初興，清理疆內，外誅暴彊。（古韻陽部，廣韻下平十陽。）
武威旁暢，振動四極，禽滅六王。（古韻陽部，廣韻下平十陽。）
闡并天下，甾害絕息，永偃戎兵。（古韻陽部，廣韻下平十二庚。）
皇帝明德，經理宇內，視聽不怠。（《索隱》怠協旗疑韻，怠音銅蔞反。按怠古韻之部，廣韻上聲十五海。）作立大義，昭設備器，咸有章旗。（古韻之部，廣韻上平七之。）職臣遵分，各知所行，事無嫌疑。（古韻之部，廣韻上平七之。）黔首改化，遠邇同度，臨

古絕尤。（古韻之部，廣韻下平十八尤。）常職既定，後嗣循業，
長承聖治。（古韻之部，廣韻上平七之。）羣臣嘉德，祇誦聖烈，
請刻之罘。（古韻之部，廣韻下平十八尤。）

始皇三十二年石門刻石

遂興師旅，誅戮無道，為逆滅息。（古韻職部，廣韻入聲二十四職。）
武殄暴逆，文復無罪，庶心咸服。（古韻職部，廣韻入聲一屋。）
惠論功勞，賞及牛馬，恩肥土域。（古韻職部，廣韻入聲二十四職。）
皇帝奮威，德并諸侯，初一泰平。（《史記會注考證》中井積德曰：
皇帝奮威至泰平三句，亦似鶻突，且韻不諧，蓋篇首之脫文，錯在此
也。豈太平之文訛而失韻耶？抑更脫三句而韻不諧耶？）墮壞城郭，
決通川防，夷去險阻。（古韻魚部，廣韻上聲八語。）地勢既定，
黎庶無繇，天下咸撫。（古韻魚部，廣韻上聲九麌。）男樂其疇，
女修其業，事各有序。（古韻魚部，廣韻上聲八語。）惠被諸產，
久並來田，莫不安所。（古韻魚部，廣韻上聲八語。）羣臣誦烈，
請刻此石，垂著儀矩。（古韻魚部，廣韻上聲九麌。）

張守節《正義》曰：「此一頌三句為韻。」

始皇三十七年會稽刻石

皇帝休烈，平一宇內，德惠修長。（古韻陽部，廣韻下平十陽。）
三十有七年，親巡天下，周覽遠方。（古韻陽部，廣韻下平十陽。）
遂登會稽，宣省習俗，黔首齋莊。（古韻陽部，廣韻下平十陽。）

群臣誦功，本原事迹，追首高明。（古韻陽部，廣韻下平十二庚。）

泰聖臨國，始定刑名，顯陳舊彰。（古韻陽部，廣韻下平十陽。）

初平法式，審別職任，以立恒常。（古韻陽部，廣韻下平十陽。）

六王專倍，貪戾傲猛，率眾自彊。（古韻陽部，廣韻下平十陽。）

暴虐恣行，負力而驕，數動甲兵。（古韻陽部，廣韻下平十二庚。）

陰通間使，以事合從，行為辟方。（古韻陽部，廣韻下平十陽。）

內飾詐謀，外來侵邊，遂起禍殃。（古韻陽部，廣韻下平十陽。）

義威誅之，殄熄暴悖，亂賊滅亡。（古韻陽部，廣韻下平十陽。）

聖德廣密，六合之中，被澤無疆。（古韻陽部，廣韻下平十陽。）

皇帝幷宇，兼聽萬事，遠近畢清。（古韻耕部，廣韻下平十四清。）

運理群物，考驗事實，各載其名。（古韻耕部，廣韻下平十四清。）

貴賤並通，善否陳前，靡有隱情。（古韻耕部，廣韻下平十四清。）

飾首宣義，有子而嫁，倍死不貞。（古韻耕部，廣韻下平十四清。）

防隔內外，禁止淫佚，男女絜誠。（古韻耕部，廣韻下平十四清。）

夫為寄豭，殺之無罪，男秉義程。（古韻耕部，廣韻下平十四清。）

妻為逃嫁，子不得母，咸化廉清。（古韻耕部，廣韻下平十四清。）

大治濯俗，天下承風，蒙被休經。（古韻耕部，廣韻下平十五青。）

皆遵度軌，和安敦勉，莫不順令。（古韻耕部，廣韻下平十五青。）

黔首修潔，人樂同則，嘉保太平。（古韻耕部，廣韻下平十二庚。）

後敬奉法，常治無極，輿舟不傾。（古韻耕部，廣韻下平十四清。）

從臣誦烈，請刻此石，光垂休銘。（古韻耕部，廣韻下平十五青。）

張守節《正義》曰：「此二頌三句為韻。」

以上刻石辭六，除始皇三十二年石門刻石稍有脫略，殘缺不全外，其餘各篇，都十分完整。因秦數尚六，所以每篇刻辭的用韻，都

以六韻成一段落。這就給了我們一個明顯的線索，對於韻腳的認定，有了確切的張本。

像二十八年琅邪臺刻石辭第四段：「皇帝之明，臨察四方。」本來皇帝之明的「明」字，與臨察四方的「方」字原本都在古韻陽部，而皇帝之明一句又在轉韻的首句，像後世轉韻詩的首句多數入韻一樣，把它認為入韻的韻腳原無不可。但刻辭的韻既以六韻為限，則第四段的韻自以偶句的「方、行、良、荒、莊、常」六字方算入韻，則「明」字不得入韻，其與方、行……同韻者，只不過適然偶會而已。同理，第五段「皇帝之德，存定四極」，德極都在古韻職部，皇帝之德的德字，也在轉韻的首句，其與「極、福、殖、革、賊、式」六字同韻，也只是適然偶會。由這裏我們可以體會，在先秦的韻文中，最少在秦始皇時代的韻文，轉韻時的首句是不必押韻的。

關於重韻的問題，我們在始皇三十七年的會稽石刻中，也可得到一些清晰的概念。在會稽石刻中的前十二個韻腳，押的都是古韻陽部的字，但在韻腳上卻出現了兩個「方」字。這兩個「方」字，到底是重韻呢？還是彼此各自為韻，互不相涉呢？始皇石刻的韻腳，既以六韻成一段落，則這兩個方字，顯然是各自為韻，互不相涉的。也就是說「周覽遠方」的方字，互相押韻的六韻是「長、方、莊、明、彰、常」，而「行為辟方」的方字，互相押韻的六韻是「疆、兵、方、殃、亡、彊」，他們彼此間是互不相干的。同理，在會稽石刻中的後十二個韻，押的都是古韻耕部的字，也出現了兩個「清」字，其實「遠近畢清」的清字，互相押韻的六韻是「清、名、情、貞、誠、程」，而「威化廉清」的清字，互相押韻的六韻則是「清、經、令、平、傾、銘」。彼此之間，也是互不相干的。

本紀的刻石辭除了在韻腳上提示我們清晰的觀念外，在聲調上也

給我們不少啓示。以上六篇石刻辭，基本上是四聲分開押韻的。後面是石刻辭的押韻狀況。

一、平聲自韻的共六個韻段：

二十八年琅邪刻石：方、行、良、荒、莊、常。
二十九年東觀刻石：方、陽、明、彊、王、兵。
三十七年會稽刻石：長、方、莊、明、彰、常。

　　　　　　　　　　彊、兵、方、殃、亡、疆。

　　　　　　　　　　清、名、情、貞、誠、程。

　　　　　　　　　　清、經、令、平、傾、銘。

二、上聲自韻的共四個韻段：

二十八年琅邪刻石：始、紀、子、理、士、海。

　　　　　　　　　　土、戶、夏、者、馬、宇。

二十九年之罘刻石：起、海、始、紀、理、已。
三十二年石門刻石：□、阻、撫、序、所、矩。

三、去聲自韻的共三個韻段：

二十八年泰山刻石：治、誨、志、事、嗣、戒。
二十八年琅邪刻石：事、富、志、字、載、意。

　　　　　　　　　　帝、地、懈、辟、易、畫。

四、入聲自韻的共三個韻段：

二十八年泰山刻石：飭、服、極、德、式、革。
二十八年琅邪刻石：極、福、殖、革、賊、式。

三十二年石門刻石：息、服、域。

這樣大量四聲分用的押韻情形，始皇時代的四聲是相當清楚，而且跟中古四聲的類別完全相同。始皇時代，四聲固然分明，但也有兩個韻段顯示出另外一些訊息，值得我們重視。那就是平聲與上聲相押的例子。例如：

二十九年東觀刻石：怠、旗、疑、尤、治、眾。

怠為上聲，其他為平聲。亦有去聲與入聲相押的例子。例如：

二十九年之罘刻石：德、服、極、則、意、式。

意為去聲，其他為入聲。至於平與去入，入與平上互相押韻的例子，在這六篇石刻辭中，則未曾發現。那麼，我們應該怎麼樣去解析這種現象呢？也就是說要怎麼樣看待始皇時代的聲調呢？根據石刻辭的押韻，大量四聲分用的現象，我們說始皇時代應有四聲的區別，大概應無問題。既有四聲的區別，何以平又與上押韻，不見與去入押韻？入與去押韻，不見與平上押韻？這不能說既分四聲，四聲又可混用，因為石刻辭的韻腳，只顯示平上可以押韻，去入可以押韻，上古聲調，自段玉裁提出平上一類❸，去入一類之後，黃侃支持段玉裁的說法，進一層主張古惟平入二聲，其後讀平聲稍短則為上聲，讀入聲稍緩則為去聲❹。但沒有指出分化的條件。王力寫《漢語音韻》時，認為上古陰、陽、入各有兩個聲調，一長一短，陰陽的長調到後代成為平聲，短調到後代成為上聲；入聲的長調到後代成為去聲（王氏自注：由於元音較長，韻尾的塞音逐漸失落了），短調到後代仍為入聲❺。王氏這一解釋，就把黃侃的說法，找出了分化的條件。拿來解秦

---

❸ 見段玉裁《六書音均表‧古四聲說》。
❹ 見中華書局印行《黃侃論學雜著》內所載＜音略＞＜聲韻通例＞諸篇。
❺ 見中華書局《漢語音韻》，一七九至一八〇頁。

石刻的押韻情形，十分圓滿。王力在《漢語史稿》裏把陰聲與陽聲統名爲舒聲，是指沒有-p,-t,-k 收尾的音節來說的；把入聲稱爲促聲，是指有-p,-t,-k 收尾的音節來說的。故王氏說：「在上古的聲調中，舒聲有長短兩類，就是平聲和上聲；促聲也有長短兩類，就是去聲和入聲。」❻ 我們把王氏的聲調論列成一張表，以 a 代表任何元音，從上古到中古的演變有如下表：

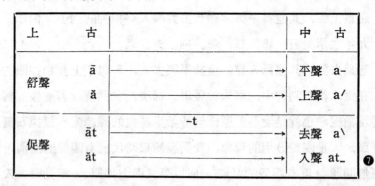

上　　　　古		中　　古
舒聲	ā ————————————→	平聲 a-
	ǎ ————————————→	上聲 a′
促聲	āt ————-t———————→	去聲 a\
	ǎt ————————————→	入聲 at_ ❼

秦始皇時代的石刻辭，所以平上去入四聲分明，因爲它們本來就有差別。平何以只與上押，因爲平上韻母相同，只是元音的長短差異而已。平不與去入押，是因爲平與去入韻母不同。去只與入押，也是韻母相同元音長短之差而已，不與平上同押者，也是韻母本來就不同的關係。張日昇〈試論上古四聲〉一文❽，對王力的聲調說作了批判，但是張氏並沒有掌握住王力聲調說的主旨，丁邦新與全廣鎮都指出了張氏的疏誤❾。全廣鎮〈從詩經韻腳探索上古之聲調〉一文，全

---

❻　見科學出版社修訂本《漢語史稿》上册，一〇二頁至一〇四頁。

❼　此表促聲及中古入聲韻尾的塞音-t，這裏是舉例性質，當然也可以舉-p及-k。

❽　張日昇〈試論上古四聲〉，見《香港中文大學中國文化研究所學報》第一卷。

❾　丁邦新的文章見於《中央研究院史語所專刊》六十五本〈論語孟子及詩經並列語成分之間的聲調關係〉。全廣鎮的文章見於《中國學術年刊》第九期〈從詩經韻脚探索上古之聲調〉。

面指出張氏的錯誤，並指出中古時期的去聲字，在上古時期可分爲兩類，一則屬於陰、陽聲韻的去聲字；一則屬於入聲韻部的去聲字。前者與平上聲押韻，後者只與入聲押韻，這兩種去聲字在《詩經》韻腳裏成互補分配。王力把前者歸到平上聲，後者歸到入聲而稱爲長入。上古的聲調到底是怎麼樣的一種情況，我們當然無法根據這六篇石刻辭的用韻就來下斷語。但是全廣鎮文裏所分析的《詩經》中的兩類去聲，在秦石刻裏又已合流了。像二十九年之罘石刻的意字，既只與入聲的德、服、極、則、式諸字押韻，照王力的標準，自當歸爲「長入」一類，可是在二十八年的琅邪刻石，意字又與去聲的事、富、志、字、載押韻，「意、富」可算長入，「事、志、字、載」四字就應歸到專與平上押韻的去聲一類了。而二十八年泰山刻石，「事、志」又與「治、誨、嗣、戒」押韻，除「戒」字可歸「長入」外，其他「治、誨、嗣」等字，也都像「事、志、字、載」一樣應該歸到與平上聲押的去聲一類，顯然在《詩經》時代互補的兩類去聲，在秦石刻裏已經合流了。既已合流了，那麼王力所謂「長入」的去聲，它們的韻尾是否還能保持清塞音-p、-t、-k那麼清晰，有沒有經過合流爲-ʔ的過程？就拿「意」字來說吧！它跟入聲押韻，因爲都有塞音韻尾，跟去聲押韻則因喉塞音-ʔ韻尾音色不那麼明顯，所以乃與平上而來的去聲字合流了。這當然還有一層連王力也沒有好辦法解決的困難，就是平上聲的字分化爲去聲的條件，王氏只提到全濁上聲變去多些而已。我只指出現象，希望多些同好能提供更好的解說。

原載民國八十一年五月《聲韻論叢》第四輯

戴震〈答段若膺論韻書〉幾則聲韻觀念的啓示

戴震〈答段若膺論韻書〉是中國聲韻學史上一篇重要的文獻。筆者擬從戴氏此文中，摘錄幾則重要的聲韻學的觀念，看看他對後人在聲韻學的研究上，有些甚麼重大的啓示。

一、陰陽入三分與分配對音韻結構的啓示

戴氏曰：「僕審其音，有入者如氣之陽，如物之雄，如衣之表；無入者如氣之陰，如物之雌，如衣之裏。又平上去三聲近乎氣之陽，物之雄，衣之表；入聲近乎氣之陰，物之雌，衣之裏，故有入之入，與無入之去近，從此得其陰陽雌雄表裏之相配。而侵已下九韻獨無配，則以其閉口音而配之者更微不成聲也。」宋鄭庠的《古音辨》首分古韻爲陽、支、先、虞、尤、覃六部❶，他是把入聲附在陽聲韻部的陽、先、覃三部之中。顧炎武的《音論》歷考古籍的音讀，以爲入聲當配陰聲，所以他的古音十部中，除侵覃以下九韻，他認爲舊有入

---

❶ 此處鄭庠六部之名稱據《論韻書》，鄭氏陽部據夏炘《古韻表廿二部集說》包括《詩韻》東、冬、江、陽、庚、青、蒸（舉平以賅上去，後倣此。）及入聲屋、沃、覺、藥、陌、錫、德。支部包括支、微、齊、佳、灰、泰。先部包括眞、文、元、寒、刪、先及入聲質、物、月、曷、黠、屑。虞部包括魚、虞、歌、麻。尤部包括蕭、肴、豪、尤。覃部包括侵、覃、鹽、咸及入聲緝、合、葉、洽。

聲外，其他悉反韻書之說，以配陰聲❷，故第二部支、第三部魚、第
五部蕭皆有入聲❸。江永《古韻標準》開始分立入聲八部，而主張數
韻同入，已經有了陰陽入三分的初步概念，但在陰陽入的分配上，概
念還不夠清晰。從下表就可看出江氏陰陽入三聲的分配相當不整齊。

陽　　　　　聲	入　　　　　聲	陰　　　　　聲
第四部眞諄	第二部質術	
第九部耕清	第五部昔錫	第二部支脂❹
第十部蒸登	第六部職德	

　　從這種不整齊的分配，也就可以看出他的音韻結構不夠完整。
今世語言學上所注重的音韻結構的問題，可以從陰陽入的分配上看出
來。段玉裁把支、脂、之分成三部，就把陰聲韻部方面的兩個空檔塡
起來了，在音韻結構方面，就顯得相當完整了。我不知道段玉裁是不
是受到江永的啓示，而使他得到了支脂之分成三部的思維。但是段玉
裁《六書音均表》也把入聲分成八部，卻未能獨立，其陰聲韻部中的
第一部之、第三部尤、第五部魚、第十五部脂、第十六部支都分別收
了入聲韻字，但在陽聲韻部中，其第七部侵、第八部覃、第十一部眞
也都分別收了入聲韻字，在分配上，在結構上就顯得不整齊、不完整

---

❷　顧炎武《音論》有〈論近代入聲之誤〉一文，闡說他這一觀點。
❸　顧炎武《古音表》以入聲質、術、櫛、昔之半、職、物、迄、屑、薛、錫
　　之半、月、沒、曷、末、黠、鎋、麥之半、德、屋之半、以配支之半、脂
　　之、微、齊、佳、皆、灰、咍。以入聲屋之半、沃之半、燭、覺之半、藥
　　之半、鐸之半、陌、麥之半、昔之半以配魚、虞、模、侯。以入聲屋之半
　　、沃之半、覺之半、藥之半、鐸之半、錫之半以配蕭、宵、肴、豪、幽。
❹　江永《古韻標準》第二部包括《廣韻》支、脂、之、微、齊、佳、皆、
　　灰、咍、分尤、祭、泰、夬、廢等。

了。

　　我們把戴震的九類二十五部，也照處理江永陰陽入分立的辦法排
列起來，就有如下表：

陽　　　　　聲	入　　　　　聲	陰　　　　　聲
一歌	三鐸	二魚
四蒸	六職	五之
七東	九屋	八尤
十陽	十二藥	十一蕭
十三庚	十五錫	十四支
十六眞	十八質	十七脂
十九元	二一月	二〇祭
二二侵	二三緝	
二四覃	二五合	❺

　　這九類二十五部在分配上看起來就非常整齊。所以後來黃侃〈音
略〉的古韻二十八部，把入聲完全獨立，就是受到戴震的啓發。黃氏
說：「顧、江、戴、段諸人畢世勤劬，各有啓悟，而戴君所得爲獨優。
本師章君，論古韻二十三部，最爲瞭然，余復益以戴君所明，成爲二

---

❺　戴震《聲類表》九類二十五部不適當的把歌部當陽聲韻，而把陽部拿來跟
　　蕭、藥相配，也未盡適當。但大致說來，分配相當整齊，結構也頗完整。

十八部。」❻後來錢玄同《古韻二十八部音讀之假定》的二十八部❼，
王力《漢語音韻》的二十九部❽，羅常培、周祖謨合著《漢魏晉南北
朝韻部演變研究》定周秦古韻爲三十一部❾，筆者《古音學發微》定
古韻爲三十二部❿，也都是陰陽入三分的，這不能不說是戴氏導其先
行的。

二、脂祭分立及脂微諸韻入聲之分配對王力脂微分
##　　部的啓示

　　戴氏〈答段若膺論韻書〉云：「昔人以質、術、物、迄、月、
沒、曷、末、黠、鎋、屑、薛、隸眞、諄、臻、文、殷、元、魂、
痕、寒、桓、刪、山、先、仙，今獨質、櫛、屑仍其舊，餘以隸脂、
微、齊、皆、灰，而謂諄、文至山、仙同入，是諄、文至山、仙與脂、
微、齊、皆、灰相配亦得矣，特彼分二部，此僅一部，分合未當。又
六術韻字，不足配脂，合質、櫛與術，始足相配，今不能別出六脂韻
字配眞、臻、質、櫛者，合齊配先、屑爲一部；且別出脂韻字配諄、
術者，合微配文、殷、物、迄，灰配魂、痕、沒爲一部。廢配元、
月，泰配寒、桓、曷、末，皆配刪、黠，夬配山、鎋，祭配仙、薛爲
一部。而以質、櫛、屑隸舊有入之韻，餘乃隸舊無入之韻，或分或
合，或隸彼，或隸此，尚宜詳審。」⓫戴氏這一段話，除了從陰、陽、

---

❻　見黃侃〈音略〉。中華書局《黃侃論學雜著》內。
❼　錢玄同《古韻二十八部音讀之假定》，《師大月刊》單行本。
❽　王力《漢語音韻》，北京中華書局出版。
❾　羅常培、周祖謨《漢魏晉南北朝韻部演變研究》第一分册，科學出版。
❿　陳新雄《古音學發微》嘉新水泥公司文化基金會叢書研究論文第一八七
　　種。民國六十一年一月出版。
⓫　見《聲類表》卷首。

入各韻的分配外， 又參入了等韻學的開合等第， 我們以段氏十二部
眞、十三部諄、十四部元三部的開合等第與陰陽入的分配來看看這幾
部的情況。

第十二部

陽	入	陰
眞軫震（開三）	質（開三）	脂旨至（開三）
臻（臻）（齔）（開二）	櫛（開二）	皆駭怪（開二）
先銑霰（開合四）	屑（開合四）	齊薺霽（開合四）

第十三部

陽	入	陰
痕很恨（開一）	（麧）（開一）	咍海代（開一）
魂混慁（合一）	沒（合一）	灰賄隊（合一）
諄準稕（合三）	術（合三）	脂旨至（合三）
殷隱焮（開三）	迄（開三）	微尾未（開三）
文吻問（合三）	物（合三）	微尾未（合三）

第十四部

陽	入	陰
寒旱翰（開一）	曷（開一）	泰（開一）
桓緩換（合一）	末（合一）	泰（合一）
刪潸諫（開合二）	黠（開合二）	怪（開合二）
山產襇（開合二）	鎋（開合二）	夬（開合二）
元阮願（開合三）	月（開合三）	廢（開合三）
仙獮線（開合三）	薛（開合三）	祭（開合三）

⑫

---

⑫ 段玉裁十二部，是以陽入兩部分合併而成，陰聲部分段玉裁是與十三部的
陰入與十四部的陰入合併爲十五部的脂部，若把十二部相配的陰聲獨立起
來，正是王力脂微分部的脂部，十三部相配的陰聲則是王力脂微分部的微
部。十四部相配的入聲是戴震的月部，陰聲是祭部。

　　如果我們按着陰、陽、入三聲的分配及開合等第的關係，段玉裁十二部、十三部、十四部的關係應如上表。所以戴震批評段玉裁說「今獨質櫛屑仍其舊」，謂段氏十二部以質櫛屑配眞臻先；「餘以配脂微齊皆灰」，謂段氏把十三部與十四部相配的入聲都劃歸第十五部中。但陽聲十三、十四既分兩部，而陰聲卻只有一部，是「分合未當」。「又六術韻字，不足配脂，合質櫛與術，始足相配。」段氏十五部既包括「脂微齊皆灰」五韻，脂韻有開三、合三兩類，六術韻只合三一類，自不足與脂配，必須把十二部的入聲劃過來，脂韻開三一類始有可配之入聲，皆韻爲開二，亦必須開二之櫛韻始足相配。齊韻有開四合四兩類，自亦惟有屑韻之開四合四可與相配。則陽聲韻方面，自亦應把十二部眞臻先三韻與十三部合爲一部，陰陽入三聲之韻始配搭整齊。「今不能別出六脂韻字配眞臻質櫛者，合齊配先屑爲一部」，那就是說上表十二部相配的陰聲韻「脂（開三）、皆（開二）、齊（開合四）」不能獨立爲一部的話，那就只好把十二部、十三部相配的陰聲韻部分合爲一部了。至於十四部的陽聲既獨立了，則與相配的陰聲「泰（開合一）、怪（開合二）、夬（開合二）、廢（開合三）、祭（開合三）」諸韻也只好獨立爲「祭」部了。

　　這一段話，對王力的「脂微分部」有何啓示呢[13]？陽聲眞諄二部是不可以合併的，則與眞部相配的陰聲部分，就應獨立爲脂部，與諄相配的陰聲部分就是微部了。王力脂微分部的標準是「（甲）《廣韻》的齊韻字，屬於江有誥的脂部者，今仍認爲脂部。（乙）《廣韻》的微灰咍三韻字，屬於江有誥的脂部者，今改稱微部。（丙）《廣韻》的脂皆兩韻是上古脂微兩部雜居之地。脂皆的開口呼在上古屬脂部，脂皆

---

❸　王力脂微分部見＜上古韻母系統研究＞，《清華學報》十二卷三期。

的合口呼在上古屬微部。」這個標準，不是與我上表所列十二部與十三部相配的陰聲部分若合符節了嗎？所以我認為王力的「脂微分部」是受了戴震〈答段若膺論韻書〉的啟發而體會出來的。只不過王力接受了戴氏「有入之入，與無入之去近」的影響，把大部分陰去的字歸入「質」、「物」兩部入聲韻部中去了而已。

三、以呼等考古韻每一韻部至少應具一「一等韻」
　　或一「四等韻」的啟示

戴氏云：「僕巳年分七類為二十部者，上年以呼等考之，眞至仙，侵至凡同呼而具四等者二，脂微齊皆灰及祭泰夬廢亦同呼而具四等者二，仍分眞巳下十四韻，侵以下九韻各為二，而脂微齊諸韻與之配者亦二。」又曰：「僕以為考古宜心平，凡論一事，勿以人之見蔽我，勿以我之見自蔽，嘗恐求之太過，強生區別，故寧用陸德明『古人韻緩』之說。後以殷（眞）衣（脂）乙（質），及音（侵）邑（緝）五部字數過多，推之等韻，他部皆止於四等，此獨得四等者二，故增安（元）靄（祭）遏（月）及醃（覃）諜（合）五部，至若殷乙及謳，更析之則呼等不全。」❶❹戴氏此言，本意謂每一個古韻部只應止於四等，若具有兩個四等者，則應別出另外一部，他把眞元、脂祭、質月、侵覃、緝合各分兩部，正是從這一觀點出發的。但是我們仔細檢查他每一個古韻部的呼等的話，也未必每部皆四等俱全，例如他的祭部，有一等韻泰、二等韻夬怪、三等韻祭廢，就沒有純四等韻；又如他的庚部，有二等韻庚耕、三等韻庚清、四等韻青，卻沒有一等韻。

---

❶❹ 見〈答段若膺論韻書〉，《聲類表》卷首。

但有一點是肯定了的，如果缺四等韻的古韻部，一定具有一等韻，缺少一等韻的古韻部，一定具有四等韻。也就是說一等韻與四等韻是構成一個古韻部的骨幹，二者只可缺其一而不可俱缺。黃侃受到戴氏的啓示，全面發展他的古本韻、今變韻的理論❶，在他的古韻二十八部中，灰、沒、魂痕、歌戈、曷末、寒桓、模、鐸、唐、侯、屋、東、豪、沃、多、咍、德、登、合、覃等二十部都是一等韻；屑、先、齊、錫、青、蕭、帖、添八部都是四等韻。後來黃氏發現添、帖兩部中，既有一等韻的談韻、盍韻；又有四等韻的添韻、帖韻。所以主張「談添帖合分爲四部」❶，也是從這一觀點出發的。

　　以上三點，是我仔細研讀戴氏〈答段若膺論韻書〉後，覺得這幾個觀點，對後世聲韻學的研究發展影響最大，故特爲指出，敬祈海內外專家學者不吝賜教。

原載八十年六月《漢學研究》第九卷第一期

---

❶　黃侃〈與友人論治小學書〉云：「當知二百六韻中，但有本聲，不雜變聲者，爲古本音；雜有變聲者，其本聲亦爲變聲所挾而變，是爲變音。」筆者有〈蘄春黃季剛先生古音學說是否循環論證辨〉一文闡述黃氏古本音、今變音之理論，可供參考。《孔孟學報》第五十八期，民國七十八年九月二十八日出版。

❶　見黃侃〈談添盍帖分四部說〉，在《黃侃論學雜著》內。筆者有〈論談添盍帖分四部說〉一文，中央研究院第二屆國際漢學會議論文，可資參考。

《毛詩》韻三十部諧聲表

一、凡　例

一、古韻三十部次序之先後，依拙著《古音學發微》。

二、每部之中，諧聲偏旁之次第，則依拙著〈毛詩韻譜、通韻譜、合韻譜〉出現之先後，先韻譜，次通韻譜，終合韻譜。

三、諧聲偏旁收錄之標準，以出現於《詩經》韻腳者爲限。

四、所錄諧聲偏旁，復从他字得聲，則亦補增於諧聲表。

五、字之諧聲偏旁，難一覽而知者，則引《說文解字》以說明之，所引《說文》，列入註釋。

六、《說文》未收，則以沈兼士《廣韻聲系》爲準。

七、諧聲偏旁與諧聲字間古韻不同，收入何部則以《詩經》押韻字爲主。

八、字之篆隸形體有異，爲避免混殽，則於諧聲表中夾注說明。

九、諧聲表後所言變入《廣韻》某韻，則此諧聲偏旁確在此韻，非概括說明。

十、諧聲表之註釋附於每部諧聲偏旁之後，以利查檢。

二、諧聲表

第一部歌部

皮聲　它聲　咼聲　哥聲　爲聲　可聲　离聲　也聲　義聲　加聲

宜聲　奇聲　差聲　麻聲　左聲　儺聲　羅聲　罹聲　化聲　吹聲

禾聲　我聲　多聲　沙聲　罷聲　罜聲　羲聲　瓦聲

　　以上諸聲偏旁變入《廣韻》支紙寘、歌哿箇、戈果過、麻馬禡。

第二部月部

叕聲　夺聲　厥聲　兌聲　伐聲　友聲　敗聲　憩聲　拜聲　吠聲

舌聲^{昏隸變
作舌}　華聲^{華從禼
省聲}　蚩聲❶　衞聲　丰聲　害聲❷　折聲　歲聲

發聲　曷聲　辥聲　桀聲　厲聲❸　帶聲　月聲　乂聲　夆聲^{夆隸變
作韋}

欮聲　怛聲❹　外聲　世聲　市聲　雪聲^{雪從彗
省聲}❺　祋聲　列聲

舌聲^{與從昏隸
變之舌異}　末聲　祭聲　最聲　蠆聲❻　喙聲　大聲　戉聲　截聲

❼　威聲

　　以上諸聲偏旁變入《廣韻》祭、泰、怪、夬、廢、月、曷、末、
鎋、黠、屑、薛。

❶　《說文》：「蚩、毒蟲也，象形。蚩，蚩或从蚰。」按此字丑芥切，字林他
　　割切，玄應他達切，古音皆在月部。《說文》：「邁、遠行也。从辵、萬
　　聲。邁、邁或从蚩。」按邁在月部，萬在元部，邁字或體作𨖌，从蚩聲，
　　疑邁當从蚩聲，非萬聲也。《說文》：「萬、蟲也。从厹、象形。」萬無販
　　切，古音在元部。

❷　《說文》：「害、傷也。从宀口，言从家起也。丰聲。」按當增丰聲一諧聲
　　偏旁入月部。

❸　《說文》：「厲、旱石也。从厂蚩省聲。厲或不省。」厲力制切，古音在月
　　部，蚩亦在月部。

❹　《說文》：「怛、憯也。从心旦聲。」按此字得案切又當割切，當以得案切
　　旦聲爲元部，而以當割切怛聲爲月部字，怛字詩二見在月部，無入元部
　　者。

❺　《說文》：「雪、冰雨說物也。从雨彗聲。」相絕切，古音在月部。《說文》：「彗、埽竹也。从又持甡。篲、彗或从竹。瞕，古文彗从竹習。」彗、祥歲切。按王力以彗聲爲質部字，雪聲爲月部，今從之。

❻　按《說文》丑芥切之蠆俗或作蠆。蠆卽蠆字。《說文》另有蟖字云：「蟖、蚌屬，似蠊微大。出海中，今民食之。从虫萬聲。讀若賴。」力制切，亦在月部，疑此字亦當从蠆聲。蟖今讀與厲同，厲卽从蠆聲可證。

❼　截《說文》作戩，云：「戩、斷也。从戈雀聲。」此字昨結切，當在月部。

第三部元部

專聲	卷聲	巽聲	干聲	言聲	泉聲	難聲❶	絲聲	官聲	展聲
半聲	彥聲	爰聲	反聲	袁聲	閒聲	亘聲	寬聲	絲聲❷	連聲
卷聲	夗聲	晏聲	安聲	旦聲	臤聲	奻聲	亶聲	曼聲	闌聲❸
單聲	原聲	奐聲	間聲	曼聲	肩聲	卵聲	見聲	弁聲	毌聲
羴聲	閑聲	麈聲	丹聲	然聲	焉聲	昌聲	冠聲	山聲	戔聲
衍聲	憲聲	番聲	散聲	柬聲	獻聲	次聲	繁聲	宣聲	段聲
柬聲	元聲	完聲❹	丸聲	虔聲	鮮聲	延聲			

以上諧聲偏旁變入《廣韻》元阮願、寒旱翰、桓緩換、刪潸諫、山產襉、仙獮線、先銑霰。

❶　《說文》：「歎、吟也。謂情有所悅吟歎而歌詠。从欠，鷬省聲。」又：「鷬、鷬鳥也。从鳥堇聲。難、鷬或从隹。」又：「堇、黏土也。从黃省从土。」按堇巨斤切，古音在諄部，難那干切，古音在元部。

❷　《說文》：「絲，織以絲毌杼也。从絲省、卝聲。卝，古文卵字。」按絲古還切，古音在元部。

❸　《說文》：「闌、門遮也。从門柬聲。」洛干切，古音在元部。

❹　《說文》：「完、全也。从宀元聲。」完胡官切，在元部，凡元聲字皆在此部。

第四部脂部

妻聲	皆聲	豐聲	死聲	齊聲	弟聲	朿聲	爾聲	旨聲	夷聲
厶聲	犀聲	眉聲	比聲	次聲	几聲	耆聲	師聲	示聲	矢聲
兜聲	米聲	七聲	氐聲	履聲	尸聲	美聲	尼聲	兎聲	

以上諧聲偏旁變入《廣韻》脂旨至、紙、齊薺霽、皆駭怪。

第五部質部

實聲　至聲　吉聲　七聲　壹聲　㤈聲　日聲　栗聲　桼聲　瑟聲

疾聲　穴聲　卽聲　畢聲　一聲　徹聲　逸聲　血聲　惠聲　利聲

必聲　設聲　抑聲　失聲　畀聲　彗聲　四聲　屈聲　匹聲　戾聲

節聲　替聲　棄聲　肆聲　蔑聲

以上諧聲偏旁變入《廣韻》至、霽、怪、質、櫛、屑、薛、職。

第六部眞部

秦聲　人聲　頻聲　賓聲　开聲　身聲　新聲　令聲　天聲　田聲

千聲　信聲　命聲　申聲　仁聲　㷿聲　眞聲　年聲　因聲　勻聲

旬聲　辛聲　電聲　扁聲　鳶聲　臣聲　臤聲　陳聲　矜聲　玄聲

民聲　夋聲　盡聲❶　典聲　垔聲　倩聲　胤聲

以上諧聲偏旁變入《廣韻》眞軫震、諄準稕、臻、先銑霰、仙獮線、庚梗映、清靜勁、青迥徑。

❶　《說文》：「盡、器中空也。从皿夋聲。」又：「夋、火之餘木也。从火聿省。^{據段注改}」按當增夋聲一諧聲偏旁，凡夋聲字當入此部。

第七部微部

𣅀聲　歸聲❶　衣聲　鬼聲　貴聲　畾聲　裹聲　妥聲　攵聲　微聲❷　飛聲　韋聲　幾聲　頯聲❸　畏聲　希聲　隹聲　水聲　非聲

火聲　枚聲❹　威聲　癸聲❺　哀聲　罪聲　頹聲　遺聲　尾聲

豈聲　回聲　毀聲

以上諧聲偏旁變入《廣韻》脂旨至、支紙寘、微尾未、皆駭怪、灰賄隊、咍海代。

❶ 《說文》:「歸，女嫁也。从止婦省，𠂤聲。」歸从𠂤聲，古音在微部。按當增𠂤聲一諧聲偏旁。
❷ 《說文》:「微，隱行也。从彳㪂聲。」又:「㪂、眇也。从人从攴豈省聲。」按微从㪂聲，㪂又从豈聲，則㪂聲、豈聲古音皆在微部。按當增㪂聲一諧聲偏旁。
❸ 《說文》:「頎、頭佳皃。从頁斤聲。」頎渠希切，詩韻在微部，斤聲在諄部。
❹ 《說文》:「枚、榦也。從木攴。可爲杖也。」
❺ 《說文》:「癸、冬時水土平、可揆度也。」癸居誄切，當在微部，王力併入脂部者，殆見＜大雅・板＞五章葵與懠毗迷尸屎資師等脂部韻故也。

第八部沒部

旡聲　既聲❶　胃聲　出聲　卒聲　朮聲　𫝑聲　家聲　季聲　隶聲

尉聲　聿聲　弗聲　愛聲　𠬛聲　沒聲❷　對聲　貴聲　頪聲　類聲

❸　位聲　內聲　孛聲　退聲　未聲　乞聲　勿聲

以上諧聲偏旁變入《廣韻》至、未、霽、隊、代、術、物、迄、沒。

❶ 《說文》:「既、小食也。从皀旡聲。」凡旡聲字當入沒部。按當增旡聲一諧聲偏旁。
❷ 《說文》:「沒、湛也。从水𠬛聲。」又:「𠬛、入水有所取也。从又在回下。」𠬛莫勃切，古音在沒部。凡从𠬛聲者皆然。按當增𠬛聲一諧聲偏旁。
❸ 《說文》:「類:穜類相似，唯犬爲甚。从犬頪聲。」又:「頪、難曉也。从頁米。」頪盧對切，頪聲字當入沒部。按當增頪聲一諧聲偏旁。

第九部諄部

先聲　辰聲　昏聲　孫聲　門聲　殷聲　分聲　堇聲　西聲　免聲

㐱聲　奔聲　君聲　員聲　昆聲　𦎫聲 𦎫隸變作享　𦰩聲　雲聲　存聲

鰥聲❶　侖聲　困聲　殄聲　文聲　軍聲　斤聲　刃聲　云聲　𥁕聲

亹聲　熏聲　川聲　焚聲　豚聲　卂聲　壺聲　屯聲

以上諧聲偏旁變入《廣韻》微尾未、齊薺霽、灰賄隊、眞軫震、

諄準稕、文吻問、欣隱焮、魂混㥎❶、痕很恨、山產襉、先銑霰、仙獮
線。

❶ 《說文》：「鰥、鰥魚也。从魚𤓰聲。」鰥古頑切，古音在諄部。《說
文》：「𤓰，目相及也。从目隶省。」𤓰徒合切，古音在緝部。

第十部支部

支聲　𦣻聲　知聲　斯聲　是聲　此聲　厃聲　卑聲　氏聲　圭聲
解聲

以上諧聲偏旁變入《廣韻》支紙寘、齊薺霽、佳蟹卦。

第十一部錫部

啇聲　益聲　責聲　易聲　辟聲　鬲聲　臭聲　帝聲　朿聲　狄聲
脊聲

以上諧聲偏旁變入《廣韻》寘、霽、卦、陌、麥、昔、錫。

第十二部耕部

熒聲❶　成聲　丁聲　定聲　生聲　盈聲　鳴聲　青聲　星聲　殸聲
廷聲　名聲　正聲　平聲　寧聲　嬰聲　敬聲　冥聲　呈聲　領聲❷
粤聲　巠聲　壬聲　爭聲　頃聲　开聲　屏聲❸　貞聲　靈聲　井聲
刑聲❹　贏聲

以上諧聲偏旁變入《廣韻》庚梗敬、耕耿諍、清靜勁、青迴徑。

❶ 《說文》：「縈、收卷也。从糸熒省聲。」又：「瑩，玉色也。从王熒省
聲。」又：「營、帀居也。从宮，熒省聲。」又：「熒，屋下鐙燭之光也。
从焱冂。」

❷ 《說文》：「領、項也。从頁令聲。」按令聲在眞部，今以領聲屬耕部。

❸ 《說文》：「屏、屏蔽也。从尸幷聲。」《說文》：「幷、相從也。从从开
聲。」屏必郢切、幷府盈切古音在耕部。《說文》：「开，平也，象二干
對構，上平也。」开古賢切，古音在元部。按當立开聲一根，屏刑形鈃等
字从之，古音在耕部。疑开形本具元、耕二部之音。

❹ 《說文》：「刑、剄也。从刀开聲」「荆，罰辠也。从刀井，井亦聲。」二
字皆戶經切，古音在耕部。凡井聲字皆然。按當增井聲一諧聲偏旁。

第十三部魚部

且聲　者聲　甫聲　于聲　華聲　家聲　疋聲　楚聲❶　馬聲　居聲
御聲❷　呂聲　父聲　下聲　女聲　與聲❸　處聲　處聲❹　車聲
叚聲　巴聲　吳聲　羽聲　予聲　雨聲　土聲　雇聲　古聲　奴聲
舞聲　虎聲　牙聲　瓜聲　烏聲　虍聲　五聲　午聲　武聲　戶聲
穌聲　素聲　瞿聲　瞿聲❺　鼠聲　黍聲　胥聲　禹聲　去聲　乎聲
巨聲　余聲　舁聲　輿聲❻　鼓聲　夏聲　宁聲　股聲❼　壺聲　夫
聲　圖聲　書聲　旅聲　寡聲　魚聲　徒聲　舍聲　盧聲　盧聲❽
寫聲　羖聲❾　圉聲　虞聲❿　虞聲　廬聲　如聲　斝聲　賦聲
無聲

　　以上諧聲偏旁變入《廣韻》魚語御、虞麌遇、模姥暮、麻馬禡。

❶　《說文》：「楚，叢木。一名荊也。從林、疋聲。」疋聲字在魚部。按當
　　增疋聲一諧聲偏旁。
❷　《說文》：「御，使馬也。从彳卸。」御牛據切，古音在魚部。
❸　《說文》：「與，黨與也。从舁与。」與余呂切，古音在魚部。
❹　《說文》：「処，止也。从夂几。夂得几而止也。處，或从虍聲。」處从
　　虍聲，則處字當分立二聲，處聲、虍聲古音皆在魚部。
❺　《說文》：「瞿，鷹隼之視也。从隹瞿，瞿亦聲。」瞿九遇切，古音在魚
　　部。按當增瞿聲一諧聲偏旁。
❻　《說文》：「輿，車輿也。从車舁聲。」輿以諸切，古音在魚部。舁聲亦
　　在魚部，按當增舁聲一諧聲偏旁。
❼　《說文》：「股，髀也。从肉殳聲。」股公戶切，古音在魚部，而殳聲則
　　在侯部，故股聲應與殳聲分列。
❽　《說文》：「盧，盧飯器也。从皿盧聲。」盧洛乎切，古音在魚部。又：
　　「盧、畲也。从由虍聲。讀若盧同。」盧，洛乎切，古音在魚部。當列盧
　　聲一諧聲偏旁。
❾　《說文》：「羖、夏羊牡曰羖。从羊殳聲。」羖公戶切在魚部，殳聲在侯
　　部，當分列。
❿　《說文》：「虞，鐘鼓之柎也。飾爲猛獸，从虍異象形，其下足。鐻，虞
　　或从金豦。虞，篆文虞。」虞聲外當列虞聲均在魚部。

第十四部鐸部

莫聲　雙聲❶　谷聲❷　睪聲　席聲❸　乍聲　射聲　卸聲　夜聲❹

薄聲❺　郭聲　夕聲　石聲　戟聲　各聲　若聲　度聲　亦聲　舄聲

宅聲　昔聲　霍聲　炙聲　庶聲　白聲　赫聲　百聲　叔聲　窫聲❻

博聲　辛聲　逆聲

　　以上諸聲偏旁變入《廣韻》御、遇、暮、禡、藥、鐸、陌、麥、昔。

❶　《說文》：「雙，規雙，商也。从又持萑。一曰：視遽皃。一曰：雙、度也。𤔔，雙或从尋，尋亦度也。」雙、乙虢切，古音在鐸部。

❷　《說文》：「谷，口上阿也。从口上象其理。」按谷聲其虐切在鐸部，與屋部古祿切谷聲異。

❸　《說文》：「席，藉也。禮天子諸侯席有黼繡純飾。从巾、庶省聲。」席祥易切，古音在鐸部。庶聲亦在鐸部。

❹　《說文》：「夜，舍也。天下休舍。从夕、亦省聲。」夜羊謝切，古音在鐸部。

❺　《說文》：「薄，林薄也。一曰蠶薄。从艸溥聲。」薄旁各切，古音在鐸部。《說文》：「溥，大也。从水專聲。」又：「專，布也。从寸甫聲。」按甫聲、專聲、溥聲皆在魚部，薄聲、博聲在鐸部。

❻　《說文》：「叔，溝也。从𠬝从谷。讀若郝。窫，叔或从土。」窫呼各切，古音在鐸部。

第十五部陽部

坒聲　匡聲❶　行聲　岡聲　黃聲　光聲　易聲　宀聲　𠁥聲　永聲

方聲　皇聲　良聲　亡聲　尚聲　兵聲　臧聲　京聲　羊聲　襄聲

長聲　唐聲　皀聲　鄉聲　上聲　畺聲　兄聲　桑聲　狂聲❷　亢聲

望聲❸　丞聲　梁聲❹　彭聲　央聲　昌聲　明聲　倉聲　相聲　享

聲　王聲　爽聲　衡聲❺　向聲　章聲　庚聲　卬聲　慶聲　丙聲

亨聲　喪聲　囊聲　康聲　商聲　卿聲　羹聲　往聲❻　競聲　更聲

香聲

以上諧聲偏旁變入《廣韻》陽養漾、唐蕩宕、庚梗映。

❶ 《說文》：「匩，飲器匩也。从匸坒聲。」去王切，古音在陽部。《說文》：「坒，艸木妄生也。从之在土上。讀若皇。」戶光切，古音在陽部。當增坒聲一諧聲偏旁。

❷ 《說文》：「狂，狾犬也。从犬坒聲。」巨王切，古音在陽部。

❸ 《說文》：「望，月滿與日相望以朝君也。从月、从臣，从壬，壬，朝廷也。」無放切，古音在陽部。

❹ 《說文》：「梁，水橋也。从木、从水、刅聲。」呂張切，古音在陽部。《說文》：「刅，傷也。从刃、从一。創，或从刀倉聲。」楚良切，古音在陽部。當增刅聲一偏旁。

❺ 《說文》：「衡，牛觸橫大木，其角从角，从大，行聲。」戶庚切，古音在陽部。

❻ 《說文》：「往，之也。从彳，坒聲。」于兩切，古音在陽部。

第十六部侯部

婁聲 句聲❶ 後聲 朱聲 禺聲 尌聲 廚聲❷ 區聲 侯聲 需聲 俞聲 芻聲 后聲 冓聲 取聲 臾聲 口聲 侮聲 樹聲❸ 厚聲 主聲 斗聲 漏聲 具聲

以上諧聲偏旁變入《廣韻》侯厚候、虞麌遇。

❶ 《說文》：「句，曲也。从口丩聲。」古侯切，古音在侯部。《說文》：「丩，相糾繚也。一曰、瓜瓠結丩起。象形。」居虯切，古音在幽部。

❷ 《說文》：「廚，庖屋也。从广，尌聲。」直誅切，古音在侯部。《說文》：「尌，立也。从壴从寸持之也。讀若駐。」常句切，古音在侯部。當增尌聲一諧聲偏旁。

❸ 《說文》：「樹，生植之總名。从木尌聲。」常句切，古音在侯部。

第十七部屋部

谷聲 木聲 角聲 族聲 屋聲 獄聲 足聲 欶聲 鹿聲 束聲 玉聲 賣聲 辱聲 曲聲 㲃聲 㩻聲 粟聲 豕聲 蜀聲 卜聲 業聲 僕聲❶ 局聲

以上諧聲偏旁變入《廣韻》候、遇、屋、燭、覺。

❶　《說文》:「僕，給事者，从人从菐，菐亦聲。」蒲沃切，古音在屋部。
《說文》:「菐、瀆菐也。从丵从廾，廾亦聲。」蒲沃切，古音在屋部。
當增菐聲一諧聲偏旁。

第十八部東部

童聲　公聲　庸聲　從聲　逢聲　悤聲　東聲　同聲　封聲　容聲
凶聲　龍聲　充聲　雙聲　工聲　蒙聲　顒聲❶　雝聲　甬聲　丰聲
邦聲❷　空聲　重聲　邕聲　豐聲　共聲　庬聲　竦聲❸

以上諧聲偏旁變入《廣韻》東董送、鍾腫用、江講絳。

❶　《說文》:「顒，大頭也。从頁，禺聲。」魚容切，古音在東部。按顒从
禺聲，禺在侯部。
❷　《說文》:「邦，國也。从邑丰聲。」博江切，古音在東部。《說文》:
「丰，艸盛丰丰也。从生上下達也。」敷容切，古音在東部。當增丰聲一
諧聲偏旁。
❸　《說文》:「竦，敬也。从立从束，束、自申束也。」息拱切，古音在東
部。

第十九部宵部

梟聲　橐聲　肖聲　小聲　少聲　票聲　夭聲　勞聲❶　毛聲　交聲
敖聲　喬聲　麃聲　朝聲　刀聲　兆聲　垚聲　苗聲　要聲　肴聲
号聲　巢聲　召聲　弔聲　高聲　囂聲　爻聲❷　敎聲　笑聲　堯聲
盜聲　到聲　焦聲　怓聲❸　呶聲❹

以上諧聲偏旁變入《廣韻》蕭篠嘯、宵小笑、肴巧效、豪晧號。

❶❷　《說文》:「勞，劇也。从力，熒省。熒，火燒冂也。」魯刀切，古音
在宵部。《說文》:「膋，牛腸脂也。从肉寮聲。膋、膫或从勞省聲。」「
洛蕭切，古音在宵部。
❸❹　《說文》:「怓，亂也。从心奴聲。」女交切，古音在宵部。《說文》:
「呶，讙聲也。从口奴聲。」女交切，古音在宵部。按怓呶皆从奴聲，奴
在魚部，而怓呶在宵部。

第二十部藥部

龠聲 翟聲 爵聲 卓聲 較聲❶ 虐聲 樂聲 鑿聲 暴聲 沃聲 ❷ 駁聲 鷽聲❸ 蹻聲❹ 削聲❺ 弱聲 勺聲 皃聲 藐聲❻

以上諸聲偏旁變入《廣韻》覺、藥、鐸、效、號。

❶ 《說文》無較字。《廣韻聲系》系交聲，古岳切又古孝切。按交聲在宵部，較聲在藥部。

❷ 《說文》：「沃，溉灌也。从水芺聲。」烏酷切，隸作沃。《說文》：「芺，艸也。味苦，江南食之以下气。从艸夭聲。」烏酷切，按夭聲在宵部，芺聲、沃聲在藥部。

❸ 《說文》：「鷽，鳥白肥澤皃。从羽高聲。」胡角切，高聲在宵部，鷽聲在藥部。

❹ 《說文》：「蹻，舉足小高也。从足喬聲。」丘消切，大徐居勺切。按喬聲在宵部，蹻聲在藥部。

❺ 《說文》：「削，鞞也。从刀肖聲。」息約切。按肖聲在宵部，削聲在藥部。

❻ 《說文》：「藐，茈艸也。从艸須聲。」莫覺切。段注：「古多借用為眇字，如說大人則藐之，及凡言藐藐者皆是。」《說文》：「皃，頌儀也。从儿，白象面形。須，皃或从頁豹省聲。貌，籀文皃从豸。」莫教切。《說文》：「豹，似虎圜文，从豸勺聲。」北敎切。《說文》：「勺，枓也。所以挹取也。象形，中有實，與包同意。」時灼切。按藐、須、豹皆从勺聲，貌或作皃，當增勺聲、皃聲二諧聲偏旁。

第二十一部幽部

九聲 州聲 求聲 流聲 逵聲❶ 休聲 卯聲 周聲 酋聲 包聲 秀聲 舟聲 憂聲 污聲 斿聲 游聲 冒聲 好聲 報聲 軌聲❷ 牡聲❸ 雔聲 售聲 曹聲 攸聲 埽聲 道聲❹ 酉聲 蕭聲❺ 秋聲 造聲❻ 守聲 早聲 首聲 手聲 阜聲 壽聲 老聲 翏聲 戊聲 舀聲 考聲 丑聲 保聲 飛聲 裒聲 丩聲 收聲❼ 矛聲 簋聲❽ 缶聲 椒聲❾ 晧聲❿ 劉聲 受聲 又聲 蚤聲 棗聲 匋聲 袤聲⓫ 臼聲 咎聲 早聲 孚聲 昊聲 由聲 阜聲 幽聲

留聲　臭聲　牢聲　孝聲　鳥聲　囚聲　叟聲　旒聲❿

　　以上諧聲偏旁變入《廣韻》脂旨、蕭篠嘯、宵小笑、肴巧效、豪
晧號、尤有宥、侯厚候、幽黝幼。

- ❶　《說文》：「馗，九達道也。似龜背，故謂之馗。从九首。逵、馗或从辵
坴，馗，高也。故从坴。」渠追切。
- ❷　《說文》：「軌，車徹也。从車九聲。」居洧切。
- ❸　《說文》：「牡，畜父也。从牛土聲。」莫厚切。按土聲在魚部，牡聲在幽
部。
- ❹　《說文》：「道，所行道也。从辵首。」徒皓切。
- ❺　《說文》：「蕭，艾蒿也。从艸肅聲。」蘇彫切。按肅聲在覺部，蕭聲在幽
部。
- ❻　《說文》：「造，就也。从辵告聲。」七到切。按告聲在覺部，造聲在幽
部。
- ❼　《說文》：「收，捕也。从攴丩聲。」式州切。按收从丩聲，當補丩聲一偏
旁。
- ❽　《說文》：「簋，黍稷方器也。从竹皿皀。」居洧切。
- ❾　《廣韻聲系》椒字系於叔聲下。按叔聲在覺部，椒聲在幽部。椒，即消
切。
- ❿　《說文》：「晧，日出皃，从日告聲。」按告聲在覺部，晧聲在幽部。
- ⓫　《說文》無裒字。《廣韻聲系》定作意符字，薄侯切。
- ⓬　《說文》：「旒，旌旗之流也。从㫃攸聲。」以周切。段注：「宋刊本皆作
流，作旒者俗。」《說文》：「游，旌旗之流也。从㫃汓聲。」段注：「此字
省作斿，俗作旒。」按段注則旒者流與游之俗字，當補汓聲、游聲二諧聲
偏旁。

第二十二部覺部

竹聲　敊聲　鞠聲❶　复聲　復聲❷　育聲　毒聲　祝聲　六聲　告
聲　奎聲　軸聲❸　宿聲　叔聲　篤聲❹　奧聲　叔聲　逐聲　畜聲
未聲　戚聲❺　迪聲❻　肅聲　㠯聲　臼聲　學聲　覺聲❼

　　以上諧聲偏旁變入《廣韻》屋、沃、覺、錫、嘯、宥、號。

- ❶　《說文》：「鞠，窮治辠人也。从㚔人言，竹聲。敊或省言。」居六切。段
注：「按此字隷作鞫，經典從之。」按據段注則當補竹聲、敊聲二諧聲偏
旁。
- ❷　《說文》：「復，往來也。从彳复聲。」房六切。當補复聲諧聲偏旁。

❸　《說文》：「軸所以持輪也。从車由聲。」直六切。按由聲在幽部，軸聲在覺部。

❹　《說文》：「篤，馬行頓遲也。从馬竹聲。」多毒切。

❺　《說文》：「戚，戉也。从戉尗聲。」倉歷切。按當補尗聲一偏旁。

❻　《說文》：「迪，道也。从辵由聲。」徒歷切。按由聲在幽部，迪聲在覺部。

❼　《說文》：「覺，悟也。从見學省聲。」古岳切。《說文》：「斆，覺悟也。从教冂，冂，尚矇也。臼聲。學，篆文學省。」胡覺切。按當補臼聲、學聲二偏旁。

第二十三部冬部

中聲　宮聲　蟲聲　冬聲　夅聲　降聲❶　宋聲　躬聲　衆聲　宗聲
戎聲　農聲

以上諧聲偏旁變入《廣韻》東送、冬宋、江講絳。

❶　《說文》：「降，下也。从𨸏夅聲。」古巷切。《說文》：「夅，服也。从夂屮相承不敢竝也。」下江切。按當補夅聲一偏旁。

第二十四部之部

采聲　友聲　否聲❶　母聲　有聲❷　止聲　子聲　事聲　才聲　𢦏
聲　哉聲❸　已聲　以聲　每聲　李聲　里聲　己聲　絲聲　台聲
尤聲　貍聲　來聲　思聲　久聲　耳聲　其聲　某聲　矣聲　之聲
屮聲　丘聲　右聲❹　時聲　裘聲❺　佩聲　𦥑聲　畝聲　喜聲　寺
聲　又聲　臺聲　士聲　載聲　吏聲　梓聲　在聲　恥聲　疑聲　敏
聲　能聲　史聲　牛聲　丕聲　負聲　茲聲　宰聲　舊聲❻　婦聲
不聲　郵聲　龜聲

以上諧聲偏旁變入《廣韻》脂旨、之止志、皆駭怪、灰賄隊、咍海代、尤有宥、侯厚候、軫。

❶　《說文》：「否，不也。从口不，不亦聲。」方久切。

❷　《說文》：「有，不宜有也。从月又聲。」云九切。

❸　《說文》：「哉，言之閒也。从口𢦏聲。」將來切。《說文》：「𢦏，傷也。

从戈才聲。」祖才切。按當補才聲、戈聲二諧聲偏旁。

④ 《說文》:「右,助也。从口又。」于救切。

⑤ 《說文》:「裘,皮衣也。从衣象形。求,古文裘。」巨鳩切。按求在幽部,裘在之部。

⑥ 《說文》:「舊,雖舊,舊留也。从萑。」巨救切。按曰在幽部,舊在之部。

第二十五部職部

㠯聲 得聲❶ 及聲 則聲 革聲 或聲 息聲 特聲❷ 㥀聲 麥聲 北聲 弋聲 亟聲 悳聲 食聲 飾聲❸ 力聲 直聲 克聲 棘聲 畐聲 嗇聲 穡聲❹ 意聲 翼聲❺ 畟聲 稷聲❻ 戒聲 式聲 皕聲 奭聲❼ 異聲 勑聲❽ 㦻聲❾ 黑聲 匿聲 色聲 嶷聲❿ 賊聲 戠聲 飭聲⓫ 葡聲 備聲⓬ 牧聲 囿聲⓭ 伏聲 塞聲

以上諧聲偏旁變入《廣韻》志、怪、隊、宥、屋、麥、昔、職、德。

❶ 《說文》:「得,行有所导也。从彳导聲。导,古文省彳。」多則切。按當補导聲一偏旁。

❷ 《說文》:「特,特牛也。从牛寺聲。」徒得切。按寺聲在之部,特聲在職部。

❸ 《說文》:「飾,㕞也。从巾、从人、从食聲。」賞職切。

❹ 《說文》:「穡,穀可收曰穡,从禾嗇聲。」所力切。按當增嗇聲一諧聲偏旁。

❺ 《說文》:「㗊,肢也。从飛異聲。翼,篆文㗊从羽。」與職切。

❻ 《說文》:「稷,穄也。从禾畟聲。」子力切。按當增畟聲一諧聲偏旁。

❼ 《說文》:「奭,盛也。从大从皕,皕亦聲。」詩亦切。按當增皕聲一諧聲偏旁。

❽ 《說文》:「勑,勞也。从力來聲。」洛代切。按來在之部,勑在職部。

❾ 《說文》:「㦻,水流皃,从巛或聲。」于逼切。

❿ 《說文》:「嶷,九嶷山也。从山疑聲。」語其切。按《廣韻》嶷魚力切訓岐嶷,引《詩》克岐克嶷。疑聲在之部,嶷聲據《廣韻》入職部。

⓫ 《說文》:「飭,致臤也。从人力食聲。」恥力切。

⓬ 《說文》:「備,慎也。从人葡聲。」平祕切。按當增葡聲一諧聲偏旁。

⓭ 《說文》:「囿,苑有垣也。从囗有聲。」于救切。按有聲在之部、囿聲在職部。

第二十六部蒸部

朁聲　薨聲❶　蠅聲　繩聲　朋聲　弓聲　夢聲　曾聲　升聲　興聲
夌聲　恆聲❷　承聲　徵聲　丞聲　烝聲❸　厷聲　兢聲　朕聲　勝
聲❹　騰聲　冰聲　陾聲❺　登聲　合聲　馮聲❻　雁聲　膺聲❼
滕聲　乘聲　弘聲

以上諧聲偏旁變入《廣韻》蒸拯證、登等嶝、東送。

❶ 《說文》：「薨，公侯殌也。从死朁省聲。」呼肱切。按當增朁聲一諧聲偏
旁。

❷ 《說文》：「恆，常也。从心舟在二之間上下，心以舟施恆也。」

❸ 《說文》：「烝，火气上行也。从火丞聲。」煑仍切。按當增丞聲一諧聲偏
旁。

❹ 《說文》：「勝，任也。从力朕聲。」識蒸切。按當增朕聲一諧聲偏旁。

❺ 《說文》：「陾，築牆聲也。从𨸏耎聲。」如乘切。按耎聲在元部，陾聲在
蒸部。

❻ 《說文》：「馮，馬行疾也。从馬仌聲。」皮冰切。按當增仌聲一諧聲偏
旁。

❼ 《說文》：「膺，匈也。从肉雁聲。」於陵切。《說文》：「雁，雁鳥也。
从隹从人，瘖省聲。」按瘖聲在侵部，雁聲在蒸部，當增雁聲一諧聲偏
旁。

第二十七部緝部

咠聲　執聲　及聲　立聲　濕聲❶　及聲　合聲　軜聲❷　邑聲　隰
聲❸　集聲　急聲　入聲

以上諧聲偏旁變入《廣韻》緝、合、洽。

❶ 《說文》：「濕，濕水出東郡東武門入海，从水㬎聲。」它合切。《說
文》：「㬎，眾微杪也。从日中視絲。古文㠯為顯字。或曰眾口皃，讀若
唫唫。或以為繭，繭者絮中往往有小繭也。」按㬎有呼典、且錦、古典三
音，分屬元、侵二部，而濕僅入緝部。

❷ 《說文》：「軜，驂馬內轡系軾前者，从車內聲。」奴荅切。按內在沒部，
軜在緝部。

❸ 《說文》：「隰，阪下溼也。从𨸏㬎聲。」似入切。按㬎在元、侵二部，隰
在緝部。

第二十八部侵部

林聲 心聲 三聲 今聲 凡聲 風聲❶ 音聲 南聲 甚聲 尤聲

金聲 炊聲 鴍聲❷ 侵聲❸ 念聲 瞀聲❹ 男聲 突聲 深聲❺

覃聲 參聲 会聲 飲聲 品聲 臨聲❻

　　以上諸聲偏旁變入《廣韻》侵寑沁、談、鹽、東、忝、桥。

❶ 《說文》：「風，八風也。……从虫凡聲。」方戎切。按當增凡聲一諧聲偏旁。

❷ 《說文》：「鴍，大補也。从鬲炊聲。」才林切。按當增炊聲一諧聲偏旁。

❸ 《說文》：「侵，漸進也。从人又持帚，若埽之進，又，手也。」七林切。

❹ 《說文》：「瞀，曾也。从曰炊聲。」七感切。

❺ 《說文》：「深，深水出桂陽南平西入營道，从水突聲。」式針切。《說文》：「突，深也。一曰竈突。从穴火求省。」式針切。按當增突聲一諧聲偏旁。

❻ 《說文》：「臨，監也。从臥品聲。」力尋切。按當增品聲一諧聲偏旁。

第二十九部盍部

葉聲 涉聲 甲聲 業聲 疌聲

　　以上諸聲偏旁變入《廣韻》盍、狎、葉、業、乏。

第三十部談部

監聲 炎聲 敢聲 嚴聲 詹聲 斬聲 函聲 毚聲 讒聲❶ 甘聲

　　以上諸聲偏旁變入《廣韻》談敢闞、覃、鹽琰豔、銜檻鑑、咸豏陷、添忝桥、嚴儼釅、凡范梵。

❶ 《說文》：「讒，譖也。从言毚聲。」士咸切。《說文》：「毚，狡兔也。兔之駿者，从㲋兔。」士咸切。按當增毚聲一諧聲偏旁。

原載八十年三月二十八日《孔孟學報》第六十一期

《說文》借形為事解

章太炎先生《國學略說‧小學略說》云:「宋人清人,講釋鐘鼎,病根相同,病態不同。宋人之病,在望氣而知,如觀油畫,但求形似,不問筆畫。清人知其不然,乃皮傅六書,曲為分剖。此則倒果為因,可謂巨謬。夫古人先識字形,繼求字義,後乃據六書分析之。非先以六書分析,再識字形也。未識字形,先以六書分析之,則一字為甲為乙,何所施而不可。不但形聲會意之字,可以隨意妄斷;卽象形之字,亦不妨指鹿為馬。蓋象形之字,並不纖悉工似,不過粗具輪廓,或舉其一端而已。如人字略象人形之側,其他固不及也。若本不認識,強指為象別形,何不可哉。倒果為因,則甲以為乙,乙以為丙,聚訟紛紛,所得皆妄。如只摹其筆意,賞其姿態,而闕其所不知。一如歐人觀華劇然,但賞音調,不問字句,此中亦自有樂地,何必為扣槃捫燭之舉哉!」

太炎先生此言,殆謂不知一字之本義,則無以斷此字之為象形抑指事。故若以六書分析文字之構造,首先當知此字何義。苟不知一字之意義,則任指象形指事,無施不可。指事之異於象形者,段玉裁謂:「指事之別於象形者,形謂一物,事賅眾物。專博斯分,故一舉日月,一舉上下,上下所賅之物多,日月只一物,學者知此,可以得指事象形之分矣。」或謂象形為具體之物,指事為抽象之事;又或謂形由物生,事由字出;此皆得其大端,而尚未辨之毫釐者也。先師林

景伊（尹）先生《文字學概說》綜合前賢諸說，釐定六項標準，以區別指事、象形，可供參考，茲錄於次。林先生曰：

> 象形有實物可像，指事多無實物可像；象形專像一物，指事博類眾物；象形依形而製字，指事因事而生形；象形象物之靜狀，指事表物之動態；象形本義多為名詞，指事本義多非名詞；少數為名詞的增體指事，所增必為指事之符號，與增體象形所增為實象者不同。

段氏以為象形與指事之區別，乃象形字義有專屬，指事則汎指眾事。易言之，象形乃像具體之物，故多為名詞；指事則係抽象之事，故多為動詞、狀詞。指事之所以易與象形相混者，乃事象抽象之形，《說文》往往謂之象形，以致混淆也。

《說文》之中確有指事之字而許君解以為象形者，此則象其抽象之形也，如凵，張口也，而曰象形；齊，禾麥吐穗上平也，而亦曰象形。若此類者皆象其抽象之事也，非眞象物之形也。然此類尚非難辨者也，蓋張口者動作也；吐穗上平者形容之詞也，則其非名詞顯然也。龍君宇純《中國文字學》於《說文》指事字之釋曰象形者，辨其所以之故甚明，今引其說以助辨識。龍君云：「象形字象具體實物之形，指事字則以事無形，故聖人創意以指之，兩者不同，故於六書為二。但《說文》時時於指事字釋曰象形，如凵下云『張口也，象形』，丩下云『相糾繚也，象形』，八下云『別也，象分別之形』，△下云『三合也，象三合之形』，囗下云『回也，象回帀之形』，高下云『崇也，象臺觀高之形』。則因形可實可虛，無論象實形或象虛形，都可以象形一名偁之。故象形之名，可指以形象具體之物者，可指以形象抽

象之意或事者。分別而言，則前者爲象形，後者爲指事，故二者之同，在於形兼虛實，其異亦由虛實以分。」

清王筠《說文釋例》有借象形以指事一例，其說甚精。茲引數條，以見其義。王氏云：「大下云：天大地大人亦大。故大象人形，古文大也。此謂天地之大，無由象之以作字，故象人之形以作大字，非謂大字卽是人也。故部中奎夾二字指人，以下則皆大小之大矣。它部從大義者凡二十六字，惟亦矢夭交夰夫六字取人義，餘亦大小之大，或用爲器之蓋矣。兩臂侈張，在人無此體，惟取其大而已。勹下云：裹也，象人曲形，有所包裹。蓋以人字曲之而爲勹，字形則空中以象包裹，首列句、匍、匐，皆曲身字，無包裹意。故知是借人形以指之也。亞下云：醜也，象人偏背之形，醜是事而不可指，借偏背之形以指之，非惟駝背，抑且鷄匈，可云醜矣。《爾雅》：『亞、次也。』賈侍中所本，許君列于後者，於字形不能得此義也。」

王筠所云，實具深理。蓋若大字，其意爲大，其形則象人形。所以然者，蓋「大」意虛無，無形可象，無實可指，故不得不借人形以爲大之事。人形何以可爲大之事也，以天大地大人亦大也。故借人之形以爲大之事也。又若勹字，象人曲形，何以知其爲裹也。蓋象人彎腰曲背而有所包裹之形也。亞之義爲醜，醜者抽象之形容詞，造字無所憑藉，故象人鷄胸駝背之形，以具體人形之醜狀，作爲抽象形容之醜義，而醜義乃顯現矣。

今援王筠之例，另舉《說文》數例以實之：

《說文》：「釆，辨別也。象獸指爪分別也。」段玉裁注曰：「倉頡見鳥獸蹏迒之跡，知文理之可相別異也，遂造書契，釆字取獸指爪分別之形。」

辨別者謂分辨淸楚也，《尙書》：「釆章百姓。」其爲動詞，顯然

可知。分辨清楚，乃抽象之義，無跡可尋，無從描摹。故乃以獸爪踩地，形跡清楚，觀其形而知其爲何獸，故以此清楚之形象，作爲辨別清楚之意義，此所謂借形爲事也。就王氏所舉數例觀之，大之義爲狀詞，勹之義爲動詞，亞之義亦狀詞也。大非象人，勹非象曲身之人，亞更非偏背之人，三字皆非具體之人，亦皆非名詞，是皆借人之形以爲大、裹、醜之事，是爲借形爲事也。以此觀之，則采爲辨別，而非獸之指爪，則亦借形爲事也。

王筠《說文釋例》又謂：「高字借形以指事而兼會意，高者事也，而天之高、山之高，高者多矣。何術以指之？則借臺觀高之形以指之。從冂者，非音冪之冖，乃坰界之冂。高者必大，象其界也，口與倉舍同意，則象築也。」按《說文》云：「高、崇也。象臺觀高之形。從冂口，與倉舍同意。」崇者、嵬高也。嵬高者，抽象之事也，非具體之物形也，則其爲事顯然可知。然王氏以爲指事兼會意則未確，蓋高字全體，除冂象坰界尙成字外，其餘諸體，惟象其形，並非兼衆體以上之會意可比，故高字全字只是指事，實未兼意也。借臺觀之形以指出崇高之意，此正所謂借形爲事也。

王筠《說文釋例》又云：「不至二字，借象形以爲指事也。云一猶天、一猶地，不似它字直訓爲天地，則有鳥高飛，不必傅於天，而已不可得也。飛鳥依人，不必漸于陸，而已爲至也。故此二字，並非以會意定指事。然象形則象形矣，何以謂之指事？蓋今人不知古義，宜也。古人不知古義，無是理也。而從此兩字者，無涉於鳥義之字，則本字不謂鳥明矣。不字卽由不然不可之語而作之，則字之由來者事也，而此事殊難的指，故借鳥飛不下之形以象之，乃能造爲此字。至字放此推之。抑此兩字，義正相反，何不用倒之爲帀，倒人爲匕之例？曰：其情不同也。鳥之奮飛，羽尾必開張，故不字三垂平分也。

鳥之將落，其意欲歛，其勢猶張，故至字或開或交以見意，情事不同。」

　　按王氏此言，證之《說文》說解，亦與前舉數例，有所不同，不得謂不至二字爲借形爲事也。按《說文》：「不、鳥飛上翔不下來也。從一、一猶天也，象形。」「至、鳥飛從高下至地也。從一、一猶地也，象形。不上去而至下來也。」從《說文》說解中，顯然可知，不義非指鳥也，乃指鳥飛上翔。鳥飛上翔，亦如凵之張口，齊之禾麥穗之上平，非具體之形，純屬抽象或動作之事也。段氏以爲不象鳥飛去而見其翅尾形，鳥上翔既爲事，則非若大之象人形；勹之象曲背之人，亞之象鷄胸侷背之人，釆之象獸之指爪，皆有具體之形者不同也。有形乃可象，然後方可借此可象之形以爲事也。今者，鳥飛上翔不下來，乃指鳥之動作，則亦屬抽象之事也。至象下集之鳥首鄉下，鳥之下集，亦鳥之動作也。正如不字之比，亦抽象之事，非有具體之形可象者。則亦何從以借形爲事乎！段氏舉《詩》「鄂不韡韡」，引《鄭箋》不當作柎，柎鄂足也，其說甚是。今證之甲文，則不亦花萼之義，非不然義也；不字之訓既已不然，則其說爲借形爲事之說，固難憑也。不字訓釋，既所難憑，則至字亦顯然所釋無據也。字義既已難憑，則章太炎先生之說，自當愼重考慮，所謂「未識字形，先以六書分析之，則一字爲甲爲乙，何所施而不可！」正謂此也。今吾人研究《說文》，前賢諸說，其善者當從，其不善者當批判之。善與不善，則在吾人之愼思明辨矣。凡事皆然，而治文字爲尤甚焉。

原載一九九一年九月《中國語文通訊》第一六期

詩韻的通轉

　　談到韻書，我國第一部韻書應該算魏秘書李登的《聲類》十卷，這書今已亡佚，其分韻分卷的情形如何，無從得知。其後晉呂靜的《韻集》，據說是模仿李登的《聲類》而成，這書的編輯詳情，也難得知，不過可以從王仁昫的《刊謬補缺切韻》各卷前面所附韻目小注，略窺此書與夏侯該《韻略》，陽休之《韻略》、李季節《音譜》、杜臺卿《韻略》諸家分韻的異同。

　　現存王仁昫《刊謬補缺切韻》各本韻目下的小注，都注明呂靜等五家韻目之分合。茲舉周祖謨校補過的迻錄於次：

平　聲	上　聲	去　聲	入　聲
1.東	1.董　呂冬鍾同，夏侯別，今依夏侯。	1.送　夏侯別，呂夏侯別，今	1.屋
2.冬　無上聲，陽與鍾江同韻，今依呂夏侯。	2.腫	2.宋　陽與用絳同，夏侯別，今依呂夏侯。	2.沃　陽與燭同，呂夏侯別，今依呂夏侯。
3.鍾	3.講	3.用	3.燭
4.江	4.紙	4.絳	4.覺
5.支	5.旨　夏侯與止為疑，呂陽李杜別，今依陽李杜。	5.寘	
6.脂　呂夏侯與之微大亂雜，陽李杜別，今依陽李杜。	6.止	6.至　夏侯與志同，陽李杜別，今依陽李杜。	
7.之	7.尾	7.志	
8.微	8.語　呂與麌同，夏侯陽李杜別，今依夏侯陽李杜。	8.未	
9.魚	9.麌	9.御	
10.虞	10.姥	10.遇	
11.模		11.暮	
	11.薺	12.泰　李杜無平上聲	
12.齊		13.霽　李杜與祭同，呂別，今依	
		14.祭　無平上聲	

5. 質

6. 物

7. 櫛　夏侯呂與質同，呂別，今別。

8. 迄　夏侯呂。

9. 月　夏侯與質同，呂別，今別。

10. 沒

11. 末

---

12. 蟹　李與駭同，夏侯。

13. 駭

14. 賄　李與海同，夏侯爲疑，呂別，今依呂。

15. 海

16. 軫　呂與文同，夏侯陽杜別，夏侯陽杜。

17. 吻

18. 隱

19. 阮

20. 混

21. 很

22. 旱

---

13. 佳

14. 皆　皆呂陽與齊同，夏侯杜別，今依夏侯杜。

15. 灰　夏侯陽杜與咍同，呂別，今依夏侯。

16. 咍

17. 眞　呂與文同，夏侯陽杜別，今依夏侯陽杜。

18. 臻　無上聲，呂陽杜與眞同，今依夏侯。

19. 文　陽杜與文同，夏侯別，今並別。

20. 殷　陽杜與文同，夏侯與臻同，今依夏侯。

21. 元　陽杜與魂痕同，呂別，今依夏侯。

22. 魂　魂陽與痕同，夏侯與眞同，今依呂。

23. 痕

24. 寒

---

15. 卦

16. 怪　夏侯與泰同，杜別，今依杜。

17. 夬　無平上聲，李與怪同，夏侯與夬別，今依夏侯。

18. 隊　李與代同，夏侯爲疑，呂別，今依呂。

19. 代

20. 廢　無平上聲，夏侯與隊同，今依呂。

21. 震

22. 問

23. 焮　呂與問同，夏侯別，今依夏侯。

24. 願　夏侯與恨別，與恨同，今。

25. 慁　呂李與恨同，今並別。

26. 恨

27. 翰

25.刪　李與山同，呂侯陽別，今依呂侯陽。

26.山　山與先仙同，夏侯杜別，今依夏侯杜。

27.先　先夏侯陽杜與仙同，呂別，先今依呂。

28.仙

29.蕭

30.宵　宵陽與蕭青同，夏侯杜別，宵青今依夏侯杜。

31.肴　陽與蕭青同，陽與肴小同，夏侯杜別，今依夏侯。

32.豪

33.歌

34.戈

35.覃

36.談　談呂與銜同，陽夏侯別，今依夏侯。

37.陽　陽呂杜與唐同，夏侯別，今陽依夏侯。

38.唐

12.黠

13.鎋

14.屑　屑李夏侯與薛同，呂別，屑今依呂。

15.薛

28.諫　李與襇同，夏侯別，今依夏侯。

29.襇

30.霰　夏侯陽杜與線同，呂別，霰夏侯杜今依呂。

31.線

32.嘯　李夏侯與笑同，陽與嘯效同，夏侯杜別，今依夏侯。

33.笑

34.効　効陽與嘯笑同，夏侯杜別，効今依夏侯杜。

35.号

36.箇　箇呂與過同，夏侯別，今依夏侯。

37.過

38.勘

39.闞　闞呂與鑑同，夏侯別，今依夏侯。

40.漾　夏侯在平聲陽唐，入聲養藥，上聲漾宕同，今別。

41.宕

20.合

21.盍　盍□□同，夏侯□□□夏。

27.藥　藥呂杜與鐸同，夏侯別，今藥依夏侯。

28.鐸

19. 陌

18. 麥

17. 昔

16. 錫　李與昔同，夏侯與陌同，與麥同，今並別。
錫李與昔同，呂別，呂與昔別，今並別。

26. 緝

24. 葉　葉業與帖同，今別。

25. 帖

29. 職

30. 德

22. 洽　洽李與狎同，呂夏侯別，今依夏侯。

23. 狎

31. 業

32. 乏　乏呂與業同，夏侯與合同，今並別。

---

42. 敬　呂與諍勁徑同，夏侯與勁同，今並別。

43. 諍

44. 勁

45. 徑

46. 宥　宥今依夏侯。

47. 候

48. 幼　幼杜與宥同，呂夏侯別，今依夏侯。

49. 沁

50. 艷　呂與椒同，夏侯與橋同，今並別。

51. 㮇

52. 證

53. 嶝

54. 陷　陷李與鑑同，夏侯別，今依夏侯。

55. 鑑

56. 釅　嚴陸無此韻目，失。

57. 梵

---

37. 梗　夏侯與呂別，呂別，呂與靖同。

38. 耿　李杜與梗迥同，呂同與梗迥並別，今依夏侯。

39. 靜　呂與迥同，夏侯別，今依夏侯。

40. 迥

41. 有　李與厚同，呂別，今依呂。

42. 厚

43. 黝

44. 寢

45. 琰　呂與忝范同，夏侯與范同，謙忝別，今並別。

46. 忝

47. 拯　拯無韻，取蒸之上聲。

48. 等

49. 豏　李與檻同，夏侯別，今依夏侯。

50. 檻

51. 广　广陸無此韻目，失。

52. 范　范陸無反，取凡之上聲，失。

---

39. 庚

40. 耕

41. 清

42. 青

43. 尤　夏侯杜與侯同，呂別，今依呂。

44. 侯

45. 幽

46. 侵

47. 鹽

48. 添

49. 燕

50. 登

51. 咸　咸李與銜衛同，夏侯別，今依夏侯。

52. 銜

53. 嚴

54. 凡

從這些小注看來，陸氏所分，純據五家而別，從其分者，不從其合者。是以分韻特多，它不是一時一地的語音系統，顯然可見。如果說是共同標準的讀書音，從這些小注更得到強而有力的反證。因為韻書之作，純為韻文而設，則所據者當然是書面語言，各家韻書參差若是，顯然並沒有共同的標準。如殷韻小注所示，陸法言之特立殷韻，既不從陽杜之併於文，也不從夏侯之合於臻，則其為折衷南北的結果，顯然可知。

但呂靜等五家韻書亦只是方言韻書，《切韻》序所謂「江東取韻、與河北復殊」就是指的這種情形，因為方言韻書只顧他本地的語音，不能施行於其他的地方。所以陸法言跟劉臻等八人商訂切韻的時候，就想以「賞知音」為手段，而達到「廣文路」的目的。因為韻書的編纂，主要是為詩賦等文學作品押韻而用的。韻書的編輯，既以韻部為綱，以便辭人按韻押韻，而反切的註明，主要的是矯正方音的誤讀。賞知音，故取徑於古代的反切；廣文路，故不能不參藉於古代的韻文。既參考了當時的方言韻書，又參考了古代的韻文，這就是所謂的「論南北是非，古今通塞」了。這樣劃時代的編纂，真可說是「剖析毫釐，分別黍累」了。無怪乎此書一出，前此的方言韻書，都為它所淘汰了。因為《切韻》所注意的是「古今南北」聲韻系統，而不是實際的語音，所以以單一的語音系統去觀察切韻，就覺得切韻的分韻有分所難分，過於繁密的感覺。

唐封演《聞見記》卷二聲韻條說：「隋朝陸法言與顏魏諸公定南北音，撰為《切韻》，凡一萬二千一百五十八字，以為文楷式。而先仙刪山之類，屬文之士苦其苛細。國初許敬宗等詳議，以其韻窄奏合而用之。法言所謂欲廣文路，自可清濁相通者也。」據《通鑑》唐高宗永徽六年（六五五）九月戊辰以許敬宗為禮部尚書，封演所說奏《切

韻》韻窄事，可能就在他掌禮部的時候，上距《切韻》的成書，還不
到六十年，而屬文之士，已苦其苛細了。這可能是有共同標準的讀書
音嗎？難道那些屬文之士都不承用這個標準的讀書音而用他的方俗口
語嗎？又難道不到六十年，語音演變急劇得就讓後人感到難以分辨先
仙刪山了嗎？其實許敬宗奏合而用之，所據的才是當時的雅音，因為
開科取士，用韵必有標準，不可人用其鄉。這個標準是甚麼？就是當
時的雅言或承用的書音了。而且許氏的併合，也不是看見韻窄就併入
於他韻，例如看韻至窄，也沒有併於蕭宵或豪韻（我曾鈔過宋代兩位多
產詩人蘇軾與陸游的七言律詩與絕句用韻的情形，在《十八家詩鈔》
裏收了蘇軾的律詩五百四十首，用看韻的一首也沒有，絕句四百三
十八首，押看韻的只有一首。陸游的律詩五百五十四首，用看韻的一
首，絕句六百五十二首，押看韻的也只見四首。足見看韻之窄了）。
欣韵至窄，也沒有併入文或眞韻。而脂甚寬，卻併入於支之。可見他
的併合，一定有一個實際的語言作標準，若許氏所據的就是雅言或書
音，則《切韻》所據的就絕不是當時的雅言或共同標準的書音了。

茲將許敬宗奏請同用之韻目列後：

上 平 聲	上 聲	去 聲	入 聲
東一獨用	董一獨用	送一獨用	屋一獨用
冬二鍾同用	湩䗶等字附見鍾韻	宋二用同用	沃二獨同用
鍾三	腫二獨用	用三	燭三
江四獨用	講三獨用	絳四獨用	覺四獨用
支五脂之同用	紙四旨止同用	寘五至志同用	
脂六	旨五	至六	

之七	止六	志七	
微八 獨用	尾七 獨用	未八 獨用	
魚九 獨用	語八 獨用	御九 獨用	
虞十 模同用	麌九 姥同用	遇十 暮同用	
模十一	姥十	暮十一	
齊十二 獨用	薺十一 獨用	霽十二 祭同用	
		祭十三	
		泰十四 獨用	
佳十三 皆同用	蟹十二 駭同用	卦十五 怪夬同用	
皆十四	駭十三	怪十六	
		夬十七	
灰十五 咍同用	賄十四 海同用	隊十八 代同用	
咍十六	海十五	代十九	
		廢二十 獨用	
眞十七 諄臻同用	軫十六 準同用	震二十一 稕同用	質五 術櫛同用
諄十八	準十七	稕二十二	術六
臻十九	𧤛齔字附見隱韻	齔字附見焮韻	櫛七
文二十 獨用	吻十八 獨用	問二十三 獨用	物八 獨用
欣二十一 獨用	隱十九 獨用	焮二十四 獨用	迄九 獨用

元二十二 魂痕同用	阮二十 混很同用	願二十五 慁恨同用	月十 沒同用
魂二十三	混二十一	慁二十六	沒十一
痕二十四	很二十二	恨二十七	
寒二十五 桓同用	旱二十三 緩同用	翰二十八 換同用	曷十二 末同用
桓二十六	緩二十四	換二十九	末十三
刪二十七 山同用	潸二十五 產同用	諫三十 襇同用	黠十四 鎋同用
山二十八	產二十六	襇三十一	鎋十五

下平聲	上聲	去聲	入聲
先一 仙同用	銑二十七 獮同用	霰三十二 線同用	屑十六 薛同用
仙二	獮二十八	線三十三	薛十七
蕭三 宵同用	篠二十九 小同用	嘯三十四 笑同用	
宵四	小三十	笑三十五	
肴五 獨用	巧三十一 獨用	效三十六 獨用	
豪六 獨用	皓三十二 獨用	号三十七 獨用	
歌七 戈同用	哿三十三 果同用	箇三十八 過同用	
戈八	果三十四	過三十九	
麻九 獨用	馬三十五 獨用	禡四十 獨用	
陽十 唐同用	養三十六 蕩同用	漾四十一 宕同用	藥十八 鐸同用
唐十一	蕩三十七	宕四十二	鐸十九

庚十二 耕清同用	梗三十八 耿靜同用	映四十三 諍勁同用	陌二十 麥昔同用
耕十三	耿三十九	諍四十四	麥二十一
清十四	靜四十	勁四十五	昔二十二
青十五 獨用	迥四十一 獨用	徑四十六 獨用	錫二十三 獨用
蒸十六 登同用	拯四十二 等同用	證四十七 嶝同用	職二十四 德同用
登十七	等四十三	嶝四十八	德二十五
尤十八 侯幽同用	有四十四 厚黝同用	宥四十九 候幼同用	
侯十九	厚四十五	候五十	
幽二十	黝四十六	幼五十一	
侵二十一 獨用	寑四十七 獨用	沁五十二 獨用	緝二十六 獨用
覃二十二 談同用	感四十八 敢同用	勘五十三 闞同用	合二十七 盍同用
談二十三	敢四十九	闞五十四	盍二十八
鹽二十四 添同用	琰五十 忝同用	豔五十五 㮇同用	葉二十九 帖同用
添二十五	忝五十一	㮇五十六	帖三十
咸二十六 銜同用	豏五十二 檻同用	陷五十七 鑑同用	洽三十一 狎同用
銜二十七	檻五十三	鑑五十八	狎三十二
嚴二十八 凡同用	儼五十四 范同用	釅五十九 梵同用	業三十三 乏同用
凡二十九	范五十五	梵六十	乏三十四

到了唐末，語音變化時間更久，差距也就更大了。

　　唐末李涪的刊誤說:「至陸法言採諸家纂述，而爲己有。原其著
述之初，士人尙多專業，經史精練，罕有不述之文，故《切韻》未爲
時人之所急。後代學問日淺，尤少專經，或舍四聲，則秉筆多礙，自
爾以後，乃爲要切之具。然吳音乖舛，不亦甚乎？上聲爲去，去聲爲
上。又有字同一聲，分爲兩韻。且國家誠未得術，又於聲律求人，一
何乖濶？然有司以一詩一賦而定否臧，音匪本音，韻非中律，於此考
覈，以定去留，以是法言之爲，行於當代。法言平聲以東農非韻，以
東崇爲切；上聲以董勇非韻，以董動爲切；去聲以送種非韻，以送衆
爲切；入聲以屋燭非韻，以屋宿爲切。又恨怨之恨，則在去聲，很戾
之很，則在上聲；又言辯之辯，則在上聲，冠弁之弁，則在去聲；又
舅甥之舅，則在上聲，故舊之舊，則在去聲；又皓白之皓，則在上
聲，號令之號，則在去聲。又以恐字恨字俱去聲。今士君子於上聲呼
恨，去聲呼恐，得不爲有知之所笑乎？又《尙書》曰嘉謀嘉猷，《詩》
曰載沉載浮，法言曰載沉載浮（伏予反）。夫吳民之言，如病瘖風
而噤，每啓其口，則語戾喎吶，隨筆作聲，下筆竟不自悟。凡中華音
切，莫過東都，蓋居天地之中，禀氣特正。予嘗以其音證之，必大哂而
異焉。且〈國風・杕杜〉篇云：『有杕之杜，其葉湑湑，獨行踽踽。豈無
他人，不如我同姓。』又〈小雅・大東〉篇曰：『周道如砥，其直如矢，
君子所履，小人所視。』此則不切聲律，足爲驗矣。何須東冬中終，
妄別聲律。詩頌以聲韻流靡，貴其易熟人口，能遵古韻，足以詠歌。
如法言之非，疑其怪矣。予今別白上去，各歸本音，詳較重輕，以符
古義，理盡於此，豈無知音？」

　　李涪所處時代，雖在晚唐，然距《切韻》之成書，亦不過兩百餘
年，苟《切韻》之音系代表當時洛陽語音，縱然音隨時變，亦何至於
斥爲「如病瘖風而噤。」指爲「吳音乖舛，不亦甚乎！」我們現在讀

曹雪芹的《紅樓夢》，他描寫的北平話，與今國語之間，還是非常一致，而前後相去的時間也差不多的。難道古今語音，在唐時會變得特別快，而今時則特別慢嗎？若爲通行之書音，李涪既以爲「中華音切，莫過東都」，則豈有不誦習不知道之理，何故會說「如法言之非，疑其怪矣。」的話。李涪的《刊誤》，實在是一強有力的證據，我們不能承認《切韻》音系根據的是洛陽語音，因爲他指出《切韻》與東都的語音差距實在太大了。

宋代的《廣韻》據《切韻》重修，韻部系統一遵《切韻》。然景祐四年所修的《禮部韻略》及其後的《集韻》，通用韻較許敬宗所奏者又放寬了許多。

戴震《聲韻考》云：「顧炎武《音論》曰：此書始自宋景祐四年，而今所傳者則衢州免解進士毛晃增注，于紹興三十二年十二月表進。與《廣韻》頗有不同。《廣韻》上平聲二十一殷，改爲二十一欣（殷字避宣祖諱），《廣韻》二十文獨用，二十一殷獨用，今二十文與欣通。《廣韻》二十四鹽二十五添同用，二十六咸二十七銜同用，二十八嚴二十九凡同用，今升嚴爲二十六與鹽添同用，降咸爲二十七，銜爲二十八，與凡同用。《廣韻》以六韻通爲三韻，今通爲兩韻，《廣韻》上聲十八吻獨用，十九隱獨用，今十九吻與隱通，《廣韻》去聲二十三問獨用，二十四焮獨用，今二十三問與焮通，《廣韻》入聲八物改爲八勿，《廣韻》八物獨用，九迄獨用，今八勿與迄通，《廣韻》三十怗改爲三十帖，《廣韻》二十九葉三十怗同用，三十一洽三十二狎同用，三十三業三十四乏同用，今升業爲三十一，與葉帖同用，降洽爲三十二，狎爲三十三與乏同用，《廣韻》以六韻通爲三韻，今通爲兩韻。按景祐中以賈昌朝請韻窄者凡十三處，許令附近通用，于是合欣于文，合隱于吻，合焮于問，合迄于物，合廢于隊代，

合嚴于鹽添，合儼于琰忝，合釅于豔㮇，合業于葉怗，合凡于咸銜，
合范于㻿檻，合梵于陷鑑，合乏于洽狎。顧氏考唐宋韻譜異同，舉其
八而遺其五，當爲之補曰：《廣韻》五十琰五十一忝同用，五十二㻿
五十三檻同用，五十四儼五十五范同用，今升广爲五十二（《音論》
云：《廣韻》五十二儼改爲五十二广，今按當云五十四儼改爲五十二
广）與琰忝通，降㻿爲五十三，檻爲五十四，與范通。《廣韻》以六
韻通爲三韻，今通爲兩韻。《廣韻》十八隊十九代同用，二十廢獨
用，今十八隊與代廢通，《廣韻》五十五豔五十六㮇同用，五十七陷
五十八鑑同用，五十九釅六十梵同用，今升釅爲五十七與豔㮇通，降
陷爲五十八，鑑爲五十九與梵通，《廣韻》以六韻通爲三韻，今通爲
兩韻。」

《廣韻》與《集韻》通用韻之變更，尤可考見二者之差別：

考定《廣韻》舊次		《集韻》改併	
（一）	二十文獨用 二十一欣獨用	二十文與欣通 二十一欣	
（二）	二十四鹽添同用 二十五添 二十六咸銜同用	二十四鹽與沾嚴通 二十五沾 二十六嚴	
（三）	二十七銜 二十八嚴凡同用 二十九凡	二十七咸與銜凡通 二十八銜 二十九凡	
（四）	十八吻獨用 十九隱獨用	十八吻與隱通 十九隱	
（五）	五十琰忝同用 五十一忝 五十二㻿檻同用	五十琰與忝广通 五十一忝 五十二广	

（六） 五十三檻 五十四儼_{范同用}→ 五十四儼（范同用） 五十五范	五十三㽔與檻范通 五十四檻 五十五范
（七） 十八隊（代同用） 十九代 二十廢（獨用）	十八隊與代廢通 十九代 二十廢
（八） 二十三問（獨用） 二十四焮（獨用）	二十三問與焮通 二十四焮
（九） 五十五豏（檻同用） 五十六檻 五十七陷（鑑同用）	五十五豏與檻驗通 五十六檻 五十七驗
（十） 五十八鑑 五十九釅（梵同用） 六十梵	五十八陷與釅梵通 五十九釅 六十梵
（十一） 八物（獨用） 九迄（獨用）	八勿與迄通 九迄
（十二） 二十九葉（帖同用） 三十帖 三十一洽（狎同用）	二十九葉與帖業通 三十帖 三十一業
（十三） 三十二狎 三十三業（乏同用） 三十四乏	三十二洽與狎乏通 三十三狎 三十四乏

　　然而這種變更，只在通用範圍的大小，於韻書韻目的面目卻無大的變易。到了金代韓道昭的《五音集韻》，併二百零六爲一百六十部，韻書的面目，乃大大的改變了。

上平聲	上聲	去聲	入聲
一東	一董	一送	一屋
二多		二宋	二沃

三鍾	二腫	三用	三燭
四江	三講	四降	四覺
五脂支之	四旨紙止	五至寘志	
六微	五尾	六未	
七魚	六語	七御	
八虞	七麌	八遇	
九模	八姥	九暮	
十齊	九薺	十霽	
		十一祭	
		十二泰	
十一皆佳	十駭蟹	十三怪卦夬	
十二灰	十一賄	十四隊	
十三咍	十二海	十五代	
		十六廢	
十四眞臻	十三軫	十七震	五質櫛
十五諄	十四準	十八稕	六術
十六文	十五吻	十九問	七物
十七殷	十六隱	二十焮	八迄
十八元	十七阮	二十一願	九月
十九魂	十八混	二十二恩	十沒
二十痕	十九很	二十三恨	
二十一寒	二十旱	二十四翰	十一曷
二十二桓	二十一緩	二十五換	十二末
二十三山删	二十二產清	二十六諫襉	十三鎋黠

下平聲

一仙先	二十三獮銑	二十七線霰	十四薛屑
二宵蕭	二十四小篠	二十八笑嘯	
三肴	二十五巧	二十九效	
四豪	二十六晧	三十號	
五歌	二十七哿	三十一箇	
六戈	二十八果	三十二過	
七麻	二十九馬	三十三禡	
八陽	三十養	三十四漾	十五藥
九唐	三十一蕩	三十五宕	十六鐸
十庚耕	三十二梗耿	三十六映諍	十七陌麥
十一清	三十三靜	三十七勁	十八昔
十二青	三十四迥	三十八徑	十九錫
十三蒸	三十五拯	三十九證	二十職
十四登	三十六等	四十嶝	二十一德
十五尤幽	三十七有黝	四十一宥幼	
十六侯	三十八厚	四十二候	
十七侵	三十九寑	四十三沁	二十二緝
十八覃談	四十感敢	四十四勘闞	二十三合盍
十九鹽添	四十一琰忝	四十五豔㮇	二十四葉帖
二十咸銜	四十二豏檻	四十六陷鑑	二十五洽狎
二十一凡嚴	四十三范儼	四十七梵釅	二十六乏業

　　與《廣韻》相較，共計合併四十六部，故爲一百六十部，而其部
次，雖不盡據《廣韻》原序，亦不依《集韻》改定之序。《四庫提

要》謂此足以訂正後重刊《廣韻》之譌，其併合處，亦多取於《廣韻》舊例，故景祐所變更之十三處，猶犂然可考。然細察之，併合處雖有取於《廣韻》之舊例，然與唐人同用之例，亦有參差，可能參考當時北方之實際語音而訂定。

　　劉淵的《壬子新刊禮部韻略》，併二〇六部為一百零七部，乃近代詩韻之先河，則所謂平水韻者是也。除將通用諸韻合併為一部，又將不同用的徑、證、嶝三韻亦併為一部。茲錄其目於後：

上平：一東，二多，三江，四支，五微，六魚，七虞，八齊，九佳，十灰，十一眞，十二文，十三元，十四寒，十五刪。

下平：一先，二蕭，三肴，四豪，五歌，六麻，七陽，八庚，九靑，十蒸，十一尤，十二侵，十三覃，十四鹽，十五咸。

上聲：一董，二腫，三講，四紙，五尾，六語，七麌，八薺，九蟹，十賄，十一軫，十二吻，十三阮，十四旱，十五潸，十六銑，十七篠，十八巧，十九晧，二十哿，二十一馬，二十二養，二十三梗，二十四迥，二十五拯，二十六有，二十七寢，二十八感，二十九琰，三十豏。

去聲：一送，二宋，三絳，四寘，五未，六御，七遇，八霽，九泰，十卦，十一隊，十二震，十三問，十四願，十五翰，十六諫，十七霰，十八嘯，十九效，二十號，二十一箇，二十二禡，二十三漾，二十四敬，二十五徑，二十六宥，二十七沁，二十八勘，二十九豔，三十陷。

入聲：一屋，二沃，三覺，四質，五物，六月，七曷，八黠，九屑，十藥，十一陌，十二錫，十三職，十四緝，十五合，十六葉，十七洽。

　　王文郁的《平水新刊禮部韻略》，更併迥拯等三韻為一部，乃今

詩韻一○六部之所自出。

　　王國維《觀堂集林》〈書金王文郁新刊韻略張天錫草書韻會後〉一文論之云：「自王文郁《新刊韻略》出世，人始知今韻一百六部之目，不始於劉淵矣。余又見張天錫《草書韻會》五卷，前有趙秉文序，署至大八年二月（一三二九），其書上下平各十五韻，上聲二十九韻，去聲三十韻，入聲十七韻，凡一百六部，與王文郁韻同，王韻前有許古序，署至大六年己丑季夏，前乎張書之成才一年有半。又王韻刊於平陽，張書成於南京，未必即用王韻部目，是一百六部之目，並不始於王文郁。蓋金人舊韻如是，王張皆用其部目耳。何以知之？王文郁書名《平水新刊禮部韻略》，劉淵書亦名《新刊禮部韻略》，韻略上冠以『禮部』字，蓋金人官書也。宋之《禮部韻略》，自寶元迄於南渡之末，場屋用之者二百年。後世遞有增字，然必經羣臣奏請，國子監看詳，然後許之。惟毛晃增注本，加字乃逾二千，而其書於三十二年表進，是亦不啻官書也。然歷朝官私所修改，惟在增字增注，至於部目之分合，則無敢妄議者，金韻亦然。許古序王文郁韻，其於舊韻，謂之簡嚴。簡謂注略，嚴謂字少，然則文郁之書，亦不過增字增注，與毛晃書同；其於部目，固非有所合併也。故王韻幷宋韻同用諸韻爲一韻，又幷宋韻不同用之迥拯等及徑證嶝六韻爲二韻者，必金時功令如是。考金源詞賦一科，所重惟在律賦，律賦用韻，平仄各半，而上聲拯等二韻，《廣韻》惟十二字，《韻略》又減焉。金人場屋，或曾以拯韻字爲韻，許其與迥通用，於是有百七部之目，如劉淵書，或因拯及證，於是有百六部之目，如王文郁書張天錫所據韻書。至拯證之平入兩聲猶自爲一部，則因韻字較寬之故。要之，此種韻書爲場屋而設，故參差不治如此，殆未可以聲音之理繩之也。」

　　根據一○六部收錄辭藻，備作賦吟詩之所資而最實用者，則爲

《韻府羣玉》。《韻府羣玉》，元陰時夫撰。清《四庫提要》云：「元代押韻之書，今皆不傳，傳者以此書爲最古，又今韻稱劉淵所倂，而淵書亦不傳；世所通行之韻，亦卽從此書錄出。是韻府、詩韻皆以爲大輅之椎輪。」

　　按此書時夫所撰，其弟中夫所注，實爲一以韻隸事之類書。其凡例云：「尋索事實，易於指掌，不專爲詩詞而設，亦或考辯疑義，訓釋奇事，場屋或一助云。」

　　可見此書非純爲審音而作，乃明清數百年來政府考試功令，文人撰作詩賦，皆奉爲準率。明潘恩依其部目，作《詩韻輯略》五卷，其後潘雲杰作《詩韻釋要》，注釋聲韻，參訂頗詳。梁應圻更因以翻刻補葺，實爲坊間詩韻所自出。清康熙時所作《佩文韻府》，亦用其部目，實襲陰書之成緒也。

　　《佩文韻府》奉清聖祖敕撰，康熙四十三年敕撰，五十年書成，歷時八年。此書分韻隸事，薈萃《韻府羣玉》、《五車韻編》，而大加增補。首列「韻藻」卽二書所已錄者，次標「增字」，卽新收之字也。皆以二字三字四字相從，依末字分韻，分隸於韻目之下。故其書雖無聲韻之價值，然卻爲檢查辭藻、典故之重要工具書。

　　茲錄一〇六韻與《廣韻》部目對照於後：

平	聲		上	聲		去	聲		入	聲	
次第	詩韻	廣韻	次第	詩韻	廣韻	次第	詩韻	廣韻	次第	詩韻	廣韻
1.	東	東	1.	董	董	1.	送	送	1.	屋	屋
2.	多	多鍾	2.		腫	2.	宋	宋用	2.	沃	沃燭
3.	江	江	3.	講	講	3.	絳	絳	3.	覺	覺

4.	支	支脂之	4.	紙	紙旨止	4.	寘	寘至志			
5.	微	微	5.	尾	尾	5.	未	未			
6.	魚	魚	6.	語	語	6.	御	御			
7.	虞	虞模	7.	麌	麌姥	7.	遇	遇暮			
8.	齊	齊	8.	薺	薺	8. 9.	霽 泰	霽祭 泰			
9.	佳	佳皆	9.	蟹	蟹駭	10.	卦	卦怪夬			
10.	灰	灰咍	10.	賄	賄海	11.	隊	隊代廢			
11.	眞	眞諄臻	11.	軫	軫準	12.	震	震稕	4.	質	質術櫛
12.	文	文欣	12.	吻	吻隱	13.	問	問焮	5.	物	物迄
13.	元	元魂痕	13.	阮	阮混很	14.	願	願恩恨	6.	月	月沒
14.	寒	寒桓	14.	旱	旱緩	15.	翰	翰換	7.	曷	曷末
15.	刪	刪山	15.	潸	潸產	16.	諫	諫襇	8.	黠	黠鎋
1.	先	先仙	16.	銑	銑獮	17.	霰	霰線	9.	屑	屑薛
2.	蕭	蕭宵	17.	篠	篠小	18.	嘯	嘯笑			
3.	肴	肴	18.	巧	巧	19.	效	效			
4.	豪	豪	19.	皓	皓	20.	號	号			

5.	歌 歌 戈	20.	哿 哿 果	21.	箇 箇 過			
6.	麻 麻	21.	馬 馬	22.	禡 禡			
7.	陽 陽 唐	22.	養 養 蕩	23.	漾 漾 宕	10.	藥 藥 鐸
8.	庚 庚 耕清	23.	梗 梗 耿靜	24.	敬 敬 諍勁	11.	陌 陌 麥昔
9.	青 青			迥			12.	錫 錫
		24.	迥	25.	徑 徑 證嶝		
10.	蒸 蒸 登		拯		等	13.	職 職 德
11.	尤 尤 侯幽	25.	有 有 厚黝	26.	宥 宥 候幼		
12.	侵 侵	26.	寢 寢	27.	沁 沁	14.	緝 緝
13.	覃 覃 談	27.	感 感 敢	28.	勘 勘 闞	15.	合 合 盍
14.	鹽 鹽 添嚴	28.	儉 琰忝儼	29.	豔 豔 㮇釅	16.	葉 葉 怗業
15.	咸 咸 銜凡	29.	豏 豏 檻范	30.	陷 陷 鑑梵	17.	洽 洽 狎乏

宋吳棫，字才老，著《韻補》，有所謂《韻補》之三例，乃於《廣韻》二〇六韻注古通某，古轉聲通某，古通某或轉入某。若據吳氏所注，可得古韻之九類如後：

一、東（冬鍾通、江或轉入）

二、支（脂之微齊灰通、佳皆咍轉聲通）

三、魚（虞模通）

四、眞（諄臻殷痕耕庚清青蒸登通、文元魂轉聲通）

五、先（仙鹽沾嚴凡通、寒桓刪覃談咸銜轉聲通）

六、蕭（宵肴豪通）

七、歌（戈通、麻轉聲通）

八、陽（江唐通、庚耕清或轉入）

九、尤（侯幽通）

按今之《詩韻集成》各韻下所注通轉，悉依吳氏通轉三例。惟清邵長蘅《古今韻略》，以吳氏通轉核之杜甫、韓愈古風與漢魏六朝古詩，似失之太寬，乃爲增訂如後：

1.一東（古韻通二冬、三江）

2.四支（古韻通五微、八齊、九佳、十灰）

3.六魚（古韻通七虞）

4.十一眞（古韻通十二文、十三元、十四寒、十五刪、一先）

5.二蕭（古韻通三肴、四豪）

6.五歌（古韻通六麻）

7.七陽（不通他韻）

8.八庚（古韻通九青、十蒸）

9.十一尤（不通他韻）

10.十二侵（古韻通十三覃、十四鹽、十五咸）

《韻略》共分通韻爲十類，此一韻目較吳氏爲嚴謹、蓋韻書陽聲收 ŋ、n、m 及入聲收 k、t、p 者邵氏皆據其語音系統而別之。今人作古詩，其用韻寬者多從吳氏，其用韻嚴者多從邵氏。《詩韻合璧》韻目下注卽據邵氏《韻略》。余亦以邵氏《古今韻略》所分爲合理。尤有進者近體詩之孤雁入羣、孤雁出羣，進退鄰韻者，亦應以邵氏《韻略》爲準，較合於音理。如以吳氏爲準，雖不可謂誤，音韻和諧方面音感總覺得稍差些了。

原載民國七十六年二月《木鐸》第十一期

蘄春黃季剛先生古音學說是否循環論證辨

林語堂先生〈古音中已遺失的聲母〉一文，曾非難黃季剛先生以古本韻證古本聲，又以古本聲證古本韻，在邏輯上犯了乞貸論證 (begging the question) 的毛病。現在先將林氏非難的原文錄後。林氏云：

> 更奇怪的，是黃侃的古音十九紐說的循環式論證，黃氏何以知道古音僅有十九紐呢？因為在所謂「古本韻」的三十二韻中，只有這十九紐。如果你再問何以知道這三十二是「古本韻」呢？那末清楚的回答便是：因為這三十二韻中只有「古本紐」的十九紐。這種以乙證甲，又以甲證乙的乞貸論證 (begging the question)，豈不是有點像以黃臉孔證明中國人為偉大民族，何以知道中國人偉大呢？因為他們黃臉；但是何以知道黃臉人偉大呢？因為中國人就是偉大民族！

林氏在同一篇中又非難說：

> 實在黃氏所引三十二韻中，不見黏齶的聲母並不足奇，也算不了什麼證據，因為黏齶的聲母自不能見於非黏齶的韻母，絕對不能因為聲母之有無，而斷定韻母之是否「古本韻」，更不能

乞貸這個古本韻來證明此韻母中的聲母之為「古本紐」。

關於林氏二難，我早年曾在〈蘄春黃季剛先生古音學說駁難辨〉一文中加以辨析，當時因為要辨析的問題太多，於此二難仍有意猶未盡的感覺，故擬重新針對此二則駁難，加以深入探討與解說。我們知道，事物是相互依賴，相互制約的。而漢語的音節是由聲韻拼成，聲變會影響韻，韻變也會影響聲，正如黃先生所說的：「古聲既變為今聲，則古韻不得不變為今韻，以此二物相挾而變。」是不是可以互證呢？我們還不宜輕率地認為他的方法根本錯了。

黃季剛先生研究古音學，是結合考古、審音，聯繫古音、今韻、等韻來說的，黃先生〈聲韻略說論聲韻條例古今同異上〉說：

> 從前論古韻者，專就《說文》形聲及古用韻之文以求韻部；專就古書通借字以求聲類。而于音理或不了然，是以古韻家所作反切，往往世無此音。至於錢竹汀，音學之魁碩也，能知古無舌上，為一大發明矣，而云古舌齒互通，泯五聲之大介；嚴鐵橋亦古韻之專家也，能知十六韻類展轉皆通，而絕去一切牽強之條例矣，而云《廣韻》分部多誤。至於今韻之家，不為字母、等韻之學所拘攣，即自我作古而為種種怪異之論。於是今聲、古韻永無溝合之時，而聲韻條例，竟無從建立。

這是說聲有聲類，韻有韻類，不可因為音變的關係敓亂了他內部的規律。古今的漢語是成體系的發展，利用中古的韻書，結合其他的材料，詳推音理，就能找出古今音的發展規律來。因此黃先生對於《廣韻》非常重視，他在民國十七年六月二十日的《閱嚴輯全文日

記》中說：

> 余觀書之捷，不讓先師劉君，平生手加點識書如《文選》，
> 蓋已十過，《漢書》亦三過，注疏圈識，丹黃爛然，《新唐
> 書》先讀，後以朱點，復以墨點，亦是三過。《説文》、《爾
> 雅》、《廣韻》三書，殆不能計徧數。

錢玄同先生序先師林景伊先生《中國聲韻學通論》也說：

> 黃君邃於小學，聲韻尤其所專長，《廣韻》一書，最所精究，
> 日必數檢，韋編三絕，故于其中義蘊闡發無遺，不獨能詮其名
> 詞，釋其類例，且由是以稽先秦舊音，明其聲韻演變之跡，考
> 許君訓詁，得其文字孳乳之由，蓋不僅限于《廣韻》，且不僅
> 限于聲韻學，已徧及于小學全部矣。

由於這層認識，他首先重視《廣韻》的聲類與韻類。茲先錄其反
切解釋上編切語上字總目於後：

今聲類	切　　　語　　　上　　　字	古聲類
影	於央憶伊依（衣）憂一乙握謁紆挹烏哀安煙驚愛	影
喻	余（餘予）夷以羊弋（翼）與營移悅	
爲	于羽（雨）云（雲）王韋永洧遠榮爲洧筠	
曉	呼荒虎馨火海呵香朽羲休況許興喜虛	曉
匣	胡（乎）侯戶下黃何	匣
見	居九俱舉規吉紀几公過各格兼姑佳詭	見

溪	康枯牽空謙口楷客恪苦去丘墟（袪）詰窺羌欽傾起綺豈區（驅）	溪
群	渠強求巨具臼衢其奇暨	
疑	疑魚牛宜語擬危玉五俄吾研遇	疑
端	多得（德）丁都當多	端
知	知張猪徵中追陟卓竹	
照	之止章征諸支職正旨占脂	
透	他託土（吐）通天台湯	透
徹	抽癡楮（褚）丑恥敕	
穿	昌尺（赤）充處叱春	
審	書（舒）傷（商）施失矢試式（識）賞詩釋始	
定	徒同特度杜唐（堂）田陀地	定
澄	除場池治（持）遟佇柱丈直宅	
神	神乘食實	
禪	時殊常（嘗）蜀市植（殖）寔署臣是（氏）視成	
泥	奴乃諾內嬭那	泥
娘	尼拏女	
日	如汝儒人而仍兒耳	
來	來盧賴落（洛）勒力林呂良離里郎魯練	來
精	將子資卽則借茲醉姊遵祖臧作	精
莊	莊爭阻鄒簪側仄	
清	倉（蒼）親遷取七青采醋麤（粗）千此雌	清
初	初楚創（瘡）測叉廁芻	
從	才徂在前藏昨（酢）疾秦匠慈自情漸	從
牀	牀鋤（鉏）豺崱士（仕）崇查雛俟助	

心	蘇素速桑相悉思（司）斯私雖辛息須胥先寫	心
邪	徐祥（詳）辭（辤）似旬寺夕隨	
疏	疏（疎）山沙（砂）生色數所史	
邦	邊布補伯（百）北博巴卑幷鄙必彼兵筆陂界	邦
非	方封分府甫	
滂	滂普匹譬披丕	滂
敷	敷孚妃撫芳峯拂	
並	蒲步裴薄白傍部平皮便毗弼婢	並
奉	房（防）縛附符（苻扶）馮浮父	
明	莫慕模（謨摸）母明彌眉綿靡美	明
微	無（巫）亡武文望	微

　　次錄其《廣韻》聲勢及對轉表於後:

韻母	聲勢	聲（陽）平	上	去	入聲	聲（陰）去	上	平
阿	開洪					箇	哿	歌
漫安	開洪	寒	旱	翰	曷		果	戈一
倭	合洪	桓						戈二
○	開細							戈三
○	合細							
讕	開洪	桓	緩	換	末	泰一		皆一
儈鮮䩉	合洪					泰二		皆二
掖軋	開洪	刪一	清一	諫一	黠一	徑一	駿一	
○焰鬱	合洪	刪二	清二	諫二	黠二	徑二	駿二	
○燦顙	開洪	山一	產一	襉一	鎋一	夬一		
齡曾○○	合洪	山二	產二	襉二	鎋二	夬二		

| 歌 | 戈 | 曷 | 末 | 屑 |

噫煙　　抉淵　　○緆焉　　○抉娟　　○謁焉　　穢屟鴦

開細　　合細　　開細　　合細　　開細　　合細

霰一　霰二　線一　線二　線一　　願二
銑一　銑二　獮一　獮二　願一　阮二
先一　先二　仙一　仙二　元一　元二

屑一　屑二　薛一　薛二　月一　月二

　　　祭二　祭一　廢一　廢二

上十二類爲一攝　上十二類爲一攝　上六類爲一攝收舌　上八類爲一攝

攝　　　桓　　　先　　　類　　　弟　　　一

韻母		聲勢	陽聲				陰聲		
			平	上	去	入聲	平	上	去
○恩		開洪	痕	很	恨	麧	灰		隊
隈○溫		合洪	魂	混	慁	沒	灰	賄	隊
○○		開洪	臻			櫛			
伊一因		開細	眞一	軫一	震一	質一	脂一	旨一	至一
○○賓		合細	眞二	軫二	震二	質二	脂二	旨二	至二
○○		合細	諄	準	稕	術			
依○殷	加○者，但有脣音；後放此。	開細	殷	隱	焮	迄	微一	尾一	未一
威鬱熅		合細	文	問		物	微二	尾二	未二

上七類爲一攝爲一攝

上五類爲一攝收舌

灰　沒　痕　魂　類　第二

韻母	聲勢	陽　聲	入聲	陰　聲
		去　上　平		平　上　去
娃屒鼮	開洪	諍　耿　耕一	麥一	卦　蟹　佳一
娃○汯	合洪	諍二二　耿二二　耕二二	麥二二	卦二二　蟹二二　佳二二
鷹○○	開細	徑　逈　青一	錫一	霽　薺　齊一
娃○○	合細	徑二二　逈二二　青二二	錫二二	霽二二　薺二二　齊二二
漪益嬰	開細	勁　靜　清一	昔一	寘　紙　支一
逶○縈	合細	勁二二　靜二二　清二二	昔二二	寘二二　紙二二　支二二
		上六頮	上六	上六頮爲一
		爲一攟	頮爲　一攟	攟收舌近鼻

齊	錫	青	頮	弟	三

韻母	聲勢	陽聲			入聲	陰聲		
		平	上	去		平	上	去
惡鵁	開洪	唐一	蕩一	宕一	鐸一	模	姥	暮
烏駿汪	合洪	唐二二	蕩二二	宕二二	鐸二二	麌	馬二二一	禡二二一
鴉䯅○	開洪	庚二二一	梗二二一	敬二二一	陌一		馬二二二	禡二二二
歪○○	合洪	庚二二二	梗二二二	敬二二二	陌二二		馬二二三	禡二二三
○○霙	開細	庚四四三	梗四四三	敬四四三	陌四四		馬○四	
○○○	合細	庚四四四	梗四四四	敬四四四	陌四四	魚	語	御
約央	開細	陽一	養一	漾一	藥一	虞	麌	遇
於孃○	合細	陽二二	養二二	漾二二	藥二二			
紆	合細							

上八類爲 一攝

上七類爲 一攝收章 一攝

上八類爲 一攝

第四類　唐鐸模

韻母	聲勢	陽聲			入聲	陰聲		
		去	上	平		平	上	去
謳	開洪					侯 一一	厚 一一	候 ○二○二
○屋翁	合洪	送一	董一	東一	屋一	侯 ○二○二	厚 ○二○二	候 ○二○二
憂	開細					尤 一一	有 一一	宥 ○二○二
○郁○	合細	送二二		東二二	屋二二	尤 ○二○二	有 ○二○二	宥 ○二○二
幽	開細					幽 ○二	黝 ○二	幼 ○二
○	合細	爲一隅	上二類		上二類爲一隅	上六類爲一隅收聲		

侯　屋　東　類　弟　五

韻母	聲勢	陽聲	入聲	陰聲 平	上	去
熛	開洪	平		豪 平	皓 上 一	号 去 一
○妖○	合洪	多	沃	豪 ○二○二	皓 上	号 号 二
顠	開洪	宋 湩 多		肴 平	巧 上 一	效 去 一
○渥朕	合洪	絳 講 江	覺	肴 ○二○二	巧 巧	效 效 二
幺	開細			蕭 平	篠 上 一	嘯 去 一
妖	開細	用 腫 鍾	燭	宵 平	小 上 一	笑 去 一
○○○	合細	上三顠爲	上三顠爲 一攝	宵 ○二○二	小 小	笑 笑 二

上三爲一攝 類爲一攝
上七顠爲一攝收鼻

第六類　多　沃　蕭　豪

韻母	聲勢	陽			入聲	陰		
		平	上	去		平	上	去
哀餲○	開洪	登一	等一	嶝一	德一	咍一	海一	代一
○○○	合洪	登二二	等二二	嶝二二	德二二	咍○二	海○二	
醫憶膺	開細	蒸一	拯一	證一	職一	之	止	志
○○	合細	蒸二二	證二○	證二○	職二二			

上四類　上四類　上四　
爲一攝　爲一攝　類爲　上三類爲一攝
　一攝　　一攝　　一攝　收鼻近脣

母	○	○	犯	○	○	○	○	歷	○	醃	○
韻	鹽			踥	鴨		○		壓		庵	○

聲勢	開洪	合洪	開洪	開洪	合洪	開細	合細	開細	合細	開細	合細

聲陽											
平	談¹	談¹	○二咸	銜¹	銜¹	○二	添	鹽二	鹽¹	嚴	○二
上	敢	敢○二	檻	檻¹		忝	添¹	琰二	琰¹	儼	
去	闞	陷	鑑	鑑¹		㮇	㮇¹	豔二	豔○二	釅¹	釅○二

上十一類

爲一攝

入聲	盍		洽	狎		帖		葉		業	

上六

類爲

一攝

收脣

聲陸											
平											
上											
去											

盍　　帖　　談　　添　　類　　弟八

韻母	聲勢	陽聲	入聲
始詣	開洪	覃感　去上平	合
揖詣	開細	沁寢一	緝一
○	合細	寢○二	緝○二
○	開細	梵范凡一一	乏一
○	合細	梵范○二○一○二	乏○二
		上五類爲一彌	上五類爲一彌收脣

聲　陸　平上去　平上

合　覃類　第　九

大凡九類二十六攝，七十二對轉，三百三十九小類。

黃季剛先生因爲對《廣韻》的聲類與韻類特別重視，分析特別清楚，因此對陳澧的《切韻考》也就特別推崇。黃先生〈與人論小學書〉說：

「番禺陳君著《切韻考》，據切語上字以定聲類，據切語下字以定韻類，於字母等子之說有所辨明，足以補闕失、解拘攣，信乎今音之管籥，古音之津梁也。其分聲爲四十一，兼備古今，不可增減。」

黃先生又說：

「其分韻類爲一類、二類、三類、四類，皆以切語下一字定之；亦有二類實同，而陳君不肯專輒合併者，固其謹也。」

因爲黃先生對《廣韻》深入的研究，他發現在陳澧所考定的《廣韻》聲紐影、喻、爲、曉、匣、見、溪、羣、疑、端、透、定、泥、來、知、徹、澄、娘、日、照、穿、神、審、禪、精、清、從、心、邪、莊、初、牀、疏、幫、滂、並、明、非、敷、奉、微四十一聲紐中，古無輕脣音非、敷、奉、微四紐，業經錢大昕證明；古無舌上音知、徹、澄三紐，亦經錢大昕證明；古無娘、日二紐，則章太炎所證明。黃先生創立一紐經韻緯表，持此古音所無之九紐，進一步檢查《廣韻》二百零六韻，三百三十九韻類，結果發現凡無此九個變紐之韻類，也一定沒有喻、爲、羣、照、穿、神、審、禪、邪、莊、初、牀、疏等十三紐，相反的，凡有此九個變紐出現的韻類，也一定有上述的十三紐，相伴出現，茲錄其二十八部正韻、變韻表首三表以見例：

聲調	平				上				去				入			
韻目	一　東				一　董				一　送				一　屋			
等呼／聲紐	開	齊	合	撮	開	齊	合	撮	開	齊	合	撮	開	齊	合	撮
(影)			翁烏紅				蓊烏孔				瓮烏貢				屋烏谷	郁於六
喻			融以戎													育余六
爲			雄羽弓													囲于六
(曉)			烘呼東				嗊呼孔				烘呼貢	趥香仲			觳呼木	蓄許竹
(匣)			洪戶公				澒胡孔				哄胡貢				縠胡谷	
(見)			公古紅	弓居戎							貢古送				穀古祿	菊居六
(溪)			空苦紅	穹去宮			孔康董				控苦貢	焪去仲			哭空谷	麴驅菊
羣				窮渠弓												鞠渠竹
(疑)			峞五東													砡魚菊
(端)			東德紅		董多動				凍多貢						縠丁木	
(透)			通他紅		侗他孔				痛他貢						禿他谷	
(定)			同徒紅		動徒惚				洞徒弄						獨徒谷	
(泥)					濃奴動				齈奴湅							
(來)			籠盧紅	隆力中	曨力董				弄盧貢						祿盧谷	六力竹

知、		中 陟弓				中 陟仲		竹 張大
徹、		忡 敕中						蓄 丑大
澄、		蟲 直弓				仲 直衆		逐 直大
娘、								朒 女大
日、		戎 如融						肉 如大
照、		終 職戎				衆 之仲		粥 之大
穿		充 昌終				銃 充仲		俶 昌大
神								
審								叔 式大
禪								熟 殊大
(精)	葼 子紅		總 作孔		糉 䌷 作弄 子仲		鏃 作木	鏃 子大
(清)	怱 倉紅				謥 千弄		瘯 千木	鼀 七大
(從)	叢 徂紅				叢 徂送		族 昨木	才大
(心)	檧 嵩 蘇公 息弓		敕 先孔		送 蘇弄		速 桑谷	橚 息大
邪								
莊								緅 側大
初								珿 初大

牀	崇 鋤弓				㔊 仕仲		
疏							縮 所六
（幫）			瑮 邊孔			卜 博木	
（滂）						扑 普木	
（並）	蓬 蒲紅		蔢 蒲蝦			暴 蒲木	
（明）	蒙 莫紅	曹 莫中	蠓 莫孔	懞 莫弄	䴏 莫鳳	木 莫卜	日 莫六
非、	風 方戎				諷 方鳳		福 方六
敷、	豐 敷隆				䵽 撫鳳		蝮 芳福
奉、	馮 房戎				鳳 馮貢		伏 房六
微、							
附 記	東韻豐敷空切今據唐寫本《切韻》殘卷第三種及故宮藏王仁昫《刊謬補缺切韻》正作敷隆反			黃君云：「東一類去聲有諷（非紐）䵽（敷紐）鳳（奉紐）字以平聲準之當入第二類。」			

按黃君原表本清聲濁聲分別列表，今為觀其會通，合為一表。聲紐規識其外者為古本聲，鐵其旁者為已獲前賢證實之今變聲，其他各紐則為黃君攷定之今變聲。

聲調	平				上				去				入			
韻目	二	多			(湩)				二	宋			二	沃		
聲紐＼等呼	開	齊	合	撮	開	齊	合	撮	開	齊	合	撮	開	齊	合	撮
(影)															沃 烏酷	
喻																
爲																
(曉)															熇 火酷	
(匣)			礣 戶多								礣 乎宋				鵠 胡沃	
(見)			攻 古多												梏 古沃	
(溪)															酷 苦沃	
羣																
(疑)															犝 五沃	
(端)			多 都宗				湩 都鵝								篤 多沃	
(透)			炵 他多								統 他綜					
(定)			彤 徒多												毒 徒沃	
(泥)			農 奴多												褥 內沃	
(來)			癃 力多												濼 盧毒	

知、														
徹、														
澄、														
娘、														
日、														
照														
穿														
神														
審														
禪														
(精)		宗作多					綜子宋				佴將毒			
(清)														
(從)		賓藏宗												
心)		鬆私宗					宋蘇統				沨先篤			
邪														
莊														
初														

牀											
疏											
(幫)											
(滂)											
(並)											
(明)			鵝 莫湩			雺 莫綜			瑁 莫沃			
非、											
敷、											
奉、											
微、											
附記		《廣韻》湩鵝二字併入鍾韻上聲腫韻注曰此是多字上聲。									

聲調	平				上				去				入			
韻目	三	鍾			二	腫			三	用			三	燭		
聲紐＼等呼	開	齊	合	撮	開	齊	合	撮	開	齊	合	撮	開	齊	合	撮
(影)			邕 於容				擁 於隴				雍 於用					

		容 餘封			勇 余隴			用 余頌			欲 余蜀
		胷 許容			洶 許拱						旭 許玉
		恭 九容			拱 居悚			供 居用			輂 居玉
		銎 曲恭			恐 丘隴			恐 區用			曲 丘玉
		蛩 渠容			蛩 渠隴			共 渠用			局 渠玉
		顒 魚容									玉 魚欲
		龍 力鍾			矓 力踵			矓 良用			錄 力玉
					冢 知隴			湩 竹用			瘃 陟玉
		蹱 丑凶			寵 丑隴			蹱 丑用			悚 丑玉
		重 直容			重 直隴			重 柱用			躅 直錄
		醲 女容						穠 穠用			

日、		茸 而容		宂 而瀧		蛥 而用	辱 而
照		鍾 職容		腫 之瀧		種 之用	燭 之欲
穿		衝 尺容		歱 充瀧			觸 尺玉
神							贖 神蜀
審		舂 書容					束 書玉
禪		鱅 蜀庸		尰 時宂			蜀 市
(精)		縱 卽容		樅 子冢		縱 子用	足 卽玉
(清)		樬 七恭					促 七玉
(從)		從 疾容				從 疾用	
(心)		蚣 息恭		悚 息拱			粟 相玉
邪		松 祥容				頌 似用	續 似屬
莊							
初							
牀							
疏							
(幫)							
(滂)							

（並）									
（明）									
非、		封 府容		甮 方勇		葑 方用			轐 封曲	
敷、		峯 敷容		捧 敷奉						
奉、		逢 符容		奉 扶隴		俸 扶用			幞 房玉	
微、									
附 記		《廣韻》有憁字職勇切、唐寫本《切韻》殘卷第三種及故宮、敦煌兩本王仁昫《刊謬補缺切韻》皆無增加字也。								

　　從以上三個表看來，第一表中東、董、送、屋四韻相承的合口呼，及第二表冬、宋、沃韻，都是沒有變紐知、徹、澄、娘、日、非、敷、奉、微九紐的，也同時沒有喻、爲、羣、照、穿、神、審、禪、邪、莊、初、牀、疏等十三紐出現。那麼，這十三紐亦一定與知、徹、澄、娘、日、非、敷、奉、微九紐同一性質可知，甚麼性質呢？知、徹、澄、娘、日、非、敷、奉、微九紐既爲變聲，則這十三紐也應當是變聲了。四十一聲紐減去二十二變聲，所剩下的十九紐，就是古本聲了，只有古本聲的韻就是古本韻了。至於第一表中東、董、送、屋的撮口呼及第三表鍾、腫、用、燭諸韻都是雜有二十二變聲在內的，所以這幾個韻類就是今變韻了。黃先生根據這種方法考察《廣韻》二〇六韻三百三十九韻類，其不見變聲二十二紐的，共得三

十二韻（舉平入以眩上去），而此三十二韻中，魂痕、寒桓、歌戈、曷末八韻互爲開合，併其開合，則得二十八部。而此二十八部適與顧炎武、江永、戴震、段玉裁、孔廣森、王念孫、江有誥、章炳麟各家所分的古韻部，正相符合。陸氏《切韻》既兼存古音，則此二十八部，即陸氏所定之古本韻，又復何疑，如此推論，何得謂爲乞貸論證！尤有進者，即黃先生斷爲變紐的十三個聲母，經後人證明皆確爲變聲。曾運乾的〈喻紐古讀考〉以喻紐爲定紐的變聲，爲紐是匣紐的變聲。錢玄同的〈古音無邪紐證〉、戴君仁的〈古音無邪紐補證〉均證明邪紐爲定紐的變聲。前乎此者，清夏變的《述韻》，已有照穿神審禪古歸端透定，莊初牀疏古歸精清從心之見。而筆者也有〈羣紐古讀考〉附驥，以爲羣紐實爲匣紐之變聲。此除說明黃先生之有眞知灼見之外，又何「乞貸」之可言！故黃先生〈與人論治小學書〉云：

> 當知二百六韻中，但有本聲，不雜變聲者爲古本音，雜有變聲者，其本聲亦爲變聲所挾而變，是爲變音。

因爲古本音不用輕脣、舌上等變聲的音作切語，因此知道凡「古本韻」的切語上字一定是古本聲。他在〈爾雅略說〉中說道：

> 古聲類之說，萌芽于顧氏，錢氏更證明「古無輕脣、古無舌上」，本師章氏證明「娘、日歸泥」（原注：此理本于《切韻指掌圖》、《切韻指南》，而興化劉融齋亦能證明。）自陳蘭甫作《切韻考》，劃分照、穿、牀、審、禪五母爲九類，而後齒、舌之界明，齒舌之本音明。大抵古音於等韻只具一四等，從而《廣韻》韻部與一四等相應者，必爲古本韻，不在一四等

者，必為後來變韻，因求得古聲類確數為十九。

通過了四十一聲類正變的分析，不但證明了錢、章二人古聲學説的正確，而且也解決了錢、章二人所沒有解決的問題，那就是建立了整個古聲母的系統。所以章太炎先生的《菿漢微言》稱讚他的古聲系統是一大發明。章氏説：

> 黃侃云：「歌部音本為元音，觀《廣韻》歌戈二韻音切。可以證
> 知古紐消息，如非、敷、奉、微、知、徹、澄、娘、照、穿、
> 牀、審、禪、喻、日諸紐，歌戈部中皆無之，即知是古音矣。」
> 此亦一發明。

茲錄其正聲、變聲表於後：

今國內之講古聲類者，差不多也奉黃氏所考古聲類十九紐為定論。

考出了古本聲，再從聲韻互相影響的認識出發，回過頭來推求《廣韻》中的古本韻。他的《聲韻略説・聲韻條例古今同異下》説：

> 韻部多少，古今有異也。《廣韻》中諸韻，但有十九正聲者皆
> 為古音（除上去兩聲不用），又以開合同類者併之，得二十八
> 部。其在陰聲，曰：歌、灰、齊、模、侯、蕭、豪、咍；其在
> 入聲，曰：曷、屑、沒、錫、鐸、屋、沃、德、合、怗；其在
> 陽聲，曰：寒、先、痕、青、唐、東、冬、登、覃、添。自此
> 以外，皆為今音。《切韻》共分二百六部（此中更應分類，有
> 一韻一類者，有一韻之中含有數類者），若用分類法，更加對

發音部位	正　　聲		變　　聲	說明
喉	影		喻爲	清濁相變
	曉			
	匣			
牙	見			清濁相變
	溪		群	
	疑			
舌	端		知照	輕重相變
	透		徹穿審	
	定		澄神禪	
	泥		娘日	
	來			
齒	精		莊	輕重相變（心邪清濁相變）
	清		初	
	從		牀	
	心		邪疏	
脣	幫		非	輕重相變
	滂		敷	
	並		奉	
	明		微	

轉法列之，實有七十二類，以較古只有十二類者，則繁變多矣。（歌一、曷寒二、灰沒痕三、屑先四、齊錫青五、模鐸唐六、侯屋東七、蕭八、豪沃冬九、咍德登十、合覃十一、怗添十二）。

這是因為《廣韻》中的古本韻都用古本聲作切語上字，而《廣韻》韻部與一四等相應者必為古本韻，於是以聲求韻，以韻求聲，反復證明，得出古韻三十二韻。其中歌戈、曷末、寒桓、痕魂本是四部，在《廣韻》裏因兼有開合而分立，今併其開合，就是二十八部了。至於這二十八部十二類怎樣變入《廣韻》二百六韻三百三十九類呢？黃先生〈與人論治小學書〉云：

> 《廣韻》分韻分類雖多，要不外三理。其一，以開合洪細分之。其二，開合洪細雖均，而古本音各異，則亦不能不異，如東冬必分，支脂之必分，魚虞必分，佳皆必分，仙先必分，覃談必分，尤幽必分是也。其三，以韻中有變音無變音分。如東第一（無變音）鍾（有變音）、齊（無變音）支（有變音）、寒桓（無變音）刪山（有變音）、蕭（無變音）宵（有變音）、豪（無變音）肴（有變音）、青（無變音）清（有變音）、添（無變音）鹽（有變音），諸韻皆宜分析是也。

錢玄同先生的〈廣韻分部釋例〉說得更加清楚。錢氏說：

(一)古在此韻之字，今變同彼韻之音，而特立一韻者。如古「東」韻之字，今韻變同「唐」韻之合口呼者，因別立「江」韻。則「江」者「東」之變韻也。

(二)變韻之音，為古本韻所無者。如「模」韻變為「魚」韻，「覃」韻變為「侵」韻是也。

(三)變韻之母音全在本韻，以韻中有今變紐，因別立為變韻。如「寒」「桓」為本韻，「山」為變韻。「青」為本韻，「清」

為變韻是也。

（四）古韻有平入而無去上，故凡上去之韻，皆為變韻。如「東一」之上聲「董」去聲「送一」，在古皆當讀平聲，無上去之音，故云變韻是也。

今據錢說，列正韻變韻表於後：

正　　　　　韻				變　　　　　韻				說　　　　　明
平	上	去	入	平	上	去	入	
東	董	送	屋	鍾	腫	用	燭	合口音變撮口音
(一)		(一)	(一)	江	講	絳	覺	正韻變同唐韻
多	(澶)	宋	沃	東(二)		送(二)	屋(二)	正音變同東韻細音
模	姥	暮		魚	語	御		合口韻變為撮口音
齊	薺	霽		支	紙	寘		變韻中有變聲，又半由歌戈韻變來
				佳	蟹	卦		正韻變同咍韻
灰	賄	隊		脂	旨	至		正韻變同齊韻
				微	尾	未		正音變同齊韻，又半由魂痕韻變來
				皆	駭	怪		正韻變同咍韻
咍	海	代		之	止	志		正韻變同齊韻

魂　混　慁　沒	文　吻　問　物	合口音變爲撮口音
	諄　準　稕　術	合口音變爲撮口音，又半由先韻變來
痕　很　恨　麧	欣　隱　焮　迄	開口音變爲齊齒音
寒　旱　翰　曷 桓　緩　換　末	刪　潸　諫　黠	變韻中有變聲，又半由先韻變來
	山　產　襇　鎋	變韻中有變聲
	元　阮　願　月	正韻變同先韻
	祭	入聲變陰去齊撮呼，又半由魂韻入聲來
	泰	入聲變陰去
	夬	入聲變陰去有變聲
	廢	入聲變陰去齊撮呼
先　銑　霰　屑	眞　軫　震　質	正韻變魂痕韻細音
	臻　（籈）（齔）櫛	正韻變同痕韻
	仙　獮　線　薛	變韻中有變聲，又半由寒桓韻變來
蕭　篠　嘯	尤　有　宥	正韻變同侯韻細音，又半由蕭韻變來
	幽　黝　幼	正韻變同侯韻細音
豪　晧　號	宵　小　笑	正韻變同蕭韻
	肴　巧　效	變韻中有變聲，又半由蕭韻變來

歌 哿 箇	麻 馬 禡	變韻中有變聲，又半由模韻變來
戈(一)果 過	戈(二)(三)	合口音變爲齊撮音
唐 蕩 宕 鐸	陽 養 漾 藥	開口音變爲齊撮音
	庚 梗 映 陌	正韻變同登韻，又半由青韻變來
青 迥 徑 錫	耕 耿 諍 麥	正韻變同登韻，又半由登韻變來
	清 靜 勁 昔	變韻中有變聲
登 等 嶝 德	蒸 拯 證 職	開口音變爲齊撮音
侯 厚 候	虞 麌 遇	正韻變同模韻細音，又半由模韻變來
	談 敢 闞 盍	正韻變同覃韻
添 忝 㮇 怗	鹽 琰 豔 葉	變韻中有變聲
	嚴 儼 釅 業	變韻中有變聲，又半由覃韻變來
	侵 寢 沁 緝	正音變同登韻細音，而仍收脣
覃 感 勘 合	咸 豏 陷 洽	變韻中有變聲，又半由添韻變來
	銜 檻 鑑 狎	變韻中有變聲
	凡 范 梵 乏	洪音變爲細音

（上表正韻欄內上去二聲亦當爲變韻，爲平入變上去者。）

這不但把古今音變的問題解決了，也把古音、廣韻、等韻整個系

統都弄清楚了。黃先生《聲韻略說・論斯學大意》云：

> 往者，古韻、今韻、等韻之學各有專家，而苦無條貫。自番禺
> 陳氏出，而後《廣韻》之理明，《廣韻》明，而後古音明；今
> 古之音盡明，而後等韻之糾紛始解。此音學之進步，一也。

按宋、元等韻圖於開合各圖，各分四等，四等之區分如何？迄無
人能正確說明，使人理解，如江永《四聲切韻表・凡例》云：

> 音韻有四等，一等洪大，二等次大，三四皆細，而四尤細，學
> 者未易辨也。

這洪大、次大、細與尤細之別，江氏既云學者未易辨，所以中國
學者一直就沒有辨析清楚，師弟相傳，終身不解。直到瑞典漢學家高
本漢 (Bernhard Karlgren) 博士撰《中國音韻學研究》，始假定
一二等無〔i〕介音，故同為洪音，但一等元音較後較低 (grave)
故洪大，二等元音較前較淺 (aigu) 故為次大；三四等均有〔i〕介
音，故為細音，但三等元音較四等略後略低，故四等尤細。

羅常培先生《漢語音韻學導論》根據高本漢的理論，把四等的區
別，說得更為清楚。他說：

> 今試以語音學術語釋之，則一二等皆無〔i〕介音，故其音
> 大，三四等皆有〔i〕介音，故其音細。同屬大音，而一等之
> 元音較二等之元音略後略低，故有洪大次大之別。如歌〔ɑ〕
> 之與麻〔a〕，咍〔ɒi〕之與皆〔ai〕，泰〔ɑi〕之與佳〔ai〕，

豪〔ɑu〕之與肴〔au〕，寒〔ɑn〕之與刪〔an〕，覃〔ɑm〕之與咸〔am〕，談〔ɑm〕之與銜〔am〕皆以元音之後〔ɑ〕與前〔a〕而異等。同屬細音，而三等之元音較四等之元音略後略低，故有細與尤細之別，如祭〔iɛi〕之與霽〔iei〕，宵〔iɛu〕之與蕭〔ieu〕，仙〔iɛn〕之與先〔ien〕，鹽〔iɛm〕之與添〔iem〕皆以元音之低〔ɛ〕與高〔e〕而異等，然則四等之洪細，蓋指發元音時口腔共鳴之大小而言也。惟冬〔uoŋ〕之與鍾〔iuoŋ〕，登〔əŋ〕之與蒸〔iəŋ〕，以及東韻之分公〔uŋ〕弓〔iuŋ〕兩類，戈韻之分科〔uɑ〕瘸〔iuɑ〕兩類，麻韻之分家〔a〕遮〔ia〕兩類，庚韻之分庚〔ɐŋ〕京〔iɐŋ〕兩類，則以有無〔i〕介音分也。

　　高、羅二人以元音共鳴之大小與介音〔i〕之有無，作為分辨洪大、次大、細與尤細的標準，自然較為清楚而容易掌握。但仍然存在不少問題。高、羅二氏既說一二等的區別繫於元音的後〔ɑ〕與前〔a〕。然而我們要問：怎麼知道歌、哈、泰、豪、寒、覃、談諸韻的元音是後〔ɑ〕？而麻、皆、佳、肴、刪、咸、銜諸韻的元音是前〔a〕？恐怕最好的回答就是歌、哈……等韻在一等，麻、皆……諸韻在二等。這是存在的問題之一。或者說，根據現代各地漢語方言推論出歌、哈……等讀後〔ɑ〕，麻、皆……等讀前〔a〕。對一個初學聲韻學的人而言，要從何處掌握這些方言資料？要怎麼樣推論？都是十分棘手的事情。這是存在的問題之二。為甚麼等韻的四等，在〔a〕類元音裏面有前後高低的不同，作為洪大、次大、細與尤細分辨的標準，而在其他各類元音如〔u〕、〔o〕、〔ə〕、〔ɐ〕等則沒有這種區別？這是存在的問題之三。為甚麼三等戈韻瘸類〔iuɑ〕的元音反而要比

二等麻韻瓜類〔ua〕的元音後而低？這是存在的問題之四。為甚麼在〔a〕類元音中二等元音是〔a〕，三等是〔ɛ〕，而在麻韻二等的家類〔a〕與三等的遮類〔ịa〕，卻是同一前〔a〕元音？這是存在的問題之五。因為有這些問題存在，高、羅解釋四等的說法，並不能就此認為成了定論。黃季剛先生〈聲韻通例〉說：

> 凡變韻之洪與本韻之洪微異，變韻之細與本韻之細微異。分等者大概以本韻之洪為一等，變韻之洪為二等，本韻之細為四等，變韻之細為三等。

這是多麼簡單直接而又讓人易懂的說法。試以東韻公弓二類為例，公類為洪音，應置一等或二等，所有反切上字全為古本聲，故為古本韻之洪音，自應列於一等毫無所疑。弓類為細音，應置三等或四等，所有反切上字因雜有今變聲，故為今變韻之細音，故應置於三等，亦無所疑。推之歌、哈、泰、豪、寒、覃、談諸韻皆為洪音，其反切上字皆為古本聲，故為古本韻之洪音，乃悉置於一等。而麻、皆、佳、肴、刪、咸、銜諸韻雖亦為洪音，然其反切上字雜有今變聲，故為今變韻之洪音，乃置於二等地位。祭、宵、仙、鹽諸韻為細音，其反切上字雜有今變紐，故為今變韻之細音，因悉列於三等韻。而宵、蕭、先、添諸韻亦為細音，其反切上字悉為古本聲，故為古本韻之細音，乃置於四等韻。標準一致，沒有歧異，洪細以〔i〕介音之有無為準，聲母之正變既易掌握，則甚麼韻置於甚麼等自可瞭然。現再舉《韻鏡》外轉二十三開及外轉二十四合兩轉牙音字為例，列表說明其四等之區別與洪細正變的關係：

二十三開

	疑	羣	溪	見
寒	豻	○	看	干
刪	顏	○	馯	奸
仙	妍	乾	愆	○
先	研	○	牽	堅

洪音 古本音 細音

今變音

二十四合

	疑	羣	溪	見
桓	岏	○	寬	官
刪	䏹	○	○	關
仙	○	權	棬	勬
先	○	○	○	涓

今變音

不但四等的問題弄清楚了，甚至於三等韻重紐的現象，亦有脈絡可尋。這種現象就是支、脂、眞、諄、祭、仙、宵、清諸韻部分脣、牙、喉音的三等字，伸入四等。董同龢先生《中國語音史》認爲支、脂、眞、諄、祭、仙、宵諸韻的脣、牙、喉音的字，實與三等有關係，而韻圖雖三等有空卻置入四等者，乃因等韻的四個等的形式下，納入三等之內的韻母，事實上還有一小類型，就是支、脂諸韻的脣牙喉音字之排在四等位置的，這類型與同轉排在三等的脣牙喉音字是元音鬆緊的不同，三等的元音鬆，四等的元音緊。關於重紐的問題，除董先生以元音鬆緊爲說外，周法高先生〈廣韻重紐的研究〉一文則以爲元音高低的不同，在三等的元音較低，四等的元音較高。陸志韋《古音說略》則以三等有〔I〕介音，四等有〔i〕介音作爲區別。龍宇純〈廣韻重紐音值試論──兼論幽韻及喻母音值〉一文則以爲三等有〔j〕介音，四等有〔ji〕介音。近年李新魁的《漢語音韻學》則認爲重紐是聲母的不同，在三等的是脣化聲母，四等非脣化聲母。雖都各自成理，但都沒有辦法對初學聲韻學的人解說得清楚，讓他們徹底明白。我曾經試着用黃季剛先生古本音的理論，加以說明重紐的現象，因爲重紐的現象通常都有兩類古韻來源。今以支韻脣音字重紐爲

例，試加解説。支韻有兩類來源，一自其本部古本韻齊變來。（參見正
韻變韻表。本部古本韻、他部古本韻之名稱今所定，這是爲了區別與
稱説之方便。凡正韻變韻表中，正韻列於變韻之上端者，稱本部古本
韻，不在其上端者，稱他部古本韻。）這種變韻是屬於變韻中有變聲
的，即卑、𡰤、陴、彌一類字。韻圖之例，凡自本部古本韻變來的，
例置四等，所以置四等者，因爲自本部古本韻變來的字各類聲母都
有，舌齒音就在三等，脣牙喉音放置四等，因與三等處的舌齒音有連
繫，不致誤會爲四等韻。另一類來源則自他部古本韻歌戈韻變來，這
類變韻是屬於半由歌戈韻變來的，就是陂、鈹、皮、糜一類的字。韻
圖之例，從他部古本韻變來的字，例置三等。故陂、鈹、皮、糜置於
三等，而別於卑、𡰤、陴、彌之置於四等。當然有人會問，怎麼知道
卑、𡰤、陴、彌等字來自本部古本韻齊韻？而陂、鈹、皮、糜等字卻
來自他部古本韻歌戈韻？這可以從《廣韻》的諧聲偏旁看出來。例如
支韻從卑得聲的字，在「府移切」音下有卑、鵯、椑、箄、裨、鞞、
頓、痺、渒、錍、崥；「符支切」音下有陴、崥、焷、脾、麴、埤、
裨、蜱、蠯、螷、𧏚、椑、郫；從比得聲的字，在「匹支切」音下有
𡰤；「符支切」音下有膍、紕；從爾得聲的字，在「式支切」音下有
鸍、𪋵；「息移切」音下有纚；「武移切」音下有彌、鸍、䤘、彊、獼、
璽、㳽、嫚、𤩈、瀰、灖等字。而在齊韻，從卑得聲的字，「邊兮切」
音下有䰄、椑、豍、箄、觗；「部迷切」音下有鼙、鞞、椑、崥、頓；
「匹迷切」音下有𥱻、錍；從比得聲的字，「邊兮切」下有㡠、蜌、䳠、
篦、綼、箆、榫、狴、鈚、悂；「部迷切」下有肶、笓；「匹迷切」下
有磇、鷿、批、鈚；從爾得聲的字，在齊韻上聲薺韻「奴禮切」下有
禰、嬭、薾、瀰、鬕、薾、檷、鋪、䩾；這在在顯示出支韻的卑、
𡰤、陴、彌一類字確實是從齊韻變來的，觀其諧聲偏旁可知，段玉裁

以爲凡同諧聲者古必同部。至於從皮得聲的字，在支韻「彼爲切」音下有陂、詖、羆、鑒；「敷羈切」下有鈹、帔、鮍、披、鞁、耚、狓、狓、放、秛、攽；「符羈切」下有皮、疲；從麻得聲的字，「靡爲切」下有糜、縻、魔、䃽、蘼、穈、縻、摩、醾；而在戈韻從皮得聲的字，「博禾切」下有波、紴、碆；「滂禾切」下有頗、坡、玻；「薄波切」下有婆、㜑；從麻得聲的字，「莫婆切」下有摩、劘、廬、麼、魔、䃽、磨、劘、臕、麻、饠。兩相對照，也很容易看出來，支韻的陂鈹皮糜一類字是從古本韻歌戈韻變來的。或許有人說：古音學的分析，乃是清代顧炎武等人以後的產物，作韻圖的人恐怕未必具有這種古音知識。韻圖的作者雖然未必有清代以後古韻分部的概念，然其搜集文字區分韻類的工作中，對於這種成套出現的諧聲現象，未必就會熟視無睹，則於重紐字之出現，必須歸字以定位時，未嘗不可能予以有意識的分析。

黃先生從《廣韻》、等韻、古音三者交錯中，考得古韻二十八部，在方法上，與過去純粹根據《詩經》韻腳與《說文》諧聲的傳統方法迥然不同，而在處理舊有成績上，更是擇善而從，吸收了各家合理的部分。他的《音略》說：

> 古韻部類，自唐以前，未嘗眛也。唐以後始漸泯然。宋鄭庠肇分古韻爲六部，得其通轉之大界，而古韻究不若是之疏，爰逮清朝，有顧、江、戴、段諸人，畢世勤劬，各有啓發，而戴君所得爲獨優，本師章氏論古韻二十三部，最憭憕矣。余復益以戴君所論，成爲二十八部。

拿這二十八部與章太炎二十三部相比較，多出了入聲錫、鐸、

屋、沃、德五部，這都是根據戴震的。其中蕭部的入聲尙未分出外，大抵應分的都已盡分了。茲錄他的二十八部對照表於後：

陰　　　　　聲	入　　　　　聲	陽　　　　　聲
歌戈（章氏歌部）	曷末（章氏泰部）	寒桓（章氏寒部）
	屑（章氏至部）	先（章氏眞部）
灰（章氏脂部）	沒（章氏隊部）	痕魂（章氏諄部）
齊（章氏支部）	錫（章氏倂入支部）	靑（章氏靑部）
模（章氏魚部）	鐸（章氏倂入魚部）	唐（章氏陽部）
侯（章氏侯部）	屋（章氏倂入侯部）	東（章氏東部）
蕭（章氏幽部）		
豪（章氏宵部）	沃（章氏倂入宵部）	多（章氏多部）
咍（章氏之部）	德（章氏倂入之部）	登（章氏蒸部）
	合（章氏緝部）	覃（章氏侵部）
	怗（章氏盍部）	添（章氏談部）

這二十八部的韻目，都是《廣韻》固有的，而立爲古韻的部目，正因爲是古本韻的韻目。其實他這二十八部，都是前有所承的，他的《音略》說：

　　右定古韻陰聲八，陽聲十，入聲十，凡二十八部，其所本如

左：

歌（顧炎武所立）、灰（段玉裁所立）、齊（鄭庠所立）、模（鄭所立）、侯（段所立）、蕭（江永所立）、豪（鄭所立）、咍（段所立）、寒（江所立）、痕（段所立）、先（鄭所立）、青（顧所立）、唐（顧所立）、東（鄭所立）、冬（孔廣森所立）、登（顧所立）、覃（鄭所立）、添（江所立）、曷（王念孫所立）、沒（章氏所立）、屑（戴震所立）、錫（戴所立）、鐸（戴所立）、屋（戴所立）、沃（戴所立）、德（戴所立）、合（戴所立）、帖（戴所立）。此二十八部之立，皆本昔人，曾未以肊見加入，至於本音讀法，自鄭氏以降，或多未知，故二十八部之名，由鄙生所定也。

　　黃先生從《切韻》出發，確立古音系統，關係等韻結構；再從等韻結構，重驗《切韻》系統，修訂古韻分部。晚年察覺《切韻》殘卷中談盍兩韻亦無今變聲，於等韻屬一等韻，因此有〈談添盍帖分四部說〉一文，認爲談盍兩韻也是古本韻，應當與添帖二部區分開來。舉出《說文》形聲聲母，《詩經》和他書用韻、疊韻、聲訓、音讀來證明這四部應當區分；又根據韻部相配的關係和古音相通的事實，斷定覃、談、添、合、盍、帖六部就是痕、寒、先、沒、曷、屑六部的收屑音。《廣韻》從眞到先十四韻，顧炎武合成一部，江永分爲兩部，段玉裁分爲三部，入聲也因之分爲三部，這些就是痕、寒、先、沒、曷、屑六部。至於《廣韻》從侵至凡的九韻，顧炎武合成一部，江永分爲兩部，入聲也隨着分爲兩部，從此再沒有一位古音學家主張再分析的。在這篇裏，黃先生卻主張覃、談、添、合、盍、帖平入共分六部。後來董同龢先生著《上古音韻表稿》，也認爲從諧聲的分配上看

來，談與添，盍與怗是應該分立的。大致說來，黃先生的談部，是以談銜二韻爲主，另加鹽嚴二韻之半，盍部是以盍狎二韻爲主，另加葉業二韻之半；添部以添咸二韻爲主，另加鹽嚴二韻之半，怗部以怗洽二韻爲主，另加葉業二韻之半，這就是他四部的分界。我認爲黃先生拿覃談添合盍怗來跟痕寒先沒曷屑相配的說法，從音韻結構來看，是非常有道理的。我們還可以加上登唐靑德鐸錫六部來看他整體的結構。

韻尾 ＼ 元音	舌	根	舌	尖	雙	脣
	ŋ	k	n	t	m	p
ə	登	德	痕	沒	覃	合
a	唐	鐸	寒	曷	談	盍
ɐ	靑	錫	先	屑	添	怗

從上表看來，這種相配是相當整齊的，也是相當嚴謹的。談到音韻結構，我們先看現代音韻學者，無論是四元音系統或三元音系統是怎樣安排的。李方桂先生《上古音研究》東、侯二部的主要元音是〔u〕外，其他各部都可分屬於〔i〕、〔ə〕、〔a〕三個元音系統裏去，他的系統如下表：

元音＼韻尾	-g	-k	-ŋ	-d	-t	-n	-r	-b	-p	-m	-gʷ	-kʷ	-ŋʷ
i	ig 支陰	ik 支入	iŋ 耕	id 脂陰	it 脂入	in 眞	ir ○	ib ○	ip ○	im ○	igʷ ○	ikʷ ○	iŋʷ ○
ə	əg 之陰	ək 之入	əŋ 蒸	əd 微陰	ət 微入	ən 文	ər 微	əb 緝陰	əp 緝入	əm 侵	əgʷ 幽陰	əkʷ 幽入	əŋʷ 多
a	ag 魚陰	ak 魚入	aŋ 陽	ad 祭陰	at 祭入	an 元	ar 歌	ab 葉陰	ap 葉入	am 談	agʷ 宵陰	akʷ 宵入	aŋʷ ○

周法高先生的三元音系統則如下表：

元音＼韻尾	-ɣ	-k	-ŋ	-wɣ	-wk	-wŋ	-φ	-r	-t	-n	-p	-m
a	aɣ 魚	ak 鐸	aŋ 陽	awɣ 宵	awk 藥	awŋ ○	a 歌	ar 祭	at 月	an 元	ap 葉	am 談
ə	əɣ 之	ək 職	əŋ 蒸	əwɣ 幽	əwk 覺	əwŋ 多	ə ○	ər 微	ət 物	ən 文	əp 緝	əm 侵
e	eɣ 支	ek 錫	eŋ 青	ewɣ 侯	ewk 屋	ewŋ 東	e ○	er 脂	et 質	en 眞	ep ○	em ○

　　從以上兩表元音與韻尾相配看來，實在有將談盍與添怗分開的必要。像李方桂先生〔i〕類元音的韻部就缺少很多，顯得非常不整齊。周法高先生把東侯屋也劃歸圓唇的舌根音韻尾，他的系統相配起來就整齊多了。但是添怗部沒有從談盍分出來，在〔e〕元音行-p、-m韻尾下面就留下了兩個空檔。事實上添怗部的字，也是較談盍部的字更接近於眞質脂、耕錫支六部的，周法高先生系統上的空檔出現在〔e〕元音行是有道理的，如果像黃季剛先生一樣，把添怗與談盍分開，這兩個空檔就填起來了，古韻部的音韻結構也就更完整了。所以從音韻結構看，黃先生分開是對的。如此黃先生古韻分部最後結果當爲三十部，爲自有古韻分部以來，分部最多的一人。茲錄其古韻三十部於後，並附以余所擬測的韻值。

陰聲		入聲		陽聲	
		屑部	ɛt	先部	ɛŋ
灰部	iə	沒部	tɛ	魂痕部	nə
歌戈部	ai	曷末部	at	寒桓部	an
齊部	ɛ	錫部	ɛk	青部	ɛŋ
模部	a	鐸部	ak	唐部	aŋ
侯部	au	屋部	auk	東部	auŋ
蕭部	əu				
豪部	ɐu	沃部	ɐuk	多部	ɐuŋ
咍部	ə	德部	ək	登部	əŋ
		合部	əd	覃部	əm
		怗部	ɐp	添部	ɐm
		盍部	ap	談部	am

　　黃先生通過後出的反切去考先秦古音，是不是可以提供參考呢？《廣韻》一書本來兼包古今南北之音的，我們既然承認漢語古今是一個系統。而語言的發展又是新的質素積累和舊的質素衰亡，而二者都是漸進的，那麼，中古用反切記下來的語音，就不能説和古音全不相涉，也不能説通過韻書考出來的古音和前人用其他方法考出來的只是

一種巧合。　更不能說這種從反切上抽絲剝繭的方法，　是一種循環論
證。

參　考　書　目

《黃侃古音學述評》　　王力　　《龍蟲並雕齋文集》第三冊　　中華書局
　　　　　　　　　　　北京

《上古音研究》　　李方桂　　《清華學報》新九卷一、二期合刊　　臺北

《漢語音韻學》　　李新魁　　北京出版社　　北京

《漢語等韻學》　　李新魁　　中華書局　　北京

《中國聲韻學通論》　　林尹　　黎明文化事業公司　　臺北

《語言學論叢》　　林語堂　　文星書局　　臺北

《廣韻重紐的研究》　　周法高　　史語所集刊十三本　　臺北

〈論上古音〉　　周法高　　《香港中文大學中國文化研究所學報》第二
　　　　　　　　　　卷第二期　　香港

《黃季剛先生之生平及其學術》　　柯淑齡　　中國文化大學博士論文
　　　　　　　　　　　　　　臺北

《中國音韻學研究》　　高本漢　　商務印書館　　臺北

《章氏叢書》　　章炳麟　　世界書局　　臺北

《音略證補》　　陳新雄　　文史哲出版社　　臺北

《等韻述要》　　陳新雄　　藝文印書館　　臺北

《鍥不舍齋論學集》　　陳新雄　　臺灣學生書局　　臺北

〈論談添盍帖分四部說〉　　陳新雄　　中央研究院第二屆國際漢學會議
　　　　　　　　　　　論文　　臺北

〈民國古音學研究的開創人黃侃〉　　陳新雄　　《師大學報》三十一期

臺北

《古音說略》　陸志韋　臺灣學生書局　臺北

《訓詁學簡論》　陸宗達　北京出版社　北京

《論學雜著》　黃侃　中華書局　北京

《黃季剛先生手寫日記》　臺灣學生書局　臺北

《清代古音學研究的殿後人黃侃》　彭炳乾　中國語言學史話

《中國語音史》　董同龢　中央文物供應社　臺北

《劉申叔遺書》　劉師培　大新書局　臺北

《中國聲韻學》　潘重規　東大圖書公司　臺北

《文字學音篇》　錢玄同　臺灣學生書局　臺北

〈廣韻重紐音值試論 —— 兼論幽韻及喻母音值〉　龍宇純

《漢語音韻學導論》　羅常培　太平書店　香港

原載七十八年九月廿八日《孔孟學報》第五十八期

論談添盍怗分四部說

一、撰述之緣起

　　何九盈、陳復華的〈古韻三十部歸字總論〉一文❶，於「入聲韻的歸字問題」及「陽聲韻的歸字問題」兩節，談到緝部葉部及侵部與談部有幾個聲首，歷來的古韻學家分部有不一致的地方。今按著何文的次第一一照錄於後❷：

　　19.緝部

乏聲

　　段玉裁歸第七部（侵緝），朱駿聲歸謙之嗑分部（相當於葉部），江有誥、王力、董同龢、周祖謨歸葉部，黃侃歸入聲怗部（葉），孔廣森、嚴可均歸侵部。

　　20.葉部

疌聲

　　各家多歸葉部，朱駿聲以疌从入得聲，將疌聲字全列緝部（他叫臨之習分部）。

---

❶　見中華書局《音韻學研究》第一輯，頁二〇七～二五二，一九八四，北京。

❷　所錄聲首只限於緝葉或侵談相亂者，非關緝葉或侵談之相涉者不錄。或雖涉緝葉侵談，其聲首之古韻歸屬已有定論者亦不錄。

爾聲

段玉裁歸第八部（包括談葉），朱駿聲歸履部，从尔聲，江、周都歸葉部，董同龢歸緝部。

囡聲

朱駿聲歸謙之嗑分部，黃侃歸怗部（葉），林義光歸葉部，董同龢歸緝部。

29.侵部

厶聲

段玉裁厶聲歸談部，孔廣森、王念孫、王力歸侵部；朱駿聲、江有誥、黃侃、董同龢、周祖謨厶聲歸談。

丮聲　龜聲

江有誥、朱駿聲、黃侃、董同龢、周祖謨歸談部，孔廣森、嚴可均歸侵部。段玉裁將丮聲與圅聲分別處理：丮聲歸侵，圅聲歸談，龜聲也歸談。王力《漢語史稿》歸談，《漢語音韻》又改歸侵。注：「丮，乎感切。丮聲有函，函本作圅」。

欠聲

段、江、朱、黃、周歸談部，嚴可均歸侵部。

占聲

江、夏、黃、董、周歸談，段、王（念孫）、孔、嚴歸侵部，王力《漢語史稿》占聲歸談，《漢語音韻》歸侵。

尋聲　貶字❸

朱歸謙部（談）。孔、嚴歸侵部。黃侃歸入聲怗部（葉）。林義光也歸談部。此字既爲「貶」的異文，應和貶一樣歸入侵部。王力《漢

---

❸ 貶字何文本置於占聲下討論，今以尋爲貶之異文，故移貶字於尋聲下。

語音韻》「貶」作爲散字歸侵❹。

囟聲

　　這個字的讀音很複雜，它的歸類也相當成問題。江有誥、朱駿聲、董同龢歸談部。段玉裁《六書音韻表》歸七部（侵部），在《說文注》中又歸十五部。嚴可均歸侵部。

　　30.談部

冄（冉）聲

　　嚴、朱、江、王（力）、董歸談部，段歸侵部。

閃聲

　　朱駿聲、黃侃、王力歸談部，段歸侵部。

兼聲

　　江、朱、黃歸談部，段歸侵部。

僉聲

　　江、朱、黃歸談部，段歸侵部。

龔聲

　　嚴可均歸侵部，从夆聲。陸志韋說：「當从夆聲。」段、朱、黃、周歸談部，林義光亦歸談部。

　　以上所錄緝葉部入聲聲首計：乏聲、疌聲、龠聲、圖聲共四個聲首；侵談部陽聲聲首計：凸聲、丹聲、龜聲、欠聲、占聲、尋聲、囟聲、冄聲、閃聲、兼聲、僉聲、龔聲及貶字共十一個聲首，兩相合計共十五個聲首，這十五個聲首傳統古音學家緝葉、侵談分合不定，這中間必有緣故。我們知道古音學家的古韻分部多依據詩經押韻、說文諧聲、經籍異文、一字重文、經籍音讀等材料進行判斷，但是這些材

---

❹　王力《漢語音韻》「貶」字歸侵之意見，何文原列占聲下，今移易於此。

料如果音本相近，有時到底應該歸屬於何部，就難以判斷了。舉例來說，兮聲的字，自段玉裁歸入第十六部支部以來，歷來的古音學家也無異說，像王力《漢語史稿》、董同龢《中國語音史》都歸支部❺。但近年〈阜陽漢簡詩經〉❻發表，其〈衞風·淇奧〉三章作「□□□臂，袁旖綽旖。」今本毛詩作「如圭如璧，寬兮綽兮。」即以「旖」為「兮」之異文，然「旖」自來即在「歌」部，「兮」在「支」部，可見異文等材料，也不能絕對地作為分部的依據；因何九盈、陳復華的論斷歸字，每每以此等材料作為依據，所以提出我一些不同的看法。再者何文所提到的黃侃古韻分部，仍舊是他的古韻廿八部舊說，沒有參考黃氏〈談添盍怗分四部說〉一文的意見❼，其實上舉的十五個聲首，多數屬於黃氏談添盍怗分部後的添怗部的，所以我認為有重新提出來討論的必要。

二、舊說之檢討

　　黃侃的〈談添盍怗分四部說〉一文，以古本韻的理論，把談部從添部分出，盍部從怗部分出。這是中國聲韻學史上第一個提出談葉兩部還應細分的人。他列出了四部的聲首如下：

談部：

❺　王力《漢語史稿》上册，頁七九，科學出版社出版，一九五八，北京；董同龢《中國語音史》，頁一三五，中華文化出版事業委員會出版，民國四十三年，臺北。

❻　〈阜陽漢簡詩經〉見《文物》一九八四年第八期，頁七～一一；又饒宗頤〈讀阜陽漢簡詩經〉，《明報月刊》一九八四年十二月號；文幸福〈阜陽漢簡詩經研究〉，《國文學報》第十五期，民國七十五年六月。

❼　黃侃〈談添盍怗分四部說〉，見《黃侃論學雜著》，頁二九〇～二九八，中華書局出版，一九六四，上海。

炎 丂 弓 召 甘 猒 甜 龏 广 詹 斬 毚 燅
添部：

焱 奄 兼 凵 欠 占 夾 閃 西 冉 𢆉 僉 妥
盍部：

甲 夾 涉 巤 妾
怗部：

劦 業 陟 耴 聑 畾 品 聿 図 乛 灄 乏

此外，他體認到《廣韻》自眞至仙十四個收舌尖鼻音 -n 韻尾的韻分成眞、諄、元三個古韻部；自質至薛十三個收舌尖塞音 -t 韻尾的韻也分成質、沒、月三個古韻部。從音韻結構看來，如果收音於 -m 及 -p 韻尾的韻，只分侵談與緝葉四部，則與收 -n 與收 -t 韻尾的六部，在音韻結構上不能夠相配，所以主張談盍從添怗分出來，加上侵緝兩部，則正好與收音於 -n 與 -t 的韻相配，這個理論值得我們重視。不過黃侃談添盍怗四部之分，雖然列出了四部的聲首，但是它們的界限仍有些混淆，怎樣得到這一結果，也沒有清楚的交代，所以相信的人仍不太多。

直到董同龢的《上古音韻表稿》❽出來，對這四部的區分才有一個比較清楚的界限。董氏非常細心地注意到：(1)《廣韻》覃合兩韻的字，除屬上古侵緝部的字外，確有些字要歸屬於談葉部，在《詩經》的韻腳上雖看不出來，但諧聲字上覃合韻的字卻與咸、鹽、嚴、凡、業等韻有許多關聯。(2)添怗韻的字只諧咸洽，而不諧銜狎。(3)鹽葉兩韻當分兩類，一諧覃咸添與合洽怗，董氏稱爲鹽₂；一諧談銜與盍押，董氏稱爲鹽₁。(4)嚴凡與業乏在諧聲一類與覃合諧；一類與

---

❽ 董同龢《上古音韻表稿》，中央研究院歷史語言研究所出版，民國五十六年，臺北。

談盍諸，所以也應分兩類。董氏的結論，他的分析大體與黃侃的「談，
盍」與「添，怗」的內容相當。不過董氏當時以爲上古韻部與中古的
韻攝相當，雖然韻母系統不同，但仍只分談葉二部而已，董氏談葉的
韻母如下：

盍（盍）*-âp	𡉚（合）*-ɐ̂p
甲（狎）*-ap	夾（洽）*-ɐp
㪪（葉₁）*-i̯ap　劫（業）*-i̯ăp　法（乏）*-i̯wăp	腌（葉₂）*-i̯ɐp
	㡼（怗）*-i̯ɐi
甘（談）*-âm	柟（覃）*-ɐ̂m
監（銜）*-am	陷（咸）*-ɐm
黏（鹽₁）*-i̯am　欠（嚴）*-i̯ăm　氾（凡）*-i̯wăm	檢（鹽₂）*-i̯ɐi
	兼（添）*-i̯ɐi

❾

　　我在《古音學發微》裏❿，曾根據黃侃與董同龢的分析，確定
談、添、盍、怗四部的範圍，我認爲談部應以談銜兩韻的字爲主，另
加鹽嚴凡的一部分字；添部應以添咸兩韻的字爲主，另加覃鹽嚴的一
部分字；盍部以盍狎兩韻的字爲主，另加葉業乏的一部分字；怗部以
怗洽兩韻的字爲主，另加合葉業的一部分字。四部的諧聲表如後：
談部：

　　尸聲　詹聲　猒聲　厭聲　甘聲　炎聲　毚聲　甜聲　芟聲
　　敢聲　厱聲　嚴聲　巖聲　广聲　斬聲　山聲　毚聲　監聲
　　豔聲　叕聲　巳聲

盍部：

　　枼聲　盍聲　毚聲　妾聲　甲聲　壓聲　劫聲　法聲　乏聲

---

❾　表中韻母系統見董氏《上古音韻表稿》，頁一一二。
❿　陳新雄《古音學發微》，嘉新水泥公司文化基金會研究論文第一八七種，
　　民國六十一年，臺北。

　　　屋聲　業聲　曇聲　耷聲　涉聲

添部：

　　　冉聲　弇聲　函聲　名聲　奄聲　𢆉聲　兼聲　占聲　染聲

　　　閃聲　夾聲　欠聲　僉聲　忝聲　贛聲　西聲　貶聲　夾聲

帖部：

　　　帀聲　舌聲　夾聲　耴聲　葉聲　聶聲　品聲　聿聲　燅聲

　　　陟聲　耴聲　聶聲　燮聲　丰聲　図聲　導聲　劦聲　籋聲

　　　譶聲[11]

　　　余廼永《上古音系研究》[12]以爲從脂、微的二分，脂、質、眞所屬中古韻居二、三、四等，微、物、文卽居一、二、三等。根據現代方言，凡上古不具一等諸部，其元音均屬較低或帶 i 的上升複元音。故李方桂一併以同於脂質眞三部，而只其二、三、四等的支、錫、耕三部均擬上古元音作 *i。帖、添二部上古元音亦當爲高元音一類，應與屬央元音的緝、侵，低元音的盍、談分立。

　　　除此四人之外，言古韻分部的人，很少區分此四部，然則談與添，盍與帖究竟有無分部的可能，有無分部的必要，實值得進一層加以探索。

三、分部的必要

　　　李方桂《上古音研究》[13]説：「研究上古的元音系統的時候，我

----

⑪　這張諧聲表後來有所修正，見後。

⑫　余迺永《上古音系研究》，中文大學出版社出版，一九八三，香港。

⑬　李方桂《上古音研究》，《清華學報》新九卷一、二期合刊，民國六十年，臺北。

們也有一個嚴格的假設，就是上古同一韻部的字一定只有一種主要元音。」李壬癸〈閩南語的押韻與音韻對比〉❹亦說：「大致上主要元音相同才可互押。」如果我們要遵照這麼嚴格的假設，則董同龢《上古音韻表稿》分析談葉兩部明顯的兩套韻母系統，顯然就不可能同部，而得將它分開了，否則在音韻地位上，就很難安排了。

　　董同龢說：「葉談兩部裏應該有些覃韻與合韻字的地位當無可疑。」我曾經把《廣韻》覃、感、勘、合；咸、豏、陷、洽八韻的諧聲字分析了一下，發現除了應歸古韻侵緝部的字外，有些應歸入談葉部的字也還不少，我還對照了全本王仁昫《刊謬補缺切韻》，有許多字也都見於全王，所以這些談葉部的變入《廣韻》覃、感、勘、合；與咸、豏、陷、洽。應該是前有所承的，不是無端闌入的。今按平上去入四聲之次，將此八韻屬談葉部的字，按其諧聲偏旁迻錄於後。

平聲二十二覃韻：

冉聲：枏、抈、軵俱見全王❶、聃（那含切）。

弇聲：媕（烏含切）、弇（古南切）全王。

奄聲：庵、醃全王、萻、掩（烏含切）。

圅聲：涵、錎、頷、雹全王、箃、函、顲（胡男切）顲（古南切）全王。

圅聲：涵、函全王、雹、涵（胡南切）。

马聲：马（胡南切）。

詹聲：儋（丁含切）此字據去聲五十四勘，儋又音都甘切，則當入二十三談，今《廣韻》二十三談都甘切下正有儋字，《全王》覃韻無只見談韻。

甘聲：䏻（口含切）。

───────────

❹ 李壬癸〈閩南語的押韻與音韻對比〉，民國七十五年八月五日清華大學漢語方言學座談會印發綱要。

❶ 後凡見於全本王仁昫《刊謬補缺切韻》者，只注全王二字以省篇幅。

炎聲：癮、寢（火含切）見《全王》，此二字得聲不明，
　　　　　　　　　　　《廣韻》聲系系炎聲下。

　　上聲四十八感韻：

贛聲：籟、䫡、轞、灨全王、贛、匼、韸（古襌切）；　韸（苦感切）全王；

　　　篸（都感切）《廣韻》聲系
　　　　　　　　　　　系贛聲下。

㠯聲：萏全王、藺、榙（徒感切）；愮全王、輡、銘、塔、㠯（苦感切）；

　　　欿全王、洛、蛤（胡感切）。

炎聲：倓（徒感切）。

奄聲：晻、俺、黤、㦙（烏感切）全王。

弇聲：黔（烏感切）全王。

冄聲：㶕（奴感切）。

聿聲：𡐋（五感切）全王。

欠聲：坎（苦感切）全王。

函聲：菡、䫡全王、涵、頷（胡感切）。

丂聲：㔯（胡感切）。

　　去聲五十三勘韻：

㠯聲：嗿（苦紺切）全王；脴全王、蛤（胡紺切）。

贛聲：韸（苦紺切）；轞全王、灨、贛（古暗切）；醰（徒紺切）。

　　入聲二十七合韻：

居聲：居全王（古沓切）；（口荅切）。

帀聲：䢈全王（徂合切）；帀、师、䰞全王、迊、沛、趥（子荅切）。

盍聲：溘全王、㿉（口荅切）；瘧全王、匌、䶀、搕（烏合切）；歃（呼合切）。

奄聲：罨、㫻、鞥^全、庵（烏合切）。

弇聲：媕、鞥（烏合切）。

業聲：礏（五合切）。

　　平聲二十六咸韻：

函聲：函^全（胡讒切）。

兼聲：槏^全、鎌（胡讒切）；搛^全（古咸切）；顑^全、顱（五咸切）。

圅聲：梒（胡讒切）。

占聲：枮^全（所咸切）；詀、佔^全、貼（竹咸切）。

歁聲：摻、槮^全、霙、轗（所咸切）；巉（士銜切）。

臽聲：洺（乙咸切）；鵪^全、敂（苦咸切）；鶴^全（竹咸切）。

毚聲：讒、饞、毚、巉、鄽^全、獑、欃、攙（士咸切）。

斬聲：獑、塹^全（士咸切）。

僉聲：厱（苦咸切）。

　　上聲五十三豏韻：

兼聲：鹻^全、豏、顠（下斬切）；顑^全、歉、槏（苦減切）；鼸^全（古斬切）。

監聲：猼^全（下斬切）。

敢聲：撖^全（苦減切）；闞^全（火斬切）。

毚聲：瀺^全（士減切）。

斬聲：嶃（士減切）；斬（側減切）；墊（所斬切）。

僉聲：臉^全、醶（力減切）。

馲聲：臘^全、醶（初減切）。

衘聲：審（女減切）。

么聲：儑^全（丑減切）。

　　去聲五十八陷韻：

么聲：陷、餡、䐄^全、脂、鉻（戶韽切）；洺^全（於陷切）、䶊^全（公陷切）。

占聲：黇^全、站（陟陷切）、詀（佇陷切）。

兼聲：歉^全、顲（口陷切）；賺^全、謙（佇陷切）；顃（公陷切）。

毚聲：儳^全、鑱（仕陷切）。

詹聲：膪^全（仕陷切）。

　　入聲三十一洽韻：

夾聲：狹、陝、陿、峽、硤、庲、窨、眨^全（侯洽切）；夾、郟、筴、袷、鵊、鞅^全、瘞（古洽切）；歃^全（呼洽切）；恰（苦洽切）。

么聲：招、帢^全、曷（苦洽切）。

妻聲：箑^全（士洽切）；齾（楚洽切）；萐^全、箑（山洽切）。

葉聲：煠^全、渫（士洽切）。

臿聲：驊^全、牐、趃（士洽切）；屆、偛^全、捕、馺、誦（側洽切）；揷、臿、鍤^全、媿、唈（楚洽切）；馺^全（呼洽切）；歃^全、唈（山洽切）。

聶聲：嗫（女洽切）。

妾聲：霎^全、箑、箑（山洽切）。

奄聲：𨂿（烏洽切）。

盍聲：𡈪（烏洽切）。

巠聲：䁌（五夾切）。

以上的聲首，像覃韻詹聲的甔字，既不見於全王，又重出於談韻，又見於全王，談韻詹聲的字，除甔外，尚有澹（徒甘切）；擔、儋、聸（都甘切）。則詹聲字顯然與談銜爲類，與覃咸非類，當剔除，陷韻詹聲的𨻧，雖見於全王，然詹聲讀仕陷切，音讀可疑，亦刪；覃韻甘聲的㽎亦重出的談韻，且見於全王，而甘聲字在談韻尚有甘、柑、笘、苷、泔（古三切）；坩（苦甘切）；酣、𩲡、𧍯、䲺、邯（胡甘切）；蚶（武酣切）；蚶、賗（呼談切）。則甘聲字自當入談銜一類，覃咸系甘聲字自當剔出。覃韻炎聲的𥈤、㲴二字得聲不明，若如《廣韻聲系》⑯所系炎聲，炎聲在談韻有談、郯、惔、錟、淡、痰、倓、餤、剡（徒甘切）；緂、䆦、菼（他酣切），則炎聲字亦當屬談銜系，覃咸系者皆闌入。合韻盍聲的字不少，見於全王者讗溘（口荅切）、𤸷（烏合切）二字；但盍韻盍聲的字更多，今將兩韻並列於下，以資比較。

合 韻	盍 韻
影紐：𤸷𩂩䪞搕（烏合切）	鰪𢉖𤸷（安盍切）
曉紐：欱（呼合切）	欱（呼盍切）
匣紐：缺	盍闔嗑蓋讗䀋鄐熆（胡臘切）
見紐：缺	頜讗嗑蓋蠟鄐（古盍切）
溪紐：溘磕（口荅切）	榼磕褡𢉖輵（苦盍切）

從分配上看來，盍聲字在盍韻才是整齊的，在合韻是間見的，所以盍聲在盍部是無疑問的。因此合洽系的盍聲字都當剔出。豏韻敢聲

⑯ 見沈兼士《廣韻聲系》，臺北中華書局。

撤、闞二字雖見於全王，然敢聲的字見於談韻的有憨（呼談切）；見於銜韻的有巖、礹、囔（五銜切）；見於敢韻的有敢、橄、澉（古覽切）；厰（口敢切）；見於闞韻的有闞、瞰、矙、礛（苦濫切）；礛（古暫切）；憨、猲、譀（下瞰切）；見於檻韻的有撖（胡黤切）；顉（於檻切）；猲、歛（荒檻切）；見於鑑韻的有獥（楚鑒切）；傗、譀、闞（許鑑切）；顯（音黯去聲）。顯然敢聲的字應劃入談銜系。燂韻銜聲的𩅼字，不見於全王，則銜聲字自應屬談銜系❼。此外尚有毚聲與斬聲的字，在談銜與覃咸之間皆有接觸，應加確定。先說毚聲的字，兩系的諧聲關係如下：

談　　銜　　系	覃　　咸　　系
銜韻：巉劖攙鑱毚全王嚵（鋤銜切）；摲全王（楚銜切）；纔全王（所銜切） 檻韻：巉全王（仕檻切） 鑑韻：儳瀺嚵（楚鑒切）；鑱全王轞欃譏纔（士懺切）	咸韻：讒❽饞毚鑱儳郺全王獑欃攙（士咸切） 豏韻：瀺全王（士減切） 陷韻：儳全王轞（仕陷切）

毚聲的字在兩系出現的情形相近，而且都見於全王，此很難定其歸屬。何九盈云：「孔嚴將讒涵入侵部，主要以異文、讀若為據。關於毚聲，我們還可以補充幾條通假材料。《戰國策・秦策二》：『樗里疾、公孫衍二人在，爭之王。』『在』，他書作『讒』。『讒在』既是雙聲，又為之侵通轉。另外，古書中纔又假借為才，也是之侵通轉。又『針灸』的『針』，在漢代寫作『鍼』，也作『鑱』。《史記・扁鵲

❼　按《說文》：「銜，馬勒口中也。从金行。銜者所昌行馬也。」段玉裁、朱駿聲、黃侃歸侵部的理由，都以為「金亦聲」，其實金非聲。
❽　《廣韻》咸韻讒士咸切又士銜切，則銜韻鋤銜切下當有讒字，今本《廣韻》無者當為脫漏，應據咸韻又音增。

倉公列傳》：『鑱石撟引』。索引：鑱音士咸反，謂石針也。這都毚聲
應當歸侵部的明證。」毚聲如果照何九盈說歸侵部，它出現在覃咸系
自無問題，可是又出現在談銜系就難解了，我認為毚聲的字應該是介
於談侵二部之間的音，那就是從談部分出來的添部。也就是董同龢談
葉部的短元音ㄝ系的音。它與侵部的異文假借，只是音近而已，並不
是同部。

斬聲的字，董同龢以為諧聲關係比較亂一點，如：

慙暫（談）：漸蔪蟴（鹽）：斬（咸）

那麼我們全面檢討一下斬聲的諧聲分布，看看它究竟是近於談銜
系抑是覃咸系。下面是斬聲字的分配：

談　　銜　　系	覃　　咸　　系	
談韻：慙蔪暫全王嶄斲（昨甘切）；讇全王（作三切）。	覃韻　無字	
敢韻：瀺全王（子敢切）；槧全王蔪（才敢切）	感韻：無字	
闞韻：暫蔪全王槧（藏濫切）	勘韻：無字	
銜韻：嶄獑全王（鋤銜切）	咸韻：獑蔪全王（士咸切）	
檻韻：瀺全王（山檻切）	豏韻：嶄（士減切）；斬（側減切）；鏒（所斬切）	
鑑韻：撍全王（楚鑒切）；覽全王讇（子鑑切）；蔪（士懺切）	陷韻：無字	

咸韻斬聲的獑字又有士銜切一音，槧字又有才三切一音都應入談
銜系，豏韻斬聲三字皆不見於全王，　不過豏韻反切下字多用斬字而
已。從以上分配看來，顯然是應入談銜一系。檻韻斬聲字只山檻切的
瀺字，豏韻士減切的嶄與側減切的斬，可能應併入檻韻，在聲母的分
配上正好互補，豏韻所斬切的鏒字全王既無，顯為增加字，斬聲既入

談銜系,則鹽韻斬聲字自應屬鹽₁類。現在我們可以整理出覃感勘合,
咸豏陷洽八韻屬於添帖部的諧聲聲首了。

添部:

　　冄(冉)聲　弇聲　奄聲　函聲　圅聲　丏聲　贛聲　名聲

　　欠聲　兼聲　占聲　韱聲　毚聲　僉聲

帖部:

　　帀聲　業聲　夾聲　疌聲　葉聲　甲聲　聶聲

凡從以上諧聲的字變入《廣韻》覃感勘合;咸豏陷洽八韻,都是添部或
帖部的字,如果不把添與帖從談與盍分出來的話,像甘古三切(談): 弇
古南切(覃); 酣胡甘切(談): 涵胡男切(覃); 監古銜切(銜): 樴古咸
切(咸);銜戶監切(銜): 函胡讒切(咸);嚴五銜切(銜): 顤五咸切(咸)
……等一類對立的字就不好解釋了。李方桂《上古音研究》於一等韻
自談部變來的覃韻字沒有舉例,不知要怎樣書寫,二等變入咸韻的字
則以複元音ia來解釋。後文我擬從音韻結構上來討論談添盍帖的分部。

四、分部的解釋

　　龔煌城談到上古音宵部相配的陽聲, 與葉部相配的陰聲, 從音韻
結構來看是應該有的, 不過宵部的陽聲後來變入元部, 葉部的陰聲後
來變入宵部的陰聲, 龔氏的結構表是這樣表示的:

　　月 -at　　　宵 -akʷ　　葉 -ap

　　歌 -ad　　　宵 -agʷ ←○ -ab

　　元 -an ←○ -angʷ　　談 -am⑲

❿　Hwang-cherng Gong (龔煌城) *Die Rekonstruktion des Altchin-esischen Unter Berücksichtigung von Wortverwandtschaften*, München 1976.

　　從音韻結構來看四元音系統或三元音系統各家是怎麼樣安排的，李方桂《上古音研究》東、侯二部的主要元音是 u 外，其他各部都可分屬於 i、ə、a 三個元音系統裏去，他的系統如下：

元音＼韻尾	-g	-k	-ŋ	-d	-t	-n	-r	-b	-p	-m	-gʷ	-kʷ	-ŋʷ
i	ig 支陰	ik 支入	iŋ 耕	id 脂陰	it 脂入	in 眞	ir ○	ib ○	ip ○	im ○	igʷ ○	ikʷ ○	iŋʷ ○
ə	əg 之陰	ək 之入	əŋ 蒸	əd 微陰	ət 微入	ən 文	ər 微	əb 緝陰	əp 緝入	əm 侵	əgʷ 幽陰	əkʷ 幽入	əŋʷ 多
a	ag 魚陰	ak 魚入	aŋ 陽	ad 祭陰	at 祭入	an 元	ar 歌	ab 葉陰	ap 葉入	am 談	agʷ 宵陰	akʷ 宵入	aŋʷ

　　周法高的三元音系統則如下表：[20]

元音＼韻尾	-ɣ	-k	-ŋ	-wɣ	-wk	-wŋ	-φ	-r	-t	-n	-p	-m
a	aɣ 魚	ak 鐸	aŋ 陽	awɣ 宵	awk 藥	awŋ ○	a 歌	ar 祭	at 月	an 元	ap 葉	am 談
ə	əɣ 之	ək 職	əŋ 蒸	əwɣ 幽	əwk 覺	əwŋ 多	ə ○	ər 微	ət 物	ən 痕	əp 緝	əm 侵
e	eɣ 支	ek 錫	eŋ 青	ewɣ 侯	ewk 屋	ewŋ 東	e ○	er 脂	et 質	en 眞	ep ○	em ○

　　從以上兩表元音與韻尾的相配看來，實在有將添怗兩部從談盍分開的必要，像李方桂 i 類元音的韻部就缺少很多，顯得非常不整齊。周法高把東侯屋也劃歸圓脣的舌根音韻尾，他的系統相配起來就整齊多了。但是添怗部沒有從談盍分出來，在 e 元音行-p、-m收尾的韻部方面就留下了兩個空檔。事實上添怗部的字，也是較談盍部的字更接近於眞質脂、耕錫支六部的，周法高的空檔出現在 e 類元音行是有道理的，如

　　[20]　周法高〈論上古音〉，《香港中文大學中國文化研究所學報》第二卷第一期，香港，一九六九。

果我們把添怗部從談盍部分出來，這兩個空檔就塡起來了，古韻部的音韻結構也就相當完整了。我們說添怗與眞脂質、耕支錫相近是有文獻可爲證明的。先說眞添的通轉：

漢王褒的〈四子講德論〉：「若乃美政所施，洪恩所潤，不可究陳。舉孝以篤行，崇能以招賢。去煩蠲苛，以經百姓。祿勤增奉，以厲貞廉。」[21]這裏以陳、賢、姓、廉爲韻，陳、賢眞部字，姓耕部字，廉添部字。《說文》忝（添）从心天（眞）聲。耕添通轉的字，《說文》「耇，老人面如點處，从老省占（添）聲。讀若耿介之耿（耕）。」質怗通轉的字，《說文》「瘞（質），幽薶也。从土㾮（怗）聲。」「痻（質），靜也。从心㾮（怗）聲。」《史記・衞世家》「聿伯」，世本作「摯伯」，聿怗部，摯質部。錫怗通轉的例，《莊子・達生》「以臨牢筴」，筴（怗）卽柵（錫）之叚借，冊策（錫）又作筴（怗），渉（怗）訓作歷（錫）。諸如此類皆顯示眞耕添，質錫怗諸部關係之密切，把添怗分出，不但把這兩個空檔塡起來了。甚至李方桂的ib空檔也有了線索，可以想辦法塡起來了。劦（怗）聲的荔（質）在《廣韻》霽韻音郎計切，㾮（怗）聲的痻（質）在《廣韻》霽韻音於計切。與庫（怗）相通的摯（質）《廣韻》至韻脂利切，《詩・關雎》毛傳「雎鳩，王雎也，鳥摯而有別。」鄭箋：「摯之言至也」。以內、對作 -əb，蓋作 -ab 例之，則荔、痻 等字正好塡補此一空位。當然空位是否一定要塡，那也不一定，但是如果各種資料顯示出來都可以塡的話，那爲何不塡呢？要塡起這空檔，談添，盍怗的分部就有必要。關於這兩部的元音系統，我比較傾向於董同龢《上古音韻表稿》以談盍的元音爲 a，添怗的元音爲 ɐ，同時根據我研究《詩經》韻的通轉現象[22]，當時也認爲

[21]　見《昭明文選》。
[22]　陳新雄〈從詩經的合韻現象看諸家擬音的得失〉，《輔仁學誌》第十一期，七十一年六月，臺北。

有四個元音，所以就依據董同龢說，將添怗二部定爲 ɐ 元音的韻部，同時也接受李方桂、王力⽗、周法高諸家之說將東屋、冬覺、藥諸部有圓脣的舌根韻尾，寫法上則採用王力、張琨⽗的說法，寫作 uŋ、uk 等，相配的陰聲部侯、幽、宵則認爲有 -u 韻尾。現在參考王力的說法，把歌部訂爲 -i 韻尾，則可節省一元音，成爲三元音系統，與周法高比較接近。今列表表明我的系統如下：

元音＼韻尾	φ	k	ŋ	u	uk	uŋ	i	t	n	p	m
ə	ə 之	ək 職	əŋ 蒸	əu 幽	əuk 覺	əuŋ 冬	iə 微	ət 沒	ən 諄	əp 緝	əm 侵
ɐ	ɐ 支	ɐk 錫	ɐŋ 耕	ɐu 宵	ɐuk 藥	ɐuŋ ○	iɐ 脂	ɐt 質	ɐn 眞	ɐp 怗	ɐm 添
a	a 魚	ak 鐸	aŋ 陽	au 侯	auk 屋	auŋ 東	ai 歌	at 月	an 元	ap 盍	am 談

除宵部沒有相配的陽聲韻外，相配相當整齊。把添怗部定作 ɐ，既與談盍的 a 近，亦與侵緝的 ə 近，難怪何九盈所引述的各家，不是歸之侵緝，就是歸之於談盍了。

現在可確定談添盍怗四部的諧聲聲首了，添怗部除了覃感勘合，咸謙陷洽八韻外，當然還得加上鹽、嚴凡系的字，這些以外的除當歸侵緝的外，其餘悉歸談盍，以下是四部的聲首：

談部：《廣韻》平聲談銜鹽₊嚴₊，上聲敢檻琰₊儼₊，
去聲闞鑑豔₊釅₊，古音當入此部。

炎聲　詹聲　甘聲　猒聲　厭聲　監聲　覽聲　敢聲　厰聲
嚴聲　巖聲　鹽聲　斬聲　銜聲　焱聲　毚聲

⽗　王力《漢語音韻》，中華書局出版，一九六三，北京。
⽗　張琨《古漢語韻母系統與切韻》，中央研究院《歷史語言研究所單刊甲種之二十六》，民國六十五年，臺北。

添部：　《廣韻》平聲添覃咸鹽^半嚴^半凡，上聲忝感豏琰^半儼^半范，
　　　　去聲㮇勘陷豔^半釅^半梵，古音當入此部。

> 忝聲　占聲　兼聲　廉聲　欠聲　冄聲　冉聲　弇聲　弓聲
>
> 函聲　圅聲　名聲　奄聲　戋聲　斂聲　僉聲　龏聲　染聲
>
> 甜聲　閃聲　囪聲　銛聲　凵聲　毚聲　貶聲　导聲

盍部：　《廣韻》入聲盍狎葉^半業^半，古音入此部。

> 盍聲　劫聲　弱聲　毚聲　甲聲　厃聲　壓聲　妾聲　怯聲
>
> 耷聲　業聲

怗部：　《廣韻》入聲怗合洽葉^半業^半乏，古音入此部。

> 帀聲　臿聲　夾聲　耴聲　枼聲　聑聲　聶聲　㗊聲　涉聲
>
> 聿聲　聿聲　図聲　籋聲　燮聲　怗聲　乏聲　法聲

　　以上這張諧聲表與《古音學發微》不同，主要在嚴凡兩系諧聲的
歸屬上，何九盈認爲嚴凡系的聲首應歸侵緝部，我沒完全歸侵緝部，
既然添怗近於侵緝，所以我歸於屬於添怗部。此外，則枼聲字的歸屬
有些問題，這個聲首既諧盍韻的鰈；狎韻的渫、喋；亦諧洽韻的煠、
渫；怗韻的𦩻、喋、蹀、諜、堞、鑷、籋、牒、褋、慄、蝶、渫、
揲、㩋、睫；厭、擪、韘、蹀、𦵩；𦵩、喋；牒、睫、僕。諧聲分布
談盍、添怗兩系都有，今較其多少論之，則以歸入怗部爲是。

　　現在可以把兩系的韻母系列出來了。

談　　　　部	添　　　　部
*-am→-am（談）	*-ɐm→-ʌm（覃）
儋 *tam→tam	柟 *nɐm→nʌm
慚 *dzʻam→dzʻam	函 *ɣɐm→ɣʌm
甘 *kam→kam	
*-eam→-am（銜）	*-eɐm→-ɐm（咸）
監 *keam→kam	陷 *ɣeɐm→ɣɐm

嶄 *dz'eam→dʒ'am   讒 *dz'eɐm→d'ʒɐm

*-jiam→-jæm（鹽）   *-jiɐm→-jæm（鹽）

詹 *tjiam→tɕjæm   占 *tjiɐm→tɕjæm㉕

漸 *dz'jiam→dz'jæm   冉 *njiɐm→nʒjæm

黏 *ɣjiam→g'jæm   淹 *ʔjiɐm→ʔjæm

*-jam→-jɐm（嚴）   *-jɐm→-jɐm（嚴）

嚴 *ŋjam→ŋjɐm   劍 *kjɐm→kjɐm

    欠 *k'jɐm→k'jɐm

    *-juɐm→-juɐm（凡）

    汜 *p'juɐm→pf'juɐm

    *-iɐm→-iɛm（添）

    點 *tiɐm→tiɛm

    謙 *k'iɐm→k'iɛm

盍 部	帖 部
*-ap→-ɑp（盍）	*-ɐp→-Ap（合）
蹋 *d'ap→d'ɑp	帀 *tsɐp→tsAp
盍 *ɣap→ɣɑp	姶 *ʔɐp→ʔAp
*-eap→-ap（狎）	-eɐp→-ɐp（洽）
翣 *seap→ʃap	插 *tsʼeɐp→tʃʼɐp
甲 *keap→kap	夾 *keɐp→kɐp
壓 *ʔeap→ʔap	図 *neɐp→ȵɐp
*-jiap→-jæp（葉）	*-jiɐp→-jæp（葉）
獵 *ljiap→ljæp	輒 *tjiɐp→tjæp
接 *tsjiap→tsjæp	捷 *dz'jiɐp→dz'jæp
魘 *ʔjiap→ʔjæp	腌 *ʔjiɐp→ʔjæp
*-jap→-jɐp（業）	*-jɐp→-jɐp（業）
業 *ŋjap→ŋjɐp	脅 *xjɐp→xjɐp
	殣 *djɐp→jɐp
	*-juɐp→-juɐp（乏）
	法 *pjuɐp→pfjuɐp
	*-iɐp→-iɐp（帖）
	帖 *t'iɐp→t'iɐp
	燮 *siɐp→siɐp
	協 *ɣiɐp→ɣiɐp

　　附記：按中文屬文習慣於師承有關或前輩學者如黃侃、董同龢、王力、李方桂、張琨、周法高理應尊稱爲先生，今未加者，因首引何文皆直稱其名，今爲統一，亦未加尊稱，特致歉意。

原載七十八年六月《中央研究院第二屆國際漢學會議論文集》

---

❷⑤　照我的系統，照爲 *tj-，知爲 *t-，則詹當寫作 *tjiam→tɕjæm，占作 *tjiɐm→tɕjæm；今中古音系採董同龢《中國語音史》所訂系統，三等介音作 -j-，故將*tj-之 j 省略，若將-j-寫作-i̯-，則詹寫作 *tji̯am，占寫作 *tji̯ɐm。

中共簡體字混亂古音韻部系統說

　　中共政權成立以來，就迫不及待地進行文字的簡化，據文字改革出版社出版的《建國以來文字改革工作編年記事》的記載，政權成立的當月十日就成立中國文字協會，緊接著在一九五四年十二月二十三日成立中國文字改革委員會。一九五六年一月二十八日國務院公布「漢字簡化方案」。一九五八年一月十日周恩來「當前文字改革的任務」的報告；以為文字改革的工作，可以適應六億人民擺脫文化落後狀態的需要。一九六四年五月出版《簡化字總表》。中共政權這樣積極地從事文字的簡化工作，我們用很恕道的眼光來看待它，說它有兩項重大目標。第一希望藉文字的改革，來發展教育，擺脫文化落後的狀態。第二希望由於文字的簡化，而改進書寫的速度。經過了四十年的歲月，它這兩項目標能否達成呢？最近的報導，中共最高領導人鄧小平公開承認，中國大陸教育失誤，以致有讀書無用論的想法，且官方承認全大陸有兩億四千萬的文盲，這擺脫了文化落後的狀態了嗎？顯然是否定的。當今世界使用漢字的華人社會，臺灣香港沿用繁體字，新加坡中國大陸用簡化漢字，而以教育論，臺灣最成功，香港次之，新加坡第三，中國大陸最落後。顯然的，教育文化的落後，根本與文字的繁簡無關。那麼，書寫方面呢？在中共政權進行文字改革之初，中文電腦尚未問世，現在中文電腦問世後，簡體字之輸入輸出未必快過繁體字，所以在使用方面也未見其利。現今兩岸人民開始交

流，識繁體字者認識簡體，困難不大，只識簡體，要識繁體，就不容易了。所以說，中共施行文字改革，推行簡化文字的政策，兩項目標均未達成，而徒然混亂文字之系統。這樣改革文字，除勞民傷財，增加古今的隔閡之外，實在沒有什麼好處的。所以現在上海古籍出版社等出版的古典書籍，又多恢復使用繁體字了。

我這裏要特別指出的是，中共政權推行簡化漢字的結果，造成古今隔閡的古韻系統的混亂。段玉裁曾說過，一聲可諧萬字，萬字而必同部。同聲必同部，這是我們學習古代韻部執簡御繁的簡便方法。但經過中共的簡化，這個原則就用不上了，如果根據同諧聲必同部的原則去推，就會造成古韻系統的混亂了。我從中共上海辭書出版社的上中下三本《辭海》中，及香港三聯書店出版的《簡化字總表檢字》小冊中，選出了一百二十七個簡化字。這些字的簡化，多數是屬於中共簡化三方式中的省略、改形與代替三項中的字。省略當中的省裏面與省一角的方式最容易造成聲符的混殽，如廣省作广，爺省作爷。改形部分則以改為形聲字中的改換聲旁與改換形旁和聲旁兩部分影響最大，混殽最甚。如膠改作胶，驚改作惊等。代替部分，也是混亂之源。如以卜代蔔，以出代齣等。

下面按着我《古音學發微》所分古韻三十二部之次第，一一加以指明。

一、歌諄相混

犧簡作牺，犧從羲聲，古韻在歌部，牺從西聲，古韻屬諄部。

二、月脂相混

階省作阶，階從皆聲，古韻在脂部，阶從介聲，古韻屬月部；際省作际。際從祭聲，古韻在月部，际易誤從示聲，示古韻在脂部。

三、月質相混

潔省作洁，潔從絜聲，古韻在月部，洁從吉聲，古韻在質部。藝省作艺，讛省作讠艺，囈省作吃，櫱省作花，襻省作礼，埶聲在月部，乙聲在質部。竊省作窃，竊從卨聲，古韻在月部，窃從切聲，古韻在質部。

四、月微相混

塊省作块，塊從鬼聲，古韻在微部，块從夬聲，古韻在月部。

五、月錫相混

適省作适，敵省作敌，商聲在錫部，舌聲、昏聲在月部，适字亦月部字。《論語》達适爲韻可證。

六、月魚相混

價省作价，賈聲在魚部，介聲在月部。

七、月鐸相混

壩省作坝，霸聲在鐸部，貝聲在月部。

八、月藥相混

鑰省作钥，龠聲在藥部，月聲在月部。

九、元眞相混

遷省作迁，躚省作跹，遷從䙴聲，䙴聲在元部，迁從千聲，千聲在眞部。

十、元諄相混

壇省作坛，亶聲在元部，云聲在諄部。憲省作宪，憲聲在元部，先聲在諄部。

十一、元陽相混

廠省作厂，敞聲在陽部，厂聲在元部。

十二、元之相混

纏省作纏，塵聲在元部，庚聲在之部。環省作环，睘聲在元部，
不聲在之部。

十三、元添相混

戰省作战，鑽省作钻，單聲、贊聲在元部，占聲在添部。

十四、元談相混

擔省作担，膽省作胆，艦省作舰，詹聲、監聲在談部，且聲、見
聲在元部。

十五、脂質相混

畢省作毕，華省作荜，嗶省作哔，饆省作饆，潷省作泙，彈省作
弹，韠省作韠，篳省作筚，趩省作趌，躍省作踔，畢聲在質部，
毕從比聲在脂部。

十六、脂微相混

幾省作几，嘰省作叽，饑省作饥，幾省作剀，幾省作机，幾聲在
微部，几聲在脂部。

十七、脂鐸相混

遲省作迟，犀聲在脂部，尺聲在鐸部。

十八、質魚相混

爺省作爷，爺從耶聲，古韻在魚部，爷易誤認從卩聲，卩在質
部。

十九、質職相混

億省作亿，憶省作忆，意聲在職部，乙聲在質部。

二十、眞諄相混

襯省作衬，親聲在眞部，寸聲在諄部。

二十一、眞耕相混

進省作进，璡省作珒，進聲在眞部，井聲在耕部。

二十二、眞陽相混

　　賓省作宾，濱省作滨，檳省作梹，儐省作傧，繽省作缤，鑌省作镔，鬢省作髩，攦省作摈，殯省作殡，臏省作膑，髕省作髌，賓聲在眞部，兵聲在陽部。

二十三、眞侵相混

　　審省作审，譖省作谇，嬸省作婶，審聲在侵部，申聲在眞部。

二十四、眞添相混

　　殱省作歼，懺省作忏，纖省作纤，韱聲在添部，千聲在眞部。

二十五、微之相混

　　豈省作岂，皚省作皑，愷省作恺，剴省作剀，鎧省作铠，凱省作凯，闓省作闿，隑省作陜，塏省作垲，藱省作苢，檟省作桤，敳省作敳，覬省作觊，磑省作硙，豈聲在微部，岂從己聲在之部。懷省作怀，壞省作坏，襄聲在微部，不聲在之部。黴省作霉，微聲在微部，每聲在之部。

二十六、沒魚相混

　　礎省作础，楚聲在魚部，出聲在沒部。

二十七、沒侯相混

　　齣省作出，句聲在侯部，出聲在沒部。

二十八、沒職相混

　　鬱省作郁，鬱在沒部，郁在職部。

二十九、諄東相混

　　動省作动，重聲在東部，云聲在諄部。

三十、諄蒸相混

　　層省作层，曾聲在蒸部，云聲在諄部。

三十一、支錫相混

積省作积，責聲在錫部，只聲在支部。

三十二、支鐸相混

隻省作只，隻在鐸部，只在支部。

三十三、支職相混

識省作识，織省作织，檶省作枳，臕省作胑，熾省作炽，職省作职，蟻省作蚁，戠聲在職聲，只聲在支部。

三十四、錫職相混

歷、曆省作历，藶省作苈，噼省作呖，瀝省作沥，櫪省作枥，轣省作轠，礰省作砺，癧省作疬，靂省作霛。歷、曆從秝聲在錫部，历從力聲在職部。

三十五、耕陽相混

驚省作惊，敬聲在耕部，京聲在陽部。瓊省作琼，夐聲在耕部，京聲在陽部。

三十六、耕東相混

講省作讲，講古韻在東部，井聲在耕部。

三十七、耕蒸相混

證省作证，登聲在蒸部，正聲在耕部。勝省作胜，月聲在蒸部，生聲在耕部。燈省作灯，登聲在蒸部，丁聲在耕部。懲省作惩，癥省作症，徵聲在蒸部，正聲在耕部。

三十八、魚鐸相混

護省作护，蒦聲在鐸部，戶聲在魚部。

三十九、魚屋相混

補省作补，甫聲在魚部，卜聲在屋部。

四十、鐸覺相混

斲省作斫，𣂪聲在覺部，斫聲在鐸部。

四十一、鐸盍相混

　　臘省作腊，巤聲在盍部，昔聲在鐸部。

四十二、陽東相混

　　樁省作桩，春聲在東部，庄聲在陽部。

四十三、陽添相混

　　廣省作广，壙省作圹，擴省作扩，懬省作忛，瀇省作汸，彍省作弘，横省作桄，曠省作旷，爌省作炬，礦省作矿，穬省作秔，廣聲在陽部，广聲在添部。

四十四、東冬相混

　　衝省作冲，腫省作肿，鐘、鍾省作钟，種省作种，重、童之聲在東部，中聲在冬部。

四十五、宵藥相混

　　躍省作跃，翟聲在藥部，夭聲在宵部。

四十六、宵幽相混

　　廟省作庙，朝聲在宵部，由聲在幽部。遼省作辽，療省作疗，尞聲在宵部，了聲在幽部。膠省作胶，翏聲在幽部，交聲在宵部。窯、窰省作窑，羔聲、名聲在宵部，缶聲在幽部。

四十七、宵覺相混

　　襖省作袄，奧聲在覺部，夭聲在宵部。

四十八、藥幽相混

　　療省作疗，樂聲在藥部，了聲在幽部。竅省作窍，敫聲在藥部，丂聲在幽部。

四十九、幽之相混

　　導省作导，道聲在幽部，己聲在之部。優省作优，憂聲在幽部，尤聲在之部。

中共簡體字混亂

	歌	月	元	脂	質	眞	微	沒	諄	支	錫	耕	魚	鐸	陽	侯
談			V													
盍														V		
添			V			V										
怗																
侵						V										
緝																
蒸									V		V					
職					V			V		V	V					
之			V			V										
冬														V		
覺																
幽																
藥		V														
宵																
東									V			V			V	
屋								V								
侯							V									
陽		V				V						V				
鐸		V	V						V			V				
魚		V		V				V						V		
耕						V									V	
錫		V								V						
支							V				V		V			
諄	V		V			V										
沒													V			V
微		V		V												
眞			V						V			V			V	
質		V		V									V			
脂		V			V		V									
元						V			V						V	
月				V	V		V							V	V	
歌									V							

古韻三十二部表

屋	東	宵	藥	幽	覺	冬	之	職	蒸	緝	侵	怗	添	盍	談
												∨			
											∨				
													∨		
												∨			
							∨								
								∨		∨					
				∨				∨							
∨															
		∨													
		∨	∨					∨							
		∨		∨											
			∨	∨	∨										
					∨										
	∨												∨		
					∨									∨	
∨															
	∨								∨						
								∨							
								∨							
	∨								∨						
								∨							
			∨												
											∨		∨		
								∨							∨
			∨												

五十、之職相混

礙省作碍，疑聲在之部，旱聲在職部。

五十一、職緝相混

極省作极，亟聲在職部，及聲在緝部。

五十二、侵添相混

碪省作砧，甚聲在侵部，占聲在添部。

五十三、怗盍相混

葉省作叶，葉在盍部，叶在怗部。

根據上面相混之事實，列出其相混表、圖。

中共簡體字混亂古音韻部示意圖

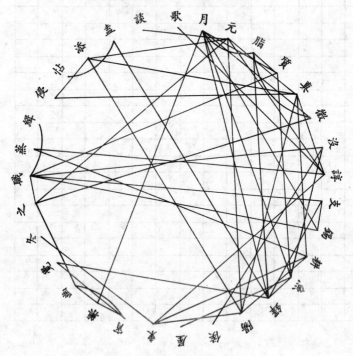

上面兩張表，現在作一簡單說明，在中共簡體字混亂古韻三十二部表中，凡古韻相混的就以「√」號表示，如元談相混，就在元談相交的空格中加一「√」號。在中共簡體字混亂古音韻部示意圖中，如元之相混，就在元與之兩部之間以線條相聯。爲了少寫幾筆，造成古今這麼大的隔閡，整個擾亂了上古的韻母系統，這樣的簡化對傳統文化造成多麼大的傷害！一個政權四十年來，不好好的爲改善人民的生活而努力，卻專門從事破壞的工作，這在古今中外的政權都是少有的，行文至此，不禁扼腕太息不已。

参　考　書　目

《漢字簡化拼音手册》　三聯書店香港分店　香港

《簡化字總表檢字》　三聯書店香港有限公司　香港

《建國以來文字改革工作編年記事》　文字改革出版社　北京

《辭海》（上、中、下）　上海辭書出版社　上海

《文字問題》　李榮　商務印書館　北京

《漢字改革概論》　周有光　爾雅出版社　澳門

《拉丁化新文字運動的始末和編年紀事》倪海曙　知識出版社　上海

《漢字字體變遷簡史》　黃約齋　文字改革出版社　北京

《漢字、漢字改革史》　武占坤、馬國凡　湖南人民出版社　長沙

《繁簡由之》　程祥徽　三聯書店香港分店　香港

《漢字學》　蔣善國　上海教育出版社　上海

民國七十八年五月第七屆中國聲韻學學術會議論文

參 考 書 目

民國七十八年五月第七屆中國華籍華學學術會議論文

《毛詩》韻譜・通韻譜・合韻譜

研究古音，《詩經》韻腳爲一主要參考資料，詩韻不明，則一切古音架構，皆無異於空中樓閣，毫無基礎可言。上古音分部，若據諧聲系統應爲三十二部；但《詩經》韻腳盍與怗、談與添四部入韻字少，分別不顯，故只得三十部。今釐分爲三十部韻譜，將詩韻中同部韻腳彙聚一部，並於各章韻腳之下注明篇章；凡陰陽入相承之韻部相押韻者定爲通韻譜；非相承之韻部而彼此押韻者，今定名爲合韻譜。

第一部歌部韻譜 （《廣韻》歌哿箇、戈果過、麻馬禡、支紙寘）

皮紽蛇（〈召南・羔羊〉首章）沱過過歌（〈召南・江有汜〉三章）爲何（〈邶風・北門〉首章）爲何（〈邶風・北門〉二章）爲何（〈邶風・北門〉三章）離施（〈邶風・新臺〉三章）河儀它（〈鄘風・柏舟〉首章）珈佗河宜何（〈鄘風・君子偕老〉首章）皮儀儀爲（〈鄘風・相鼠〉首章）猗瑳磨（〈衛風・淇奧〉首章）阿薖歌過（〈衛風・考槃〉二章）左瑳儺（〈衛風・竹竿〉三章）羅爲罹吪（〈王風・兔爰〉首章）麻嗟嗟施（〈王風・丘中有麻〉首章）宜爲（〈鄭風・緇衣〉首章）加宜（〈鄭風・女曰雞鳴〉二章）吹和（〈鄭風・蘀兮〉首章）左我（〈唐風・有杕之杜〉首章）何多（〈秦風・晨風〉首章）何多（〈秦風・晨風〉二章）何多（〈秦風・晨風〉三章）池麻歌（〈陳

風・東門之池〉首章）陂荷何爲沱（〈陳風・澤陂〉首章）縭儀嘉何（〈豳風・東山〉四章）錡吪嘉（〈豳風・破斧〉二章）鯊多（〈小雅・魚麗〉首章）多嘉（〈小雅・魚麗〉四章）椅離儀（〈小雅・湛露〉四章）莪阿儀（〈小雅・菁菁者莪〉首章）駕猗馳破（〈小雅・車攻〉六章）何羆蛇（〈小雅・斯干〉六章）羆蛇（〈小雅・斯干〉七章）阿池訛（〈小雅・無羊〉二章）猗何瘥多嘉嗟（〈小雅・節南山〉二章）河他（〈小雅・小旻〉六章）罹何何（〈小雅・小弁〉首章）掎拕佗（〈小雅・小弁〉七章）何多何（〈小雅・巧言〉六章）禍我可（〈小雅・何人斯〉二章）議爲（〈小雅・北山〉六章）左宜（〈小雅・裳裳者華〉四章）羅宜（〈小雅・鴛鴦〉首章）何嘉他（〈小雅・頍弁〉首章）俄傞（〈小雅・賓之初筵〉四章）嘉儀（〈小雅・賓之初筵〉四章）阿何（〈小雅・絲蠻〉首章）波沱他（〈小雅・漸漸之石〉三章）峨宜（〈大雅・棫樸〉首章）阿池（〈大雅・皇矣〉六章）賀佐（〈大雅・下武〉六章）何嘉儀（〈大雅・既醉〉四章）沙宜多嘉爲（〈大雅・鳧鷖〉二章）阿歌（〈大雅・卷阿〉首章）多馳多歌（〈大雅・卷阿〉十章）儀嘉磨爲（〈大雅・抑〉五章）嘉儀（〈大雅・抑〉八章）可言歌（〈大雅・桑柔〉十六章）皮羆（〈大雅・韓奕〉六章）犧宜多（〈魯頌・閟宮〉三章）

通韻譜（歌部外通韻之字規識其下）

歌元通韻

差原麻娑（〈陳風・東門之枌〉二章）翰憲難那（〈小雅・桑扈〉三章）阿難何（〈小雅・隰桑〉首章）

合韻譜（歌部外合韻之字規識其下）

歌脂合韻

祁河宜何（〈商頌‧玄鳥〉）

歌錫合韻

地禔瓦儀議罹（〈小雅‧斯干〉九章）

第二部月部韻譜（《廣韻》祭、泰、夬、廢、怪、月、曷、
末、鎋、黠、薛）

撥揭（〈周南‧芣苢〉二章）蕨惙說（〈召南‧草蟲〉二章）伐
茇（〈召南‧甘棠〉首章）敗憩（〈召南‧甘棠〉二章）拜說（〈召
南‧甘棠〉三章）脫帨吠（〈召南‧野有死麕〉三章）闊說（〈邶風‧擊
鼓〉四章）闊活（〈邶風‧擊鼓〉五章）𤴑邁衛害（〈邶風‧泉水〉
三章）逝害（〈邶風‧二子乘舟〉二章）活濊發揭孽揭（〈衛風‧碩
人〉四章）說說（〈衛風‧氓〉三章）揭朅（〈衛風‧伯兮〉首章）厲
帶（〈衛風‧有狐〉二章）月佸桀括渴（〈王風‧君子于役〉二章）
葛月（〈王風‧采葛〉首章）艾歲（〈王風‧采葛〉三章）達闕月
（〈鄭風‧子衿〉三章）月闥闥發（〈齊風‧東方之日〉二章）桀怛
（〈齊風‧甫田〉二章）外泄逝（〈魏風‧十畝之間〉二章）逝邁外
蹶（〈唐風‧蟋蟀〉二章）逝邁（〈陳風‧東門之枌〉三章）肺晢
（〈陳風‧東門之楊〉二章）發偈怛（〈檜風‧匪風〉首章）閱雪說
（〈曹風‧蜉蝣〉三章）裞芾（〈曹風‧候人〉首章）發烈褐歲（〈豳
風‧七月〉首章）烈渴（〈小雅‧采薇〉二章）艾晣噦（〈小雅‧庭
燎〉二章）艾敗（〈小雅‧小旻〉五章）烈發害（〈小雅‧蓼莪〉五
章）舌揭（〈小雅‧大東〉七章）烈發害（〈小雅‧四月〉三章）秣
艾（〈小雅‧鴛鴦〉三章）𤴑逝渴括（〈小雅‧車舝〉首章）愒瘵

邁（〈小雅・菀柳〉二章）撮髮說（〈小雅・都人士〉二章）厲蠆邁（〈小雅・都人士〉四章）外邁（〈小雅・白華〉五章）世世（〈大雅・文王〉二章）拔兌駾喙（〈大雅・緜〉八章）拔兌（〈大雅・皇矣〉三章）月達害（〈大雅・生民〉二章）軷烈歲（〈大雅・生民〉七章）愒泄厲敗大（〈大雅・民勞〉四章）瘶泄（〈大雅・板〉二章）揭害撥世（〈大雅・蕩〉八章）舌逝（〈大雅・抑〉六章）舌外發（〈大雅・烝民〉三章）活達傑（〈周頌・載芟〉）大艾歲害（〈魯頌・閟宮〉四章）撥達達越發烈截（〈商頌・長發〉二章）旆鉞烈曷蘖達截伐桀（〈商頌・長發〉六章）

通韻譜（月部外通韻之字規識其下）

月元通韻

艾渙難（〈周頌・訪落〉）

合韻譜（月部外合韻之字規識其下）

月質合韻

葛節日（〈邶風・旄丘〉首章）結厲滅威（〈小雅・正月〉八章）滅戾勩（〈小雅・雨無正〉二章）惠厲瘵疾屆（〈大雅・瞻卬〉首章）翳桍（〈大雅・皇矣〉二章）

月沒合韻

旆瘁（〈大雅・出車〉二章）旆稷（〈大雅・生民〉四章）

第三部元部韻譜（《廣韻》元阮願、寒旱翰、桓緩換、刪（潸）諫、山產襉、仙獮線、先銑霰）

轉卷選（〈邶風・柏舟〉三章）干言（〈邶風・泉水〉三章）泉歎（〈邶風・泉水〉四章）孌管（〈邶風・靜女〉二章）展袢顏媛（〈鄘風・君子偕老〉三章）反遠（〈鄘風・載馳〉二章）僩咺諼（〈衞風・淇奧〉首章）僩咺諼（〈衞風・淇奧〉二章）澗寬言諼（〈衞風・考槃〉首章）垣關關漣關言言遷（〈衞風・氓〉二章）怨岸泮宴晏旦反（〈衞風・氓〉六章）乾嘆嘆難（〈王風・揚之水〉首章）館粲（〈鄭風・緇衣〉首章）館粲（〈鄭風・緇衣〉二章）館粲（〈鄭風・緇衣〉三章）園檀言（〈鄭風・將仲子〉三章）慢罕（〈鄭風・大叔于田〉三章）晏粲彥（〈鄭風・羔裘〉三章）旦爛雁（〈鄭風・女曰雞鳴〉首章）言餐（〈鄭風・狡童〉首章）墠阪遠（〈鄭風・東門之墠〉首章）漙婉願（〈鄭風・野有蔓草〉首章）渙蕑（〈鄭風・溱洧〉首章）還閒肩儇（〈齊風・還〉首章）孌卌見弁（〈齊風・甫田〉三章）儇鬈（〈齊風・盧令〉二章）孌婉選貫反亂（〈齊風・狩嗟〉三章）閒閑還（〈魏風・十畝之閒〉首章）檀干漣廛狟餐（〈魏風・伐檀〉首章）粲爛旦（〈唐風・葛生〉三章）旆然言焉（〈唐風・采苓〉首章）旆然言焉（〈唐風・采苓〉二章）旆然言焉（〈唐風・采苓〉三章）園閑（〈秦風・駟驖〉四章）菅言（〈陳風・東門之池〉三章）蕑卷悁（〈陳風・澤陂〉二章）冠欒博（〈檜風・素冠〉首章）山山山山（〈豳風・東山〉一二三四章）遠踐（〈豳風・伐柯〉二章）原難嘆（〈小雅・常棣〉三章）阪衍踐遠愆（〈小雅・伐木〉五章）幝痯遠（〈小雅・杕杜〉三章）汕衍（〈小雅・南有嘉魚〉二章）安軒閑原憲（〈小雅・六月〉五章）園檀（〈小雅・鶴鳴〉首章）園檀（〈小雅・鶴鳴〉二章）干山（〈小雅・斯干〉首章）山泉言垣（〈小雅・小弁〉八章）幡言遷（〈小雅・巷伯〉四章）泉歎（〈小雅・大東〉三章）戁見宴（〈小雅・頍弁〉三章）樊言（〈小雅・青蠅〉首章）

反遠（〈小雅・角弓〉首章）遠然（〈小雅・角弓〉二章）燔獻（〈小雅・瓠葉〉二章）援羨岸（〈大雅・皇矣〉五章）閑言連安（〈大雅・皇矣〉八章）垣翰（〈大雅・文王有聲〉三章）原繁宣嘆嘆原（〈大雅・公劉〉二章）泉原（〈大雅・公劉〉三章）泉單原（〈大雅・公劉〉五章）館亂鍛（〈大雅・公劉〉六章）澗澗（〈大雅・公劉〉六章）安殘綣反諫（〈大雅・民勞〉五章）板癉然遠管亶遠諫（〈大雅・板〉首章）難憲（〈大雅・板〉二章）藩垣翰（〈大雅・板〉七章）且衍（〈大雅・板〉八章）顏愆（〈大雅・抑〉七章）翰蕃宣（〈大雅・崧高〉首章）番嘽翰憲（〈大雅・崧高〉七章）完蠻（〈大雅・韓奕〉六章）宣翰（〈大雅・江漢〉四章）嘽翰漢（〈大雅・常武〉五章）山丸遷虔梴閑安（〈商頌・殷武〉六章）

合韻譜（元部外合韻之字規識其下）

元脂合韻

沘瀰鮮（〈邶風・新臺〉首章）

元質合韻

筵秩（〈小雅・賓之初筵〉首章）

元眞合韻

民嫄（〈大雅・生民〉首章）

元微合韻

嵬萎怨（〈小雅・谷風〉三章）

元諄合韻

羣錞苑（〈秦風・小戎〉三章）饎愆孫（〈小雅・楚茨〉四章）

元陽合韻

言行（〈大雅・抑〉九章）

元東合韻

筵恭（〈小雅・賓之初筵〉三章）

第四部脂部韻譜（《廣韻》脂旨至、齊薺霽、皆（駭）（怪）、紙）

妻喈（〈周南・葛覃〉首章）體死（〈邶風・谷風〉首章）薺弟
（〈邶風・谷風〉二章）沸禰弟姊（〈邶風・泉水〉二章）指弟（〈鄘
風・蝃蝀〉首章）體禮禮死（〈鄘風・相鼠〉三章）妻姨私（〈衛風・碩
人〉首章）荑脂蠐犀眉（〈衛風・碩人〉二章）淒喈夷（〈鄭風・風
雨〉首章）濟瀰弟（〈齊風・載驅〉二章）弟偕死（〈魏風・陟岵〉三
章）比佽（〈唐風・杕杜〉首章）比佽（〈唐風・杕杜〉二章）遲飢
（〈陳風・衡門〉首章）躋飢（〈曹風・候人〉四章）薺師（〈曹風・
下泉〉三章）遲祁（〈豳風・七月〉二章）遲飢（〈小雅・采薇〉六
章）鱧旨（〈小雅・魚麗〉二章）旨偕（〈小雅・魚麗〉五章）矢兕
醴（〈小雅・吉日〉四章）麋階（〈小雅・巧言〉六章）七砥矢履視
涕（〈小雅・大東〉首章）妻祁私穉稺（〈小雅・大田〉三章）茨師
（〈小雅・瞻彼洛矣〉首章）旨偕（〈小雅・賓之初筵〉首章）濟弟
（〈大雅・旱麓〉首章）妻弟（〈大雅・思齊〉二章）弟爾几（〈大
雅・行葦〉二章）妻喈（〈大雅・卷阿〉九章）懠毗迷尸屎葵資師
（〈大雅・板〉五章）鴟階（〈大雅・瞻卬〉三章）秭醴妣禮皆（〈周
頌・豐年〉）濟秭醴妣禮（〈周頌・載芟〉）

通韻譜（脂部外通韻之字規識其下）

脂質通韻

紙四屆（〈鄘風・干旄〉首章）濟閟（〈鄘風・載馳〉三章）禮

至（〈小雅・賓之初筵〉二章）
　　
　　脂眞通韻

　　塵底（〈小雅・無將大車〉首章）

　　合韻譜（脂部外合韻之字規識其下）

　　脂微合韻

　　枚飢（〈周南・汝墳〉首章）尾燬燬邇（〈周南・汝墳〉三章）
祁歸（〈召南・采蘩〉三章）薇悲夷（〈召南・草蟲〉三章）嚌霏歸
（〈邶風・北門〉二章）煒美（〈邶風・靜女〉二章）淒晞湄躋坻
（〈秦風・蒹葭〉二章）尾几（〈豳風・狼跋〉首章）騑遲歸悲（〈小
雅・四牡〉首章）韡弟（〈小雅・常棣〉首章）遲萋嚌祁歸夷（〈小
雅・出車〉六章）萋悲萋悲歸（〈小雅・杕杜〉二章）泥弟弟豈（〈小
雅・蓼蕭〉三章）飛躋（〈小雅・斯干〉三章）師氏維毗迷師（〈小
雅・節南山〉三章）哀違依底（〈小雅・小旻〉二章）淒腓歸（〈小雅・
四月〉二章）薇梾哀（〈小雅・四月〉八章）嚌湝悲回（〈小雅・鼓
鐘〉二章）尸歸遲弟私（〈小雅・楚茨〉五章）燧火（〈小雅・大田〉
二章）惟脂（〈大雅・生民〉七章）葦履體泥（〈大雅・行葦〉首章）
依濟几依（〈大雅・公劉〉四章）郿歸（〈大雅・崧高〉六章）騤嚌
齊歸（〈大雅・烝民〉八章）追綏威夷（〈周頌・有客〉）枚回依遲
（〈魯頌・閟宮〉首章）違齊遲躋遲祗圍（〈商頌・長發〉三章）

　　脂質微合韻（質部字鐵△其下）

　　惠戾屆闋夷違（〈小雅・節南山〉五章）維葵腜戾（〈小雅・采
菽〉五章）

　　脂沒合韻

　　類比（〈大雅・皇矣〉四章）

脂諄合韻

偕近邇（〈小雅・杕杜〉四章）

脂支合韻

伏柴（〈小雅・車攻〉四章）

第五部質部韻譜（《廣韻》至、霽、怪、質、櫛、屑、薛、職）

實室（〈周南・桃夭〉二章）袺襭（〈周南・芣苢〉三章）七吉
（〈召南・摽有梅〉首章）曀曀噎（〈邶風・終風〉三章）日室栗漆
瑟（〈鄘風・定之方中〉首章）日疾（〈衛風・伯兮〉三章）實噎
（〈王風・黍離〉三章）室穴日（〈王風・大車〉三章）栗室卽（〈鄭
風・東門之墠〉二章）日室室卽（〈齊風・東方之日〉首章）漆栗瑟
日室（〈唐風・山有樞〉三章）七吉（〈唐風・無衣〉首章）日室
（〈唐風・葛生〉五章）漆栗瑟耋（〈秦風・車鄰〉二章）穴慄（〈秦
風・黃鳥〉首章）穴慄（〈秦風・黃鳥〉二章）穴慄（〈秦風・黃鳥〉
三章）韠結一（〈檜風・素冠〉三章）實室（〈檜風・隰有萇楚〉二
章）七一一結（〈曹風・鳲鳩〉首章）垤室窒至（〈豳風・東山〉三
章）徹逸（〈小雅・十月之交〉八章）血疾室（〈小雅・雨無正〉七
章）穗利（〈小雅・大田〉三章）泌室（〈小雅・瞻彼洛矣〉二章）
設逸（〈小雅・賓之初筵〉首章）抑怭秩（〈小雅・賓之初筵〉三章）
泲嘒駟屆（〈小雅・采菽〉二章）實吉結（〈小雅・都人士〉三章）
庇漆穴室（〈大雅・綿〉首章）栗室（〈大雅・生民〉五章）抑秩匹
（〈大雅・假樂〉三章）疾戾（〈大雅・抑〉首章）挃栗櫛室（〈周
頌・良耜〉）

通韻譜（質部外通韻之字規識其下）

質眞通韻

替引（〈大雅・召旻〉五章）

合韻譜（質部外合韻之字規識其下）

質沒合韻

穗醉（〈王風・黍離〉二章）季寐棄（〈魏風・陟岵〉二章）嘒淠屆寐（〈小雅・小弁〉四章）茀仡肆忽拂（〈大雅・皇矣〉八章）

質錫合韻

幭厄（〈大雅・韓奕〉二章）❶

質職合韻

淢匹（〈大雅・文王有聲〉三章）❷

第六部眞部韻譜（《廣韻》眞軫震、諄準稕、臻、先銑霰、仙獮線、庚梗映、清靜勁、青迥徑）

蓁人（〈周南・桃夭〉三章）蘋濱（〈召南・采蘋〉首章）淵身人（〈邶風・燕燕〉四章）薪人（〈邶風・凱風〉二章）榛苓人人人（〈邶風・簡兮〉三章）天人（〈鄘風・柏舟〉首章）天人（〈鄘風・

---

❶　王力《詩經韻讀》云：「髀，今本作『幭』。現在從他書作『髀』。參看段玉裁《六書音均表》十六部注。」按段氏十六部注云：「幭，本音在弟十五部。《詩》〈韓奕〉合韻軑字，從他經作『髀』，則在本韻。考『車覆笭』，〈既夕禮〉、〈玉藻〉、〈少儀〉、《公羊傳》、《說文》皆謂之『髀』。《毛詩》幭厄二字皆屬假借，厄即軶，毛傳：『厄，烏噣也』，今謂爲烏蠋。」據段氏、王氏改幭爲髀，則爲錫部自韻。

❷　淢字王力據《韓詩》作「洫」，則爲質部自韻。

柏舟〉二章）零人田人淵千（〈鄘風・定之方中〉三章）人姻信命（〈鄘風・蝃蝀〉三章）天人（〈王風・黍離〉首章）天人（〈王風・黍離〉二章）天人（〈王風・黍離〉三章）薪申（〈王風・揚之水〉首章）田人人仁（〈鄭風・叔于田〉首章）溱人（〈鄭風・褰裳〉首章）薪人信（〈鄭風・揚之水〉三章）令仁（〈齊風・盧令〉首章）粼命人（〈唐風・揚之水〉三章）薪天人人（〈唐風・綢繆〉首章）苓顛信（〈唐風・采苓〉首章）鄰顛令（〈秦風・車鄰〉首章）天人身（〈秦風・黃鳥〉首章）天人身（〈秦風・黃鳥〉二章）天人身（〈秦風・黃鳥〉三章）榛人人年（〈曹風・鳲鳩〉四章）薪年（〈豳風・東山〉三章）駟均詢（〈小雅・皇皇者華〉五章）田千（〈小雅・采芑〉首章）田千（〈小雅・采芑〉二章）天千（〈小雅・采芑〉三章）淵闐（〈小雅・采芑〉三章）天淵（〈小雅・鶴鳴〉二章）年溱（〈小雅・無羊〉四章）親信（〈小雅・節南山〉四章）電令（〈小雅・十月之交〉三章）天人（〈小雅・十月之交〉七章）天信臻身天（〈小雅・雨無正〉三章）天人人（〈小雅・小宛〉首章）陳身人天（〈小雅・何人斯〉三章）矜人信（〈小雅・巷伯〉三章）天人人（〈小雅・巷伯〉五章）薪人薪人（〈小雅・大東〉三章）鳶天淵（〈小雅・四月〉六章）濱臣均賢（〈小雅・北山〉二章）甸田（〈小雅・信南山〉首章）賓年（〈小雅・信南山〉三章）田千陳人年（〈小雅・甫田〉首章）榛人（〈小雅・青蠅〉三章）天臻矜（〈小雅・菀柳〉三章）田人（〈小雅・白華〉三章）玄矜民（〈小雅・苕之華〉二章）天新（〈大雅・文王〉首章）天人（〈大雅・棫樸〉四章）天淵人（〈大雅・旱麓〉三章）堅鈞均賢（〈大雅・行葦〉五章）人天命申（〈大雅・假樂〉首章）天人命人（〈大雅・卷阿〉八章）甸民塡天矜（〈大雅・桑柔〉首章）矜泯燼頻（〈大雅・桑柔〉二章）天

人臻（〈大雅‧雲漢〉首章）天神申（〈大雅‧崧高〉首章）身人（〈大雅‧烝民〉四章）甸命命命（〈大雅‧韓奕〉首章）人田命命年（〈大雅‧江漢〉五章）天人（〈大雅‧瞻卬〉三章）典禋（〈周頌‧維清〉）人天（〈周頌‧雝〉）

合韻譜（眞部外合韻之字規識其下）

眞諄合韻

倩盼（〈衛風‧碩人〉二章）鄰云慇（〈小雅‧正月〉十二章）壼胤（〈大雅‧既醉〉六章）命純（〈周頌‧維天之命〉）

眞諄耕合韻（耕部字鐵△其下）

人訓刑（〈周頌‧烈文〉）

眞陽合韻

岡薪（〈小雅‧車舝〉四章）

眞冬合韻

躬天（〈大雅‧文王〉七章）

第七部微部韻譜（《廣韻》脂旨至、微尾未、皆駭怪、灰賄隊、咍(海)(代)、(支)紙(寘)、(戈)果(過)）

歸衣（〈周南‧葛覃〉三章）崔隤罍懷（〈周南‧卷耳〉二章）檿綏（〈周南‧樛木〉首章）微衣飛（〈邶風‧柏舟〉四章）違畿（〈邶風‧谷風〉二章）微歸（〈邶風‧式微〉首章）微歸（〈邶風‧式微〉二章）頎衣（〈衛風‧碩人〉首章）懷歸（〈王風‧揚之水〉首章）懷歸（〈王風‧揚之水〉二章）懷歸（〈王風‧揚之水〉三章）懷畏（〈鄭風‧將仲子〉首章）懷畏（〈鄭風‧將仲子〉二章）懷畏

（〈鄭風·將仲子〉三章）衣歸（〈鄭風·丰〉四章）晞衣（〈齊風·東方未明〉二章）崔綏歸歸懷（〈齊風·南山〉首章）唯水（〈齊風·敝笱〉三章）衣悲歸（〈檜風·素冠〉三章）火衣（〈豳風·七月〉首章）火衣（〈豳風·七月〉二章）悲歸（〈豳風·七月〉二章）火葦（〈豳風·七月〉三章）歸歸歸歸（〈豳風·東山〉一二三四章）歸悲衣枚（〈豳風·東山〉首章）畏懷（〈豳風·東山〉二章）衣歸悲（〈豳風·九罭〉三章）騑歸（〈小雅·四牡〉二章）威懷（〈小雅·常棣〉二章）薇歸（〈小雅·采薇〉首章）薇歸（〈小雅·采薇〉二章）薇歸（〈小雅·采薇〉三章）騤依腓（〈小雅·采薇〉五章）❸依霏（〈小雅·采薇〉六章）悲哀（〈小雅·采薇〉六章）虆綏（〈小雅·南有嘉魚〉三章）晞歸（〈小雅·湛露〉首章）微微哀（〈小雅·十月之交〉首章）威罪（〈小雅·巧言〉首章）頹懷遺（〈小雅·谷風〉二章）摧綏（〈小雅·駕鴦〉四章）幾幾（〈小雅·車舝〉三章）尾豈（〈小雅·魚藻〉二章）妹渭（〈大雅·大明〉五章）藟枚回（〈大雅·旱麓〉六章）壘歸（〈大雅·泂酌〉二章）壞畏（〈大雅·板〉七章）推雷遺遺摧（〈大雅·雲漢〉三章）回歸（〈大雅·常武〉六章）幾悲（〈大雅·瞻卬〉六章）飛歸（〈魯頌·有駜〉二章）

通韻譜（微部外通韻之字規識其下）

微諄通韻

---

❸ 騤字王力入脂部非是。考《廣韻》騤與逵同音渠追切，《韻鏡》列內轉第七合其為合口無疑。據王力脂微分部之標準，脂韻開口屬脂部，脂韻合口屬微部，則騤自應屬微部。且《詩經》騤無與脂部獨韻者，《詩經》騤字入韻兩見，〈小雅·采薇〉五章純與微部韻，〈大雅·烝民〉八章則與喈齊歸韻，喈齊脂部字，歸微部字是為脂微合韻。

敦遺摧（〈邶風·北門〉三章）焞雷威（〈小雅·采芑〉四章）
。

第八部沒部韻譜（《廣韻》至、未、霽、隊、代、術、物、沒）

墍謂（〈召南·摽有梅〉三章）出卒述（〈邶風·日月〉四章）
肄墍（〈邶風·谷風〉六章）遂悸（〈衛風·芄蘭〉首章）遂悸（〈衛
風·芄蘭〉二章）❹棣檖醉（〈秦風·晨風〉三章）❺出瘁（〈小雅·
雨無正〉五章）蔚瘁（〈小雅·蓼莪〉二章）律弗卒（〈小雅·蓼莪〉
六章）愛謂（〈小雅·隰桑〉四章）卒沒出（〈小雅·漸漸之石〉二
章）對季❻（〈大雅·皇矣〉三章）匱類（〈大雅·既醉〉五章）位
墍（〈大雅·假樂〉四章）溉墍（〈大雅·泂酌〉三章）類懟對內
（〈大雅·蕩〉三章）僾逮（〈大雅·桑柔〉六章）❼隧類對醉悖
（〈大雅·桑柔〉十三章）類瘁（〈大雅·瞻卬〉五章）

通韻譜（沒部外通韻之字規識其下）

---

❹ 悸字王力歸質部，考《廣韻》悸其季切，季居悸切二字互用，《韻鏡》列
內轉第七合，據此則應列合類無疑。王力脂微分部之標準，以脂韻開口
屬脂部，脂韻合口屬微部，質沒分部比照脂微，則至韻開口屬質部，至韻
合口屬沒部，悸既屬合口，則自應歸沒部無疑。且《詩經》悸無與質部
韻者。《詩經》中悸與季相協韻字遂、對皆沒部字，非質部也。

❺ 棣字王力歸質部。因棣特計切屬霽韻，聲符隶羊至屬至韻開口，故據以定
作質部。考《詩經》隶聲字無與質部相協者，凡隶聲字相協韻者皆在沒
部，如此章棣檖醉協，檖醉皆沒部字；〈大雅·桑柔〉五章僾與逮協，僾
亦沒部字。考隶字《廣韻》又音代，逮又音徒戴切，皆有代韻一讀。代韻
相承之平聲咍、上聲海，有微部開口一等字，如咍韻之開（苦哀切）、哀
（烏開切）、欸、摧、鰓、腮（以上古哀切）、挳、鶻、鰓（以上戶來切）、
𪜶、𡅏、欸、欸、剀、㹜（以上五來切），海韻有愷、凱、䶨、塏、瞔、
鎧、闓、朘（以上苦亥切）啡（匹愷切）。則代韻中自亦有沒部開口一等
字地位無疑。故今定隶聲字屬沒部。

❻ 季字王力入質部誤。參見❹。

❼ 逮字王力入質部誤。參見❺。

沒諄通韻

萃訊（〈陳風・墓門〉二章）❽退遂瘁訊退（〈小雅・雨無正〉
四章）❾

第九部諄部韻譜（《廣韻》微、薺、賄、眞軫震、諄準稕、臻、文吻問、欣隱焮、魂混圂、山、先銑霰、仙）

詵振（〈周南・螽斯〉首章）縗孫（〈召南・何彼襛矣〉三章）
門殷貧艱（〈邶風・出自北門〉首章）洒浼殄（〈邶風・新臺〉二章）
奔君（〈鄘風・鶉之奔奔〉二章）隕貧（〈衛風・氓〉四章）湑昆昆
聞（〈王風・葛藟〉三章）啍璊奔（〈王風・大車〉二章）門雲雲存
巾員（〈鄭風・出其東門〉首章）鰥雲（〈齊風・敝笱〉首章）輪湑
淪囷鶉飧（〈魏風・伐檀〉三章）勤閔（〈豳風・鴟鴞〉首章）晨煇
旂（〈小雅・庭燎〉三章）群犉（〈小雅・無羊〉首章）先墐忍隕
（〈小雅・小弁〉六章）艱門云（〈小雅・何人斯〉首章）雲雰（〈小
雅・信南山〉二章）芹旂（〈小雅・采菽〉二章）慍問（〈大雅・
緜〉八章）亹熏欣芬艱（〈大雅・鳧鷖〉五章）訓順（〈大雅・抑〉
二章）川焚熏聞遯（〈大雅・雲漢〉四章）雲門（〈大雅・韓奕〉四
章）芹旂（〈魯頌・泮水〉首章）

第十部支部韻譜（《廣韻》支紙寘、齊薺霽、佳蟹卦）

---

❽ 王力《詩經韻讀》云：「『誶』，今本作『訊』，《廣韻》引《詩》作『誶』。
　今依錢大昕、段玉裁、朱駿聲改作『誶』。改「訊」爲「誶」則爲沒部自
　韻。
❾ 王力《詩經韻讀》云：「『誶』，今本作『訊』。」王力改訊爲誶，亦爲沒
　部自韻。

支觽觿知（〈衛風・芄蘭〉首章）斯知（〈陳風・墓門〉首章）枝知（〈檜風・隰有萇楚〉首章）斯提（〈小雅・小弁〉首章）伎雌枝知（〈小雅・小弁〉五章）簃知斯（〈小雅・何人斯〉七章）卑疧（〈小雅・白華〉八章）簃圭攜（〈大雅・板〉六章）

通韻譜（支部外通韻之字規識其下）

支錫通韻

提辟揥刺（〈魏風・葛屨〉二章）易知祇（〈小雅・何人斯〉六章）解易辟（〈大雅・韓奕〉首章）辟績辟適解（〈商頌・殷武〉二章）

第十一部錫部韻譜（《廣韻》麥、昔、錫、霽）

適益謫（〈邶風・北門〉二章）簀錫璧（〈衛風・淇奧〉三章）鷊鵒惕（〈陳風・防有鵲巢〉二章）鵙績（〈豳風・七月〉三章）帝易（〈大雅・文王〉六章）績辟（〈大雅・文王有聲〉五章）益易辟辟（〈大雅・板〉六章）帝辟帝辟（〈大雅・蕩〉首章）刺狄（〈大雅・瞻卬〉五章）

合韻譜（錫部外合韻之字規識其下）

錫屋合韻譜
局蹐脊蜴（〈小雅・正月〉六章）
錫藥合韻譜
翟髢揥晳帝（〈鄘風・君子偕老〉二章）❿

---

❿ 按王力《詩經韻讀》以翟、髢二字均入錫部。翟字當爲藥部字，〈邶風・

第十二部耕部韻譜 (《廣韻》庚梗映、耕耿諍、清靜勁、青迥徑)

榮成(〈周南・樛木〉三章)丁城(〈周南・兔罝〉首章)定姓(〈周南・麟之趾〉二章)居御(〈召南・鵲巢〉首章)盈成(〈召南・鵲巢〉三章)盈鳴(〈邶風・匏有苦葉〉二章)旌城(〈鄘風・干旄〉三章)青瑩星(〈衛風・淇奧〉二章)清盈(〈鄭風・溱洧〉二章)鳴盈鳴聲(〈齊風・雞鳴〉首章)庭青瑩(〈齊風・著〉二章)名清成正甥(〈齊風・猗嗟〉二章)菁罍姓(〈唐風・杕杜〉二章)鳴苹笙(〈小雅・鹿鳴〉首章)平寧生(〈小雅・常棣〉五章)丁嚶鳴聲(〈小雅・伐木〉首章)聲生平(〈小雅・伐木〉二章)鳴旌驚盈(〈小雅・車攻〉七章)征聲成(〈小雅・車攻〉八章)庭楹正冥寧(〈小雅・斯干〉五章)定生寧醒成政姓(〈小雅・節南山〉六章)領騁(〈小雅・節南山〉七章)平寧正(〈小雅・節南山〉九章)程經聽爭成(〈小雅・小旻〉四章)鳴征生(〈小雅・小宛〉四章)冥潁(〈小雅・無將大車〉二章)領屏(〈小雅・桑扈〉二章)營成(〈小雅・黍苗〉四章)平清成寧(〈小雅・黍苗〉五章)青生(〈小雅・苕之華〉二章)生楨寧(〈大雅・文王〉三章)成生(〈大雅・緜〉九章)屏平(〈大雅・皇矣〉二章)

簡兮〉二章以簡翟爵韻，〈檜風・羔裘〉三章以膏曜悼韻，〈大雅・靈臺〉二章以濯翯躍韻，〈大雅・桑柔〉五章以削爵濯溺韻，皆藥部自韻，或宵藥通韻，翟非錫部字明矣。《經典釋文・毛詩音義》上：「狄，本亦作翟。王后第一服曰：褕狄。」翟有作狄之本，王力以爲錫部，或據狄字入韻。段玉裁《六書音均表・詩經韻分十七部表》第十六部古本音下云：「髢，本作鬄，易聲在此部，〈君子偕老〉一見。」按也聲本在歌部，易聲在錫部。毛詩作髢，三家作鬄。王先謙《詩三家義集疏》云：「說文鬄下云：『髮也。』鬄下云：『鬄』。或作髢，《釋文》：『髢，被也。髮少者得以被助其髮也。』」

聲聲寧成（〈大雅・文王有聲〉首章）正成（〈大雅・文王有聲〉七章）靈寧（〈大雅・生民〉二章）涇寧清馨成（〈大雅・鳧鷖〉首章）鳴生（〈大雅・卷阿〉九章）寧城（〈大雅・板〉七章）刑聽傾（〈大雅・蕩〉七章）政刑（〈大雅・抑〉三章）盈成（〈大雅・抑〉十章）星嬴成正寧（〈大雅・雲漢〉八章）平定爭寧（〈大雅・江漢〉二章）平庭（〈大雅・常武〉六章）成傾（〈大雅・瞻卬〉二章）聲鳴聽成（〈周頌・有瞽〉）庭敬（〈周頌・閔予小子〉）馨寧（〈周頌・載芟〉）盈寧（〈周頌・良耜〉）成聲平聲聲（〈商頌・那〉）成平爭（〈商頌・烈祖〉）聲靈寧生（〈商頌・殷武〉五章）

第十三部魚部韻譜（《廣韻》魚語御、虞麌遇、模姥暮、麻馬禡）

砠瘏痡吁（〈周南・卷耳〉四章）華家（〈周南・桃夭〉首章）楚馬（〈周南・漢廣〉二章）筥釜（〈召南・采蘋〉二章）下女（〈召南・采蘋〉三章）渚與與處（〈召南・江有汜〉二章）華車（〈召南・何彼襛矣〉首章）葭豝（〈召南・騶虞〉首章）虞虞（〈召南・騶虞〉首二章）羽野雨（〈邶風・燕燕〉首章）土處顧（〈邶風・日月〉首章）處馬下（〈邶風・擊鼓〉三章）下苦（〈邶風・凱風〉三章）羽阻（〈邶風・雄雉〉首章）雨怒（〈邶風・谷風〉首章）處與（〈邶風・旄丘〉二章）舞處俁舞（〈邶風・簡兮〉首章）虎組（〈邶風・簡兮〉二章）邪且（〈邶風・北風〉首章）邪且（〈邶風・北風〉二章）狐烏車邪且（〈邶風・北風〉三章）虛楚（〈鄘風・定之方中〉二章）旟都組五予（〈鄘風・干旄〉二章）瓜琚（〈衛風・木瓜〉首章）且且（〈王風・君子陽陽〉首二章）楚甫（〈王風・揚之水〉二

章) 蒲許(〈王風・揚之水〉三章)澔父父顧 (〈王風・葛藟〉首章)
野馬馬武 (〈鄭風・叔于田〉三章) 馬組舞舉虎所女 (〈鄭風・太叔
于田〉首章) 車華琚都 (〈鄭風・有女同車〉首章) 蘇華都且 (〈鄭
風・山有扶蘇〉首章) 且且 (〈鄭風・褰裳〉首二章) 楚女女 (〈鄭
風・揚之水〉首章)著素華(〈齊風・著〉首章)圃瞿(〈齊風・東方未
明〉三章) 鰥雨(〈齊風・敝笱〉二章) 岵父(〈魏風・陟岵〉首章)
黍女顧女土土所(〈魏風・碩鼠〉首章) 楚戶者者(〈唐風・綢繆〉
三章) 杜湑踽父 (〈唐風・杕杜〉首章) 袪居故 (〈唐風・羔裘〉首
章) 羽栩黍怙所 (〈唐風・鴇羽〉首章) 楚野處 (〈唐風・葛生〉首
章) 苦下與(〈唐風・采苓〉二章) 楚虎虎禦(〈秦風・黃鳥〉三章)
乎渠餘乎輿 (〈秦風・權輿〉首章) 乎輿 (〈秦風・權輿〉二章) 鼓
下夏羽(〈陳風・宛丘〉首章)栩下 (〈陳風・東門之枌〉首章) 紵語
(〈陳風・東門之池〉二章) 馬野(〈陳風・株林〉二章) 華家 (〈檜
風・隰有萇楚〉二章) 羽楚處 (〈曹風・蜉蝣〉首章) 股羽野宇戶下
鼠戶處 (〈豳風・七月〉五章) 壺苴樗夫 (〈豳風・七月〉六章) 圃
稼 (〈豳風・七月〉七章) 雨土戶予 (〈豳風・鴟鴞〉二章) 據荼租
瘏家(〈豳風・鴟鴞〉三章) 野下(〈豳風・東山〉首章) 宇戶 (〈豳
風・東山〉二章) 羽馬 (〈豳風・東山〉四章) 渚所處 (〈豳風・九
罭〉二章) 胡瑕 (〈豳風・狼跋〉二章) 馬鹽處 (〈小雅・四牡〉二
章) 下栩鹽父(〈小雅・四牡〉三章) 袺圖乎(〈小雅・常棣〉八章)
許藇酤父顧 (〈小雅・伐木〉二章) 湑酤鼓舞暇湑 (〈小雅・伐木〉
六章) 固除庶 (〈小雅・天保〉首章) 家故居故 (〈小雅・采薇〉首
章) 鹽處 (〈小雅・采薇〉三章) 華車 (〈小雅・采薇〉四章) 華塗
居書 (〈小雅・出車〉四章) 湑寫語處 (〈小雅・蓼蕭〉首章) 鼓旅
(〈小雅・采芑〉三章) 午馬臄所 (〈小雅・吉日〉二章) 羽野寡

（〈小雅・鴻雁〉首章）野渚（〈小雅・鶴鳴〉首章）牙居（〈小雅・祈父〉首章）栩黍處父（〈小雅・黃鳥〉三章）楈居家（〈小雅・我行其野〉首章）祖堵戶處語（〈小雅・斯干〉二章）除去芋（〈小雅・斯干〉三章）魚旟魚旟（〈小雅・無羊〉四章）雨輔予（〈小雅・正月〉九章）徒夫馬處（〈小雅・十月之交〉四章）圖辜鋪（〈小雅・雨無正〉首章）都家（〈小雅・雨無正〉七章）土沮（〈小雅・小旻〉首章）且辜幠幠辜（〈小雅・巧言〉首章）怒沮（〈小雅・巧言〉二章）舍車肝（〈小雅・何人斯〉五章）者虎（〈小雅・巷伯〉六章）雨女予（〈小雅・谷風〉首章）夏暑予（〈小雅・四月〉首章）土野暑苦雨罟（〈小雅・大明〉首章）處與女（〈小雅・小明〉四章）廬瓜菹祖祜（〈小雅・信南山〉四章）鼓祖雨黍女（〈小雅・甫田〉二章）湑寫處（〈小雅・裳裳者華〉首章）扈羽祜（〈小雅・桑扈〉首章）女舞（〈小雅・車舝〉二章）湑寫（〈小雅・車舝〉四章）楚旅（〈小雅・賓之初筵〉首章）鼓祖（〈小雅・賓之初筵〉二章）語殳（〈小雅・賓之初筵〉五章）蒲居（〈小雅・魚藻〉三章）筥予馬黼（〈小雅・采菽〉首章）股下紓予（〈小雅・采菽〉三章）餘旟肝（〈小雅・都人士〉五章）鯡鯡者（〈小雅・采綠〉四章）御旅處（〈小雅・黍苗〉三章）虎野暇（〈小雅・何草不黃〉三章）狐車（〈小雅・何草不黃〉四章）冔祖（〈大雅・文王〉五章）父馬滸下女宇（〈大雅・緜〉二章）徒家（〈大雅・緜〉五章）怒旅旅祜下（〈大雅・皇矣〉五章）許武祜（〈大雅・下武〉五章）去呱（〈大雅・生民〉三章）渚處湑脯下（〈大雅・鳧鷖〉三章）野處旅語（〈大雅・公劉〉三章）怒豫（〈大雅・板〉八章）宇怒處圉（〈大雅・桑柔〉四章）沮所顧助祖予（〈大雅・雲漢〉四章）馬土（〈大雅・崧高〉五章）下甫（〈大雅・烝民〉首章）茹吐甫茹吐寡禦（〈大雅・烝民〉五章）

祖屠壺魚蒲車且胥（〈大雅・韓奕〉三章）土訏甫曠虎居譽（〈大雅・韓奕〉五章）車旟舒鋪（〈大雅・江漢〉首章）潏虎土（〈大雅・江漢〉三章）祖父（〈大雅・常武〉首章）父旅浦土處緒（〈大雅・常武〉二章）武怒虎虜浦所（〈大雅・常武〉四章）黍稌（〈周頌・豐年〉）瞽虡羽鼓圉舉（〈周頌・有瞽〉）沮魚（〈周頌・潛〉）馬且旅馬（〈周頌・有客〉）下家（〈周頌・訪落〉）女筥黍（〈周頌・良耜〉）馬野者（〈魯頌・駉〉首章）馬野者（〈魯頌・駉〉二章）馬野者（〈魯頌・駉〉三章）馬野者駆魚祛邪徂（〈魯頌・駉〉四章）下舞（〈魯頌・有駜〉首章）武祖祜（〈魯頌・泮水〉四章）黍秬土緒（〈魯頌・閟宮〉首章）武緒野虞女旅（〈魯頌・閟宮〉二章）父魯宇輔（〈魯頌・閟宮〉三章）祖女（〈魯頌・閟宮〉三章）叚魯許宇（〈魯頌・閟宮〉七章）與鼓祖（〈商頌・那〉）祖祜所酤（〈商頌・烈祖〉）武楚阻旅所緒（〈商頌・殷武〉首章）

通韻譜（魚部外通韻之字規識其下）

魚鐸通韻

茹據愬怒（〈邶風・柏舟〉二章）射御（〈鄭風・大叔于田〉二章）路祛惡故（〈鄭風・遵大路〉二章）泇莫度度路（〈魏風・汾沮洳〉首章）莫除居瞿（〈唐風・蟋蟀〉首章）夜居（〈唐風・葛生〉四章）茹穫（〈小雅・六月〉四章）除莫庶暇顧怒（〈小雅・小明〉二章）譽射（〈小雅・車舝〉二章）楛柘路固（〈大雅・皇矣〉二章）訏路（〈大雅・生民〉四章）席御酢斝（〈大雅・行葦〉二章）呼夜（〈大雅・蕩〉五章）度虞（〈大雅・抑〉五章）去故莫虞怒（〈大雅・雲漢〉六章）若賦（〈大雅・烝民〉二章）惡斁夜譽（〈周頌・振鷺〉）伯旅（〈周頌・載芟〉）

合韻譜（魚部外合韻之字規識其下）

魚侯合韻

禡附侮　（〈大雅・皇矣〉八章）

魚幽宵合韻（宵部字識△其旁）

廟保瑕　（〈大雅・思齊〉三章）

魚之合韻

雨母（〈鄘風・蝃蝀〉二章）膴飴謀龜時茲（〈大雅・緜〉三章）

第十四部鐸部韻譜（《廣韻》御、禡、藥、鐸、陌、麥、昔）

莫濩綌斁　（〈周南・葛覃〉二章）蕭作　（〈鄭風・緇衣〉三章）
夜莫　（〈齊風・東方未明〉三章）薄韠夕（〈齊風・載驅〉首章）碩
獲　（〈秦風・駟驖〉二章）澤戟作　（〈秦風・無衣〉二章）穫擭貉
（〈豳風・七月〉四章）駱若度（〈小雅・皇皇者華〉四章）作莫（〈小
雅・采薇〉首章）奕舄繹　（〈小雅・車攻〉四章）澤作宅　（〈小雅・
鴻雁〉二章）擇石錯　（〈小雅・鶴鳴〉首章）藿夕客（〈小雅・白駒〉
首章）閣橐　（〈小雅・斯干〉三章）作莫度獲（〈小雅・巧言〉四章）
蹐碩炙莫庶客錯度獲格酢（〈小雅・楚茨〉二章）碩若　（〈小雅・大
田〉首章）白駱駱若　（〈小雅・裳裳者華〉三章）炙酢　（〈小雅・瓟
葉〉三章）赫莫獲度廓宅　（〈大雅・皇矣〉首章）懌莫　（〈大雅・
板〉二章）格度射　（〈大雅・抑〉七章）作獲赫　（〈大雅・桑柔〉十
四章）伯宅　（〈大雅・崧高〉二章）碩伯　（〈大雅・崧高〉八章）貊
伯壑籍　（〈大雅・韓奕〉六章）柞澤　（〈周頌・載芟〉）駱雒繹斁作
（〈魯頌・駉〉三章）博斁逆獲（〈魯頌・泮水〉七章）繹宅貊諾若

（〈魯頌・閟宮〉六章）柏度尺爲碩奕作碩若 （〈魯頌・閟宮〉八章）戁弈𥅆懌昔作夕恪（〈商頌・那〉）

合韻譜（鐸部外合韻之字規識其下）

鐸盍合韻

業作（〈大雅・常武〉三章）⓫
。

第十五部陽部韻譜 （《廣韻》陽養漾、唐蕩宕、庚梗映）

筐行（〈周南・卷耳〉首章）岡黃觥傷（〈周南・卷耳〉三章）荒將（〈周南・樛木〉二章）廣泳永方（〈周南・漢廣〉首章）廣泳永方（〈周南・漢廣〉二章）廣泳永方（〈周南・漢廣〉三章）方將（〈召南・鵲巢〉二章）陽遑（〈召南・殷其靁〉首章）方良忘（〈邶風・日月〉三章）鏜兵行（〈邶風・擊鼓〉首章）行臧（〈邶風・雄雉〉四章(涼雺行)〈邶風・北風〉首章）景養（〈邶風・二子乘舟〉首章）襄詳詳長（〈鄘風・牆有茨〉二章）唐鄉姜（〈鄘風・桑中〉首章）上上上（〈鄘風・桑中〉一二三章）彊兄（〈鄘風・鶉之奔奔〉首章）堂京桑臧（〈鄘風・定之方中〉二章）螚行狂（〈鄘風・載馳〉四章）湯裳行（〈衛風・氓〉四章）杭望（〈衛風・河廣〉首章）梁裳（〈衛風・有狐〉首章）陽簧房（〈王風・君子陽陽〉首章）牆桑兄（〈鄭風・將仲子〉二章）黃襄行揚（〈鄭風・大叔于田〉二章）彭旁英翔（〈鄭風・清人〉首章）行英翔將姜忘（〈鄭風・有女同車〉二章）昌堂將（〈鄭風・丰〉二章）裳行（〈鄭風・丰〉三章）瀼揚

⓫ 江有誥《詩經韻讀》以爲〈大雅・常武〉三章首句「赫赫業業」，當作「業業赫赫」。則赫作當爲鐸部自韻。

臧（〈鄭風・野有蔓草〉二章）明昌明光（〈齊風・雞鳴〉二章）昌陽狼臧（〈齊風・還〉三章）堂黃英（〈齊風・著〉三章）明裳（〈齊風・東方未明〉首章）湯彭翔（〈齊風・載驅〉三章）昌長揚揚蹌臧（〈齊風・猗嗟〉首章）霜裳（〈魏風・葛屨〉首章）方桑英英行（〈魏風・汾沮洳〉二章）岡兄（〈魏風・陟岵〉三章）行桑梁嘗常（〈唐風・鴇羽〉三章）桑楊簀亡（〈秦風・車鄰〉三章）蒼霜方長央（〈秦風・蒹葭〉首章）堂裳將忘（〈秦風・終南〉二章）桑行行防（〈秦風・黃鳥〉二章）裳兵行（〈秦風・無衣〉三章）陽黃（〈秦風・渭陽〉首章）湯上望（〈陳風・宛丘〉首章）魴姜（〈陳風・衡門〉二章）楊牂煌（〈陳風・東門之楊〉首章）翔堂傷（〈檜風・羔裘〉二章）稂京（〈曹風・下泉〉首章）陽庚筐行桑（〈豳風・七月〉二章）桑斨楊桑（〈豳風・七月〉三章）黃陽裳（〈豳風・七月〉三章）霜場饗羊堂觥疆（〈豳風・七月〉八章）場行（〈豳風・東山〉二章）斨皇將（〈豳風・破斧〉首章）魴裳（〈豳風・九罭〉首章）簀將行（〈小雅・鹿鳴〉首章）享王疆（〈小雅・天保〉四章）方彭央方襄（〈小雅・出車〉三章）陽傷遑（〈小雅・杕杜〉首章）桑楊光疆（〈小雅・南山有臺〉二章）瀼光爽忘（〈小雅・蓼蕭〉二章）臧既饗（〈小雅・彤弓〉首章）方陽章央行（〈小雅・六月〉四章）鄉央衡瑲皇珩（〈小雅・采芑〉二章）央光將（〈小雅・庭燎〉首章）湯揚行忘（〈小雅・沔水〉二章）桑梁明兄（〈小雅・黃鳥〉二章）祥祥（〈小雅・斯干〉七章）牀裳璋喤皇王（〈小雅・斯干〉八章）霜傷將京瘏（〈小雅・正月〉首章）行良常臧（〈小雅・十月之交〉二章）向臧王向（〈小雅・十月之交〉六章）霜行（〈小雅・大東〉二章）漿長光襄（〈小雅・大東〉五章）襄章箱明庚行（〈小雅・大東〉六章）揚漿（〈小雅・大東〉七章）彭傍將剛方（〈小雅・北山〉

三章）牀行（〈小雅‧北山〉四章）仰掌（〈小雅‧北山〉五章)將湯傷忘（〈小雅‧鼓鐘〉首章）蹌羊嘗亨將祊明皇饗慶疆（〈小雅‧楚茨〉二章）享明皇疆（〈小雅‧信南山〉六章)明羊方臧慶（〈小雅‧甫田〉二章）梁京倉箱梁慶疆（〈小雅‧甫田〉四章）泱泱泱（〈小雅‧瞻彼洛矣〉一二三章）黃章章慶（〈小雅‧裳裳者華〉二章）上怲臧（〈小雅‧頍弁〉二章）仰行（〈小雅‧車舝〉五章）抗張（〈小雅‧賓之初筵〉首章）良方讓亡（〈小雅‧角弓〉四章）黃章望（〈小雅‧都人士〉首章）臧忘（〈小雅‧隰桑〉四章）亨嘗（〈小雅‧瓠葉〉首章）黃傷（〈小雅‧苕之華〉首章）黃行將方（〈小雅‧何草不黃〉首章）常京（〈大雅‧文王〉五章）上王方（〈大雅‧大明〉首章）商京行（〈大雅‧大明〉二章）梁光（〈大雅‧大明〉五章）王京行王商（〈大雅‧大明〉六章）洋煌彭揚王商明（〈大雅‧大明〉八章）伉將行（〈大雅‧緜〉七章）王璋（〈大雅‧棫樸〉二章）章相王方（〈大雅‧棫樸〉五章）兄慶光喪方（〈大雅‧皇矣〉三章）京疆岡（〈大雅‧皇矣〉六章）陽將方王（〈大雅‧皇矣〉六章）王方兄（〈大雅‧皇矣〉七章）❷王京（〈大雅‧下武〉首章）王京（〈大雅‧文王有聲〉七章）將明（〈大雅‧既醉〉二章）皇王忘章（〈大雅‧假樂〉二章）疆綱（〈大雅‧假樂〉三章）康疆倉糧霡光張揚行（〈大雅‧公劉〉首章）岡京（〈大雅‧公劉〉三章）長岡陽糧陽荒（〈大雅‧公劉〉五章）長康常（〈大雅‧卷阿〉四章）卬璋望綱（〈大雅‧卷阿〉五章）岡陽（〈大雅‧卷阿〉八章）康方良明王（〈大雅‧民勞〉首章）明王（〈大雅‧板〉八章）商商商商商商商（〈大雅‧蕩〉二三四五六七八章)明卿（〈大雅‧蕩〉四章）商蟷

---

❷ 王力《詩經韻讀》云：「今本作兄弟。據《後漢書‧伏湛傳》改。」

羹喪行方（〈大雅・蕩〉六章）尚亡（〈大雅・抑〉四章）章兵方
（〈大雅・抑〉四章）將往競梗（〈大雅・桑柔〉三章）王瘏荒蒼
（〈大雅・桑柔〉七章）疆糧行（〈大雅・崧高〉六章）將明（〈大
雅・烝民〉四章）張王章衡錫（〈大雅・韓奕〉二章）彭鏘光（〈大
雅・韓奕〉四章）湯洸方王（〈大雅・江漢〉二章）祥亡（〈大雅・
瞻卬〉五章）罔亡罔亡（〈大雅・瞻卬〉六章）喪亡荒（〈大雅・召
旻〉首章）荒康行（〈周頌・天作〉）方王饗（〈周頌・我將〉）王
康皇康方明喤將穰（〈周頌・執競〉）王章陽央鶬光享（〈周頌・載
見〉）王忘（〈周頌・閔予小子〉）將明行（〈周頌・敬之〉）香光
（〈周頌・載芟〉）皇黃彭疆臧（〈魯頌・駉〉首章）黃明（〈魯
頌・有駜〉首章）皇揚（〈魯頌・泮水〉六章）王陽商（〈魯頌・閟
宮〉二章）嘗衡剛將羹房洋慶昌臧方常（〈魯頌・閟宮〉三章）嘗將
（〈商頌・那〉）疆衡鶬享將康穰饗疆嘗將（〈商頌・烈祖〉）商芒
湯方（〈商頌・玄鳥〉）商祥芒方疆長將商（〈商頌・長發〉首章）
衡王（〈商頌・長發〉七章）鄉湯羌享王常（〈商頌・殷武〉二章）

合韻譜（陽部外合韻之字規識其下）

陽東合韻譜
公疆邦功皇忘（〈周頌・烈文〉）
陽談合韻譜
瞻相臧腸狂（〈大雅・桑柔〉七章）監嚴濫遑（〈商頌・殷武〉
四章）

第十六部侯部韻譜（《廣韻》侯厚候、虞麌遇）

蔞駒（〈周南・漢廣〉三章）筍後（〈邶風・谷風〉三章）姝隅蹰（〈邶風・靜女〉首章）驅侯（〈鄘風・載馳〉首章）濡侯渝（〈鄭風・羔裘〉首章）樞榆婁驅偸（〈唐風・山有樞〉首章）芻隅逅遘（〈唐風・綢繆〉二章）駒株（〈陳風・株林〉二章）咮媾（〈曹風・候人〉二章）駒濡驅諏（〈小雅・皇皇者華〉二章）枸楰耉後（〈小雅・南山有臺〉五章）瘉後口口愈侮（〈小雅・正月〉三章）樹數口厚（〈小雅・巧言〉五章）駒後鶻取（〈小雅・角弓〉五章）句鍭樹侮（〈大雅・行葦〉六章）主醹斗耉（〈大雅・行葦〉七章）厚主（〈大雅・卷阿〉三章）渝驅（〈大雅・板〉八章）隅愚（〈大雅・抑〉首章）漏覯（〈大雅・抑〉七章）后後（〈周頌・雝〉）

通韻譜（侯部外通韻之字規識其下）

侯屋通韻

驅續轂犀玉屋曲（〈秦風・小戎〉首章）奏祿（〈小雅・楚茨〉六章）裕瘉（〈小雅・角弓〉三章）木附屬（〈小雅・角弓〉六章）谷穀垢（〈大雅・桑柔〉十二章）

侯東通韻

後鞏後（〈大雅・瞻卬〉七章）

合韻譜（侯部外合韻之字規識其下）

侯幽合韻

櫄趣（〈大雅・棫樸〉首章）揄蹂叟浮（〈大雅・生民〉七章）

侯冬合韻

務戎（〈小雅・常棣〉四章）

第十七部屋部韻譜 (《廣韻》屋、燭、覺)

谷木 (〈周南·葛覃〉首章) 谷谷 (〈周南·葛覃〉首二章) 角族 (〈周南·麟之趾〉三章) 角屋獄獄足 (〈召南·行露〉二章) 楸鹿束玉 (〈召南·野有死麕〉二章) 束讀讀辱 (〈鄘風·牆有茨〉三章) 曲薈玉王族 (〈魏風·汾沮洳〉三章) 谷木 (〈小雅·伐木〉首章) 穀祿足 (〈小雅·天保〉三章) 穀玉 (〈小雅·鶴鳴〉二章) 谷束玉 (〈小雅·白駒〉四章) 穀粟穀族 (〈小雅·黃鳥〉首章) 屋穀祿椓獨 (〈小雅·正月〉十三章) 粟獄卜穀 (〈小雅·小宛〉五章) 木谷 (〈小雅·小宛〉六章) 濁穀 (〈小雅·四月〉五章) 霖渥足穀 (〈小雅·信南山〉二章) 束獨 (〈小雅·白華〉首章) 祿僕 (〈大雅·旣醉〉七章) 鹿穀谷 (〈大雅·桑柔〉九章)

合韻譜 (屋部外合韻之字規識其下)

屋幽合韻
欲孝 (〈大雅·文王有聲〉三章) ❸
屋覺合韻
綠䰾局沐 (〈小雅·采綠〉首章)

第十八部東部韻譜 (《廣韻》東董送、鍾腫用、江講絳)

僮公 (〈召南·采蘩〉三章) 塘訟訟從 (〈召南·行露〉三章)

---

❸ 王力《詩經韻讀》云:「猶,今本作欲,據〈樂記〉改。」王氏改欲爲猶,則幽部自韻。

縫總公（〈召南・羔羊〉三章）東公同（〈召南・小星〉首章）蓬豵
（〈召南・騶虞〉二章）葑東庸（〈鄘風・桑中〉三章）東蓬容（〈衛
風・伯兮〉二章）置庸凶聰（〈王風・兔爰〉三章）松龍充童（〈鄭
風・山有扶蘇〉二章）雙庸庸從（〈齊風・南山〉四章）葑東從（〈唐
風・采苓〉三章）同功（〈豳風・七月〉七章）東濛（〈豳風・東山〉
首章）東濛（〈豳風・東山〉二章）東濛（〈豳風・東山〉三章）東
濛（〈豳風・東山〉四章）顒公（〈小雅・六月〉三章）攻同龐東
（〈小雅・車攻〉首章）聰饔（〈小雅・祈父〉三章）傭訩（〈小
雅・節南山〉五章）誦訩邦（〈小雅・節南山〉十章）從用邛（〈小
雅・小旻〉首章）東空（〈小雅・大東〉二章）同邦（〈小雅・瞻彼
洛矣〉三章）同功（〈小雅・賓之初筵〉首章）蓬同從（〈小雅・采
菽〉四章）公恫邦（〈大雅・思齊〉二章）衝墉（〈大雅・皇矣〉七
章）樅鏞鐘廱（〈大雅・靈臺〉四章）鐘廱逢公（〈大雅・靈臺〉五
章）功豐（〈大雅・文王有聲〉二章）廱東（〈大雅・文王有聲〉六
章）邦功（〈大雅・崧高〉二章）邦庸（〈大雅・崧高〉三章）訌共
邦（〈大雅・召旻〉二章）雝容（〈周頌・振鷺〉）雝公（〈周頌・
雝〉）訩功（〈魯頌・泮水〉六章）公東庸（〈魯頌・閟宮〉三章）
蒙東邦同從功（〈魯頌・閟宮〉五章）共厖龍勇動竦總（〈商頌・長
發〉五章）

合韻譜（東部外合韻之字規識其下）

東幽合韻

調同（〈小雅・車攻〉四章）

東冬合韻

戎東同（〈邶風・旄丘〉三章）濃忡雝同（〈小雅・蓼蕭〉四章）

第十九部宵部韻譜（《廣韻》蕭篠嘯、宵小笑、肴巧效、豪晧號）

藻潦（〈召南・采蘋〉首章）悄小少摽（〈邶風・柏舟〉三章）夭勞（〈邶風・凱風〉首章）旄郊（〈鄘風・干旄〉首章）敖郊驕鑣朝勞（〈衛風・碩人〉三章）刀朝（〈衛風・河廣〉二章）桃瑤（〈衛風・木瓜〉二章）苗搖（〈王風・黍離〉首章）消麃喬遙（〈鄭風・清人〉三章）漂要（〈鄭風・褰兮〉二章）驕切（〈齊風・甫田〉首章）桃殽謠驕（〈魏風・園有桃〉首章）苗勞郊郊號（〈魏風・碩鼠〉三章）巢苕切（〈陳風・防有鵲巢〉首章）遙朝切（〈檜風・羔裘〉首章）飄嘌弔（〈檜風・匪風〉二章）膏勞（〈曹風・下泉〉四章）蒿昭桃傲敖（〈小雅・鹿鳴〉二章）郊旐旄（〈小雅・出車〉二章）嗸勞驕（〈小雅・鴻雁〉三章）苗朝遙（〈小雅・白駒〉首章）勞鷕（〈小雅・十月之交〉七章）蒿勞（〈小雅・蓼莪〉首章）號勞（〈小雅・北山〉五章）刀毛瞟（〈小雅・信南山〉五章）鷮教（〈小雅・車舝〉二章）教傚（〈小雅・角弓〉二章）瀌消驕（〈小雅・角弓〉七章）苗膏勞（〈小雅・黍苗〉首章）高勞朝（〈小雅・漸漸之石〉首章）燎勞（〈大雅・旱麓〉五章）瑤刀（〈大雅・公劉〉二章）寮鷕笑蕘（〈大雅・板〉三章）

通韻譜（宵部外通韻之字規識其下）

芼樂（〈周南・關雎〉五章）暴笑敖悼（〈邶風・終風〉首章）勞朝暴笑悼（〈衛風・氓〉五章）膏曜悼（〈檜風・羔裘〉三章）沼樂炤虐（〈小雅・正月〉十一章）盜暴（〈小雅・巧言〉三章）藐教

虐耄（〈大雅・抑〉十一章）到樂（〈大雅・韓奕〉五章）藻蹻蹻昭笑教（〈魯頌・泮水〉二章）

合韻譜（宵部外合韻之字規識其下）

宵幽合韻

陶翿敖（〈王風・君子陽陽〉二章）滔儦敖（〈齊風・載驅〉四章）皎僚糾悄（〈陳風・月出〉首章）葽蜩（〈豳風・七月〉四章）譙翛翹搖曉（〈豳風・鴟鴞〉四章）酒殽（〈小雅・正月〉十二章）休逑怓憂休（〈大雅・民勞〉二章）酒紹（〈大雅・抑〉三章）糾趙蓼朽茂（〈周頌・良耜〉）

宵之合韻

呶僛郵（〈小雅・賓之初筵〉四章）

宵侵合韻

照僚紹懆（〈陳風・月出〉三章）⓮

第二十部藥部韻譜（《廣韻》覺、藥、鐸、錫、效）

籥翟爵（〈邶風・簡兮〉二章）綽較謔虐（〈衛風・淇奧〉三章）樂謔藥（〈鄭風・溱洧〉首章）樂謔藥（〈鄭風・溱洧〉二章）鑿襮沃樂（〈唐風・揚之水〉首章）櫟駮樂（〈秦風・晨風〉二章）罩樂（〈小雅・南有嘉魚〉首章）濯翯躍（〈大雅・靈臺〉三章）虐謔蹻謔熇藥（〈大雅・板〉三章）削爵濯溺（〈大雅・桑柔〉五章）藐蹻濯（〈大雅・崧高〉四章）樂樂樂（〈魯頌・有駜〉一二三章）

⓮ 王力《詩經韻讀》據《五經文字》改作懆，則爲宵部自韻。

第二十一部幽部韻譜（《廣韻》脂旨、蕭篠嘯、宵小笑、肴巧效、豪晧號、尤有宥、侯厚候、幽黝幼）

鳩洲逑（〈周南‧關雎〉首章）流求（〈周南‧關雎〉二章）逑仇（〈周南‧兔罝〉二章）休求（〈周南‧漢廣〉首章）昴裯猶（〈召南‧小星〉二章）包誘（〈召南‧野有死麕〉首章）舟流憂遊（〈邶風‧柏舟〉首章）冒好報（〈邶風‧日月〉二章）軌牡（〈邶風‧匏有苦葉〉二章）舟游求救（〈邶風‧谷風〉四章）讎售（〈邶風‧谷風〉五章）漕悠遊憂（〈邶風‧泉水〉四章）埽道道醜（〈鄘風‧牆有茨〉首章）悠漕憂（〈鄘風‧載馳〉首章）淲舟遊憂（〈衞風‧竹竿〉四章）報好（〈衞風‧木瓜〉首章）報好（〈衞風‧木瓜〉二章）報好（〈衞風‧木瓜〉三章）憂求（〈王風‧黍離〉首章）憂求（〈王風‧黍離〉二章）憂求（〈王風‧黍離〉三章）蕭秋（〈王風‧采葛〉二章）好造（〈鄭風‧緇衣〉二章）狩酒酒好（〈鄭風‧叔于田〉二章）鴇首手阜（〈鄭風‧大叔于田〉三章）手魗好（〈鄭風‧遵大路〉三章）酒老好（〈鄭風‧女曰雞鳴〉二章）好報（〈鄭風‧女曰雞鳴〉三章）瀟膠瘳（〈鄭風‧風雨〉二章）茂道牡好（〈齊風‧還〉二章）休慆憂休（〈唐風‧蟋蟀〉三章）栲杻埽考保（〈唐風‧山有樞〉二章）聊條（〈唐風‧椒聊〉首章）聊條（〈唐風‧椒聊〉二章）裒究好（〈唐風‧羔裘〉二章）周遊（〈唐風‧有杕之杜〉二章）阜手狩（〈秦風‧駟驖〉首章）收輈（〈秦風‧小戎〉首章）阜手（〈秦風‧小戎〉二章）袍矛仇（〈秦風‧無衣〉首章）簋飽（〈秦風‧權輿〉二章）缶道翿（〈陳風‧宛丘〉三章）菽椒（〈陳風‧東門之枌〉三章）懰皓受慅（〈陳風‧月出〉二章）蕭周（〈曹風‧下

泉〉二章）棗稻酒壽（〈豳風・七月〉六章）茅綯（〈豳風・七月〉七章）銶遒休（〈豳風・破斧〉三章）裒求（〈小雅・常棣〉二章）埽簋牡舅咎（〈小雅・伐木〉四章）栲杻壽茂（〈小雅・南山有臺〉四章）草考（〈小雅・湛露〉二章）櫜好醻（〈小雅・彤弓〉三章）舟浮休（〈小雅・菁菁者莪〉四章）讎猶醜（〈小雅・采芑〉四章）好阜草狩（〈小雅・車攻〉二章）戊禱好阜阜醜（〈小雅・吉日〉首章）矛醻（〈小雅・節南山〉八章）卯醜（〈小雅・十月之交〉首章）憂休（〈小雅・十月之交〉八章）流休（〈小雅・雨無正〉五章）道草擣老首（〈小雅・小弁〉二章）醻究（〈小雅・小弁〉七章）好草（〈小雅・巷伯〉五章）受昊（〈小雅・巷伯〉六章）酒咎（〈小雅・北山〉六章）鼛洲妯猶（〈小雅・鼓鐘〉三章）飽首考（〈小雅・楚茨〉六章）酒牡考（〈小雅・信南山〉五章）阜好莠（〈小雅・大田〉二章）首阜舅（〈小雅・頍弁〉三章）首酒（〈小雅・魚藻〉首章）浮流憂（〈小雅・角弓〉八章）幽膠（〈小雅・隰桑〉三章）茅猶（〈小雅・白華〉二章）炮醻（〈小雅・瓠葉〉四章）首罶飽（〈小雅・苕之華〉三章）草道（〈小雅・何草不黃〉四章）臭孚（〈大雅・文王〉七章）求孚（〈大雅・下武〉二章）道草茂苞褎秀好（〈大雅・生民〉五章）曹牢匏（〈大雅・公劉〉四章）游休酋（〈大雅・卷阿〉二章）讎報（〈大雅・抑〉六章）寶好（〈大雅・桑柔〉六章）寶保（〈大雅・崧高〉五章）考保（〈大雅・烝民〉三章）浮滔遊求（〈大雅・江漢〉首章）首休考壽（〈大雅・江漢〉六章）遊騷（〈大雅・常武〉三章）苞流（〈大雅・常武〉五章）收瘳（〈大雅・瞻卬〉首章）優憂（〈大雅・瞻卬〉六章）牡考（〈周頌・雝〉）壽考（〈周頌・雝〉）造考孝（〈周頌・閔予小子〉）鳥蓼（〈周頌・小毖〉）牡酒（〈魯頌・有駜〉二章）茆酒酒老道醜（〈魯頌・泮水〉三章）

陶囚（〈魯頌・泮水〉五章）觩捜（〈魯頌・泮水〉七章）球旒休綵柔優遒（〈商頌・長發〉四章）

通韻譜（幽部外通韻之字規識其下）

幽覺通韻

脩歗歗淑（〈王風・中谷有蓷〉二章）罩造憂覺（〈王風・兔爰〉二章）軸陶抽好（〈鄭風・清人〉三章）皓繡鵠憂（〈唐風・揚之水〉二章）祝究（〈大雅・蕩〉三章）收篤（〈周頌・維天之命〉）

合韻譜（幽部外合韻之字規識其下）

幽之合韻

造士（〈大雅・思齊〉四章）有收（〈大雅・瞻卬〉二章）茂止（〈大雅・召旻〉四章）止考（〈周頌・訪落〉）紑俅基牛鼐觩柔休（〈周頌・絲衣〉）

幽職合韻

好食（〈唐風・有杕之杜〉首章）好食（〈唐風・有杕之杜〉二章）⑮

幽緝合韻

猶集咎道（〈小雅・小旻〉三章）⑯

第二十二部覺部韻譜（《廣韻》屋、沃、覺、錫、嘯、宥、號）

鞫覆育毒（〈邶風・谷風〉五章）祝六告（〈鄘風・干旄〉三章）

---

⑮　王力《詩經韻讀》以兩好字幽部遙韻，以兩食字職部遙韻。

⑯　王力《詩經韻讀》據《韓詩》改集爲就，爲幽覺通韻。

陸軸宿告（〈衞風・考槃〉三章）告鞠（〈齊風・南山〉三章）椒菽

（〈唐風・椒聊〉二章）六燠（〈唐風・無衣〉二章）燠菽（〈豳風・

七月〉六章）陸復宿（〈豳風・九罭〉三章）蓫宿畜復（〈小雅・我

行其野〉二章）鞠畜育復腹（〈小雅・蓼莪〉四章）奧讔菽戚宿覆

（〈小雅・小明〉三章）迪復毒（〈大雅・桑柔〉十二章）肅穆（〈周

頌・雝〉）

合韻譜（覺部外合韻之字規識其下）

覺職合韻

備戒告（〈小雅・楚茨〉五章）夙育稷（〈大雅・生民〉首章）

告則（〈大雅・抑〉二章）

第二十三部冬部韻譜（《廣韻》東送、冬宋、江講絳）

中宮（〈召南・采蘩〉二章）蟲螽忡降（〈召南・草蟲〉首章）

仲宋忡（〈邶風・擊鼓〉二章）冬窮（〈邶風・谷風〉六章）中宮

（〈鄘風・桑中〉首章）中宮（〈鄘風・桑中〉二章）中宮（〈鄘風・

桑中〉三章）中宮（〈鄘風・定之方中〉首章）融終（〈大雅・既

醉〉三章）瀜宗宗降崇（〈大雅・鳧鷖〉四章）

合韻譜（冬部外合韻之字規識其下）

冬蒸合韻

中弘躬（〈大雅・召旻〉六章）

冬侵合韻

中驂（〈秦風・小戎〉二章）沖陰（〈豳風・七月〉八章）飲宗

（〈大雅・公劉〉四章）諶終 （〈大雅・蕩〉首章）甚蟲宮宗臨躬

（〈大雅・雲漢〉二章）

第二十四部之部韻譜（《廣韻》脂旨、之止志、皆駭怪、灰賄

隊、咍海代、尤有宥、侯厚候、軫）

采友（〈周南・關雎〉四章）否母 （〈周南・葛覃〉三章）采有

（〈周南・芣苢〉首章）趾子 （〈周南・麟之趾〉首章）沚事（〈召

南・采蘩〉首章）子哉 （〈召南・殷其靁〉首章）子哉 （〈召南・

殷其靁〉二章）子哉 （〈召南・殷其靁〉三章）汜以以悔（〈召南・

江有汜〉首章）李子 （〈召南・何彼襛矣〉二章）裏已 （〈邶風・綠

衣〉首章）絲治訧 （〈邶風・綠衣〉三章）霾來來思 （〈邶風・終

風〉二章）思來（〈邶風・雄雉〉三章）子否否友 （〈邶風・匏有苦

葉〉四章）沚以（〈邶風・谷風〉三章）久以 （〈邶風・旄丘〉二章）

子耳 （〈邶風・旄丘〉四章）淇思謀 （〈邶風・泉水〉首章）異貽

（〈邶風・靜女〉三章）齒止止俟 （〈鄘風・相鼠〉二章）尤思之

（〈鄘風・載馳〉五章）蚩絲絲謀淇丘期媒期 （〈衛風・氓〉首章）

思哉（〈衛風・氓〉六章）淇思之 （〈衛風・竹竿〉首章）右母 （〈衛

風・竹竿〉二章）李玖（〈衛風・木瓜〉三章）期哉塒來思（〈王風・

君子于役〉首章）涘母母有 （〈王風・葛藟〉二章）李子子玖 （〈王

風・丘中有麻〉三章）里杞母 （〈鄭風・將仲子〉首章）洧士 （〈鄭

風・褰裳〉二章）晦已喜 （〈鄭風・風雨〉三章）佩思來 （〈鄭風・

子衿〉二章）畝母 （〈齊風・南山〉三章）鋂偲 （〈齊風・盧令〉三

章）哉其之之思 （〈魏風・園有桃〉首章）哉其之之思 （〈魏風・園

有桃〉二章）子已止 （〈魏風・陟岵〉首章）期之 （〈秦風・小戎〉

二章）采已淠右沚（〈秦風·蒹葭〉三章）梅裘哉（〈秦風·終南〉
首章）思佩（〈秦風·渭陽〉二章）鯉子（〈陳風·衡門〉三章）已
矣（〈陳風·墓門〉首章）梅絲絲騏（〈曹風·鳲鳩〉二章）耜趾子
畝喜（〈豳風·七月〉首章）貍裘（〈豳風·七月〉四章）止杞母
（〈小雅·四牡〉四章）騏絲謀（〈小雅·皇皇者華〉三章）杞母
（〈小雅·杕杜〉三章）鯉有（〈小雅·魚麗〉三章）有時（〈小
雅·魚麗〉六章）來又（〈小雅·南有嘉魚〉四章）臺萊基期（〈小
雅·南山有臺〉首章）杞李母已（〈小雅·南山有臺〉三章）載喜右
（〈小雅·彤弓〉二章）沚喜（〈小雅·菁菁者莪〉二章）里子（〈小
雅·六月〉二章）喜祉久友鯉矣友（〈小雅·六月〉六章）芑畝止止
騏（〈小雅·采芑〉首章）芑止止（〈小雅·采芑〉二章）有俟友右
子（〈小雅·吉日〉三章）海止友母（〈小雅·沔水〉首章）士止
（〈小雅·祈父〉二章）思期思（〈小雅·白駒〉三章）仕子已殆仕
（〈小雅·節南山〉四章）時謀萊矣（〈小雅·十月之交〉五章）里
痗（〈小雅·十月之交〉八章）仕殆使子使友（〈小雅·雨無正〉六
章）止否謀（〈小雅·小旻〉五章）梓止母裏在（〈小雅·小弁〉三
章）祉已（〈小雅·巧言〉二章）丘詩之（〈小雅·巷伯〉七章）恥
久恃（〈小雅·蓼莪〉三章）來疚（〈小雅·大東〉二章）梅尤（〈小
雅·四月〉四章）紀仕有（〈小雅·四月〉六章）杞子事母（〈小
雅·北山〉首章）止起（〈小雅·楚茨〉五章）理畝（〈小雅·信南
山〉首章）畝耔薿止士（〈小雅·甫田〉首章）止子畝喜右否畝有敏
（〈小雅·甫田〉三章）止子畝喜祀（〈小雅·大田〉四章）右有有
似（〈小雅·裳裳者華〉四章）期時來（〈小雅·頍弁〉二章）友喜
（〈小雅·車舝〉首章）能又時（〈小雅·賓之初筵〉二章）否史恥
怠（〈小雅·賓之初筵〉五章）牛哉（〈小雅·黍苗〉二章）時右

（〈大雅・文王〉首章）已子（〈大雅・文王〉二章)止子 （〈大雅・文王〉四章）渼止子 （〈大雅・大明〉三章）❶悔祉子 （〈大雅・皇矣〉四章）芑仕謀子（〈大雅・文王有聲〉八章)祀子敏止 （〈大雅・生民〉首章）祀子 （〈大雅・生民〉二章）秠芑秠畝芑負祀 （〈大雅・生民〉六章)時祀 （〈大雅・生民〉八章）時子（〈大雅・既醉〉五章)士士子（〈大雅・既醉〉八章)紀友士子（〈大雅・假樂〉四章）理有 （〈大雅・公劉〉六章）茲饎子母 （〈大雅・泂酌〉首章） 茲子 （〈大雅・泂酌〉二章)茲子（〈大雅・泂酌〉三章) 止士使子 （〈大雅・卷阿〉七章） 李止 （〈大雅・抑〉八章） 絲基 （〈大雅・抑〉九章） 子否事耳子 （〈大雅・抑〉十章） 子止謀悔 （〈大雅・抑〉十二章） 里喜忌 （〈大雅・桑柔〉十章） 紀宰右止里 （〈大雅・雲漢〉七章） 子止里 （〈大雅・韓奕〉四章） 理海 （〈大雅・江漢〉三章） 子似祉(〈大雅・江漢〉四章)子已 （〈大雅・江漢〉六章） 誨寺 （〈大雅・瞻卬〉三章） 里里哉舊 （〈大雅・召旻〉七章） 牛右 （〈周頌・我將〉） 祀子 （〈周頌・雝〉） 祉母 （〈周頌・雝〉)子疚(〈周頌・閔予小子〉） 之思哉士茲子止 （〈周頌・敬之〉） 以婦士秬畝 （〈周頌・載芟〉） 秬畝 （〈周頌・良耜〉） 止之思思 （〈周頌・賚〉） 駜騏伾期才 （〈魯頌・駉〉二章） 始有子 （〈魯頌・有駜〉三章） 子祀耳 （〈魯頌・閟宮〉三章） 喜母士有祉齒 （〈魯頌・閟宮〉七章） 有殆子 （〈商頌・玄鳥〉） 里止 （〈商頌・玄鳥〉） 子士 （〈商頌・長發〉七章）

通韻譜（之部外通韻之字規識其下）

---

❶ 今本《毛詩》以「文王嘉止、大邦有子」屬五章，「在洽之陽、在渭之渼」
　　屬四章，王力以「渼止子」爲之部韻，同屬四章，其說是也。

之職通韻

異貽（〈邶風·靜女〉三章）背痗（〈衛風·伯兮〉四章）牧來載棘（〈小雅·出車〉首章）止止試（〈小雅·采芑〉三章）輻載意（〈小雅·正月〉十章）載息（〈小雅·大東〉三章）來服裘試（〈小雅·大東〉四章）克富又（〈小雅·小宛〉二章）棘稷翼億食祀侑福（〈小雅·楚茨〉首章）戒事耜畝（〈小雅·大田〉首章）識又（〈小雅·賓之初筵〉五章）食誨載（〈小雅·絲蠻〉首章）食誨載（〈小雅·絲蠻〉二章）食誨載（〈小雅·絲蠻〉三章）直載翼（〈大雅·絲〉五章）載備祀福（〈大雅·旱麓〉四章）巫來圉伏（〈大雅·靈臺〉首章）字翼（〈大雅·生民〉三章）子德（〈大雅·假樂〉首章）式止晦（〈大雅·蕩〉五章）事式（〈大雅·崧高〉二章）塞來（〈大雅·常武〉六章）富忌（〈大雅·瞻卬〉五章）富時疚茲（〈大雅·召旻〉五章）鮪鯉祀福（〈周頌·潛〉）

之蒸通韻

來贈（〈鄭風·女曰雞鳴〉三章）

第二十五部職部韻譜（《廣韻》志、怪、隊、宥、屋、麥、昔、職、德）

得服側（〈周南·關雎〉三章）革緎食（〈召南·羔羊〉二章）側息（〈召南·殷其靁〉二章）側特慝（〈鄘風·柏舟〉二章）麥北弋（〈鄘風·桑中〉二章）麥極（〈鄘風·載馳〉五章）極德（〈衛風·氓〉四章）側服（〈衛風·有狐〉三章）麥國國食（〈王風·丘中有麻〉二章）飾力直（〈鄭風·羔裘〉二章）食息（〈鄭風·狡童〉二章）克得得極（〈齊風·南山〉四章）襋服（〈魏風·葛屨〉

首章)棘食國極(〈魏風・園有桃〉二章)輻側直稽億特食（〈魏風・伐檀〉二章）麥德國國直（〈魏風・碩鼠〉二章）翼棘稷食極（〈唐風・鴇羽〉二章）棘域息(〈唐風・葛生〉二章)棘息息特（〈秦風・黃鳥〉首章）翼服息（〈曹風・蜉蝣〉二章）翼服（〈曹風・候人〉二章）棘忒忒國（〈曹風・鳲鳩〉三章）克得(〈豳風・伐柯〉首章)福食德(〈小雅・天保〉五章)翼服戒棘（〈小雅・采薇〉五章）棘德（〈小雅・湛露〉三章)則服（〈小雅・六月〉二章)翼服服國（〈小雅・六月〉三章)試翼奭服革（〈小雅・采芑〉首章)薑特富異（〈小雅・我行其野〉三章）翼棘革（〈小雅・斯干〉三章）特克則得力（〈小雅・正月〉七章）德國（〈小雅・雨無正〉首章）蜮得極側（〈小雅・何人斯〉八章）食北（〈小雅・巷伯〉六章）德極（〈小雅・蓼莪〉四章）息國（〈小雅・北山〉四章)息直福（〈小雅・小明〉五章）食福式稷勑極億（〈小雅・楚茨〉四章）翼或穉食（〈小雅・信南山〉三章）黑稷福（〈小雅・大田〉四章）翼福（〈小雅・鴛鴦〉二章）棘國（〈小雅・青蠅〉二章）福德（〈小雅・賓之初筵〉四章）息瘉極（〈小雅・菀柳〉首章）翼德（〈小雅・白華〉七章）翼國（〈大雅・文王〉三章）億服（〈大雅・文王〉四章）德福（〈大雅・文王〉六章）翼福國（〈大雅・大明〉三章）德色革則（〈大雅・皇矣〉七章）德服（〈大雅・下武〉四章)北服（〈大雅・文王有聲〉六章）匐嶷食(〈大雅・生民〉四章)背翼福（〈大雅・行葦〉八章）德福(〈大雅・既醉〉首章)福億（〈大雅・假樂〉二章)翼德翼則（〈大雅・卷阿〉五章）息國極慝德（〈大雅・民勞〉三章)克服德力（〈大雅・蕩〉二章）國德德側（〈大雅・蕩〉四章）賊則（〈大雅・抑〉八章）國忒德棘（〈大雅・抑〉十二章）極背克力（〈大雅・桑柔〉十五章）德直國（〈大雅・崧高〉七章）則德

（〈大雅・烝民〉首章）德則色翼式力（〈大雅・烝民〉二章）德國（〈大雅・江漢〉六章）戒國（〈大雅・常武〉首章）翼克國（〈大雅・常武〉五章）忒背極慝識織（〈大雅・瞻卬〉四章）德則（〈魯頌・泮水〉四章）德服馘（〈魯頌・泮水〉五章）稷福麥國穡（〈魯頌・閟宮〉首章）忒稷（〈魯頌・閟宮〉三章）熾富背試（〈魯頌・閟宮〉四章）國福（〈商頌・殷武〉四章）翼極（〈商頌・殷武〉五章）

合韻譜（職部外合韻之字規識其下）

職緝合韻
飭服熾急國（〈小雅・六月〉首章）式入德（〈大雅・思齊〉四章）

第二十六部蒸部韻譜 （《廣韻》蒸拯證、登等嶝、東、送）

薨繩（〈周南・螽斯〉二章）掤弓（〈鄭風・大叔于田〉三章）夢憎（〈齊風・雞鳴〉三章）升朋（〈唐風・椒聊〉首章）興陵增（〈小雅・天保〉三章）恆升崩承（〈小雅・天保〉六章）陵懲興（〈小雅・沔水〉三章）蒸雄兢崩肱升（〈小雅・無羊〉四章）蒸夢勝憎（〈小雅・正月〉四章）陵懲夢雄（〈小雅・正月〉五章）騰崩陵懲（〈小雅・十月之交〉三章）兢冰（〈小雅・小宛〉六章）弓繩（〈小雅・采綠〉三章）陾薨登馮興勝（〈大雅・緜〉六章）繩承（〈大雅・抑〉六章）崩騰朋陵（〈魯頌・閟宮〉三章）勝乘承（〈商頌・玄鳥〉）

合韻譜（蒸部外合韻之字規識其下）

　　燕侵合韻

　　膺弓縢興音（〈秦風·小戎〉三章）簟寢興夢（〈小雅·斯干〉六章）林興心（〈大雅·大明〉七章）林林冰（〈大雅·生民〉三章）登升歆今（〈大雅·生民〉八章）諶終（〈大雅·蕩〉首章）夢慘（〈大雅·抑〉十一章）乘縢弓綅增膺懲承（〈魯頌·閟宮〉四章）

第二十七部緝部韻譜（《廣韻》緝、合、洽）

　　揖蟄（〈周南·螽斯〉三章）及泣（〈邶風·燕燕〉二章）濕泣泣及（〈王風·中谷有蓷〉三章）合軜邑（〈秦風·小戎〉二章）隰及（〈小雅·皇皇者華〉首章）合翕（〈小雅·常棣〉七章）濈濕（〈小雅·無羊〉首章）集合（〈大雅·大明〉四章）楫及（〈大雅·棫樸〉三章）輯洽（〈大雅·板〉二章）

　　合韻譜（緝部外合韻之字規識其下）

　　緝盍合韻
　　業捷及（〈大雅·烝民〉七章）

第二十八部侵部韻譜（《廣韻》侵寑沁、談、鹽、覃、東、添、椷）

　　林心（〈周南·兔罝〉三章）三今（〈召南·摽有梅〉二章）風心（〈邶風·綠衣〉四章）音南心（〈邶風·燕燕〉三章）南心（〈邶風·凱風〉首章）音心（〈邶風·凱風〉四章）音心（〈邶風·雄雉〉二章）甚耽（〈衛風·氓〉三章）衿心音（〈鄭風·子衿〉首章）風

林欽（〈秦風・晨風〉首章）林南林南（〈陳風・株林〉首章）鬵音
（〈檜風・匪風〉三章）芩琴琴湛心（〈小雅・鹿鳴〉三章）駸諗
（〈小雅・四牡〉五章）琴湛（〈小雅・常棣〉七章）音心（〈小雅・
白駒〉四章）風南心（〈小雅・何人斯〉五章）錦甚（〈小雅・巷伯〉
首章）欽琴音南僭（〈小雅・鼓鐘〉四章）林湛（〈小雅・賓之初筵〉
二章）煁心（〈小雅・白華〉四章）林心（〈小雅・白華〉六章）音
男（〈大雅・思齊〉首章）心音（〈大雅・皇矣〉四章）南音（〈大
雅・卷阿〉首章）僭心（〈大雅・抑〉九章）風心（〈大雅・烝民〉
八章）深今（〈大雅・瞻卬〉七章）心南（〈魯頌・泮水〉六章）林
黮音琛金（〈魯頌・泮水〉八章）

合韻譜（侵部外合韻之字規識其下）

侵談合韻
萏儼枕（〈陳風・澤陂〉三章）

第二十九部盍部韻譜（《廣韻》盍、狎、葉、業、乏）

葉涉（〈邶風・匏有苦葉〉首章）葉韠韠甲（〈衛風・芄蘭〉三
章）業捷（〈小雅・采薇〉四章）葉業（〈商頌・長發〉七章）

通韻譜（盍部外通韻之字規識其下）

盍談通韻
玷業貶（〈大雅・召旻〉三章）

第三十部談部韻譜（《廣韻》談敢闞、覃、鹽琰豔、銜檻鑑、咸豏陷、添忝㮇、嚴儼𪒠、凡范梵）

　　檻葵敢（〈王風・大車〉首章）　嚴瞻惔談斬監（〈小雅・節南山〉首章）　涵讒（〈小雅・小弁〉二章）　甘餤（〈小雅・小弁〉三章）　藍襜詹（〈小雅・采綠〉二章）　嚴詹（〈魯頌・閟宮〉五章）　⓲

原載七十八年二月《中國學術年刊》第十期

⓲　上古韻部依照諧聲系統應爲三十二部，依據《詩經》韻腳則爲三十部。卽盍怗二部合爲盍部；談添二部合爲談部。至於諧聲系統上盍與怗以及談與添的分別，請參看拙稿〈論談添盍怗分四部說〉一文，民國七十五年十二月廿九日中央研究院第二屆國際漢學會議發表論文。

陳澧《切韻考》系聯《廣韻》
切語上下字補充條例補例

一、緒　言

　　陳澧（1810-1882）撰《切韻考》，以爲宋陳彭年等纂諸家增字爲《重修廣韻》，猶題曰陸法言撰本，故據《廣韻》以考陸氏《切韻》，庶亦可得其大略。其條例云：

>　　切語之法以二字爲一字之音，上字與所切之字雙聲，下字與所切之字疊韻，上字定其清濁，下字定其平上去入。上字定清濁而不論平上去入，如東德紅切、同徒紅切，東、德皆清，同、徒皆濁也，然同、徒皆平可也，東平、德入亦可也；下字定平上去入而不論清濁，如東德紅切、同徒紅切、中陟弓切、蟲直弓切，東紅、同紅、中弓、蟲弓皆平也，然同紅皆濁、中弓皆清可也，東清紅濁、蟲濁弓清亦可也。東、同、中、蟲四字在一東韻之首，此四字切語已盡備切語之法，其體例精約如此，蓋陸氏之舊也，今考切語之法皆由此而明之。

　　《廣韻》切語是否即陸氏之舊，雖尚待商榷，今姑不論。然陳氏以爲「切語之法，以二字爲一字之音，上字與所切之字雙聲，下字與

所切之字疊韻……。」就一切正規切語而言，陳氏所論，應屬精約。
且在距今一百餘年之前，即有此正確之分析，尤爲難得。根據陳氏對
切語之瞭解，乃衍生爲三則系聯條例。陳氏曰：

> 切語上字與所切之字爲雙聲，則切語上字同用者、互用者、遞
> 用者聲必同類也。同用者如冬都宗切、當都郎切，同用都字
> 也；互用者如當都郎切、都當孤切，都當二字互用也；遞用者
> 如冬都宗切、都當孤切，冬字用都字，都字用當字也。今據此
> 系聯之爲切語上字四十類，編而爲表直列之。
>
> 切語下字與所切之字爲疊韻，則切語下字同用者、互用者、遞
> 用者韻必同類也。同用者如東德紅切、公古紅切，同用紅字
> 也；互用者如公古紅切、紅戶公切，紅公二字互用也；遞用者
> 如東德紅切、紅戶公切，東字用紅字，紅字用公字也。今據此
> 系聯之爲每韻一類、二類、三類、四類，編而爲表橫列之。

董同龢先生《漢語音韻學》稱之爲基本系聯條例，此後各家均沿
襲此稱，今因之。陳氏又曰：

> 《廣韻》同音之字不分兩切語，此必陸氏舊例也。其兩切語下字
> 同類者，則上字必不同類，如紅戶公切、烘呼東切、公東韻同
> 類，則戶呼聲不同類，今分析切語上字不同類者，據此定之也。
> 上字同類者，下字必不同類，如公古紅切、弓居戎切，古居聲
> 同類，則紅戎韻不同類，今分析每韻二類、三類、四類者，據
> 此定之也。

　　董氏稱之爲分析條例者是也。筆者以爲基本條例與分析條例之間不同者，一爲積極性以系聯不同之切語上下字；一爲消極性以防止系聯之錯誤。此二條例大體而言還相當精密，亦頗爲實用。除此二條例外，尚有董氏稱之爲補充條例者一則。陳氏曰：

　　　　切語上字旣系聯爲同類矣，然有實同類而不能系聯者，以其切語上字兩兩互用故也。如多、得、都、當四字，聲本同類，多得何切、得多則切、都當孤切、當都郎切，多與得、都與當兩兩互用，遂不能四字系聯矣。今考《廣韻》一字兩音者互注切語，其同一音之兩切語上二字聲必同類。如一東凍德紅切又都貢切，一送凍多貢切，都貢、多貢同一音，則都多二字實同一類也。今於切語上字不系聯而實同類者，據此定之。

　　　　切語下字旣系聯爲同類矣，然亦有實同類而不能系聯者，以其切語下字兩兩互用故也。如朱、俱、無、夫四字，韻本同類，朱章俱切、俱舉朱切、無武夫切、夫甫無切，朱與俱、無與夫兩兩互用遂不能四字系聯矣。今考平上去入四韻相承者，其每韻分類亦多相承，切語下字旣不系聯而相承之韻又分類，乃據以定其分類，否則雖不系聯，實同類耳。

　　上引補充條例，有關切語上字者，今稱系聯切語上字補充條例；其有關切語下字者，今稱系聯切語下字補充條例。上字補充條例若未互注切語則其法窮：下字補充條例「實同類而不能系聯」一語，在邏輯上有問題。蓋反切之造，本積累增改而成，非一時一地一人所造，其始原未注意系聯，則實同類因兩兩互用而不得系聯者，固勢所不免。又孰能定其凡不能系聯者皆不同類乎！例如：東德紅切、同徒紅

切、公古紅切、紅戶公切，此四切語下字固系聯矣，然切語下字只須
與所切之字叠韻，則凡叠韻之字均可作爲切語下字，則東德紅切可改
作德同切，同徒紅切可改作徒東切。如此一改則東與同、紅與公兩兩
互用矣，孰能定其爲不同類乎！若此則其下字補充條例猶未精密，宜
有補例之作也。今余作補例，並不否定陳氏所定補充條例，只作爲其
補充條例之補充而已，故命之曰補例。

二、陳澧系聯切語上字補充條例補例

補例曰：

> 今考《廣韻》平上去入四聲相承之韻，不但韻相承，韻中字音亦
> 多相承，相承之音，其切語上字聲必同類。如平聲十一模：「都、
> 當孤切」、上聲十姥：「覩、當古切」、去聲十一暮：「妒、當故
> 切」，「都」、「覩」、「妒」爲相承之音，其切語上字聲皆同類，
> 故於切語上字因兩兩互用而不能系聯者，可據此定之也。如平
> 聲一東：「東、德紅切」、上聲一董：「董、多動切」、去聲一
> 送：「涷、多貢切」、入聲一屋：「穀、丁木切」，東、董、涷、
> 穀爲相承之音，則切語上字「德」、「多」、「丁」聲必同類也。
> 「丁、當經切」、「當、都郎切」，是則德多與都當四字聲亦同類
> 也。

陳澧《切韻考》卷二所考四十聲類，藉補充條例而系聯者，計有
多、居、康、於、倉、呼、滂、盧、才及文十類，其「文」類宜依基本
條例分爲「明」「微」二類，與「邊」「方」、「滂」「敷」、「蒲」「房」

之分二類者同，則陳氏純依補充條例而系聯者僅九類耳。此九類切語上字若以補例系聯之，亦可達相同之效果。茲依陳氏《切韻考》之次序，一一舉證於後。

●多⁽得何⁾得⁽得德⁾多丁⁽當經⁾都⁽當孤⁾當⁽都郎⁾都⁽都宗⁾七字聲同一類。丁以下四字與上三字切語不系聯，實同一類。

今考《廣韻》平上去入四聲相承之音，除補例所舉東、董、涷、𣪊四字之切語上字足證其聲同類外，復考《廣韻》諸韻尚得下列諸證：

(1) 上平聲二十五寒：「單、都寒切」，上聲二十三旱：「亶、多旱切」，去聲二十八翰：「旦、得按切」，入聲十二曷：「怛、當割切」。單、亶、旦、怛為四聲相承之音，則其切語上字都、多、得、當聲同類也。

(2) 上平聲二十六桓：「端、多官切」，上聲二十四緩：「短、都管切」，去聲二十九換：「鍛、丁貫切」，入聲十三末：「掇、丁括切」。端、短、鍛、掇為相承之音，則其切語上字多、都、丁聲同類也。

(3) 下平聲一先：「顛、都年切」，上聲二十七銑：「典、多殄切」，去聲三十二霰：「殿、都甸切」，入聲十六屑：「窒、丁結切」。顛、典、殿、窒為相承之音，則其切語上字都、多、丁聲同類也。

(4) 下平聲三蕭：「貂、都聊切」，上聲二十九篠：「鳥、都了切」，去聲三十四嘯：「弔、多嘯切」。貂、鳥、弔為相承之音，則其上字都、多聲同類也。

(5) 下平聲七歌：「多、得何切」，上聲三十三哿：「嚲、丁可切」，去聲三十八箇：「跢、丁佐切」。多、嚲、跢為相承之音，則

其上字得、丁聲同類也。

(6) 下平聲十一唐:「當、都郎切」,上聲三十七蕩:「黨、多朗切」,去聲四十二宕:「譡、丁浪切」。當、黨、譡為相承之音,則其上字都、多、丁聲同類也。

(7) 下平聲十七登:「登、都滕切」,上聲四十三等:「等、多肯切」,去聲四十八嶝:「嶝、都鄧切」,入聲二十五德:「德、多則切」。登、等、嶝、德為相承之音,則其上字都、多聲同類也。

●居[九魚]九[九有]俱[舉朱]舉[舉許]規[居規]隋[居隋]吉[吉質]里[居里]紀[紀几]履[居履]古[古戶]公[公紅]過[過臥]各[各落]格[格伯]兼[古兼]甜[古甜]姑[姑胡]胡[古胡]佳[古佳]膝[古膝]詭[詭委]過[過古]以下九字與上八字不系聯,實同一類。

(1) 今考《廣韻》上平聲五支「嬀、居為切」,上聲四紙:「詭、過委切」,去聲五寘:「賵、詭偽切」。嬀、詭、賵為四聲相承之音,是其切語上字居、過、詭聲同類也。

(2) 下平聲二十五添:「兼、古甜切」,上聲五十一忝:「孂、兼玷切」,去聲五十六桥:「趝、紀念切」,入聲三十怗:「頰、古協切」。兼、孂、趝、頰為相承之音,則其切語上字古、兼、紀聲同類也。按:去聲五十六桥韻《廣韻》有「兼、古念切」,《全王》亦然。《韻鏡》外轉三十九開只收紀念切之趝字,兼字未見,故今以趝字為與兼、孂、頰四聲相承之音。

●康[苦岡]枯[苦胡]牽[苦堅]空[苦紅]謙[苦兼]口[苦后]楷[苦駭]客[苦格]恪[苦各]苦[苦杜]去[丘據]丘[去鳩]墟[去魚]祛[去詰]窺[去隨]羌[去羊]欽[去金]傾[去營]起[墟里]綺[墟彼]豈[袪稀]區[豈俱]驅[豈俱]以下十四字,與上十字不系聯,實同一類。

(1) 今考《廣韻》上平聲二十七刪:「馯、丘姦切」,入聲十四黠:「䫴、恪八切」。馯、䫴為相承之音,則其切語上字丘、恪聲同類也。

(2) 上平聲二十八山：「慳、苦閑切」，上聲二十六產：「齦、起限切」，入聲十五鎋：「䏮、枯鎋切」。慳、齦、䏮為相承之音，則其切語上字苦、起、枯聲同類也。<small>按：董同龢先生主張將入聲十四黠、十五鎋先後次序對調，以鎋承刪，以黠承山，則當以豻、䏮為相承之音；慳、齦、齕為相承之音，此二者調換次序，對系聯結果並無差異。</small>

(3) 下平十一唐：「觥、苦光切」，上聲三十七蕩：「穬、丘晃切」，去聲四十二宕：「曠、苦謗切」，入聲十九鐸：「廓、苦郭切」。觥、穬、曠、廓為相承之音，則其切語上字苦、丘聲同類也。

(4) 上聲四十一迥：「䃔、去挺切」，去聲四十六徑：「罄、苦定切」，入聲二十三錫：「燉、苦擊切」。䃔、罄、燉為相承之音，則其切語上字去、苦聲同類也。

(5) 下平聲二十七銜：「嵌、口銜切」，上聲五十四檻：「顑、丘檻切」。嵌、顑為相承之音，則其切語上字口、丘聲同類也。

● 於<small>央居</small>央<small>於良</small>憶<small>於力</small>伊<small>於脂</small>依<small>於希</small>憂<small>於求</small>一<small>於悉</small>乙<small>於筆</small>握<small>於角</small>調<small>於歇</small>紆<small>憶俱</small>挹<small>伊入</small>烏<small>哀都</small>哀<small>烏開</small>安<small>烏寒</small>煙<small>烏前</small>翳<small>烏奚</small>愛<small>烏代</small>烏以下六字與上十三字不系聯，實同一類。

(1) 今考《廣韻》上平聲四江：「胦、握江切」，上聲三講：「慃、烏項切」，入聲四覺：「渥、於角切」。胦、慃、渥為四聲相承之音，則其切語上字握、烏，於聲同一類也。

(2) 上平聲十二齊：「鷖、烏奚切」，上聲十一薺：「吚、烏弟切」，去聲十二霽：「翳、於計切」。鷖、吚、翳為相承之音，則其切語上字烏、於聲同類也。

(3) 上平聲十三佳：「娃、於佳切」，上聲十二蟹：「矮、烏蟹切」，去聲十五卦：「隘、烏懈切」。娃、矮、隘為相承之音，則其切語上字於、烏聲同類也。

(4) 上平聲十四皆：「搋、乙諧切」，上聲十三駭：「挨、於駭切」，去聲十六怪：「噫、烏界切」。搋、挨、噫爲相承之音，則其切語上字乙、於、烏聲必同類也。

(5) 上平聲十六咍：「哀、烏開切」，上聲十五海：「欸、於改切」，去聲十九代：「愛、烏代切」。哀、欸、愛爲相承之音，則其切語上字烏、於聲同類也。

(6) 上平聲二十六桓：「剜、一丸切」，上聲二十四緩：「婉、烏管切」，去聲二十九換：「惋、烏貫切」，入聲十三末：「斡、烏括切」。剜、婉、惋、斡爲相承之音，則其切語上字一、烏聲必同類也。

(7) 上平聲二十八山：「黰、烏閑切」，入聲十五鎋：「鷃、乙鎋切」。黰、鷃爲相承之音，則其切語上字烏、乙聲同類也。

按：若依董同龢先生說將鎋與刪潸諫相承，則去聲三十諫：「晏、烏澗切」，入聲十四鎋：「鷃、乙鎋切」。晏、鷃爲相承之音，其切語上字烏、乙聲必同類也。

證烏、乙聲同類
無絲毫差異。

(8) 下平聲一先：開口「煙、烏前切」、合口「淵、烏玄切」，上聲二十七銑：開口「蝘、於殄切」，去聲三十二霰：開口「宴、於甸切」、合口「餇、烏縣切」，入聲十六屑：開口「噎、烏結切」、合口「抉、於決切」。開口類煙、蝘、宴、噎爲相承之音，則其切語上字烏、於聲同類也；合口類淵、餇、抉爲相承之音，其切語上字烏、於亦同類也。

(9) 下平聲三蕭：「幺、於堯切」，上聲二十九篠：「杳、烏皎切」，去聲三十四嘯：「窔、烏叫切」。幺、杳、窔爲相承之音，則其切語上字於、烏聲必同類也。

(10) 下平聲六豪：「爊、於刀切」，上聲三十二晧：「襖、烏晧切」，

去聲三十七號：「奧、烏到切」。燠、襖、奧爲相承之音，則其切語上字於、烏聲同類也。

(11) 下平聲九麻：「鴉、於加切」，上聲三十五馬：「啞、烏下切」，去聲四十禡：「亞、衣嫁切」。鴉、啞、亞爲相承之音，則其切語上字於、烏、衣聲必同類也。

(12) 上聲三十八梗：開口「䁝、烏猛切」，去聲四十三映：開口「䁝、於孟切」，合口「𪏮、烏橫切」，入聲二十陌：開口「啞、烏格切」、合口「攫、一虢切」。開口類䁝、䁝、啞爲相承之音，則其切語上字烏、於聲同類也。合口類𪏮、攫爲相承之音，則其切語上字烏、一聲同類也。_{按二十陌韻有「䤼、乙白切」，《韻鏡》置於外轉第三十四合喉音影母下三等地位。龍宇純兄《韻鏡校注》云：「惟此字《廣韻》陌韻音乙白切、《切三》、《王二》、《全王》、《唐韻》並同，實應與影母二等乙虢切攫字同音，《集韻》䤼與攫同握虢切，即其證。」今以𪏮、攫爲相承之音，而錄龍兄之《韻鏡校注》以資參考。若以𪏮、䤼爲相承之音，則其切語上字烏、乙聲亦同類也。}

(13) 下平聲十三耕：「甖、烏莖切」，去聲四十四諍：「櫻、鷖迸切」，入聲二十一麥：「戹、於革切」。甖、櫻、戹爲相承之音，其切語上字烏、鷖、於聲必同類也。

(14) 下平聲二十六咸：「猚、乙咸切」，上聲五十三豏：「黯、乙減切」，去聲五十八陷：「𪒠、於陷切」，入聲三十一洽：「𪗐、烏洽切」。猚、黯、𪒠、𪗐爲相承之音，其切語上字乙、於、烏聲必同類也。

(15) 上聲五十四檻：「黤、於檻切」，入聲三十二狎：「鴨、烏甲切」。黤、鴨爲相承之音，其切語上字於、烏聲必同類也。

●倉蒼_{倉岡}親_{七人}遷_{七然}取_{七庾}七_{親吉}青_{倉經}采_{倉宰}醋_{倉故}麤_{倉胡}麄_{倉胡}千_{蒼先}此_{雌氏}雌_{此移}此雌二字

與上十二字不系聯，實同一類。

(1) 今考《廣韻》上平聲五支：「雌、此移切」，上聲四紙：「此、雌氏切」，去聲五寘：「刺、七賜切」。雌、此、刺爲平上去相承之音，則其切語上字此、雌、七聲同類也。

(2) 上平聲二十三魂：「村、此尊切」，上聲二十一混：「忖、倉本切」，去聲二十六慁：「寸、倉困切」，入聲十一沒：「猝、倉沒切」。村、忖、寸、猝爲相承之音，則其切語上字此、倉聲同類也。

(3) 下平聲二仙：「詮、此緣切」，去聲二十三線：「縓、七絹切」，入聲十七薛：「膬、七絕切」。詮、縓、膬爲相承之音，則其切語上字此、七聲同類也。

● 呼荒烏 荒光虎 呼古馨 呼刑火 呼果海 呼改阿 虎何香 許良朽 許久羲 許羈休 許尤況 許防許 盧呂興 盧陵喜 盧里虛 虛朽居 香以下九字與上七字不系聯，實同一類。

(1) 今考《廣韻》上平聲六脂：「惟、許維切」，上聲五旨：「瞜、火癸切」，去聲六至：「豷、許位切」。惟、瞜、豷爲相承之音，則其切語上字許、火聲同類也。

(2) 上平聲二十三魂：「昏、呼昆切」，上聲二十一混：「總、虛本切」，去聲二十六慁：「惛、呼困切」，入聲十一沒：「忽、呼骨切」。昏、總、惛、忽爲相承之音，則其切語上字呼、虛聲同類也。

(3) 上平聲二十五寒：「頇、許干切」，上聲二十三旱：「罕、呼旱切」，去聲二十八翰：「漢、呼旰切」，入聲十二曷：「顙、許葛切」。頇、罕、漢、顙爲相承之音，則其切語上字許、呼聲同類也。

(4) 下平聲一先：「銷、火玄切」，去聲三十二霰：「絢、許縣切」，
入聲十六屑：「血、呼決切」。銷、絢、血為相承之音，則其
切語上字火、許、呼聲同類也。

(5) 下平聲三蕭：「膮、許幺切」，上聲二十九篠：「鐃、馨晶切」，
去聲三十四嘯：「歊、火弔切」。膮、鐃、歊為相承之音，則
其切語上字許、馨、火聲同類也。

(6) 下平聲五肴：「虓、許交切」，去聲三十六效：「孝、呼教切」。
虓、孝為相承之音，則其切語上字許、呼聲同類也。

(7) 下平聲七歌：「訶、虎何切」，上聲三十二哿：「歌、虛我切」
去聲三十八箇：「呵、呼箇切」。訶、歌、呵為相承之音，則
其切語上字虎、虛、呼聲必同類也。

(8) 下平聲九麻：「煆、許加切」，上聲三十五馬：「嗄、許下切」，
去聲四十禡：「嚇、呼訝切」。煆、嗄、嚇為相承之音，其切
語上字許、呼聲必同類也。

(9) 下平十一唐：「荒、呼光切」，上聲三十七蕩：「慌、呼晃切」，
去聲四十二宕：「荒、呼浪切」_{按龍宇純兄《韻鏡校注》云：「荒，《全王》、《廣韻》、《集韻》並呼浪切，浪為開口，字似當在三十一轉，然荒字讀平聲為合口，本書蓋無誤，《七音略》字亦在此。」}，入聲十九鐸：「霍、
虛郭切」。荒、慌、荒、霍為相承之音，則其切語上字呼、
虛聲必同類也。

(10) 下平聲十二庚韻：「脝、許庚切」，去聲四十三映：「諄、許
更切」，入聲二十陌：「赫、呼格切」。脝、諄、赫為相承之
音，其切語上字許、呼聲同類也。

(11) 下平聲十四清：「眴、火營切」，去聲四十五勁：「夐、休正
切」_{按：夐休正切，正字有誤，此當為合口字。《韻鏡校注》：「《廣韻》勁韻休正切，字當在曉母四等。……《七音略》字正見曉母四等。」}，

入聲二十二昔:「䁬、許役切」。眴、夏、䁬爲相承之音,其切語上字火、休、許聲必同類也。

(12) 下平聲十五青:「馨、呼刑切」,入聲二十三錫:「赦、許激切」。馨、赦爲相承之音,則其切語上字呼許聲必同類也。

(13) 下平聲二十五添:「馦、許兼切」,入聲三十怗:「㵎、呼牒切」。馦、㵎爲相承之音,則其切語上字許、呼聲必同類也。

(14) 下平聲二十六咸:「猷、許咸切」,上聲五十三豏:「闞、火斬切」,入聲三十一洽:「鮯、呼洽切」。猷、闞、鮯爲相承之音,則其切語上字許、火、呼聲必同類也。

(15) 上聲五十四檻:「㺝、荒檻切」,去聲五十九鑑:「儳、許鑑切」,入聲三十二狎:「呷、呼甲切」。㺝、儳、呷爲相承之音,則其切語上字荒、許、呼聲必同類也。

●滂^普^郎普^普^古匹^滂^吉譬^譬^賜匹 譬二字與滂普二字不系聯,實同一類。

(1) 今考《廣韻》下平聲十一唐:「滂、普郎切」,上聲三十七蕩:「髈、匹朗切」,入聲十九鐸:「顬、匹各切」。滂、髈、顬爲相承之音,則其切語上字普、匹聲同類也。

(2) 下平聲十五青:「娉、普丁切」,上聲四十一迥:「頩、匹迥切」,入聲二十三錫:「霹、普擊切」。娉、頩、霹爲相承之音,則其切語上字普、匹聲必同類也。_{頩字切語用迥字,以合口切開口。}

(3) 下平聲十七登:「漰、普朋切」,上聲四十三等:「倗、普等切」,入聲二十五德:「覆、匹北切」。漰、倗、覆爲相承之音,則其切語上字聲必同類也。

(4) 上聲四十五厚:「剖、普后切」,去聲五十候:「仆、匹候切」。剖、仆爲相承之音,則其切語上字普、匹聲同類也。

●盧（落胡）來（落哀）賴（落蓋）落（洛）盧（各勒）盧（力則）林（力直）林（尋呂）良（力舉）良（呂張）離（呂支）里（良士）郎（魯當）魯（郎古）練（郎甸力）
以下六字與上六字不系聯，郎魯練三字與上十二字又不系
聯，實皆同一類。

(1) 今考《廣韻》上平聲十一模：「盧、落胡切」，上聲十姥：
「魯、郎古切」，去聲十一暮：「路、洛故切」。盧、魯、路為
平上去相承之音，則其切語上字落、郎、洛聲必同類也。是
郎魯練三字與盧落洛等字聲本同類也。

(2) 上平聲十二齊：「黎、郎奚切」，上聲十一薺：「禮、盧啓切」，
去聲十二霽：「麗、郎計切」。黎、禮、麗為相承之音，則其
切語上字郎、盧聲同類也。

(3) 上平聲十五灰：「雷、魯回切」，上聲十四賄：「磊、落猥切」，
去聲十八隊：「纇、盧對切」。雷、磊、纇為相承之音，則其
切語上字魯、落、盧聲必同類也。

(4) 上平聲二十五寒：「蘭、落干切」，上聲二十三旱：「嬾、落
旱切」，去聲二十八翰：「爛、郎旰切」，入聲十二曷：「剌、
盧達切」。蘭、嬾、爛、剌為平上去入四聲相承之音，則其
切語上字落、郎、盧聲同類也。

(5) 上平聲二十六桓：「鑾、落官切」，上聲二十四緩：「卵、盧
管切」，去聲二十九換：「亂、郎段切」，入聲十三末：「捋、
郎括切」。鑾、卵、亂、捋為相承之音，則其切語上字落、
盧、郎聲必同類也。

(6) 下平聲一先韻：「蓮、落賢切」，去聲三十二霰：「練、郎甸
切」，入聲十六屑：「蔑、練結切」。蓮、練、蔑為相承之音，
則其切語上字落、郎、練聲必同類也。

(7) 下平聲六豪韻:「勞、魯刀切」,上聲三十二晧:「老、盧晧切」,去聲三十七號:「嫪、郎到切」。勞、老、嫪爲相承之音,則其切語上字魯、盧、郎聲必同類也。

(8) 下平聲七歌韻:「羅、魯何切」,上聲三十三哿:「櫑、來可切」,去聲三十八箇:「邏、郎佐切」。羅、櫑、邏爲相承之音,則其切語上字魯、來、郎聲同類也。

(9) 下平聲八戈韻:「蠃、落戈切」,上聲三十四果:「倮、郎果切」,去聲三十九過:「鸁、魯過切」。蠃、倮、鸁爲相承之音,則其切語上字落、郎、魯聲同類也。

(10) 下平聲十一唐:「郎、魯當切」,上聲三十七蕩:「朗、盧黨切」,去聲四十二宕:「浪、來宕切」,入聲十九鐸:「落、盧各切」。郎、朗、浪、落爲相承之音,則其切語上字魯、盧、來聲必同類也。

(11) 下平聲十七登:「楞、魯登切」,去聲四十八嶝:「踜、魯鄧切」,入聲二十五德:「勒、盧則切」。楞、踜、勒爲相承之音,則其切語上字魯、盧聲同類也。

(12) 下平聲十九侯:「樓、落侯切」,上聲四十五厚:「塿、郎斗切」,去聲五十候:「陋、盧候切」。樓、塿、陋爲相承之音,則其切語上字落、郎、盧聲必同類也。

(13) 下平聲二十二覃:「婪、盧含切」,上聲四十八感:「壈、盧感切」,去聲五十三勘:「顲、郎紺切」,入聲二十七合:「拉、盧合切」。婪、壈、顲、拉爲相承之音,其切語上字盧、郎聲必同類也。

(14) 下平聲二十三談:「藍、魯甘切」,上聲四十九敢:「覽、盧敢切」,去聲五十四闞:「濫、盧瞰切」,入聲二十八盍:「臘、

盧盍切」。藍、覽、濫、臘爲相承之音，其切語上字魯、盧
聲同類也。

以上十四證，皆足證盧、來、賴、落、洛、勒六字與郎、魯、
練三字聲本同類也。至於力、林、呂、良、離六字與盧、郎
等九字同聲之證，則見於下列二證。

(15) 今考《廣韻》上平聲一東韻：「籠、盧紅切」，上聲一董：
「曨、力董切」，去聲一送：「弄、盧貢切」，入聲一屋：「祿、
盧谷切」。籠、曨、弄、祿爲平上去入四聲相承之音，則其切
語上字盧、力聲同類也。盧與郎前十四證已明其聲本同類，
力旣與盧同類，自亦與郎同類矣。

(16) 下平聲十五青：「靈、郎丁切」，上聲四十一迥：「笭、力鼎
切」，去聲四十六徑：「零、郎定切」，入聲二十三錫：「靂、
郎擊切」。靈、笭、零、靂爲平上去入四聲相承之音，則其
切語上字郎、力聲必同類也。

●才^{昨哉}徂^{昨胡}在^{昨宰}前^{昨先}藏^{昨郎}昨^{在各}疾^{秦悉}秦^{匠鄰}匠^{疾亮}慈^{疾之}自^{疾二}情^{疾盈}漸^{慈染}疾以下
七字與上七字不系聯，實同一類。

(1) 今考《廣韻》上聲九麌韻：「聚、慈庾切」，去聲十遇：「埾、
才句切」。聚、埾爲上去相承之音，則其切語上字慈、才聲
同類也。

(2) 上平聲十八諄：「鷷、昨旬切」，入聲六術：「崒、慈卹切」。
鷷、崒爲相承之音，則其切語上字昨、慈聲同類也。

(3) 下平聲二仙韻：開口「錢、昨先切」、合口「全、疾緣切」，
上聲二十八獮：開口「踐、慈演切」、合口「雋、徂兗切」，
去聲三十三線：開口「賤、才線切」，入聲十七薛：合口
「絕、情雪切」。開口類錢、踐、賤爲相承之音，則其切語

上字昨、慈、才聲必同類也；合口類全、雋、絕爲相承之
音，其切語上字疾、徂、情聲亦同類也。

(4) 下平聲九麻韻：「查、才邪切」，去聲四十禡：「褯、慈夜切」。
查、褯爲相承之音，其切語上字才、慈聲同類也。

(5) 下平聲十陽韻：「牆、在良切」，去聲四十一漾：「匠、疾亮
切」，入聲十八藥：「皭、在爵切」。牆、匠、皭爲相承之音，
其切語上字在、疾聲同類也。

(6) 下平聲十八尤：「酋、自秋切」，上聲四十四有：「湫、在九
切」，去聲四十九宥：「就、疾僦切」。酋、湫、就爲相承之
音，其切語上字自、在、疾聲必同類也。

(7) 下平聲二十一侵：「鱏、昨淫切」，上聲四十七寢：「蕈、慈
荏切」，入聲二十六緝：「集、秦入切」。鱏、蕈、集爲相承
之音，其切語上字昨、慈、秦聲必同類也。

(8) 下平聲二十四鹽：「潛、昨鹽切」，上聲五十琰：「漸、慈染
切」，去聲五十五豔：「潛、慈豔切」，入聲二十九葉：「捷、
疾葉切」。潛、漸、潛、捷爲相承之音，則其切語上字昨、
慈、疾聲同類也。

(9) 去聲五十六㮇：「暫、漸念切」，入聲三十怗：「䕞、在協
切。」暫、䕞爲相承之音，則其切語上字漸、在聲同類也。

三、陳澧系聯切語下字補充條例補例

補例曰：

今考《廣韻》四聲相承之韻，其每韻分類亦多相承，不但分類

相承，每類字音亦必相承。今切語下字因兩兩互用而不系聯，若其相承之韻類相承之音切語下字韻同類，則此互用之切語下字韻亦必同類。如上平十虞韻朱、俱、無、夫四字，朱章俱切、俱舉朱切、無武夫切、夫甫無切，朱與俱、無與夫兩兩互用，遂不能四字系聯矣。今考朱、俱、無、夫相承之上聲為九麌韻主之庾切、矩俱雨切、武文甫切、甫方矩切。矩與甫、武切語下字韻同類，則平聲朱與無、夫切語下字韻亦同類。今於切語下字因兩兩互用而不系聯者，據此定之也。

茲依《廣韻》四聲相承之次，其有兩兩互用而不能系聯者，一一系聯於後：

(一)入聲一屋：「縠（谷）、古祿切」括弧內為同音字，後放此。「祿、盧谷切」；「卜、博木切」、「木、莫卜切」。縠與祿、卜與木兩兩互用而不系聯。今考縠、木相承之平聲音為一東「公、古紅切」、「蒙、莫紅切」，公蒙韻同類，則縠木韻亦同類也。

(二)上聲五旨：「几、居履切」、「履、力几切」：「矢、式視切」、「視、承矢切」。几與履、矢與視兩兩互用而不系聯。考履、矢相承之平聲音為六脂「黎、力脂切」、「尸、式脂切」，黎尸韻同類，則履矢韻亦同類也。尸，《廣韻》式之切誤，今據《全王》改。

(三)去聲六至：「位、于愧切」、「媿（愧）、俱位切」；「醉、將遂切」、「遂、徐醉切」。位與媿、醉與遂互用不系聯。今考媿、醉相承之平聲音為六脂「龜、居追切」、「嶉、醉綏切」。按六脂：「綏、息遺切」、「惟（遺）、以追切」。則龜、嶉韻同類，而媿、醉韻亦同類也。

(四)上聲六止：「止、諸市切」、「市、時止切」；「里、良士切」、「士、鉏里切」。止與市、里與士互用不系聯。今考市、里相承之平聲音爲七之「時、市之切」、「釐、里之切」。時釐韻同類，則市里韻亦同類也。

(五)上聲七尾：「蘬（偉）、于鬼切」、「鬼、居偉切」；「匪、府尾切」、「尾、無匪切」。蘬與鬼、匪與尾互用不系聯。考蘬、匪、尾相承之平聲音爲八微「幃、雨非切」、「騑（非）、甫微切」、「微、無非切」。幃騑微韻同類，則蘬匪尾韻亦同類也。

(六)去聲八未：「胃、于貴切」、「貴、居胃切」；「沸、方味切」、「未（味）、無沸切」。胃與貴、沸與未兩兩互用不系聯。考胃、未相承之平聲音爲八微「幃、雨非切」、「微、無非切」。幃微韻同類，則胃未韻亦同類也。

(七)去聲九御：「據（倨）、居御切」、「御、牛倨切」；「恕、商署切」、「署、常恕切」。據與御、恕與署互用不系聯。考據、恕相承之平聲音爲九魚「居、九魚切」、「書、傷魚切」。居書韻同類，則據恕亦韻同類也。

(八)平聲十虞：「朱、章俱切」、「拘（俱）、舉朱切」；「跗（夫）、甫無切」、「無、無夫切」。朱與俱、跗與無兩兩互用不系聯。詳見補例。

(九)上聲九麌：「庾、以主切」、「主、之庾切」；「羽（雨）、王矩切」、「矩、俱雨切」。庾與主、羽與矩互用不系聯。考主、矩相承之平聲音爲十虞「朱、章俱切」、「俱、舉朱切」。朱俱韻同類，則主矩韻亦同類也。

(十)去聲十八隊：「對、都隊切」、「隊、徒對切」；「佩、蒲昧切」、「妹（昧）、莫佩切」。對與隊、佩與妹兩兩互用不系聯。考

隊、佩相承之平聲音爲十五灰「穨、杜回切」、「裴、薄回
切」。穨裴韻同類，則隊佩韻亦同類也。

(十一)上平聲十六咍：「栽（哉）、祖才切」、「裁（才）、昨哉切」；
「哀、烏開切」、「開、苦哀切」。栽與裁、哀與開互用不系
聯。考栽、哀相承之去聲音爲十九代「載、作代切」、「愛、
烏代切」。載愛韻同類，則栽哀亦韻同類也。

(十二)下平聲一先：「顛、都年切」、「年、奴顛切」；「前、昨先切」、
「先、蘇前切」。顛與年、前與先互用不系聯。今考顛、先相
承之上聲音爲二十七銑「典、多殄切」、「銑、蘇典切」。典
銑韻同類，故顛先韻亦同類也。

(十三)下平聲二仙：合口「員、王權切」、「權、巨員切」；「專、職
緣切」、「沿（緣）、與專切」。員與權、專與沿互用不系聯。
考沿、權相承之上聲音爲二十八獮合口「兗、以轉切」、「圈、
渠篆切」。按「篆、持兗切」，則兗圈韻同類，故沿權韻亦同
類也。

(十四)去聲三十三線：開口「箭、子賤切」、「賤、才線切」、「線、
私箭切」；「戰、之膳切」、「繕（膳）、時戰切」。箭賤線三字
互用、戰膳二字互用不系聯。考線、戰相承之平聲音爲二仙
開口「仙、相然切」、「𣲷、諸延切」。按「然、如延切」，則
仙𣲷韻同類，故線戰韻亦同類也。

(十五)入聲十七薛：合口「劣、力輟切」、「輟、陟劣切」；「絕、情
雪切」、「雪、相絕切」。劣與輟、絕與雪互用不系聯。考輟、
絕相承之平聲音爲二仙合口「𡻪、中全切」、「全、疾緣切」。
𡻪全韻同類，則輟絕韻亦同類也。

(十六)下平聲四宵：「要（邀）、於宵切」、「宵（霄）、相邀切」；

「昭、止遙切」、「遙、餘昭切」。要與宵、昭與遙互用不系聯。考宵、昭相承之上聲音爲三十小「小、私兆切」、「沼、之少切」。按「繚、力小切」。繚小韻同類，繚相承平聲爲「燎、力昭切」，故燎宵韻亦同類，則宵昭韻亦同類也。

(十七)上聲三十小：「肇(兆)、治小切」、「小、私兆切」；「沼、之少切」、「少、書沼切」。兆與小、沼與少互用不系聯。考兆、沼相承之平聲音爲四宵「鼂、直遙切」、「昭、止遙切」。鼂昭韻同類，則兆沼韻亦同類也。

(十八)去聲三十五笑：「照、之少切」、「少、失照切」；「笑、私妙切」、「妙、彌笑切」。照與少、笑與妙兩兩互用不系聯。今考平聲四宵：「超、敕宵切」、「宵、相邀切」，則超宵韻同類。超、宵相承之去聲音爲笑韻「朓、丑召切」、「笑、私妙切」。超宵韻既同類，則朓笑韻亦同類，笑既與朓同類，自亦與召同類，而「召、直照切」，是笑照韻亦同類矣。

(十九)下平聲六豪：「刀、都牢切」、「勞(牢)、魯刀切」；「襃、博毛切」、「毛、莫袍切」、「袍、薄襃切」。刀勞互用、襃毛袍三字互用，刀勞與襃毛袍遂不能系聯矣。今考勞、袍相承之上聲音爲三十二晧「老、盧晧切」、「抱、薄晧切」。老抱韻同類，則勞袍韻亦同類矣。

(二〇)入聲二十二昔：「隻、之石切」、「石、常隻切」；「積、資昔切」、「昔、思積切」。隻與石、積與昔兩兩互用不系聯。今考隻、積相承之平聲音爲十四清「征、諸盈切」、「精、子盈切」。征精韻同類，則相承之隻積韻亦同類也。

(二一)入聲二十四職：「力、林直切」、「直、除力切」；「弋(翼)、與職切」、「職、之翼切」。力與直、弋與職兩兩互用不系聯。

今考弋、力相承之平聲音爲十六蒸「蠅、余陵切」、「陵、力
膺切」。蠅陵韻同類，則弋力韻亦同類也。

(二二)入聲二十五德：「德、多則切」、「則、子德切」；「北、博墨
切」、「墨、莫北切」。德與則、北與墨兩兩互用不系聯。今
考德、北相承之平聲音爲十七登「登、都滕切」、「崩、北滕
切」。登崩切語下字韻同類，則德北韻亦同類也。

(二三)平聲十八尤：「鳩、居求切」、「裘(求)、巨鳩切」；「謀、莫
浮切」、「浮、縛謀切」。鳩與裘、謀與浮兩兩互用不系聯。
今考鳩、浮相承之上聲音爲四十四有「久、舉有切」、「婦、
房久切」。久婦韻同類，則鳩浮韻亦同類也。

(二四)去聲四十九宥：「宥(祐)、于救切」、「救、居祐切」；「僦、
卽就切」、「就、疾僦切」。宥與救、僦與就兩兩互用而不系
聯。今考救、就相承之上聲音爲四十四有「久(九)、舉有
切」、「湫、在九切」。久湫韻同類，則救就韻亦同類也。

(二五)平聲二十一侵：「金(今)、居吟切」、「吟、魚金切」；「林、
力尋切」、「尋、徐林切」；「斟(針)、職深切」、「深、式針
切」。金與吟互用、林與尋互用、斟與深又互用，彼此不系
聯。今考金、林、斟相承之去聲音爲五十二沁「禁、居蔭
切」、「臨、良鴆切」、「枕、之任切」。而「鴆、直禁切」、
「妊(任)、汝鴆切」。禁臨枕韻旣同類，則金林斟韻亦同類
也。

(二六)上聲四十七寑：「錦、居飲切」、「歆(飲)、於錦切」；「荏、
如甚切」、「甚、常枕切」、「枕、章荏切」。錦歆互用、荏甚
枕三字又互用故不系聯。考錦、枕相承之去聲音爲禁、枕，
其韻同類(參見二五條)。則上聲錦與枕韻亦同類也。

(二七)上聲五十琰:「奄、衣儉切」、「儉、巨險切」、「險、虛檢切」、
　　「檢、居奄切」;「琰、以冉切」、「冉、而琰切」。奄儉險檢四
　　字互用，琰冉二字互用，故不能系聯矣。今考奄、儉、琰、
　　冉相承之平聲音爲二十四鹽「淹、央炎切」、「箝、巨淹切」、
　　「鹽、余廉切」、「䖇、汝鹽切」。而「炎、于廉切」，則淹箝
　　鹽䖇韻同類，故奄儉琰冉韻亦同類也。

(二八)去聲五十五豔:「驗、魚窆切」、「窆、方驗切」;「贍、時豔
　　切」、「豔、以贍切」。驗與窆、贍與豔互用不系聯。今考驗、
　　豔相承之平聲音爲二十四鹽「爁、語廉切」、「鹽、余廉切」。
　　爁鹽韻同類，則驗豔韻亦同類也。

參　考　書　目

《切韻考》　陳澧　學生書局印行

《漢語音韻學》　董同龢　廣文書局經銷本

《唐寫本王仁昫刊謬補缺切韻》　廣文書局印行

《廣韻校本》　世界書局印行

《廣韻校勘記》　周祖謨　世界書局印行

《十韻彙編》　學生書局印行

《瀛涯敦煌韻輯》　姜亮夫　鼎文書局印行

《瀛涯敦煌韻輯新編》　潘重規　新亞研究所出版

《唐五代韻書集存》　周祖謨　中華書局影印

《蔣本唐韻刊謬補缺》　廣文書局印行

《韻鏡校注》　龍宇純校注　藝文印書館印行

《韻鏡研究》　孔仲溫　政治大學中文研究所碩士論文

《等韻五種》 藝文印書館印行

《七音略研究》 葉鍵得 文化大學中文研究所碩士論文

《廣韻校錄》 黃侃箋識 黃焯編次 上海古籍出版社

《韻鏡校證》 李新魁校證 中華書局出版

《聲類新編》 陳新雄編 學生書局印行

原載七十六年六月五日師大《國文學報》第十六期

戴震〈答段若膺論韻書〉對王力脂微分部的啓示

　　戴震在與段若膺論韻書中，以陰陽入相配的觀點，詳細地討論了段玉裁在陽聲分眞諄元三部，入聲分質術二部，陰聲只一部脂部，這種相配的參差，實爲分合未當，如果要把陽聲眞諄分爲二部，陰聲的脂部也應分爲二部，一與眞配，一與諄配。他提出與眞配的陰聲韻目及與諄配的陰聲韻目，正好就是王力脂微分部的範圍。雖然戴震最後仍眞諄合一，脂微未分。但一定對王力的脂微分部有所啓示，本文的目的就在指出這中間的線索。

　　一九三七年七月，王力在《清華學報》十二卷三期發表〈上古韻母系統研究〉一文，強有力地提出脂微分部的理由。他談到脂微分部的緣起時說：

> 章太炎在《文始》裏，以「鬼隗鬼夒畏傀虺隤卉衰」諸字都歸入隊部；至於「𦣞」聲「隹」聲「畾」聲的字，他雖承認「詩或與脂同用」，同時卻肯定地說：「今定爲隊部音」。
>
> 黃侃的沒部，表面上等於章氏的隊部，實際上不很相同，就因爲黃氏的沒部裏不收「畏」聲、「鬼」聲、「虫」聲、「貴」聲、「卉」聲、「衰」聲、「𦣞」聲、「畾」聲的字，而把它們歸入灰部（卽脂部）裏。這自然黃氏認沒部爲古入聲，不肯收容他所認爲古平聲的字了。然而章氏把這些平上去聲的字歸入隊部，

也該是經過長時間的考慮，值得我們重視的。

我們首先應該注意的，就是這些字都屬於合口呼的字，去年七月，我發表〈南北朝詩人用韻考〉，其中論及南北朝的脂微韻與《切韻》脂微韻的異同，我考定《切韻》的脂韻舌齒音合口呼在南北朝該歸微韻，換句話說，就是「追綏推衰誰祟」等字該入微韻。這裏頭的「追推誰衰」等字，恰恰就是章氏歸入隊部的字。因為受了《文始》與〈南北朝詩人用韻考〉的啓示，我就試把脂微分部。先是把章氏歸隊而黃氏歸脂的字，如「追歸推誰雷衰隤虺」等，都認為當另立一部，然後仔細考慮，更從《詩經》《楚辭》裏探討，定下了脂微分部的標準。 ●

王力談到脂微分部的緣起，明白的指出是受了章太炎的《文始》與他自己〈南北朝詩人用韻考〉的啓示，沒有提到戴震，但是我近年研究古音學時發現，王力應該會受戴震的影響，而王力卻沒有指明，不知是什麼道理？因此本文的目的，就想從種種蛛絲馬跡的跡象，指出這層影響的關係。我們知道戴震陰陽入三分的古韻分部說，對王力的影響是很大的。王力晚年的古韻分部定為十一類二十九部，就是受戴震陰陽入三分的影響。首先我們要知道的，就是王力寫脂微分部的理由時，他有沒有看過戴震的〈答段若膺論韻書〉？肯定是看過了的，王力在講脂微分部的理由的第四節脂微分部的解釋時，就引了戴震〈答段若膺論韻書〉裏的話說：「審音非一類，而古人之文偶有相涉，始可以五方之音不同，斷為合韻。」由此可知，王力是看過了的。王力看過了以後，有沒有受到戴震的影響呢？且先讓我們看一看王力脂微

● 見中華書局《龍蟲並雕齋文集》第一冊，頁一四一至一四二。

分部的標準。王氏說:

> 中古音系雖不就是上古音系,然而中古音系裏頭能有上古音系
> 的痕跡。譬如上古甲韻一部分的字在中古變入乙韻,但它們是
> 「全族遷徙」,到了乙韻仍舊「聚族而居」。因此,關於脂微分
> 部,我們用不著每字估價,只須依《廣韻》的系統細加分析,
> 考定某系的字在上古當屬某部就行了。今考定脂微分部的標準
> 如下:
>
> (甲)《廣韻》的齊韻字,屬於江有誥的脂部者,今仍認爲脂
> 部。
>
> (乙)《廣韻》的微灰咍三韻字,屬於江有誥的脂部者,今改
> 稱微部。
>
> (丙)《廣韻》的脂皆兩韻是上古脂微兩部雜居之地;脂皆的
> 開口呼在上古屬脂部,脂皆的合口呼在上古屬微部。
>
> 上古脂微兩部與《廣韻》系統的異同如下: ❷

廣韻系統	齊　韻	脂　　　皆　　　韻		微　韻	灰　韻	咍韻
等　呼	開合口	開　口	合　口	開合口	合　口	開　口
上古韻部	脂　　　　　　部		微			部
例　字	鵜奚稽繼 啓秪體替 弟棣黎濟 妻犀晩迷 (睽)	皆喈伊飢 夷彝遲二 利脂鴟示 尸師資司 私比眉	淮懷壞追 衰惟遺蘬 悲睢屝毀 唯雖	衣依㡰幾 豈祈頎威 翬微韋歸 鬼非飛肥 微尾	虺回嵬傀 敦摧莍 雷隤	哀開凱

現在我把王力脂微分部的標準簡化如下:

---

❷　見《龍蟲並雕齋文集》第一册,頁一四二至一四三。

脂部： 齊韻加脂皆兩韻的開口呼字。

微部： 微灰咍三韻加脂皆兩韻的合口呼字。

我們就以這個標準來檢視戴震〈答段若膺論韻書〉裏頭的一段話。戴氏說：

> 昔人以質、衏、櫛、物、迄、月、沒、曷、末、黠、鎋、屑、
> 薛隸真、諄、臻、文、殷、元、魂、痕、寒、桓、刪、山、
> 先、仙，今獨質、櫛、屑仍其舊，餘曰隸脂、微、齊、皆、
> 灰，而謂諄、文至山、仙同入。是諄、文至山、仙與脂、微、
> 齊、皆、灰相配亦得矣，特彼分二部，此僅一部，分合未當。
> 又六衏韻字，不足配脂，合質、櫛與衏始足相配，其平聲亦合
> 真、臻、諄始足相配，屑配齊者也，其平聲則先、齊相配。今
> 不能別出六脂韻字配真、臻、質、櫛者合齊配先、屑為一部，
> 且別出脂韻字配諄、衏者，合微配文、殷、物、迄、灰配魂、
> 痕、沒為一部。廢配元、月，泰配寒、桓、曷、末，皆配刪、
> 黠，夬配山、鎋，祭配仙、薛為一部。而以質、櫛、屑隸舊有
> 入之韻，或分或合，或隸彼，或隸此，尚宜詳審。❸

戴氏這一段話，我們應分幾部分來分析，為了使觀念清晰，我先
把《廣韻》收舌尖鼻音 -n 的十四韻與收舌尖塞音 -t 的十三韻，與陰
聲各韻相配的關係，各按開合等第排列於後，然後再加以解說。

---

❸ 見廣文書局《聲類表》，頁五至六。

仙	山	刪	桓	寒	元	痕	魂	殷	文	諄	眞	臻	先	陽聲韻
合開	合開	合開	合	開	合開	開	合	開	合	合	開	開	合開	
三	二	二	一	一	三	一	一	三	三	三	三	二	四	
辥	鎋	黠	末	曷	月	(麧)	沒	迄	物	術	質	櫛	屑	入聲韻
合開	合開	合開	合	開	合開	開	合	開	合	合	開	開	合開	
三	二	二	一	一	三	一	一	三	三	三	三	二	四	
祭	夬	怪	泰	泰	廢	咍	灰	微	微	脂	脂	皆	齊	陰聲韻
合開	合開	合開	合	開	合開	開	合	開	合	合	開	開	合開	
三	二	二	一	一	三	一	一	三	三	三	三	二	❹四	

戴氏這段話是說《廣韻》以收舌尖塞音-t的入聲配收舌尖鼻音-n的陽聲，今段氏《六書音韻表》古韻十七部中，惟古韻第十二部以質、櫛、屑三部入聲配眞、臻、先三部陽聲，依《廣韻》之舊有分配，其餘入聲則與《廣韻》相反，拿來配陰聲的脂、微、齊、皆、灰各陰聲韻，稱爲古韻十五部，並且認爲十三部的諄文殷魂痕，與十四部的元寒桓刪山仙同與十五部的脂微齊皆灰是同入相配。戴氏認爲這種陰陽同入相配本來也沒有什麼問題。不過他進一層發現段氏在陽聲韻方面分成十三諄文殷魂痕，十四元寒桓刪山仙兩部，而陰聲韻方面只有十五部脂微齊皆灰一部，分配得非常不整齊，結構不完整，分配不妥當。

另一方面，戴氏從個別韻的相承分配上來看，也覺得不完整。例如六術韻的字，它只具有三等合口字，當然不足與十五部脂微齊皆灰的脂韻相配，因爲脂韻具有三等開合口的字，一定要把三等開口的質

❹ 按皆韻爲開合二等，合口字少，王氏歸微部，相配的陽聲字應爲山韻之「艱」、「鰥」等字。

韻字合起來，才足以跟脂韻配合得起來。再進一層看，十五部當中的皆韻是二等字，也只有把二等的櫛韻搬過來才能相配。入聲旣要質櫛術才能配脂皆，則陽聲韻方面，當然也要合眞臻諄三韻才能跟陰聲脂皆相配了。至於段氏十二部的入聲屑韻，應該與十五部的陰聲齊韻相配，至於陽聲韻先當然也是與齊相配的了，因爲它們都具有四等開合口的字。

戴氏更進一層推論，除非把質櫛屑相配的陰聲韻脂開三、皆開二、齊開合四諸韻單獨成立一部。今旣不能把這幾韻字分出獨立，那就只好以脂開三、皆開二與齊韻，同跟諄術相配的脂韻合三，與文殷物迄相配的微韻、與魂痕沒（麧）相配的灰咍（只限哀開凱少數字）合成爲一部。陰聲的脂微齊皆灰旣合成一部了，那麼陽聲十二部的眞臻先、十三部的諄文殷魂痕也應合而爲一了。至於入聲的質櫛屑術物迄沒諸韻，照戴震的陰陽入三分法，就應該獨立爲質部，也就是他的乙部❺。

十四部的陽聲元寒 桓刪山仙旣 已獨立成部，則與元月相配的廢韻，與寒桓曷末相配的泰韻，與刪點相配的怪韻❻，與山鎋相配的夬韻，與仙薛相配的祭韻，也應該獨立爲祭部，入聲韻的月曷末點鎋薛諸韻依戴氏陰陽入三分的原則，自亦應獨立爲月部，也就是他的遏部。所以戴氏批評段玉裁說：「而以質櫛屑隸舊有入之韻，餘乃隸舊無入之韻，或分或合，或隸彼，或隸此，尙宜詳審。」

我們知道，段玉裁第十二部眞臻先獨立是對的，他犯的錯誤是把

---

❺ 戴氏九類二十五部，每一韻部皆以影紐或喻紐字標識，分別爲歌稱阿、魚稱烏、鐸稱堊、蒸稱膺、之稱噫、職稱億、東稱翁、尤稱謳、屋稱屋、陽稱央、蕭稱夭、藥稱約、庚稱嬰、支稱娃、陌稱戹、眞稱殷、脂稱衣、質稱乙、元稱安、祭稱靄、月稱遏、侵稱音、緝稱邑、覃稱醃、合稱諜。

❻ 戴氏韻目原文爲皆韻，此列怪韻者，因祭部爲去聲韻，無平上聲字。

入聲質櫛屑三韻也併進去了。如果照戴震陰陽入三分的辦法，把眞部與質部獨立，同時把與眞質相配的脂開三、皆開二、齊諸韻也獨立爲脂部，那就對了。這個脂部，不正是王力脂微分部以後的脂部嗎！所以我認爲王力的脂微分部，除受章太炎的《文始》及他自己研究南北朝詩人用韻的影響外，戴震的〈答段若膺論韻書〉也應該給了他莫大的啟示。

原載民國七十七年中央研究院《歷史語言研究所集刊》
第五十九本第一分

《尚書‧堯典》納于大麓解

《尚書‧堯典》有一段談到虞舜聖德的話，歷來的解釋很紛歧，主要的原因就出在「納于大麓，烈風雷雨弗迷」二句的解釋不同，也就影響到整段文義的瞭解。現在把前後相關的文字鈔錄於後：

帝曰：「咨！四岳。朕在位七十載，汝能庸命，巽朕位。」岳曰：「否德忝帝位。」曰：「明明揚側陋。」師錫帝曰：「有鰥在下，曰虞舜。」帝曰：「俞，予聞：如何？」岳曰：「瞽子，父頑，母嚚，象傲；克諧，以孝烝烝，乂不格姦。」帝曰：「我其試哉。」女于時，觀厥刑于二女。釐降二女于嬀汭，嬪于虞。帝曰：「欽哉！」

慎徽五典，五典克從；納于百揆，百揆時敘；賓于四門，四門穆穆；納于大麓，烈風雷雨弗迷。

帝曰：「格汝舜！詢事考言，乃言底績，三載；汝陟帝位。」

舜讓于德，弗嗣。以上分段與標點據屈萬里先生《尚書釋義》。

《史記‧五帝本紀》解釋這段話說：

堯曰：「嗟！四嶽。朕在位七十載，汝能庸命踐朕位。」嶽應曰：「鄙德忝帝位。」堯曰：「悉舉貴戚及疏遠隱匿者。」眾皆

言於堯曰：「有矜在民間，曰虞舜。」堯曰：「然，朕聞之，其何如？」歡曰：「盲者子，父頑，母嚚，弟傲，能和，以孝烝烝，治不至姦。」堯曰：「吾其試哉！」於是堯妻之二女，觀其德於二女。舜飭下二女於嬀汭，如婦禮，堯善之。

乃使舜慎和五典，五典能從，乃徧入百官，百官時序，賓於四門，四門穆穆，諸侯遠方賓客皆敬，堯使舜入山林川澤，暴風雷雨，舜行不迷。

堯以為聖，召舜曰：「女謀事至而言可，績三年矣。女登帝位。」舜讓於德不懌。

是《史記》釋大麓為山林川澤。《索隱》云：「《尚書》云：『納于大麓。』《穀梁傳》云：『林屬於山曰麓。』是山足曰麓。故此以為入山林不迷。」《淮南子‧泰族訓》云：「四岳舉舜而薦之堯，堯乃妻以二女以觀其內，任以百官以觀其外，既入大麓，烈風雷雨而不迷。」高誘注云：「林屬於山曰麓，堯使舜入林麓之中，遭大風雨不迷也。」《論衡‧亂龍篇》云：「舜以聖德，入大麓之野，虎狼不犯，蟲蛇不害。」此皆孔安國古文《尚書》說，故馬融、鄭康成皆曰：「麓，山足也。」高本漢的《書經注釋》，因下文「烈風雷雨弗迷」的關係，也認為《史記》的解說最自然，最合邏輯，並且也是最通順的講法。

然而這真如高本漢所說：「最自然、最合邏輯，並且也是最通順的講法」嗎？恐怕也不盡然。屈萬里先生《尚書釋義》以為〈堯典〉述堯之德，實本儒家「修身齊家治國平天下」之思想為說，其實不僅於堯如此，於舜亦然。《淮南子‧泰族訓》所言：「妻以二女以觀其內，任以百官以觀其外」，正是儒家內聖外王，由近及遠，層次井然說法的最好寫照。根據《史記》的解說，舜飭下二女於嬀汭，如婦禮，堯

善之。乃使舜愼徽五典，也就是敬謹地敷揚五常之敎，所謂五常之敎，就是《左傳》文公十八年所說的「父義、母慈、兄友、弟恭、子孝」。這種人常之敎，舜敷揚得很好，所謂五典克從就是。鄭康成注云：「五典，五敎也。蓋試以司徒之職。」司徒只是一官，一官做得好，乃又內于百揆，遍歷諸官。而百官莫不承順。然後賓于四門。鄭康成曰：「賓讀爲儐。舜爲上儐以迎諸侯。」江聲《尚書集注・音疏》云：「古儐字通作賓，此賓于四門，謂舜儐導諸侯於四門，故鄭讀賓爲儐。云舜爲上儐者，《儀禮・娉禮》云：『卿爲上儐，大夫爲承儐，士爲紹儐。』鄭彼注云：『儐爲主國君所使出接賓者也。』于時舜位在諸臣之上，故知爲上儐也。」舜爲上儐，以迎諸侯，四方諸侯皆能敬肅。故云四門穆穆。此時舜已位在諸臣之上，斷無將一地位崇高，辦事妥善的大臣，突然納于山林川澤之理。因爲下文堯又讓帝位於舜，前後文理不屬，顯然照《史記・五帝本紀》的講法，簡直就是不合邏輯，也是不合情理的。

按《說文》：「麓，守山林吏也。」吾友吳仲寶敎授《新譯尚書讀本》乃據此引申云：「謂使他做農林部長，入深山野林，雖經狂風暴雨，而能不迷失方向，示其鎮定而有智慧。」此說仍不當於理。前此舜已試司徒，納百揆，爲上儐，位在諸臣之上，今又任作農林部長，非爲晉陞，乃是左遷，與後之居攝仍文理不屬，所以此說也仍有斟酌的餘地，尙難以爲定案。

僞孔《傳》云：「麓，錄也。納舜使大錄萬機之政，陰陽和，風雨時，各以其節，不有迷錯愆伏，明舜之德合於天。」這是說麓是錄的假借字。麓，《廣韻》盧谷切，來紐屋韻一等字；錄，《廣韻》力玉切，來紐燭韻三等字。二字的上古音同屬屋部。高本漢擬音：麓 *luk，錄 *liuk。我的擬音：麓 *lauk，錄 *liauk。毫無問題，是可

以假借的，所以麓字在這裏應該是錄字的假借。

《史記・陳丞相世家》云：「孝文皇帝既益明習國家事，朝而問右丞相勃曰：『天下一歲決獄幾何？』勃謝曰：『不知。』問：『天下一歲錢穀出入幾何？』勃又謝：『不知。』汗出沾背，愧不能對。於是上亦問左丞相平，平曰：『有主者。』上曰：『主者謂誰？』平曰：『陛下卽問決獄，責廷尉；問錢穀，責治粟內史。』上曰：『苟各有所主者，而君所主者何事也？』平謝曰：『主臣！陛下不知其駑下，使待罪宰相，宰相者，上佐天子，理陰陽，順四時；下育萬物之宜；外鎮撫四夷諸侯，內親附百姓，使卿大夫各得任其職焉。』孝文帝乃稱善。」陳平口中宰相之職「理陰陽，順四時」，與僞孔《傳》所說「陰陽和，風雨時，各以其節，不有迷錯愆伏。」旨意大同，則納于大麓爲何職事，亦可由此比對而明其梗概了。

考《周禮・天官・冢宰》鄭《目錄》云：「象天所立之官，冢，大也。宰者，官也。天者，統理萬物，天子立冢宰，使掌邦治，亦所以緫御羣官，使不失職。不言司者，大宰緫御衆官，不主一官之事也。」疏云：「不言司者，大宰緫御衆官，不主一官之事者，此官不言司，對司徒、司馬、司寇、司空皆云司，以其各主一官，不兼羣職，故言司。此天官則兼攝羣職，故不言司也。」據天官冢宰總御衆官之職，與陳平口中宰相之職「使卿大夫各得任其職焉。」又頗相類。雖時代綿邈，唐虞官制，今已難詳，但以文理斷之，此「大麓」之職必與《周官》冢宰相類。據鄭康成注，愼徽五典爲試司徒之職，則納于百揆，當爲歷試宗伯、司馬、司寇、司空等官，故「大麓」自類於冢宰，此以《周官》比況，較其層次，乃井然有序。

《漢書・王莽傳》上張竦稱莽功德曰：「比三世爲三公，再奉送大行，秉冢宰職，塡安國家，四海輻奏，靡不得所。《書》曰：『納於大

麓，列風雷雨不迷。』」師古注：「《虞書·舜典》敘舜之德，麓，錄也。言堯使舜大錄萬機之政。」又〈王莽傳〉中莽曰：「予前在大麓，至于攝假。」師古注曰：「大麓者，謂爲大司馬宰衡時。妄引舜納于大麓，烈風雷雨不迷也。攝假謂初爲攝皇帝，又爲假皇帝。」《漢書·于定國傳》：「永光元年，春霜夏寒，日青亡光。上復曰詔條責曰：『郎有從東方來者，言民父子相棄，丞相、御史案事之吏，匿不言邪？將從東方來者加增之也？何目錯繆至是？欲知其實。方今年歲未可預知也，即有水旱，其憂不細，公卿有可目防其未然救其已然者不？各目誠對，毋有所諱。』定國惶恐，上書自劾，歸侯印，乞骸骨。上報曰：『君相朕躬，不敢怠息，萬方之事，大錄于君，能毋過者，其唯聖人。方今承周秦之弊，俗化陵夷，民寡禮誼，陰陽不調，災咎之發，不爲一端而作，自聖人推類以記，不敢專也，況於非聖者乎！日夜惟思所目，未能盡明。《經》曰：萬方有罪，罪在朕躬。君雖任職，何必顙焉！其勉察郡國守相郡牧非其人者、毋令久賊民。永執綱紀，務悉聰明，強食慎疾。』」以冢宰、宰衡、丞相爲大麓，此必西漢經學家相傳之說，乃有此解。而〈于定國傳〉詔書以大麓爲大錄，尤爲顯明。故顧炎武《日知錄》云：「今所傳王肅注〈舜典〉納于大麓云：麓，錄也。納舜使大錄萬機之政。蓋西京時有此解，故詔書用之。」

　　清代講《尚書》者，亦多以大麓爲大錄。焦循《尚書補疏》云：「《傳》：『麓，錄也。納舜使大錄萬機之政，陰陽和，風雨時，各以其節，不有迷錯愆伏。明舜之德合於天。』循按：《史記》謂堯使舜入山林川澤，暴風雷雨，舜行不迷。此傳說與之異，自以孔《傳》爲僞，遂多從《史記》說。孔《傳》之僞，余不爲左袒，若以二說審之，則《傳》說爲勝。是時舜已在位，試司徒，爲上儐矣。入山林，豈一人徒行，何必不避風雷，聖人迅雷風烈必變，舜乃不畏天怒，先

聖後聖，義何乖異？且舜是時必有興從，假令衆人同己冒於風雨之
中，不情甚矣。余見村畋釣叟，往往乘大雷雨時，負簑衣簔，行坐隅
野，未嘗或懼，舜而如是，亦仍歷山雷澤時之故習耳。《漢書‧于定
國傳》，永光元年，春霜夏寒，日青亡光。上以詔條責，定國惶恐，
上書自劾，歸侯印，乞骸骨。上報曰：『君相朕躬，不敢怠息，萬方之
事，大錄于君，能毋過者，其爲聖人，方今承周秦之敝，俗化陵夷，
民寡禮誼，陰陽不調，災咎之發，不爲一端而作，自聖人推類以記，
不敢專也。況於非聖者乎？日夜思惟所以，未能盡明。經曰：萬方有
罪，罪在朕躬。君雖任職，何必顯焉。』此詔正用舜事，舜納大錄，
則雷雨弗迷，災咎不發。今定國納大錄，而陰陽不調，是宜罷職去
位。漢帝作慰辭，謂非顯定國一人之咎，而歸咎於己，乃因舜事而曲
原之，故曰：不爲一端。可見當時爲《尚書》說者，同於《傳》說，
太史公每載異聞，未可概也。德合於天，與《孟子》百神享之之義正
同。《論衡‧吉驗篇》云：『堯聞徵用，試之於職官，治職脩事無廢
亂，使入大麓之野，虎狼不搏，蝮蛇不噬，逢烈風疾雨，行不迷惑。』
此《史記》之說也。其〈正說篇〉引說《尚書》者云：『四門穆穆，
入于大麓，烈風雷雨不迷。言大麓三公之位也。居一公之位，大總錄
二公之事，衆多並吉，若疾風大雨。』此以大麓爲大錄，與詔同。而
以疾風大雨爲衆多並吉之譬喻，則殊陰陽不調之說，宜仲任以爲僞。
伏生《書大傳》：『堯推尊舜而尚之，屬諸侯焉。納于大麓之野，烈風
雷雨弗迷。』鄭康成注云：『山足曰麓，麓，錄也。古者天子命大事、
命諸侯則爲壇國之外，堯聚諸侯，命舜陟位居攝，致天下，使大錄
之。』此雖以大麓爲野，而鄭兼以大錄解之，則謂爲壇攝位之日，無
烈風雷雨，猶云朝會清明也。」朱芹《十三經札記》云：「孔《傳》：
『麓，錄也。納舜使大錄萬機之政也。』芹按：《孔叢子》宰我問：

『《書》云：納于大麓，烈風雷雨不迷，何謂也？』孔子曰：『此言人事之應乎天也。堯既得舜，歷試諸艱，已而納之於尊顯之官，使大錄萬機之政，是故陰陽清和，五星不悖，烈風雷雨，各以其應，不有迷錯愆伏，明舜之行合乎天也。』《尚書大傳》：『堯推尊舜而尚之，屬諸侯焉，納于大麓之野，烈風雷雨不迷，致之以昭華之玉。』鄭注：『山足曰麓，麓者錄也。古者天子命大事，命諸侯則爲壇國之外，堯聚諸侯，則命舜陟位居攝，致天下之事，使大錄之。』據此，則鄭雖以山足爲麓，亦與《尚書》孔《傳》同矣。」焦、朱二氏兩引鄭康成《尚書大傳注》，以爲堯聚諸侯，命舜陟位居攝，致天下之事，使大錄之。所引鄭康成的注是以大麓爲居攝，如果以爲居攝，則與下文「三載，汝陟帝位，舜讓于德，弗嗣。」不相應了。根據《漢書‧王莽傳》中：「莽曰：予前在大麓，至于攝假。」的話，很明顯的，大麓應在居攝之前，所以師古注大麓謂大司馬宰衡時，不應包括居攝。故段玉裁《古文尚書撰異》云：「凡三公丞相皆可云大麓，不必居攝也。」根據以上的敍說，所謂「納于大麓」，以《周官》況之，應該是任舜爲冢宰，總錄萬機之政。「烈風雷雨不迷」，譬喻舜治理得要，使陰陽調和，烈風雷雨各以其時，不有迷錯愆伏；也可以照王充《論衡‧正說篇》的解釋，把烈風雷雨譬喻繁劇的機務，不迷就是並吉，處理得當，毫無差失。因此，堯觀舜任冢宰三年以後，謀至言績，遂讓位於舜，舜謙讓不嗣。故《史記》接上去乃說：「於是帝堯老，命舜攝行天子之政。」這時候舜才居攝，居攝二十八年，堯崩，始陟帝位，故〈堯典〉自「正月上日，舜終于文祖」直到「流共工于幽洲，放驩兜于崇山，竄三苗于三危，殛鯀于羽山：四罪而天下咸服。」都是說舜居攝的政績。自「月正元日，舜格于文祖」至篇末「舜生三十徵庸，三十在位，五十載，陟方乃死。」才是陟位以後的政事。從孝烝

烝、飭二女、試司徒、歷百官、爲上儐、舉冢宰、居攝位、踐天子。
這一內聖外王層次井然的敍述，若把大麓解釋爲山林川澤，不是把整
個思路的頭緒都弄亂了嗎?

參 考 書 目

《尚書注疏》　藝文印書館《十三經注疏》本

《周禮注疏》　藝文印書館《十三經注疏》本

《尚書今古文注疏》　孫星衍　復興書局《皇清經解》本

《古文尚書考》　惠棟　復興書局《皇清經解》本

《古文尚書撰異》　段玉裁　復興書局《皇清經解》本

《尚書集注音疏》　江聲　復興書局《皇清經解》本

《尚書補疏》　焦循　復興書局《皇清經解》本

《經義述聞》　王引之　復興書局《皇清經解》本

《日知錄》　顧炎武　復興書局《皇清經解》本

《尚書古文疏證》　閻若璩　藝文印書館《皇清經解續編》本

《尚書今古文集解》　劉逢祿　藝文印書館《皇清經解續編》本

《尚書大傳輯校》　陳壽祺　藝文印書館《皇清經解續編》本

《尚書舊疏考證》　劉毓崧　藝文印書館《皇清經解續編》本

《今文尚書經說考》　陳喬樅　藝文印書館《皇清經解續編》本

《清儒書經彙解》　鼎文書局印行

《高本漢書經注釋》上下　陳舜政譯　《中華叢書》本

《尚書釋義》　屈萬里　中國文化大學出版部印行

《尚書今註今譯》　屈萬里　臺灣商務印書館發行

《尚書讀本》　吳璵　三民書局印行

《史記》　藝文印書館印行

《史記會注考證》　瀧川龜太郎　藝文印書館印行

《漢書》　藝文印書館印行

原載民國七十五年六月五日《中國學術年刊》第八期

論《詩經》中的楊柳意象

——對鍾玲女士〈先秦文學中楊柳的象徵意義〉一文的商榷

去年四月七日到十日中國古典文學會舉辦了「中國古典文學第一屆國際會議」，香港大學的鍾玲女士應邀在會議上發表她的大著〈先秦文學中楊柳的象徵意義〉，當時我也在座，曾對鍾女士這篇大著的觀點提出幾點商榷。有些鍾女士當時在口頭上接受了，但是論文印出來後也沒有甚麼改變。關於先秦文學其他部分，因為涉獵有限，不敢多談，謹就《詩經》中的楊柳意象，提出幾點商榷就教於鍾女士。

鍾女士在論文的第三節「《詩經》中的楊柳意象」裏，提到《詩經》中的九首詩，認為其中有楊、楊柳、杞、檉、蒲柳等意象。現在就按着《詩經》的順序，一一鈔錄於後：

一、〈國風·王風·揚之水〉

《序》云：揚之水，刺平王也。不撫其民而遠屯戍于母家，周人怨思焉。

〇揚之水，不流束薪，彼其之子，不與我戍申。懷哉懷哉，曷月予還歸哉。〇揚之水，不流束楚，彼其之子，不與我戍甫，懷哉懷哉，曷月予還歸哉。〇揚之水，不流束蒲，彼其之子，不與我戍許，懷哉懷哉，曷月予還歸哉。

二、〈國風・鄭風・將仲子〉

《序》云：將仲子，刺莊公也。不勝其母以害其弟，弟叔失道而公弗制，祭仲諫而公弗聽，小不忍以致大亂焉。

○將仲子兮，無踰我里，無折我樹杞，豈敢愛之，畏我父母，仲可懷也，父母之言，亦可畏也。○將仲子兮，無踰我牆，無折我樹桑，豈敢愛之，畏我諸兄，仲可懷也，諸兄之言，亦可畏也。○將仲子兮，無踰我園，無折我樹檀，豈敢愛之，畏人之多言，仲可懷也，人之多言，亦可畏也。

三、〈國風・齊風・東方未明〉

《序》云：東方未明，刺無節也。朝廷興居無節，號令不時，挈壺氏不能掌其職焉。

○東方未明，顛倒衣裳，顛之倒之，自公召之。○東方未晞，顛倒裳衣，倒之顛之，自公令之。○折柳樊圃，狂夫瞿瞿，不能辰夜，不夙則莫。

四、〈國風・秦風・車鄰〉

《序》云：車鄰，美秦仲也。秦仲始大，有車馬、禮樂、侍御之好焉。

○有車鄰鄰，有馬白顛，未見君子，寺人之令。○阪有漆，隰有栗，既見君子，竝坐鼓瑟，今者不樂，逝者其耋。○阪有桑，隰有楊，既見君子，竝坐鼓簧，今者不樂，逝者其亡。

五、〈國風・陳風・東門之楊〉

《序》云：東門之楊，刺時也。昏姻失時，男女多違，親迎，女猶有不至者也。

○東門之楊，其葉牂牂，昏以爲期，明星煌煌。○東門之楊，其葉肺肺，昏以爲期，明星晢晢。

六、〈小雅・鹿鳴之什・采薇〉

《序》云：采薇，遣戍役也。文王之時，西有昆夷之患，北有玁狁之難，以天子之命命將率，遣戍役以守衛中國，故歌〈采薇〉以遣之，〈出車〉以勞還，〈杕杜〉以勤歸也。

○采薇采薇，薇亦作止，曰歸曰歸，歲亦莫止。靡室靡家，玁狁之故，不遑啓居，玁狁之故。○采薇采薇，薇亦柔止，曰歸曰歸，心亦憂止。憂心烈烈，載饑載渴，我戍未定，靡使歸聘。○采薇采薇，薇亦剛止，曰歸曰歸，歲亦陽止，王事靡盬，不遑啓處，憂心孔疚，我行不來。○彼爾維何，維常之華，彼路斯何，君子之車。戎車既駕，四牡業業，豈敢定居，一月三捷。○駕彼四牡，四牡騤騤，君子所依，小人所腓。四牡翼翼，象弭魚服，豈不日戒，玁狁孔棘。○昔我往矣，楊柳依依，今我來思，雨雪霏霏，行道遲遲，載渴載饑，我心傷悲，莫知我哀。

七、〈小雅・節南山之什・小弁〉

《序》云：小弁，刺幽王也。太子之傅作焉。

○弁彼鸒斯，歸飛提提，民莫不穀，我獨于罹，何辜于天，我罪伊何，心之憂矣，云如之何。○踧踧周道，鞠爲茂草，我心憂傷，惄焉如擣，假寐永歎，維憂用老，心之憂矣，疢如疾首。○維桑與梓，必恭敬止，靡瞻匪父，靡依匪母，不屬于毛，不罹于裏，天之生我，我

辰安在。○菀彼柳斯，鳴蜩嘒嘒，有漼者淵，萑葦淠淠。譬彼舟流，不知所屆，心之憂矣，不遑假寐。○鹿斯之奔，維足伎伎，雉之朝雊，尚求其雌，譬彼壞木，疾用無枝，心之憂矣，寧莫之知。○相彼投兔，尚或先之，行有死人，尚或墐之，君子秉心，維其忍之，心之憂矣，涕既隕之。○君子信讒，如或酬之，君子不惠，不舒究之，伐木掎矣，析薪杝矣，舍彼有罪，予之佗矣。○莫高匪山，莫浚匪泉，君子無易由言，耳屬于垣，無逝我梁，無發我笱，我躬不閱，遑恤我後。

八、〈小雅・魚藻之什・菀柳〉

《序》云：菀柳，刺幽王也。暴虐無親，而刑罰不中，諸侯皆不欲朝，言王者之不可朝事也。

○有菀者柳，不尚息焉，上帝甚蹈，無自暱焉，俾予靖之，後予極焉。○有菀者柳，不尚愒焉，上帝甚蹈，無自瘵焉，俾予靖之，後予邁焉。○有鳥高飛，亦傅于天，彼人之心，于何其臻，曷予靖之，居以凶矜。

九、〈大雅・文王之什・皇矣〉

《序》云：皇矣，美周也。天監代殷莫若周，周世世脩德，莫若文王。

○皇矣上帝，臨下有赫，監觀四方，求民之莫，維此二國，其政不獲，維彼四國，爰究爰度，上帝耆之，憎其式廓，乃眷西顧，此維與宅。○作之屏之，其菑其翳，脩之屏之，其灌其栵，啓之辟之，其檉其椐，攘之剔之，其檿其柘，帝遷明德，串夷載路，天立厥配，受命既固。○帝省其山，柞棫斯拔，松柏斯兌，帝作邦作對，自大伯王

季，維此王季，因心則友，則友其兄，則篤其慶，載錫之光，受祿無喪，奄有四方。○維此王季，帝度其心，貊其德音，其德克明，克明克類，克長克君，王此大邦，克順克比，比于文王，其德靡悔，既受帝祉，施于孫子。○帝謂文王，無然畔援，無然歆羨，誕先登于岸，密人不恭，敢距大邦，侵阮徂共，王赫斯怒，爰整其旅，以按徂旅，以篤于周祜，以對于天下。○依其在京，侵自阮疆，陟我高岡，無矢我陵，我陵我阿，無飲我泉，我泉我池。度其鮮原，居岐之陽，在渭之將，萬邦之方，下民之王。○帝謂文王，予懷明德，不大聲以色，不長夏以革，不識不知，順帝之則，帝謂文王，詢爾仇方，同爾兄弟，以爾鉤援，與爾臨衝，以伐崇墉。○臨衝閑閑，崇墉言言，執訊連連，攸馘安安，是類是禡，是致是附，四方以無侮，臨衝茀茀，崇墉仡仡，是伐是肆，是絕是忽，四方以無拂。

此外，鍾女士文中，還提到兩首詩出現的楊，不過她以為不是蒲柳的楊，而是白楊的楊。先把這兩首詩也鈔下來，再加以討論。

〈小雅・南有嘉魚之什・南山有臺〉：

《序》云: 南山有臺，樂得賢也。得賢則能為邦家立大平之基矣。○南山有臺，北山有萊，樂只君子，邦家之基，樂只君子，萬壽無期。○南山有桑，北山有楊，樂只君子，邦家之光，樂只君子，萬壽無疆。○南山有杞，北山有李，樂只君子，民之父母，樂只君子，德音不已。○南山有栲，北山有杻，樂只君子，遐不眉壽，樂只君子，德音是茂。○南山有枸，北山有楰，樂只君子，遐不黃耇，樂只君子，保艾爾後。

〈小雅・南有嘉魚之什・菁菁者莪〉：

《序》云：菁菁者莪，樂育材也。君子能長育人材，則天下喜樂之矣
○菁菁者莪，在彼中阿，既見君子，樂且有儀。○菁菁者莪，在彼中
沚，既見君子，我心則喜。○菁菁者莪，在彼中陵，既見君子，錫我
百朋。○汎汎楊舟，載沉載浮，既見君子，我心則休。

　　鍾女士認為〈南山有臺〉一詩中「北山有楊」的楊，應該指的是
白楊，理由是在山上，而〈菁菁者莪〉一詩中「汎汎楊舟」的楊，她
也認為是白楊。她說：

　　　楊：在先秦文學中，如果只稱楊，不稱楊柳，就不是指垂楊。
　　《說文》：「楊，蒲柳也。」第六篇上木部《詩經・秦風・車鄰》提到
　　的楊也是蒲柳，即水楊。「阪有桑，隰有楊」。徐雪樵認為「下
　　濕即隰，　此是水楊無疑矣。」又說明楊與柳的分別：「枝勁
　　而揚起曰楊，枝弱而下垂者曰柳。」先秦文學的「楊」字有時
　　也易引起混淆，「楊」有時指另一種樹木，即白楊，楊木，屬
　　populus科。《詩經・小雅・南山有臺》中曰「北山有楊」，因為
　　在山上，應是指楊木，而非生水邊的蒲柳。《齊民要術》說：
　　「白楊性甚勁直，堪為屋材，折則折矣，終不曲撓。」《詩
　　經》中提到的「楊舟」，或是《左傳》中提到的「楊楯」，大概
　　都是白楊木製成的，不是用做箭的蒲楊木。

　　鍾女士所以把〈南山有臺〉「北山有楊」的楊，認為是白楊，理由
只是因為在山上，此外別無佐證。正好她提到〈秦風・車鄰〉，〈車
鄰〉二章說「阪有漆，隰有栗」，三章說「阪有桑，隰有楊。」我們對
照〈唐風・山有樞〉三章的「山有漆，隰有栗」，很明顯的，〈秦風・
車鄰〉的「阪有漆，隰有栗」，就是〈唐風・山有樞〉的「山有漆，

隰有栗」,「漆」「栗」兩種樹木都是相同的種類; 同樣的,〈山有樞〉
二章的「山有栲, 隰有杻」的「栲」「杻」, 也就是〈小雅・南山有
臺〉四章「南山有栲, 北山有杻」的「栲」「杻」, 這樣說來, 在下濕
地所生長的「杻」樹照樣可以長得北山之上。那麼, 我們有什麼理由
說〈車鄰〉三章「阪有桑, 隰有楊」的楊是蒲楊, 而〈南山有臺〉二
章「南山有桑, 北山有楊」的楊就是白楊呢? 我承認楊有很多種, 根據
崔豹《古今注》有白楊葉圓、青楊葉長、蒲楊葉長細、栘楊葉圓蔕弱
四種不同, 《埤雅》則謂楊有黃白青赤四種。但如果以〈車鄰〉的楊
是蒲柳, 則〈南山有臺〉的楊也應該是蒲柳, 郝敬的《毛詩原解》在
〈南山有臺〉下注云:「楊, 蒲柳, 可為箭笴、為屋材、為舟。」日人
平安江村的《詩經物類辨解》於「楊」下亦以〈秦風・車鄰〉的「隰
有楊」, 〈陳風〉的「東門之楊」, 〈小雅・南山有臺〉的「北山有楊」,
〈小雅・菁菁者莪〉的「汎汎楊舟」, 都是朱註所謂「楊, 柳之揚起
者也。」可見他們是一樣的種類, 那就是蒲柳, 根據郝敬蒲柳可以為
舟, 那麼「汎汎楊舟」的楊也是蒲柳了。鍾女士把這兩首詩的楊認作
白楊, 是沒有根據的。

　　此二詩的楊, 既是蒲柳, 在這兩首詩裏象徵什麼呢? 據陳大章
《詩傳名物集覽》古詩南楊北柳, 本是二物, 陳藏器也說:「江東通
名楊柳, 北人都不言楊, 楊樹葉短, 柳樹枝長。」《說文》:「柳,
小楊也。」楊與柳, 析言有別, 渾言不分, 言楊也是柳, 龍起濤的《毛
詩補正》談到〈南山有臺〉說:

　　　　今天下一家, 肅慎燕亳, 吾北土也, 巴濮楚鄧, 吾南土也。凡
　　　　荊衡一帶, 皆吾南山, 大行恆嶽所抵, 皆吾北山也, 其山之所
　　　　產皆吾財用也。

所以〈南山有臺〉的桑楊是象徵南北的多材。與《詩序》「樂得賢」也正相吻合。〈菁菁者莪〉亦以楊木之舟譬喻人材,故《序》也是說「樂育材也」。

〈王風·揚之水〉「不流束蒲」,毛《傳》以蒲為蒲草,鄭《箋》易為蒲柳。馬瑞辰認為鄭《箋》易蒲為蒲柳者,以前二章束薪、束楚皆為木,則束蒲不宜為草。又束艸可流,束蒲柳則不可流。按此詩「不流束薪」、「不流束楚」、「不流束蒲」三章取義同,都是譬王室衰弱,威令不行於諸侯。故〈詩序〉說「刺平王也。」絕不是像鍾女士所說的「因水流太急,所以無法從上游把束好的蒲柳木柴,順流漂下,由於會給水沖走,下游處拾取不到。」至於後文所說:「戍邊的男子回家,就會上山打柴,維持生計,安居樂業了。」那更是望文生義,與《詩》義毫不著邊際的了。

〈鄭風·將仲子〉一詩,鍾女士的解說更為離譜,鍾女士說:

> 這首詩用女性的口吻,婉拒她魯莽大膽的男友「仲子」。這位男友會魯莽到爬牆而入來會她,把園中的樹都折斷,因此折斷園中樹的意象,暗示男子不顧一切干犯禮法的態度,而且,如果設想他真的闖進來,不僅只會傷害樹木,也會傷害到女子的名譽。因此庭院中柔脆的樹木,也多少象徵了女子的清白。

陸機《毛詩草木鳥獸蟲魚疏》:「杞,柳屬也。生水傍,樹如柳,葉麤而白色,木理微赤,故今人以為車轂。」據陸機,杞確為柳屬,即杞柳。但如照鍾女士的說法,杞柳象徵少女,仲子不顧理法,欲施強暴,而女子還說「仲可懷也」,那表示這個少女喜歡強暴了,這成什麼話,在討論會時鍾女士也承認在這首詩裏的杞、桑、檀具有相同

的意象，而對照〈山有樞〉、〈車鄰〉、〈南山有臺〉各詩中的樹木也是具有共同的意象，如果此詩的杞柳如鍾女士說的象徵了女子的清白，則桑、檀、楊、李等亦具有同樣的象徵，那豈不是《詩經》中清白的少女都是木頭了嗎？

其實這首詩的杞、桑、檀不是象徵少女，而是隱喻大叔段、莊公的弟弟。胡承珙《毛詩後箋》說：「《傳》於木必兼言其形性者，自以取興所在，故《箋》申之云：無折我樹杞，喻言無傷害我兄弟也。然則所謂桑與檀者，蓋皆以喻段可知，桑以喻段之得眾，所謂厚將得眾也；檀以喻段之恃彊，所謂多行不義也。」鍾女士以庭院中柔脆的樹木，象徵少女的清白，杞還可說是柔脆的樹木，根據毛《傳》，檀可是彊靭的樹木，恰好與柔脆相反，那麼檀象徵什麼呢？

〈齊風·東方未明〉的「折柳樊圃」。《序》說「刺無節也。」鍾女士採用高本漢《詩經注釋》的說法，認為這首詩「描寫一個官員早晨匆匆忙忙的起床上朝廷去，慌亂之中，穿倒了衣服，闖出了園子，以至折斷了圍籬。」那麼這裏的柳就是單純的柳樹，沒有任何象徵的意義了。然柳是柔脆之木，本不宜於為樊籬，故毛《傳》說無益於禁。是以鄭《箋》申其義說：「柳木之不以為藩，猶是狂夫不任挈壺氏之事。」則這裏的柳就有象徵的意義了，象徵什麼呢？象徵一個精神恍惚志無所守的狂夫。馬瑞辰認矍矍是朚朚的假借，人自驚顧的意思。因為狂夫精神恍惚，兩眼驚顧眼神不定，不能擔任挈壺氏之職以告時於朝，故下文說不能伺夜，令夜之漏刻，不是太早，就是太晚，常失其宜。故《序》以刺無節為說，謂起居無節。則顯然毛鄭的解說，比高本漢確切多了。不知道鍾女士為什麼舍毛鄭而取高本漢？

〈秦風·車鄰〉「阪有桑，隰有楊」的楊，鍾女士既引鄭玄的說法，但又似不以為然，恐怕也是對詩意的瞭解不夠，所以最後也沒有

把「楊」的意象說出來。據鄭《箋》說:「興者喻秦仲之君臣所有,各得其宜。」《正義》曰:「言阪上有漆木,隰中有栗木,各得其宜,以興秦仲之朝,上有賢君,下有賢臣,上下各得其宜。」馬瑞辰云:「〈鄭風〉山有扶蘇,隰有荷華。《傳》言高下大小各得其宜也。其取興與此詩正同,但彼以反興鄭忽之所美非美,此以正興秦仲之君臣皆賢耳。又〈秦風〉山有苞櫟,隰有六駮。鄭《箋》云:山之櫟、隰之駮,皆其所宜有也。以言賢者亦國家所宜有之,其取興與〈鄭風〉同。」據馬氏的說法此詩正以阪之漆桑,隰之栗楊來象徵秦仲君臣上下各得其宜。鼓瑟鼓簧,則秦仲與士大夫燕而樂。「今者不樂,逝者其耋。」嚴粲云:「今者若不爲樂,則自此以往,其將老矣。言貴生前得意,否則虛老歲月耳。此彊毅果敢之氣,勇於有爲,己又安能邑邑以待數十百年之意矣。秦之能彊者在此,而周人之氣象變矣。」三章「今者不樂,逝者其亡」,竹添光鴻《毛詩會箋》說:「亡激烈於耋,言化爲異物也。古人言樂者,每及於日月易逝,壽命無常。」是說今日不可不盡歡,人之壽命無常,等到死了,欲爲此樂,則不可得了。

〈陳風‧東門之楊〉的楊,鍾女士解說道:

> 此詩楊的意象以其茂盛的葉爲中心,有反諷的意味,反諷是指兩種事物,因其相反的性質,而含有諷刺的意味,有反襯的意味。詩中的等候者,擡頭望見楊葉,密集而充滿生機,益發反襯出他的心情之寞落與絕望。正如明星準時出現,也反襯出情人的失約,因此這首詩中的楊樹和明星的意象,成功地運用了反諷手法。

按毛《傳》以爲「男女失時,不逮秋冬」,蓋秋冬是昏姻之時,今

東門之楊木，其葉牂牂然茂盛，已是暮春之時，則譏刺昏姻失時之義已顯然可見；親迎之禮，以昏為期，今啟明之星已煌煌然明於東方的天空，明星煌煌，謂天將明的時候。竹添光鴻曰：「昏以為期，明星煌煌者，日入三刻為昏。明星謂啟明之星，非泛言大星也。〈小雅〉『東有啟明，西有長庚』，啟明長庚同一星也，故《傳》曰旦出謂明星為啟明，日既入謂明星為長庚，庚，續也。是啟明一名明星之證，明星煌煌，謂天且明也。」所以這首詩的楊，取其楊葉茂盛，象徵時已暮春，昏姻過期的意思。故《序》云「昏姻失時，男女多違」。

〈小雅・采薇〉的「楊柳依依」，依依是形容柳柔弱茂盛的樣子，這是指春天別離的時間；霏霏是形容雨雪飄落的樣子，指歲暮寒冬的時候，此詩言柳往雪來，適為一年之期，主要是以楊柳雨雪的景象，說明時間的隔遠，與〈出車〉「昔我往矣，黍稷方華，今我來思，雨雪載塗」同一興象，鍾女士所謂「春與冬之對比，今與昔之對比，溫暖與寒冷的對比，故鄉的甜蜜生活與軍旅的艱苦之對比。」應該是比較接近《詩》旨的，這裏的楊柳，以其葉之依依，作為春天的象徵。

〈小雅・小弁〉「菀彼柳斯，鳴蜩嘒嘒。」鍾女士說「即濃鬱的垂柳意象。」這是不錯的，但「濃鬱的垂柳意象」象徵甚麼？鍾女士說「可能影射詩人周圍的人或事」，也沒有錯，但說得不夠清楚，也不夠詳細。按《正義》云：「言有菀然而茂者，彼柳木也，此柳由茂，故上有鳴蟬其聲嘒嘒然；有漼然而深者，彼淵水也，此淵由深，故傍崔葦其眾渒渒然。柳木茂而多蟬，淵水深而生葦，是大者之傍，無所不容，猶王揔四海之富，據天下之廣，宜容太子而不能容之，至使放逐，譬彼舟之流行，而無維制之者，不知終當所至，以此，故我心之憂矣，不得閒暇而假寐，言憂之深也。」據《正義》，則鬱茂的柳樹正以興揔四海之富、據天下之廣的周幽王，故《序》云「刺幽王也。」

〈小雅・菀柳〉的「有菀者柳，不尙息焉。」「有菀者柳，不尙愒焉。」毛《傳》訓「菀」爲「茂木也」。鄭《箋》云：「尙，庶幾也。有菀然枝葉茂盛之柳，行路之人豈有不庶幾欲就之止息乎，興者喩王有盛德，則天下皆庶幾願往朝焉。」馬瑞辰曰：「《白帖》引《詩》作苑，菀苑古通用，有作茂木解者，《晉語》『人皆集於苑，我獨集於枯』是也。有作枯病解者，《淮南子》『形苑而神壯』，又曰『百節莫苑』高注『苑，枯病也』是也。苑菀聲亦相近。《玉篇》『菀，於元反，敗也。』又曰：『委菀也。』此詩《釋文》『菀音鬱，徐於阮反。』案讀鬱者爲茂木，讀於阮反則訓如菱菀之菀。《詩》蓋以枯柳之不可止息，興王朝之不可依倚也。《說文》『尙，曾也。』不尙息焉，猶云不曾息耳。」竹添光鴻以馬瑞辰所釋爲優。不論毛鄭的解釋，抑馬瑞辰的解說，都是以菀柳象徵王朝，卽幽王。故《序》云「刺幽王。」鍾女士說「行路之人在垂柳下休息的意象，象徵了詩人渴望享有的安適和平，也象徵在賢明人主庇蔭下的平安生活。」眞是與詩旨差了十萬八千里，把個暴虐無親的周幽王，解釋爲賢明人主，更是匪夷所思了。

最後，談談〈大雅・皇矣〉的「其檉其椐」，鄭《箋》云：「天旣顧文王，四方之民，則大歸往之，岐周之地，險隘多樹木，乃競刊除而自居處，言樂就有德之盛。」這裏指文王開闢土地，刊除的樹木。據陳大章《詩傳名物集覽》云：「《漢書》鄯善國多檉柳。段成式云：赤白檉出涼州，大者爲炭，復入灰汁，可於鬻銅。《本草》：赤檉木皮赤色，葉細，其中木脂，一名檉乳。《衍義》：人謂之三春柳，以其一年三秀也。花肉紅色，成細穗，河西者，戎人取滑枝爲鞭。〈南都賦〉注檉似柏而香。《雅翼》：檉葉細如絲，婀娜可愛，天將雨，檉先起，氣以應之，故一名雨師。亦能負霜雪，大寒不彫，有異餘

柳。」按毛《傳》謂檉爲河柳，則〈皇矣〉的檉就是三春柳，河西有之，故文王得而關除。這詩的檉，只是河柳，別無象徵的意義。

參 考 書 目

《重刊宋本毛詩注疏附校勘記》　藝文印書館印行

《清儒詩經彙解》　鼎文書局印行

《詩輯》　嚴粲　廣文書局印行

《毛詩會箋》　竹添光鴻　臺灣大通書局印行

《毛詩補正》　龍起濤　臺灣力行書局印行

《高本漢詩經注釋》　董同龢譯　中華叢書編審委員會印行

《詩經通論》　姚際恆　廣文書局印行

《毛詩傳箋通釋》　馬瑞辰　廣文書局印行

《呂氏家塾讀詩記》　呂祖謙　藝文印書館《百部叢書》本

《續呂氏家塾讀詩記》　戴溪　藝文印書館《百部叢書》本

《毛詩原解》　郝敬　藝文印書館《百部叢書》本

《詩序辨說》　朱熹　藝文印書館《百部叢書》本

《詩集傳》　朱熹　藝文印書館印行

《詩經原始》　方玉潤　藝文印書館印行

《詩集傳名物鈔》　許謙　藝文印書館《百部叢書》本

《詩傳名物集覽》　陳大章　藝文印書館《百部叢書》本

《讀風偶識》　崔述　藝文印書館《百部叢書》本

《毛詩草木鳥獸蟲魚疏》　陸機　藝文印書館《百部叢書》本

《詩總聞》　王質　藝文印書館《百部叢書》本

《毛詩馬王徵》　臧庸　藝文印書館《百部叢書》本

《詩經疑問》　朱倬　臺灣大通書局《通志堂經解》本

《詩解頤》　朱善　臺灣大通書局《通志堂經解》本

《詩毛氏傳疏》　陳奐　世界書局印行

《毛詩後箋》　胡承珙　藝文印書館《皇清經解續編》本

《毛詩稽古編》　陳啓源　復興書局《皇清經解》本

《逸齋詩補傳》　范處義　臺灣大通書局《通志堂經解》本

《毛詩集解》　李樗、黃櫄　臺灣大通書局《通志堂經解》本

《詩三家義集疏》　王先謙　世界書局印行

《詩經動植物圖鑑叢書》　大化書局印行

《詩經詮釋》　屈萬里　聯經出版事業公司

《詩經欣賞與研究》　糜文開、裴普賢　三民書局印行

《詩經研讀指導》　裴普賢　東大圖書公司印行

《詩經今注今譯》　馬持盈　臺灣商務印書館發行

《詩經通釋》　王靜芝　輔仁大學文學院發行

《詩經今注》　高亨　漢京文化事業有限公司印行

《詩經評釋》　朱守亮　學生書局印行

《詩經直解》　陳子展　復旦大學出版社

《詩經研究論集》　黎明文化事業公司出版

〈先秦文學中楊柳的象徵意義〉　鍾玲　《古典文學》第七集

原載民國七十五年六月五日師大《國文學報》第十五期

《詩經》的憂患意識進一解

　　吾友王熙元教授在師大學術研討會上，發表〈詩經的憂患意識〉一文。熙元兄從民族憂患意識的萌芽、《詩經》的時代背景與內容大要，《詩經》中所反映的憂患意識，體認《詩經》憂患意識的時代意義四部分來論述。可謂綱舉目張，能窮原究委了。當時，由我擔任講評，限於時間，未能把我的觀點，完全表白。因此，想在這裏將那時所接觸的一些資料，把它綴合成編。這裏，不是對熙元兄論文的批評，只是表達一己的看法。

　　我以爲要談《詩經》的憂患意識，就不能撇開《詩序》。由於《後漢書‧儒林傳》中的一段記載說：

> 衞宏字敬仲，東海人也。少與河南鄭興俱好古學，初，九江謝曼卿善《毛詩》，迺爲其訓。宏從曼卿受學，因作《毛詩序》，善得風雅之旨，於今傳於世。

　　朱子的《詩序辨說》就根據《後漢書‧儒林傳》的記載，而把《詩序》斷爲衞宏所作，因爲他把《詩序》斷爲衞宏所作，所以認爲《詩序》釋《詩》，實不足信。他在《朱子語類》裏說：

> 《詩序》實不足信，向見鄭漁仲有《詩辨妄》，力詆《詩序》，

其間言語太甚，以爲皆是村野妄人所作，始亦疑之；後來仔細
看一兩篇，因質之《史記》、《國語》，然後知《詩序》之果
不足信。

朱子懷疑《詩序》不足信後，影響殊爲深遠，直至今日仍有許多
人講《詩經》而不談《詩序》，只從詩篇文辭去猜測。這裏我不想爲
《詩序》多所辯白，只想從《漢書·儒林傳》裏所記載的史實提出
來討論。《漢書·儒林傳》說：

> 王式字翁思，東平新桃人也。事免中徐公及許生，式爲昌邑王
> 師，昭帝崩，昌邑王嗣立，以行淫亂廢，昌邑羣臣皆下獄誅，
> 唯中尉王吉，郎中令龔遂，以數諫減死論。式繫獄當死，治事
> 使者責問曰：「師何以無諫書？」式對曰：「臣以《詩》三百五
> 篇朝夕授王，至於忠臣孝子之篇，未嘗不爲王反復誦之也。至於
> 危亡失道之君，未嘗不流涕爲王深陳之也。臣以三百五篇諫，
> 是以無諫書。」使者以聞，亦得減死論。

昌邑王師王式以三百五篇爲諫書而得免死，倘《詩》無序而待衞宏始
作，則王式持何義以授昌邑王，若無《詩序》所言的美刺，三百五篇
又何以可作爲諫書？倘如朱子所言鄭、衞之詩都是淫詩❶。

---

❶ 朱子《詩集傳》於＜邶風·匏有苦葉＞云：「比刺淫亂之詩。」＜靜女＞
云：「此淫奔期會之詩也。」＜鄘風·蝃蝀＞云：「比刺淫奔之詩。」＜衞
風·氓＞云：「此淫婦爲人所棄而自敍其事，以道其悔恨之意也。」＜木
瓜＞云：「疑亦男女相贈答之詞，如＜靜女＞之類。」＜鄭風·將仲子＞
云：「莆田鄭氏曰：此淫奔者之辭。」＜叔于田＞云：「疑此亦民間男女相
悅之詞也。」＜遵大路＞云：「亦男女相說之詞也。」＜有女同車＞云：「此
疑亦淫奔之詩。」＜山有扶蘇＞云：「淫女戲其所私者曰……」＜蘀兮＞

若王式朝夕授王以淫詩，則昌邑王荒淫失道，不正是王式所教導的嗎？這樣的話，當加重王式的罪罰，怎麼反而可以免死呢？可見在西漢武、昭之世，師儒講《詩》，就已經照《詩序》所說的大旨傳《詩》了，則《詩序》不待衞宏始作可知了。

《詩序》言《詩》既無可疑。則從《詩序》以探索《詩經》的憂患意識，就更為明確了。《詩序》云：

> 上以風化下，下以風刺上，主文而譎諫，言之者無罪，聞之者足以戒。

從《詩序》這幾句話看來，《詩經》的憂患意識，可從兩方面來看，一是在下位的人，提醒在上位的人，讓在上位的人聽了以後，時時警戒；一是在上位的人，教導在下位的人，讓下位的人明白憂患的所在。現在就從這兩方面舉些詩篇來探討。

一、從下以風刺上說

〈邶風‧柏舟〉：

> 汎彼柏舟，亦汎其流。耿耿不寐，如有隱憂。微我無酒，以敖以遊。

云：「此淫女之詞。」〈狡童〉云：「此亦淫女見絕而戲其人之詞。」〈褰裳〉云：「淫女語其所私者曰……」〈丰〉云：「婦人所期之男子……」〈風雨〉云：「淫奔之女言當此之時，見其所期之人而心悅也。」〈出其東門〉云：「人見淫奔之女而作此詩。」〈野有蔓草〉云：「男女相遇於野田草露之間，故賦其所在以起興。」〈溱洧〉云：「此詩淫奔者自敘之詞。」

我心匪鑒，不可以茹。亦有兄弟，不可以據。薄言往愬，逢彼之怒。

我心匪石，不可轉也。我心匪席，不可卷也。威儀棣棣，不可選也。

憂心悄悄，慍於群小。覯閔既多，受侮不少。靜言思之，寤辟有摽。

日居月諸，胡迭而微。心之憂矣，如匪澣衣。靜言思之，不能奮飛。

《序》云：「〈柏舟〉，言仁而不遇也。衞頃公之時，仁人不遇，小人在側。」這首詩就在提醒 在上位的人， 是否能夠善用有才幹的人，如果讓有才有德的人，也像一般人一樣，讓他隨波逐流，不得其所。這樣的話，憂患自然就來了。我認為今日上自總統，下自各級單位主管，都要好好的深思，在你們的單位裏，是否埋沒了人才，是否讓人才隨波逐流。須知隨時隨地都有人才，端視作主管的人是否能善用人才罷了。所謂千里馬常有，伯樂不常有就是了。人才不同於奴才，人才有自己的個性，有自己的見解，不像奴才那樣只會唯命是從。如果一個做主管的人，只喜歡任用聽命的奴才，人才自然就遠隱而不為所用了。秦二世皇帝的時候，只聽任趙高，秦沒有人才，像漢初三傑那等的人才， 都到了漢王劉邦的麾下去了。隋煬帝之末，隋沒有人才，像房玄齡、杜如晦、魏徵、李靖等天下將相之才，都轉到唐太宗的一邊去了。滿清末造，清廷腐敗，人才缺乏到了極點，可是我中華民國開國的先烈，像黃興、宋教仁、陳其美等那一個不是頂天立地的奇才。所以說，隨時隨地都有人才，端視在位的人是否善用罷了，能夠善用人才，使每一個人都能適才適所，則可置國家於磐石之固，不

然，所用都是奴才的話，這就是《詩經》上所要提醒我們的憂患意識了。作為一個國家的元首，或是一個單位的主管，怎麼樣才知道自己是否網羅了人才而能善用人才呢？那就應像〈鄭風‧風雨〉所說：

風雨淒淒，雞鳴喈喈。既見君子，云胡不夷。

風雨瀟瀟，雞鳴膠膠。既見君子，云胡不瘳。

風雨如晦，雞鳴不已。既見君子，云胡不喜。

《序》云：「〈風雨〉，思君子也。亂世則思君子不改其度焉。」詩人提醒在上位的人，雖則環境惡劣的風雨之夜，仍應像雞鳴一樣，不可停止。所謂亂世思君子而不改其度。用意至為嚴肅，主題也極為正確。而朱子的《詩序辨說》卻偏要說成「風雨晦冥為淫奔之詩。」真不知有何根據？有何意義？毛奇齡《白鷺洲主客說詩》云：

陳晦伯作《經典稽疑》，載〈風雨〉一詩，行文取證者甚備。郭麕叛，呂光遺楊軌書曰：陵霜不凋者松柏也，臨難不移者君子也。何圖松柏彫於微霜，而雞鳴已於風雨！〈辨命論〉云：《詩‧風雨》云：「風雨如晦，雞鳴不已。」故善人為善，焉有息哉？《廣弘明集》上云：梁簡文於〈幽繫中自序〉云：梁正士蘭陵蕭綱，立身行己，終始如一。風雨如晦，雞鳴不已。非欺暗室，豈況三光。數至於此，命也如何！自淫詩之說出，不特《春秋》事實皆無可按，即漢後史事其於經典有關合者，一概掃盡。如《南史‧袁粲傳》：「粲初名愍孫，峻於儀範。廢帝倮之，迫之使走。愍孫雅步如常。顧而言曰：風雨如晦，雞鳴不已。」此〈風雨〉之詩，蓋言君子有常，雖或處亂世而仍不改其度也。

如此事實，載之可感，言之可思。不謂淫說一行，而此等遂闃然。卽造次不移，臨難不奪之故事，俱一旦歇絕，無可據己。嗟乎痛哉！

可見〈鄭風・風雨〉一詩，確如《詩序》所說，是思君子的。我以爲這是詩人提醒在位的人，不論在何種環境中，都要勉力的去尋求仁人君子，而能得到仁人君子爲己所用，內心才能平安，才能快樂，才能喜悅。如果在位的人，內心不能時時保持平安、快樂、喜悅。他就須檢討他自己的所作所爲，是否有讓仁人君子投閒置散的失箸。如果是的話，就請看看〈魏風〉的〈伐檀〉：

坎坎伐檀兮。寘之河之干兮。河水清且漣漪。不稼不穡，胡取禾三百廛兮？不狩不獵，胡瞻爾庭有縣貆兮？彼君子兮，不素餐兮。

坎坎伐輻兮。寘之河之側兮。河水清且直漪。不稼不穡，胡取禾三百億兮？不狩不獵，胡瞻爾庭有縣特兮？彼君子兮，不素食兮。

坎坎伐輪兮。寘之河之漘兮。河水清且淪漪。不稼不穡，胡取禾三百囷兮？不狩不獵，胡瞻爾庭有縣鶉兮？彼君子兮，不素飧兮。

《詩序》云：「伐檀，刺貪也。在位貪鄙，無功而食祿，君子不得進仕爾。」我認爲《詩序》所說刺貪的貪，有兩層意思。一是貪位，一是貪財。如果在上位的人，不能進用人才爲國家做事，只知保住自己的權位，這樣就是尸位素餐，爲詩人所譏。所以提醒在位的人，千

萬不可存有「笑罵由人笑罵，好官我自為之」的心態。保位主義如果盛行，百事頹唐，人才盡失。現在很多政府官員抱着「多做多錯，少做少錯，不做不錯」的心態，就是保位主義具體而微的表徵，此種風氣流行，就是亡國的象徵。《詩經》所提示的憂患意識，不可謂不深切著明了。貪財的結果，就會像〈魏風‧碩鼠〉所說的那樣情況：

> 碩鼠碩鼠，無食我黍。三歲貫女，莫我肯顧。逝將去女，適彼樂土。樂土樂土，爰得我所。
>
> 碩鼠碩鼠，無食我麥。三歲貫女，莫我肯德。逝將去女，適彼樂國。樂國樂國，爰得我直。
>
> 碩鼠碩鼠，無食我苗。三歲貫女，莫我肯勞。逝將去女，適彼樂郊。樂郊樂郊，誰之永號。

《序》云：「碩鼠，刺重斂也。國人刺其君重斂，蠶食於民，不修其政，貪而畏人若大鼠也。」今日吾民賦稅不可謂不重，但為光復大陸的遠大目標，大家都可忍受。倘若有不肖官吏與奸商勾結，動輒百億多元，下落不明，則人民就會失去信心。人失信心，則甘心流亡異域，如此而國家不亡者，可以說是未之有也。所以在上位的人，必須努力求仁人君子，如〈鄭風‧風雨〉；絕不可使仁人失所，如〈邶風‧柏舟〉；否則就有尸位素餐之譏，如〈魏風‧伐檀〉；倘若用人不當而使貪黷橫行，不能禁止，則人民將有流亡之虞，如〈魏風‧碩鼠〉。《詩經》的憂患意識可謂深矣，垂示後人可謂至矣。將來國家到底為福為禍，就看在位的人，上自總統，下至各級單位主管，如何徹底的瞭解《詩經》所昭示吾人的憂患意識而定了。

二、從上以風化下說

〈豳風・鴟鴞〉云:

> 鴟鴞鴟鴞,旣取我子,無毀我室。恩斯勤斯,鬻子之閔斯。
>
> 迨天之未陰雨,徹彼桑土,綢繆牖戶。今女下民,或敢侮予。
>
> 予手拮据,予所捋荼,予所蓄租,予口卒瘏,曰予未有室家。
>
> 予羽譙譙,予尾翛翛,予室翹翹,風雨所飄搖,予維音嘵嘵。

《詩序》云:「〈鴟鴞〉,周公救亂也。成王未知周公之志,公乃爲詩以遺王,名之曰〈鴟鴞〉焉。」〈鴟鴞〉一詩是周公所作,還見於《尙書・金縢》。〈金縢〉云:「周公居東二年,則罪人斯得。於後公乃爲詩以貽王,名之曰〈鴟鴞〉,王亦未敢誚公。」可見〈鴟鴞〉是周公作的,是有可靠的史實張本的。周公託爲一隻小鳥的話,說經營這小小的一個巢,怎樣的擔驚恐,怎樣的捱辛苦,現在還是怎樣的艱難,沒有一句動氣的話,也沒一句灰心的話,只有極濃厚溫馨的情感,像用深深的刀刻鏤在字句上。他那種表達情意的方法,是用螺旋式的,一層深過一層,越旋越緊。你看! 他先說「徹彼桑土,綢繆牖戶。」接着說:「手拮据,口卒瘏」,這就比「綢繆牖戶」要深入一層,接着說「予室翹翹,風雨所飄搖。」那種家室危急的情形,自然又比身體的勞累要更進一層了。

現在我們的總統蔣經國先生,不也是像周公一樣,爲經營這個國家在擔驚恐,在捱辛苦嗎? 我們全體國民是否也應體驗掌舵人的辛勤與勞累呢? 怎麼可以隨便聽信謠言,如某些政論雜誌般地橫加誣戲呢?

如果我們全民不能安危共濟，團結一致，這才是我們最大的憂患。我
們對岸頑強的敵人，處心積慮，謀我日亟，如果全民不能團結一致而
造成紛亂，則予敵以滲透、分化的機會，到了那時，則後果將不堪設
想了，越南、高棉的淪陷於共黨手中後，「殺戮戰場」、「投奔怒海」
的悽慘，固然是怵目驚心。可是《詩經》上所提示我們的，還有更甚
於此的。〈大雅・何草不黃〉云：

> 何草不黃？何日不行？何人不將？經營四方。
> 何草不玄？何人不矜？哀我征夫，獨為匪民！
> 匪兕匪虎。率彼曠野。哀我征夫，朝夕不暇！
> 有芃者狐，率彼幽草。有棧之車，行彼周道。

《序》云：「〈何草不黃〉，下國刺幽王也。四夷交侵，中國皆叛，
用兵不息，視民如禽獸，君子憂之，故作是詩也。」西周之末，幽王
暴虐，視人民如禽獸，不當人看。所以詩人慨歎說：「哀我征夫，獨
爲匪民！」我們常從電視看到大陸同胞，在共黨暴政下驅使得勞役不
休，外國通訊社謔稱爲一羣藍螞蟻，勞役不休，不正是詩人所慨歎的
「何人不將」嗎？所以我們全體國民都應深思，我們應在現行體制
下，使我們的生活環境更爲改善呢？還是要淪入那「朝夕不暇」、「獨
爲匪民」的暴政之下呢？其實在暴政之下的人民，其痛苦還有甚於
〈何草不黃〉所描寫的悲慘呢！請看〈大雅・苕之華〉：

> 苕之華，芸其黃矣。心之憂矣，維其傷矣。
> 苕之華，其葉青青。知我如此，不如無生。
> 牂羊墳首。三星在罶。人可以食，鮮可以飽！

《詩序》云:「〈苕之華〉，大夫閔時也。幽王之時，西戎，東夷，交侵中國，師旅並起，因之以饑饉，君子閔周室之將亡，傷己逢之，故作是詩也。」王照圓《詩說》云:

> 嘗讀《詩》至〈苕之華〉，知我如此，不如無生。二語極為深痛。蓋與尚寐無吪，尚寐無覺之句，同其悲悼也。然苕華芸黃，尚未寫得十分深痛。至牂羊墳首，三星在罶，真極為深痛矣，不忍卒讀矣。太平之日，雖堇荼亦如甘飴;饑饉之年，卽稻蟹亦無遺種。舉一羊而陸物之蕭索可知，舉一魚而水物之凋耗可想。東省乙巳、丙午三四年，數百里赤地不毛，人皆相食。鬻賣男女者，廉其價不得售，率枕藉而死，景象目所親覩，讀此詩為之太息彌日。

王氏自注云:

> 巳午年間，山左人相食。默人與其兄鶴嵐先生談《詩》及此篇。乃曰: 人可以食，食人也; 鮮可以飽，人瘦也。此言絕痛。

我們從電視上，看到非洲伊索匹亞的饑餓的災民，不就是「鮮可以飽」的瘦瘠嗎? 十幾年前，五月逃亡潮，大陸大批難民逃到香港，不也就是「鮮可以飽」的明證嗎? 殺戮戰場中的被殺，投奔怒海中的淹斃，固然悽慘，可是長年生活在那種「求生不能，求死不得」的饑餓狀況下，難怪詩人要悲歎地說:「知我如此，不如無生」了。

因此我們全體國民，是否應該要好好地珍惜目前的生活環境，大家精誠團結，使得我們的生活更改善，國家更富強，人民更安樂。我

們的政府，尤其各級的主管，是否也應記取《詩經》的垂示，加深憂患意識，盡量引用人才，清除貪黷，行政以便民為念，以富民為本，處處為人民服務，為人民着想。少刁難，少作梗。讓我們全國上下團結一致，一心一意，使我們的國家更富強，社會更和諧，國民更幸福。能如此，才是我們真正懂得《詩經》所提示的憂患意識，而能夠取鑒於今日的行事，這就是我所謂的進一解了。

參 考 書 目

《詩經注疏》　藝文印書館《十三經注疏》本

《詩集傳》　朱熹　藝文印書館

《後漢書·儒林傳》　藝文印書館

《漢書·儒林傳》　藝文印書館

《古史辨》第三冊　明倫出版社

《詩經直解》　陳子展　復旦大學出版社

《詩經六論》　張西堂　香港文昌書店

《詩詞例話》　學海出版社

《清儒詩經彙解》　鼎文書局

《高本漢詩經注釋》　董同龢譯　中華叢書編審委員會

《詩經詮釋》　屈萬里　聯經出版社

《毛詩傳箋通釋》　馬瑞辰　藝文印書館《皇清經解續編》本

《毛詩後箋》　胡承珙　藝文印書館《皇清經解續編》本

《詩經新譯註》　木鐸出版社

《詩三家義集疏》　王先謙　世界書局

《詩毛氏傳疏》　陳奐　世界書局

《三百篇演論》　蔣善國　臺灣商務印書館

《詩經評釋》　朱守亮　臺灣學生書局

原載民國七十四年六月《中國學術年刊》第七期

《尚書·堯典》日中星鳥日永星火解

《尚書·堯典》有一段談到天文跟曆算的話,先把它抄在後面,再討論有關的幾個問題。這段話是:

> 乃命羲和,欽若昊天,歷象日月星辰,敬授人時。分命羲仲,宅嵎夷。曰暘谷,寅賓出日,平秩東作,日中星鳥,以殷仲春,厥民析,鳥獸孳尾;申命羲仲,宅南交,平秩南訛,敬致,日永星火,以正仲夏,厥民因,鳥獸希革;分命和仲,宅西,曰昧谷,寅餞納日,平秩西成,宵中星虛,以殷仲秋,厥民夷,鳥獸毛毨;申命和叔,宅朔方,曰幽都,平在朔易,日短星昴,以正仲冬,厥民隩,鳥獸氄毛。

首先要討論的是「歷象日月星辰」的星辰二字,關於星辰二字,偽孔《傳》云:

> 星,四方中星。辰,日月所會。

《釋文》云:

> 日月所會,謂日月交會於十二次也。寅曰析木,卯曰大火,辰

日壽星，巳曰鶉尾，午曰鶉火，未曰鶉首，申曰實沈，酉曰大梁，戌曰降婁，亥曰娵訾，子曰玄枵，丑曰星紀。

江氏聲《尚書集注音疏》乃據此說，加以推衍云：

星，二十八宿，環列于天，四時迭中者也；日月之會曰辰，分二十八宿之度為十二次，是為十二辰，若所謂星紀、玄枵、娵訾、降婁、大梁、實沈、鶉首、鶉尾、壽星、大火、析木之津是也。

這三種說法都是以星指二十八宿，以辰指十二次，然而十二次仍與二十八宿難以截然分開。蓋二十八宿雖然可以充作黃道上的座標，但是各宿之間距離的廣狹差別很大，並不是把周天劃分為整齊均勻的二十八等分，用作座標很不方便。於是古人把黃道上的一周天，自西向東分成十二等分。如果按照古代的制度，一周天等於三百六十五又四分之一度計算，則每一等分就相當於三十度左右，太陽每運行一等分，也就表示經歷了二十四節氣中的兩個節氣，這就叫作一次。十二次各有專名，並以十二支相配，以十一月朔夜半冬至，算是日月五星運行的起點，認為這時候太陽運行在北方的子位，就用十二次中的玄枵為子，星紀為丑之次，娵訾為亥之次，降婁為戌之次，大梁為酉之次，實沈為申之次，鶉首為未之次，鶉火為午之次，鶉尾為巳之次，壽星為辰之次，大火為卯之次，析木為寅之次。次與舍的意思相近，表示太陽運行到驛舍區域。至於十二次、十二支與二十八宿與西洋黃道十二宮之關係，有如下表：

十二支	十二次	二十八宿			黃道十二宮		
丑	1.星紀	斗	牛	女	摩	羯	宮
子	2.玄枵	女•	虛	危	寶	瓶	宮
亥	3.娵訾	危•	室	壁	雙	魚	宮
戌	4.降婁	奎•	婁	胃	白	羊	宮
酉	5.大梁	胃•	昴	畢	金	牛	宮
申	6.實沈	畢•	觜	參	雙	子	宮
未	7.鶉首	井•	鬼	柳	巨	蟹	宮
午	8.鶉火	柳	星•	張	獅	子	宮
巳	9.鶉尾	張•	翼	軫	室	女	宮
辰	10.壽星	軫	角	亢•	天	秤	宮
卯	11.大火	氐•	房	心•	天	蝎	宮
寅	12.析木	尾•	箕	斗❶	人	馬	宮

　　由上表可知，星紀、玄枵等十二次，每次都有二十八宿中的某些星宿作爲標誌，這十二次與二十八宿是分不開的。故鄭康成以爲星辰爲一❷。然執是說，則日月爲二，星辰爲一，顯然文義不稱。故鄭注《周禮‧大宗伯》之職：「以實柴祀日月星辰。」則云：「星謂五緯，辰謂日月所會十二次。」

　　關於這點，我認爲王了一《古漢語通論》談到天文方面的意見，很可以作爲《周禮》鄭《注》的說明。王氏云：

　　古人把日月和金木水火土五星合起來稱爲七政或七曜。金木水火土五星是古人實際觀測到的五個行星，它們又合起來稱爲五緯。金星古曰明星，又名太白，因爲它光色銀白，亮度特強。金星黎明見是東方叫啓明，黃昏見於西方叫長庚。所以《詩經》

---

❶　二十八宿名稱下加重點的，表示是各次的主要星宿。
❷　鄭說見《書堯典疏》。

說:「東有啓明，西有長庚。」木星古名歲星，逕稱為歲，古
人認為歲星十二年繞天一周，每年行經一個特定的星空區域，
並據以紀年。水星一名辰星，火星古名熒惑，土星古名鎮星或
填星。

由上可知，〈堯典〉的日月星辰的星，就是指金、木、水、火、
土五顆行星而言，也就是所謂五緯了。至於辰指的是甚麼呢？王氏又
云：

古人觀測日月五星的運行是以恆星為背景的，這是因為古人覺
得恆星相互間的位置恆久不變，可以利用它們做標誌來說明日
月五星運行所到的位置。經過長期的觀測，古人先後選擇了黃
道赤道附近的二十八個星宿作為坐標❸，稱為二十八宿：
東方蒼龍七宿　　角亢氐房心尾箕
北方玄武七宿　　斗牛女虛危室壁
西方白虎七宿　　奎婁胃昴畢觜參
南方朱雀七宿　　井鬼柳星張翼軫
東方蒼龍、北方玄武（龜蛇）、西方白虎、南方朱雀，這是古人
把每一方的七宿聯繫起來想像成的四種動物形象，叫做四象。

從王了一這段話，我們可以很清楚的瞭解到所謂辰就是指四象二

---

❸　王氏自注云：黃道是古人想像周年運行的軌道。地球沿著自己的軌道圍繞
太陽公轉，從地球軌道不同的位置上看太陽，則太陽在天球上的投影的位
置也不相同。這種視位置的移動叫做太陽的視運動，太陽周年視運動的軌
跡就是黃道。這裏所說的赤道不是指地球赤道，即地球赤道在天球上的投
影。星宿這個概念不是指一顆一顆的星星，而是表示鄰近的若干個星的集
合。

十八宿，星與辰是兩樣東西，不是一件事體，星是指金木水火土五顆
行星，也就是五緯；辰是指二十八宿，就是四象，是恆星。屢次觀測
天象日月行星恆星的位置，謹慎地授予人民耕種收穫的時間節氣。必
須這樣的理解，才能與下文星鳥、星火、星虛、星昴聯繫起來。

東方七宿何以稱為蒼龍呢？我們可以從角宿到箕宿看成一條龍，
角像龍角，氐房像龍身，尾宿卽龍尾。這條蒼龍在古人看起來的形象
如圖（一）。

南方七宿所以叫做朱雀，也是從井宿到軫宿可以看成為一隻鳥，
柳為鳥觜，星為鳥頸，張為嗉，翼為羽翮。它看起來如圖（二）。

西方白虎，北方玄武則分別如圖（三）、（四）。

瞭解了四象跟二十八宿的關係，我們可以進一層來討論日中星
鳥、日永星火、宵中星虛、日短星昴的意義了。日中謂春分時，日夜
長短平均；日永是夏至時，晝長夜短；宵中是秋分時，晝夜長短平
均，變日言宵，變文而已。日短是冬至日，夜長晝短。這種說法，所
有講《尚書》者俱無異辭，用不著多加贅說。但是星鳥、星火、星
虛、星昴是甚麼意思呢？偽孔《傳》云：

> 鳥，南方朱鳥七宿。春分之昏，鳥星畢見，以正仲春之氣節，
> 轉以推季孟可知；火，蒼龍之中星，舉中則七星見可知，以正
> 仲夏之氣節。季孟亦可知；虛、玄武之中星，亦言七星皆以秋
> 分日見，以正三秋；昴、白虎之中星，亦以七星並見，以正三
> 冬之節。

然《尚書正義》引馬、鄭之說云：

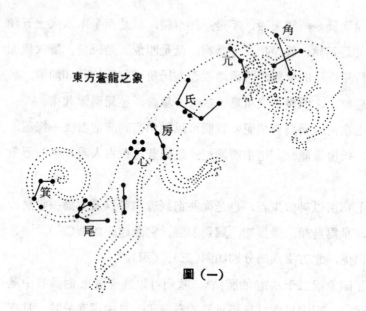

東方蒼龍之象

圖（一）

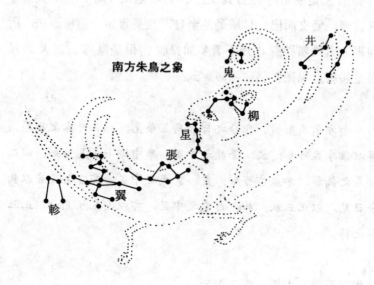

南方朱鳥之象

圖（二）

圖（三）

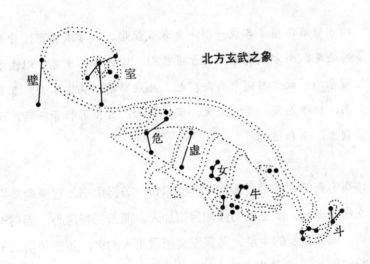

圖（四）

　　春分之昏，七星中；仲夏之昏，心星中；秋分之昏，虛星中，

　　冬至之昏，昴星中，皆舉正中之星，不為一方盡見，此其與孔

　　異也。

　　馬鄭之說與僞孔異的地方，只在星鳥的解釋，馬鄭認為星鳥應該是朱鳥的中宿星宿，星宿共七顆，所以說七星中。而僞孔則以為星鳥是朱鳥七宿畢見。然四方之星都舉正中之星宿，則僞孔以為七宿畢見，文理不一致，難以信從，當依馬鄭之說為是。然據馬鄭之說，亦有難以理解者，星虛、星昴都好解釋，因為虛宿正是玄武的中星，昴宿恰是白虎的中星，這兩方之星舉正中之星以見其餘，應無問題。惟蒼龍的中星並不是心宿，心宿古稱大火，所以星火如指心宿而言，則非蒼龍的中星，與四方皆舉正中之星不合。故《尚書正義》乃以房心並言，從而為之說曰：

　　四方皆有七宿，各成一形，東方成龍形，西方成虎形，皆南首

　　而北尾；南方成鳥形，北方成龜形，皆西首而東尾。以南方之

　　宿象鳥，故言鳥謂朱鳥七宿也。此經舉宿，為文不類；春言星

　　鳥，揔舉七宿，夏言星火，獨指房心，虛、昴惟舉一宿，文不

　　同者，互相通也。

　　按東方蒼龍之中星為房宿，經文舉宿，若為中宿，理應說星房。而經文卻舉星火，故正義乃強加房宿加入，而云獨指房心，因為不加入房宿，則非蒼龍的中星。其實經文所謂星火的火，並不是指二十八宿的心宿而言，乃是指十二次的大火而言。俞正燮《癸巳類稿》引《鄭志》答孫灝云：

星火非謂心星也。卯之三十度，總謂大火。

又云：

> 日永星火，此謂大火也，大火，次名。東方之次，有壽星、大
> 火、析木三者，大火爲中，故《尚書》舉中以言焉。

從《鄭志》答張邈之言，鄭所謂星火實指大火之次言，《正義》
所引馬鄭之言「仲夏之昏，心星中」實爲誤解。孫星衍《尚書今古文
注疏》引鄭康成《注》亦云：「星火，大火之屬。」並未指心星。卯之
三十度，大火之次，主要星宿有氐、房、心。房宿正在大火之次的中
央，所以經文星火仍是舉中央的星宿房宿而言，實與心宿無涉。只因
心宿古又名大火，乃有此種誤解耳。

星火既然是指蒼龍七宿中星的房宿而言，則與星虛、星昴文正一
例。那麼星鳥又應該作何解釋呢？南方朱鳥七宿的中星是星宿，經文
理應說星星才是，但星星同字，與他文不類，乃變言星鳥。南方朱鳥
三次爲鶉首、鶉火、鶉尾。舉其中則爲鶉火，鶉火之次，主要星宿爲
柳、星、張。而星宿也正在鶉火之次的中央，所以星鳥仍是指朱鳥七
宿的中星星宿而言，只不過變文言星鳥耳。可見《尚書·堯典》舉星
見之文，前後仍是一致的。特爲疏解如上，敬祈海內外方家不吝賜
正。

參 考 書 目

《重刊宋本尚書注疏附校勘記》　藝文印書館印行

《清儒書經彙解》　楊家駱主編　鼎文書局印行

《尚書今古文注疏》　孫星衍　臺灣商務印書館印行

《尚書釋義》　屈萬里著　中國文化大學出版部印行

《高本漢書經注釋》上　陳舜政譯　國立編譯館中華叢書編審委員會

《古漢語通論》　王力　泰順書局

《中國歷史要籍介紹及選讀》下　高振鐸主編

《重刊宋本周禮注疏附校勘記》　藝文印書館印行

原載民國七十三年六月《中國學術年刊》第六期

《說文解字》之條例

一、前　言

　　漢代爲我國文化史上光輝燦爛期，無論經學、史學、哲學、文學乃至於科學，皆有傑出之人才出現，如劉向、劉歆、賈逵、馬融、鄭玄、司馬遷、班固、揚雄、桓譚、王充、司馬相如、枚乘、蔡邕、張衡諸人，則其尤著者也。由於劉向諸人之奕世劬勤，乃使我國文化於漢代大放異彩，爲我國文化奠定深厚基礎，垂示後人寶重之文化遺產。

　　許慎字叔重，汝南召陵人。卽此期之傑出經學家，當時已有五經無雙之美譽。許君生于東漢初年，正古文經學盛行之際。古文經出自孔壁，異於當時通行之隸書，於是今文家羣加非毀。以爲秦時隸書，乃古帝所造，父子相傳，何得改易。並且隨意解說文字，牽強傅會，一無條理。翫其所習，蔽所希聞，以所知爲秘妙，怪舊藝而善野言。許君旣博通羣籍，並從賈逵受古學。於今文家之鄉壁虛造，巧說邪辭，致令是非無正，使天下學者疑之作風，深惡痛絕，遂立意蒐羅篆文，合以古籀，參以羣籍，博問通人，至於小大，務信而有徵，始稽譔其說，而編纂成《說文解字》一書。一以明字例之條，一以求文字確詁。體大思精，實爲一劃時代之鉅構。

　　許君深切體認文字之功用，於文化之傳承與發展，關係至切。嘗曰：「蓋文字者，經藝之本，王政之始，前人所以垂後，後人所以識古。故曰本立而道生，知天下之至賾而不可亂也。」吾人欲承繼固有文化，閱讀古代典籍，若無一脈相傳之文字，又焉可得乎！設無許君《說文》一書以為正字之標準，則吾人今日根本無從認識秦漢篆刻之器物銘文，更遑論商代甲骨與殷周鐘鼎文字。則我國古代之寶貴遺產，於吾人有如破銅朽骨，古史之了解更無從談起。《說文》之可貴，於此可見。

　　許君此書題為《說文解字》。文指指事象形獨體之文，字指形聲會意合體之字。許君根據文字之構造及其形義之關係，據六書條例，以分析篆文，凡形旁相同，則類聚一部，抽取偏旁，以為部首。同部首字，系屬其下。〈敘〉所謂「其建首也，立一為端，方以類聚，物以羣分，同條牽屬，共理相貫」者是也。如此則能將極其繁雜之萬千文字，予以極具條理之安排。此種方法，實許君之創見。不爾，中國文字幾無從查索，故《說文解字》之部首分類法，乃一極具條理之編排法，而後世字典之檢字法，仍多沿襲許君之成規。

　　許君《說文》傳世幾二千年，雖為歷代所寶重，撢究之者，代有其人。精義微旨，創獲亦夥。然時至今日，由於時代所限，小學不修，《說文》不講，故一般學者每苦其難。筆者因不揣檮昧，撫前修之菁華，獻一得之愚見，抽其緒條，演為條例，以為探究《說文》之一助。然以執筆倉促，客居海外，資料未備，疏漏孔多。尚祈博雅君子摘其瑕疵，補其隙漏，則不勝厚望焉。

二、《說文解字》本書之條例

甲、分部之條例

《說文解字・後敍》云:「其建首也,立一爲耑,方以類聚,物以羣分,同條牽屬,共理相貫,襍而不越,據形系聯,引而申之,以究萬原,畢終於亥,知化窮冥。」此許君自言其分部建首之原則也。蓋《說文》九千三百五十三文,於「天地鬼神、山川草木、鳥獸蚰蟲、襍物奇怪、王制禮儀、世間人事、莫不畢載。」故必須按其形類以分別部居,使其不相雜厠。因此「不相雜厠」乃其目的,而「分別部居」則爲其方法。如何分別部居?首須確立部首,許君根據每字之構造,歸納其相同之形類以確立部首,使每一文字皆有其所屬之首,提綱挈領,以簡馭繁。此許君之所獨創,實空前之大發明。故顏之推《家訓・書證篇》說:「許愼《說文》,檢以六文,貫以部分,使不得誤,誤則覺之。其爲書隱栝有條例,剖析窮根源,若不信其說,則冥冥不知一點一畫有何意焉。」段玉裁《說文・注》云:「故合所有之字分別其部爲五百四十,每部各建一首,而同首者則曰凡某之屬皆从某,於是形立而音義明。凡字必有所屬之首,五百四十字可以統攝天下古今之字,此前古未有之書,許君之所獨創,若網在綱,如裘挈領,討原以納流,執要以說詳,與〈史籒篇〉、〈倉頡篇〉、〈凡將篇〉亂雜無章之體例,不可以道里計。」實在許君分部之理論,首在確認獨體爲文,合體爲字,文爲字根,字爲文屬,字由文孳,文可馭字。故建立部首以統率九千餘字,確有可能,亦有必要,故能以「同條牽屬,共理相貫」而聯之也。

(一)分部之原則:

1.執簡以馭繁: 分析文字之構造,歸納形類相同之字族,抽取相

同之形類以爲部首，而以從此形類而來之字列部，《說文》每部所云「凡某之屬皆从某」是也。例如《說文》一篇上：

一、惟初太極，道立於一，造分天地，化成萬物。凡一之屬皆从一。元、始也。从一兀聲。天、顚也。至高無上。从一大。丕、从一不聲。吏、治人者也。从一从史、史亦聲。

以上元、天、丕、吏諸字形以一爲本，故許君執簡馭繁，卽立「一」爲部首，以統屬諸从一之字。其他諸部，莫非此理。

2. **有屬必建首**：凡一字有他字从之者，必立爲部首。蓋欲使其字有所屬，雖本字可併入他部，亦不合併。例如《說文》一篇上珏部：「珏、二玉相合爲一珏。凡珏之屬皆从珏。」段玉裁注云：「因有班琱字，故珏專列一部，不則綴於玉部末矣。凡《說文》通例如此。」再如一篇下蓐部：「蓐、陳艸復生也。从艸辱聲。凡蓐之屬皆从蓐。」段氏注云：「此不與艸部五十三文爲類而別立蓐部者，以有薅字从蓐故也。」按《說文》：「薅、披田艸也。从蓐好省聲。」若蓐併入艸部，則薅無所屬，以有薅字从之，故許君爲立蓐部也。薅字不可入艸部之故，本師高仲華先生曰：「若歸入艸部，訓卽繁瑣：若从艸从嫭，嫭爲俗字，且又無聲，非造字之本意，此蓐字必立一部之故也。」

3. **分體以統屬**：凡同一字而古籀體殊，後世字形，或从古，或从籀。《說文》爲使各有所屬，故爲之分別立部。例如十篇下：「大、天大、地大、人亦大焉。象人形，古文𠆢也。凡大之屬皆从大。」段注：「大下云古文𠆢，𠆢下云籀文大。此以古文籀文互釋，明祇一字而體稍異，後來小篆偏旁或从古、或从籀，故不得不殊爲二部。亦猶从人从儿必分系二部也。」按大部所屬有奎、夾、奄、夸、查、杰、㚅、㦰、㤕、套、㚏、夰、夼、㚒、㣫、奄、契、夷諸字从之。若不立大部，則此諸字皆無所屬矣。故必立大部，然後奎等十七字始有所屬之

部首。

　　又大部:「大、籀文大、改古文。亦象人形。凡大之屬皆从大。」段注:「謂古文作大，籀文乃改大也。本是一字，而凡字偏旁，或从古或从籀不一，許爲字書，乃不得不析爲二部，猶人儿本一字必析爲二部也。」按本部有奕、奘、臭、奚、奰、奰、㚒諸字从之，故不得不爲另立大部也。除大、大二部之外，其餘若人儿、自白、百首、丙弻之析爲二部，皆由於所从之偏旁有異故也。

　　4.啓後以立部:本部雖無所屬之字，然他部蒙此而生，亦不得不爲之立部也。例如一篇上三部:「三、數名、天地人之道也。凡三之屬皆从三。」按此部除古文弎外，別無所从，似不應立爲部首，然此部上蒙示部之三垂，下啓王玉諸部，以王玉諸部皆由此而生，故不得不爲之立部也。又如十三篇下它部:「它、虫也。从虫而長、象冤曲巫尾形。上古艸尻患它，故相問無它乎。凡它之屬皆从它。」按本部除或體蛇外，亦別無所从，亦以上蒙虫部而下啓龜黽諸部也。

　　(二)部次之條例:

　　《說文》之始一終亥，必非偶然適會，實有其涵義在。蔣元慶氏〈說文之始一終亥說〉云:「洨長治孟易，故《說文》自敍稱易孟氏。許書所列五百四十部次第，始於一終於亥。其得諸孟喜易學之意乎!《說文》爲字書，而因字達義，以周知天下之情狀。自敍所云『萬物咸覩，靡不兼載』是也。顧善究物情之變者莫如易。庖羲氏一畫開天，天下之數起於一。字之必以一始，固易理也。其知許宗孟易者，則以許書分部末取干支而終之以亥也。《說文》亥下云:『荄、久也。』又子下云:『十一月陽氣動，萬物滋。』按《漢書・儒林傳》:趙賓以易箕子明夷，爲萬物荄滋。云受孟喜，喜爲名之。則許君荄滋之說，

即探諸孟易，確有明徵矣。且考唐《大衍義》云：『十二月卦出於孟氏章句。』其說易本於氣，而後以人事明之。則許書以十二支分部，其意又從十二月卦氣推出。而許君於干支之上，先以數名標部，數始於一，成於十，乃不以十終而終之以九者，要亦易義。《列子・天瑞篇》言太易曰：『易無形埒，易變而為一，一變而為七，七變而為九。九變者究也。乃復變而為一，一者形變之始也，清輕者上為天，濁重者下為地，沖和氣者為人，故天地含精，萬物化生。』此係周季說易古誼。許書以一建首，於一下釋曰：『惟初太極，道立於一，造分天地，化成萬物。』既與之合。又以數標部而終於九，於九下釋曰：『易之變也。』亦與之合，因之終附干支字亦合易理，殆無可疑。既以干支分部，自當以亥終。許君曰：『亥从二人，一人男、一人女也。』男女即乾道成男，坤道成女之謂。易言：『有天地然後有萬物，有萬物然後有男女，有男女然後有夫婦，有夫婦然後有父子。』亥从二人，夫婦之象也。故又从一，象裹子之形。而子尚未生，則包含萬物始萌之機焉，人之初生，如天地之開闢，是亦一太極也。故曰：『亥而生子，復從一起。』然則證之易理，而許書之始一終亥，具見循環無已之妙義焉。」蔣氏以為許書之始一終亥，乃得之孟喜易學之意。然本師高仲華（明）先生則不以為然。高先生曰：「《說文》之始一終亥，說解之所本甚明，大抵出於《淮南子》者為多，亦有兼參《老子》、《史記》、《太一經》、《易繫辭》、《易緯》等而皆與孟氏學無與。《說文》敍云：『其偁易孟氏』，亦就偁引《易經》者而言，言偁引《易經》，其文字概依孟氏也。始『一』終『亥』，未偁引《易經》原文，自無取於孟氏，其參取《易繫辭傳》或《易緯》，亦但取《周易》之通義，而非取於孟氏學，謂『始一終亥，得諸孟喜易學之意』，殆係傅會之詞，未足信也。」許君始一終亥之安排，雖有哲理之涵義，但取易之通

義,而非依於孟氏可知矣。始「一」之義旣明,今摘其部次之例於次:

    1. **據形系聯**: 許君後敍云:「其建首也, 立一爲耑, 方以類聚, 物以羣分, 同條牽屬, 共理相貫, 襍而不越, 據形系聯, 引而申之, 以究萬原,畢終於亥。」蓋「一」爲文字中至簡之形, 至顯之義; 形簡則易書, 義簡則易識也。據此至簡之形義, 可孳乳至繁極紛之文字, 自可系聯於他部, 故立一以爲端也。段玉裁《說文解字注》云:「五百四十部次弟, 大略以形相連次, 使人記憶易檢尋。如八篇起人部, 則全篇三十六部皆由人而及之是也。雖或有義爲次, 但十之一而已。部首以形爲次, 以六書始於象形也。」迂鶴壽《蛾術編・案語》:「《說文》相蒙之部, 皆以形象爲次序。」張度《說文補例》云:「部首遞次之例, 固以形系。」據形系聯雖爲其基本原則, 細加推究, 尚可分爲下列四例:

    (1) 連部相蒙爲次:

        迂鶴壽云:「如『上』部蒙『一』, 以古文上作『二』也。 『示』部蒙古文『二』,『三』部蒙『示』, 以『示』有三垂 也。『王』部蒙『三』, 以一貫三也。『玉』部蒙『王』, 形相 近也。『珏』部蒙『玉』,『珏』本可附玉部,而另立一部者, 因班瑝等字从珏故也。」

    (2) 隔部相蒙爲次:

        迂鶴壽云:「如『告』部中隔一部而蒙『牛』,『气』部中隔 三部而蒙『三』,『丨』部中隔三、四部而蒙『王』『玉』。甚 至有隔十二部而相蒙, 如『足』之蒙『止』是也。有隔三十 四部而相蒙, 如『言』之蒙『口』是也。」

    (3) 數部相蒙爲次:

        迂鶴壽云:「如『可』『丂』『号』『亐』之皆蒙『丂』,『兩』

『网』『两』『巾』之皆蒙『冂』,『兄』『兂』『兒』『覍』『先』
『禿』『見』之皆蒙『儿』是也。」

(4) 形似相蒙爲次:

迋鶴壽云:「『丵』部次于『辛』,其形下體類『辛』也。
『冓』部次于『茻』,其形上體類『茻』也。『革』部次于
『臼』之後,以古文革从『臼』也。」

2.類義爲次:許君固以形系聯,聯之無可復聯,亦未嘗不以義爲
次也。張度云:「部首遞次之例,固以形系,亦未嘗不兼誼也,惟偏
重在形耳。形之例多變,義則無變,有形則系以形,無形則系以義。」
按張說是也。義系之中,亦有二例:

(1) 以義相次而義相類:

迋鶴壽云:「『牙』部次于『齒』,牙之形無所蒙,而其爲物
則『齒』類也,『爻』部次于『卜』之後,卦爻之事與『卜』
相近也。『衣』部次于『身』,衣从二人,且所以彰身也。」
又云:「『木』部之後,旣蒙之『東』部『林』部矣。而
『才、艸木之初也。』『叒、榑叒也。』『㞢』部、『帀』部、
『出』部、『㟔』部、『生』部、『乇』部、『㐱』部、『𠌶』
部、『華』部、『禾』部皆言艸木之事也。」
張度云:「齒之與牙、爪之與𠂔、韋之與弟、才之與叒、出
之與㟔、東之與鹵、齊之與束、克之與条、韭之與瓜、面之
與丏、冄之與而、易之與象、犬之與鼠、黑之與囪、雲之與
魚、龍之與飛、至之與西、琴之與曲、㘳、瓦、开、勺、
几、斤、斗、矛、車之類,無形可象,誼系之正也。」

(2) 以義相次而義相關:

張度云:「許君於數目、鳥獸字之爲部首者,不盡類次,輆

支二十二部類次于末，所謂『畢終于亥、知化窮冥』也。幹支既順敍，而以寅爲歲首，遵漢厤也。」按數目與干支，形既不近，義亦不盡類，只以同爲計數與敍時相關，故類次之也。

3.獨立特出：形既不相似，義亦不相關，則冒特起之例焉。王鳴盛《說文分部次弟》云：「從一字連貫而下，至連之無可連，則不欲強爲穿鑿，聽其斷而不連，別以一部重起，全書中如此者屢矣。」張度曰：「形義俱無，是冒特起之例。」狟鶴壽曰：「亦有絕不相蒙者，非但幺之與茻，人之與襾兩部不相蒙。」按除幺與茻、人與襾外，若「竹」與「角」、「甘」與「巫」皆無所關聯，其爲獨立特出顯然，段氏所注不蒙上者尤衆。顧此仍有仁智之見，尚難定於一奪耳。

乙、字次之條例

許君序云：「據形系聯、引而申之」段玉裁注云：「部首以形爲次，以六書始於象形也；每部中以義爲次，以六書歸於轉注也。」茲本其說，詳摘其字次之例。

(一)字之先後，以義相引爲次：

段氏於《說文》一篇一部後文五重一下注云：「凡部之先後，以形之相近爲次，凡每部中之次，以義之相引爲次。《顏氏家訓》所謂隄栝有條例也。《說文》每部自首至尾，次弟井井如一篇文字，如一而元，元始也。始而後有天，天莫大焉，故次以丕，而吏之從一終焉是也。」

(二)字之先後相屬，義必相近：

段氏於傑下注云：「大徐作傲也二字非古義，且何不與傲篆相屬，而厠之俊篆下乎？二篆相屬，則義相近，全書之例也。」

(三)難曉之篆先於易知之篆:

段氏於《說文》「輛、車兩輢也」下注云:「此篆在𨌥篆之先，故輢篆但云車旁，而不言兩，凡許書之例，皆以難曉之篆先於易知之篆。如輯下云車輿也，而後出輿篆，輛下云車兩輢也，而後出𨌥篆是也。」

(四)凡重竝之篆置於部末:

段氏於珏下注云:「因有班𤤴字，故珏專列一部，不則綴於玉部末矣，凡《說文》通例如此。」又於𥿑下注云:「𥿑之音義同余，非卽余字也，惟𥿑從二余，則《說文》之例，當別余爲一部，上篇蓐薅不入艸部是也，𡨆有省併也。」

(五)會意字之入部，以義之所重爲主:

段氏於鉤下注云:「按句之屬三字,皆會意兼形聲，不入手竹金部者，會意合二字爲一字，必以所重爲主，三字皆重句，故入句部。」

(六)尊君之故，上諱列於部首下一字:

段氏於祜下注云:「言上諱者五,禾部秀、漢世祖名也，艸部莊、顯宗名也，火部炟、肅宗名也，戈部肇、孝和帝名也，祜、恭宗名也，殤帝名隆不與焉。計許君卒於恭宗巳後，自恭宗至世祖適五世，世祖以上雖高帝不諱，蓋漢制也。此書之例，當是不書其字，但書上諱二字，書其字則非諱矣。今本有篆文者，後人補之，不書故詁訓形聲俱不言。假令補之則曰:『祜、福也。从示，古聲。』祜訓福則當與祿、禠等爲類，而列於首者，尊君也。」

(七)字次之例，先人後物:

段氏於肉字下注云:「《說文》之例，先人後物,何以先言肉也，以爲部首，不得不首言之也。」

(八)字體之先後，先篆文後古籀爲正例，先古籀後篆文爲變例,

變例之興，或起於部首，或由於尊經:

段氏於凡字下注云：「許以先篆後古籀爲經例，先古籀後篆爲變例，變例之興，起於部首。」又於叡下注云：「許書先小篆後古文爲正例，以先古文後小篆爲變例，昌爲先古文也，於其所從系之也。」二下注云：「凡《說文》一書以小篆爲質，必先舉小篆，後言古文作某，此獨先舉古文，後言小篆作某變例也。以其屬皆從古文上，不從小篆上，故出變例而別白言之。」桀下注云：「《說文》之例，先小篆後古文，惟此先壁中古文者尊經也。」蜀下注云：「《說文》之例，紋篆文合以古籀，蜀者古文，非小篆也，何以厠此也，凡書禮古文往往依其部居錄之，不必皆先小篆而後古文，亦不必如上部之例先古文必系以小篆，所以尊經也。」

丙、說解之條例

(一)以說解釋文字:

段氏於《說文》「屼、屼山也」注云：「許書之例，以說解釋文字，若屼篆爲文字，屼山也爲說解，淺人往往汎謂複字而刪之，如髦篆下云：髦髮也。雋篆下云雋周，河篆江篆下云河水江水，皆刪一字，今皆補正。」

(二)釋字之本義:

段氏於《說文》「鱄、鱄魚也」下注云：「不知字各有本義，許書但言其本義。」又於「俄、頃也。」下注云：「《玉篇》曰：俄頃、須臾也。《廣韻》曰：俄頃、速也。此今義也，尋今義之所由，以俄頃皆偏側之意，小有偏側，爲時幾何，故因謂倏忽爲俄頃，許說其本義以晐今義，凡讀許書，當心知其意矣。」

(三)綿聯之字不可分釋:

段氏於「絿、絟絿也」下注云：「其義已釋於上，故此但云絟絿也，凡絭連字不可分釋者，其例如此。」

（四）二字成文義釋於上：

段氏於「瑜、瑾瑜也」下注云：「凡合二字成文，如瑾瑜、玫瑰之類，其義既舉於上字，則下字例不復舉。」又於「㺒、㺒魔，如虦苗食虎豹。」下注云：「釋獸曰：虎竊毛謂之虦苗，㺒魔如虦苗食虎豹。許所本也，於此詳之，故鹿部魔下衹云：㺒魔也。全書之例如此，凡合二字成文者，其義詳於上字，同部異部皆然。」

（五）嚴人物之辨物中之辨：

《說文》：「尾、微也。从到毛在尸後。」段注云：「而許必以尾系之人者，以其字从尸，人可言尸，禽獸不得言尸也。凡全書之內，嚴人物之辨每如此。」又於「脂、戴角者脂，無角者膏。」下注云：「按上文膏系之人，則脂系之禽，此人物之辨也。」

丁、用語之體例

（一）凡某之屬皆从某：

《說文》：「一、惟初大極，道立於一，造分天地，化成萬物。凡一之屬皆从一。」段注：「凡云凡某之屬皆从某者，自序所謂分別部居，不相雜厠也。」

（二）从某某聲：

《說文》：「元、始也。从一兀聲。」段注：「凡言从某某聲者，謂於六書為形聲也。」

（三）省聲：

《說文》：「齋、戒絜也。从示齊省聲。」段注：「謂減斉之二畫，使其字不繁重也。凡字有不知省聲，則昧其形聲者，如融、蠅是

也。」又於「繩、索也。从糸、蠅省聲。」段注：「蠅字入黽部者，謂其虫大腹如黽類也。故蠅从黽會意，不以黽形聲，繩爲蠅省聲，故同在古音弟六部，黽則古音如芒，在弟十部。」

(四)亦聲:

《說文》：「吏、治人者也。从一从史，史亦聲。」段注云：「凡言亦聲者，會意兼形聲也。凡字有用六書之一者，有兼六書之二者。」

(五)古文:

《說文》：「弌、古文一。」段注：「凡言古文者，謂倉頡所作古文也。」

(六)闕:

《說文》敍云：「其於所不知，蓋闕如也。」段注：「許全書中多箸闕字，有形音義全闕者，有三者中闕其二、闕其一者，分別觀之，書凡言闕者十有四，容有後人增竄者。如單下大也。从吅甲，吅亦聲，闕。此謂从甲之形不可解也。邑从反邑，屵从反丮，𠨍从反卩，卯从卩日，沝从二水，灥从三泉，皆云闕，謂其音讀缺也。孽下直云闕，謂形音義皆闕也。戠下云闕，从戈从音，謂其義及讀若缺也。」

(七)或从:

《說文》：「祀、祭無已也。从示，巳聲。祀或从異。」段注：「古文巳聲異聲同在一部，故異形而同字也。」

(八)以爲:

《說文》：「屮、艸木初生也。象丨出形有枝莖也。古文或以爲艸字。」段注：「凡云古文以爲某字者，此明六書之叚借。以、用也，本非某字，古文用之爲某字也。如古文以洒爲灑埽字，以疋爲詩大雅字，以丂爲巧字，以𠭥爲賢字，以𡿧爲魯衞之魯，以哥爲歌字，以詖爲頗字，以臩爲覗字，籒文以爰爲車轅字，皆因古時字少，依聲託

事，至於古文以屮爲艸字，以疋爲足字，以丂爲亐字，以俣爲訓字，以臭爲澤字，此則非屬依聲、或因形近相借，無容後人效尤者也。」

(九)讀若、讀與某同：

《說文》：「櫐、數祭也。讀若春麥爲櫐之櫐。」段注：「凡言讀若者，皆擬其音也。凡傳注言讀爲者，皆易其字也。注經必兼茲二者，故有讀爲有讀若，讀爲亦言讀曰，讀若亦言讀如，字書但言其本字本音，故有讀若無讀爲也。」《說文》：「玌、石之似玉者，讀與私同。」段注：「凡言讀與某同者，亦卽讀若某也。」《說文》：「窽、塞也。讀若虞書曰：窽三苗之窽。」段注：「《說文》者，說字之書，凡云讀若例不用本字。」

(十)一曰：

《說文》：「禋、絜祀也。一曰精意以享爲禋。」段注：「凡義有兩歧者，出一曰之例。」《說文》：「藿、堇艸也。一曰拜商藋。」段注：「《說文》言一曰者有二例，一是兼採別說，一是同物二名。」《說文》：「鮦、鮦魚，一曰鱺也。」段注：「此一曰猶今言一名也。許書一字異義言一曰，一物異名亦言一曰，不嫌同辭也。」《說文》：「祝祭主贊詞者，从示从儿口，一曰兌省聲。」段注：「此字形之別說也。凡一曰有言義者、有言形者、有言聲者。」

(十一)所以：

《說文》：「聿、所以書也。」段注：「以、用也。所用書之物也，凡言所以者似此。」

(十二)同意：

《說文》：「羋、羊鳴也。从羊象气上出，與牟同意。」段注：「凡言某與某同意者，皆謂其製字之意同也。」《說文》：「工、巧飾也。象人有規榘，與巫同意。」段注：「凡言某與某同意者，皆謂字形

之意有相似者。」

(十三)屬、別:

《說文》:「雗、雗屬也。」段注:「按《說文》或言屬,或言別,言屬而別在焉,言別而屬在焉。」《說文》:「秔、稻屬。」段注:「凡言屬者,以屬見別也,言別者,以別見屬也。重其同則言屬,秔爲稻屬是也。重其異則言別,稗爲禾別是也。」《說文》:「澥、勃澥、海之別也。」段注:「《毛詩》傳曰:沱、江之別者也。海之別猶江之別,勃澥屬於海,而非大海,猶沱屬於江而非大江也。《說文》或言屬、或言別,言屬而別在其中、言別而屬在其中,此與稗下云禾別正同。《周禮》注:州黨族閭比者,鄉之屬別,則屬別並言也。」

(十四)从(從):

《說文》:「豐、行禮之器也。从豆象形。」段注:「上象其形也。林罕字源云:上从屮,郭氏忠恕非之,按《說文》之例,成之者則曰從某,假令上作屮,則不曰象形。」《說文》:「△、三合也。从人一,象三合之形。」段注:「許書通例,其成字者必曰从某,如此言从人一是也。从人一而非會意,則又足之曰象三合之形。」《說文》:「舍、市居曰舍,从△屮口。」段注:「屮口二字今補,全書之例,成字則必曰从某而下釋之也。」《說文》:「从、相聽也。」段注:「許書凡云从某,大徐作从,小徐作從。江氏聲曰:作从者是也,以類相與曰从。」

(十五)詞、意:

《說文》:「矞、詞也。」段注:「凡《毛傳》之例云辭也。如芣苢之薄、漢廣之思、草蟲之止、載馳之載、大叔于田之忌、山有扶蘇之且皆是。《說文》之例云某詞,自部外,欥爲詮詞、矣爲語已、矤爲況詞、曶爲出气詞,各爲異詞、粤爲驚詞、尒詞之必然也、曾詞之舒

也皆是，然則詞也二字非例當作誰詞也三字。」《說文》：「詞、意內而言外也。」段注：「有是意於內，因有是言於外，謂之詞，此語爲全書之凡例。全書有言意者，如歆言意、欨無腸意、歜悲意、憸臉意之類是也；有言詞者，如欥詮詞也、者別事詞也、皆俱詞也、曶詞也、魯鈍詞也、智識詞也、曾詞之舒也、乃詞之難也、爾詞之必然也、矣語已詞也、弜兄詞也、粤驚詞也、矯屰惡驚詞也、魑鬼驚詞也、息棗與詞也之類是也。意卽意內，詞卽言外，言意而詞見，言詞而意見，意者文字之義也，言者文字之聲也，詞者文字之形聲之合也，凡許之說字義皆意內也，凡許之說形說聲，皆言外也，有義而後有聲，有聲而後有形，造字之本也，形在而聲在焉，形聲在而義在焉，六藝之學也。」段氏又於《說文》「豞、从意也」下注云：「从、相聽也，豞者聽从之意，詞部曰：詞者意內而言外也。凡全書說解，或言詞、或言意，義或錯見。言从意則知豞者从詞也。」

戊、訓詁之條例

（一）依形立訓不可假借：

《說文》：「愪、憂兒。从心員聲。」段注：「許造此書，依形立解，斷非此形彼義，牛頭馬脯，以自爲矛盾者。……他書可用假借，許自爲書，不可用假借。」

（二）同音爲訓不可顚倒：

《說文》：「天、顚也。」段注：「此以同部叠韻爲訓。凡門聞也、戶護也、尾微也、髮拔也，皆此例。凡言元始也、天顚也、丕大也、吏治人者也，皆於六書爲轉注，而微有差別，元始可互言之，天顚不可倒言之。」按推因方式，可自同音、雙聲、叠韻三方面推之，此指叠韻一端以例其餘二者耳。

(三)義界方式與音有關:

《說文》:「吏、治人者也。」段注:「治與吏同在第一部,此亦同部叠韻爲訓也。」又「地、萬物所嫩列也。」段注:「地與嫩以雙聲爲訓。」

(四)二篆互訓類於轉注:

《說文》:「=、底也。」段注:「許氏解字,多用轉注,轉注者,互訓也。底云下也,故下云底也。此之謂轉注。全書皆當以此求之。」按段氏之意蓋謂許書每以互訓爲其訓故之方式也。

(五)本形爲訓不可妄刪:

《說文》:「紡、紡絲也。」段注:「紡各本作網、不可通。唐本作拗尤誤、今定爲紡絲也三字句、乃今人常語耳。凡不必以他字爲訓者,其例如此。」

(六)渾言不分析言有別:

《說文》:「蚰、蟲之總名也。」段注:「蟲下曰:有足謂之蟲、無足謂之豸。析言之耳。渾言之則無足亦蟲也。」

(七)今字釋古字:

《說文》:「突、淡也。」段注:「此以今字釋古字也。突淡古今字,篆作突淡、隷變作罙深。水部深下但云水名、不言淺之反,是知古深淺字作罙、深行而罙廢矣,有穴而後有淺深、故字从穴、《毛詩》「罙入其阻」《傳》曰:「罙、深也。」此罙字見六經者,毛公以今字釋古字,而許襲之、此罙之音義源流也。」

(八)引經傳爲訓:

《說文》:「輔、《春秋傳》曰:輔車相依。」段注:「凡許書不言其義,徑舉經傳者,如肝下云:詞之肝矣。鶴下云:鶴鳴九皋、聲聞于天。䏰下云:色䏰如也。絢下云:詩云素以爲絢兮之類是也。此

引《春秋傳》僖公五年文。不言輔義者，義已具於傳文矣。」

（九）采異說爲訓：

《說文》：「社、地主也，从示士。《春秋傳》曰：共工之子句龍爲社神。《周禮》二十五家爲社，各樹其土所宜木。」段注：「許既从今《孝經》說矣，又引古左氏說者，此與心字云土藏也、象形。博士說以爲火藏一例，存異說也。」

（十）析本字爲訓：

《說文》：「叛、半反也。」段注：「反、覆也。反者叛之全，叛者反之半，以半反釋叛、如以是少釋尟。」

己、取材之條例

（一）字體不一擇善而從：

《說文》：「僲、長生僲去，从人䙴、䙴亦聲。」段注：「按上文偓佺、仙人也。字作仙、蓋後人改之。釋名曰：老而不死曰仙，仙、遷也、遷入山也。故其制字人旁作山也。成國字體，與許不同，因此字漢末字體不一，許擇善而從也。」

（二）尊經尊古文：

《說文》：「嬖、治也。从辟、乂聲。虞書曰：有能俾嬖。」段注：「今嬖作乂、蓋亦自孔安國以今字讀之已然矣。計辟嬖字、秦漢不行，小篆不用，倉頡等篇不取，而許獨存之者，尊古文經也、尊古文也、凡尊經尊古文之例視此。」

（三）法後王尊漢制：

《說文》一部弍古文一下段注云：「此書法後王尊漢制，以小篆爲質，而兼錄古文籀文，所謂今敘篆文，合以古籀也。」

（四）敘篆文合古籀：

　　《說文》敍云：「今敍篆文、合以古籀。」段注云：「許重復古，而其體例不先古文籀文者、欲人由近古以攷古也，小篆因古籀而不變者多，故先篆文正所以說古籀也、隸書則去古籀遠，難以推尋，故必先小篆也。」

(五)仿古文制小篆:

　　《說文》：「革、獸皮治去其毛曰革、革、更也。象古文革之形。」段注：「凡字有依做古文製爲小篆，非許言之，猝不得其於六書居何等者，如革曰象古文革之形，弟曰从古文之象，民曰从古文之象，酉曰象古文酉之形是也。」

(六)形同義異不嫌複見:

　　《說文》：「嫡、順也。从女、啻聲。《詩》曰：婉兮嫡兮。變籀文嫡。」段注：「宋本如此，趙本毛本刪之，因下文有嫠慕也，不應複出，不知小篆之變爲今戀字訓慕，籀文之變爲小篆之嫡、訓順，形同義異，不嫌複見也。」

(七)或字不能悉載:

　　《說文》：「璊、玉䞓經色也。从王、㒼聲。禾之赤苗謂之虋、言璊玉色似之。」段注：「各本从木作樠，今依《毛詩釋文》，宋槧虋卽艸部虋字之或體，艸部不言或作稁而此見之，亦可見或字不能悉載。」至於所以不能悉載之故。其故有二：字書因時而作，或體字尙未通行，欲兼顧實良難。段氏注厎字云：「凡字書因時而作，故《說文》厎，《字林》作峙，《說文》只有殷、《字林》有隲。」或雖有其字而無部首以隸屬之亦不錄。段氏於翳下注云：「許無鷎字者、無每部，亦無縣部，無所入也。」

庚、引經之條例

（一）引經之目的：

《說文》：「麗、艸木生箸土，从艸、麗聲。《易》曰：百穀艸木麗於地。」段注：「此引《易‧象傳》、說从艸麗之意也。凡引經傳，有證字義者、有證字形者、有證字音者。」

（二）引經以證字形：

《說文》：「蘇、艸盛皃。从艸、絲聲。《夏書》曰：厥艸惟絲。」段注：「馬融注《尚書》曰：絲、抽也。故合艸絲爲蘇、此許君引〈禹貢〉，明从艸絲會意之怡，引經說字形之例，始見於此。」

（三）引經以證字音：

《說文》：「玤、石之次玉者、目爲系璧、从王丰聲。讀若《詩》曰瓜瓞菶菶。一曰若盒蚌。」段注：「〈大雅‧生民〉文，此引經說字音也。」

（四）引經以證字義：

《說文》：「蘸、艸皃。从艸、歆聲。《周禮》曰：穀獘不蘸。」段注：「凡許君引經傳，有證本義者，如薇薇山川是、有證假借者，如穀獘不蘸是也。」

三、黃侃研究《說文》之條例

蘄春黃季剛先生受業於餘杭章太炎之門，於文字音韻最爲精詣，於《廣韻》固韋編三絕，日必數檢。於《說文》一書亦勤於檢校，窮其義蘊。余嘗見本師瑞安林先生景伊過錄黃君手批《說文》，朱墨爛然、密如蟻行。其用功之勤，實後人莫及也。惜年方五十，竟告棄世。本師林先生嘗就親炙於先生者，演爲研究條例二二條。林先生曰：「黃先生研究《說文》之條例乃黃先生傳授《說文》時所講解者，

尹爲之歸納整理,以爲本人研究之途徑,並非黃先生之原文,黃先生亦未有此類條例發表,至於若干引證說明,亦非全部爲黃先生所舉證,乃尹據其條例舉例以明其有徵者,故特附說明。」新雄謹按:下列二二條黃先生研究《說文》之條例,乃余受之於林先生者,全部精義之闡發皆應歸之於本師林先生。若記載之疏漏、書寫之訛謬、例證之未瞻者,則新雄之咎也。

甲、文字古簡今繁,故研究《說文》,必須明其字義,求其語根,初文五百,秦篆三千,許氏所載,乃幾盈萬,文字旣由簡而繁,聲韻訓詁,亦莫不然。蓋文字之增加而繁複,亦勢使然也。故知繁由簡出,則簡可統繁,簡旣孳繁,則繁必歸簡,明至繁之字義,求至簡之語根,文字語言訓詁之根本胥在是矣。

乙、不可分析之形體謂之文, 可分析之形體謂之字, 字必統於文, 故語根必爲象形指事之文。

丙、文字之基,在於語言,文字之始,則爲指事、象形,指事象形旣爲語根,故意同之字,卽形不同者,其音亦必相同。例如《說文》:才、艸木之初也。昨哉切,從母咍部〔dzʻə〕新雄謹案古聲母以黃氏十九紐爲準,古韻部以黃氏晚年三十部爲準,至於擬音,暫從拙著《古音學發微》。戈、傷也。從戈才聲。祖才切,精母咍部〔tsə〕、烖、天火曰烖。從火戈聲。祖才切, 精母咍部〔tsə〕、訧、故國在陳留。從邑戈聲。作代切〔tsə〕、裁、製衣也。昨哉切, 從母咍部〔dzʻə〕、胾、大臠也。從肉戈聲。側吏切, 精母咍部〔tsjə〕、載、乘也。從車戈聲。作代切, 精母咍部〔tsə〕、飺、設飪也。從飤食、才聲。作代切, 精母咍部〔tsə〕、栽、築牆長版也。從木戈聲。將來切, 精母咍部〔tsə〕、材、木梃也。從木才聲。昨哉切, 從母咍部〔dzʻə〕、麧、餅鎚也。從麥才聲。昨哉切, 從母咍部〔dzʻə〕、財、人所寶也。從貝才聲。昨哉切, 從

母哈部〔dzʻə〕、哉、言之閒也。从口𢦏聲。將來切，精母哈部〔tsə〕。

丁、凡形聲字之正例，必兼會意。

王筠《說文釋例》曰：「聲者造字之本也，用字之極也，其始也呼爲天地，卽造天地字，呼爲人物，卽造人物字，以寄其聲，是聲者造字之本也。及其後也，有是聲卽以聲配形而爲之，形聲一門所以廣也。綜四方之異，極古今之變，則轉注所以分著其聲也。無其字而取同音字以表之，卽有其字，取同聲之字以通之，則假借所以薈萃其聲也。是聲者用字之法也。」案王氏之說聲爲造字之本，聲爲用字之極，於文字之學，實能得其竅要，而聲在文字上之發展，全在形聲字之廣，至於若干轉注與假借字，亦往往因形聲字而溝通，象形指事字亦因形聲字之發展而重造，故後人不能深明形聲字之作用者，每多與轉注假借相混也。

戊、凡形聲字無義可說者，可以假借義說之。

《說文》：禧、禮吉也。从示喜聲。禛、以眞受福也。从示眞聲。禧、禛二字聲皆兼義。但祿訓福而从彔聲、彔無福意，葢鹿之假借也。葢上古之時、畋獵爲生，鹿肉美而性馴，行獵而遇鹿則爲福矣。其字本當作禭，从鹿作禭亦猶从羊作祥。造字者借彔爲鹿、遂書作祿矣。《說文》从鹿之字多或从彔。例如：麓、守山林吏也。从林鹿聲。古文从彔作𣏲。漉、浚也。从水鹿聲。或从彔作淥。睩、目睞謹也。从目彔聲。讀若鹿。皆其證也。

己、凡形聲字以聲命名者，僅取其聲。

如鴛鴦、雞、鴨之類。章太炎先生云以音爲表、惟鳥爲衆是也。

庚、《說文》內有無聲之字，有有聲之字，無聲字者指事象形會意也。有聲字者，形聲字是也。無聲字可依其說解而尋其語根，有聲

字者，可依其聲母而辨其體系。

　　若天顛也、日實也、月闕也、馬武也、水準也、火燬也、門聞也、戶護也之類皆可由其説解而推求其語根。有聲字可就其聲以推語根，若倫、論、淪、綸、輪等字皆从侖得聲，則侖卽其語根也。

　　辛、形聲字有聲母有聲子，聲子必从其母之音，聲母或尙有聲母者，必推至於無聲而後已。故研究形體，必須由上而下，以簡馭繁，追究聲音，必須由下而上，由繁溯簡也。

　　壬、形聲字有與所从聲母聲韻畢異者，非形聲字自失其例，乃無聲字多音之故。

　　形聲字聲母與聲子之關係，計有下列數類：（一）聲韻畢同。（二）韻同聲異。（三）聲同韻異。（四）四聲之異。（五）聲韻畢異。段玉裁氏於聲韻畢異之形聲字，因與其古十七部諧聲表不合，故每有擅改《説文》者，段氏古韻十七部支脂之分用，而《説文》諧聲多有混者，此則無聲字多音之故也。例如：妃、匹也。从女己。段注云：「各本下有聲字，今刪。此會意字，以女儷己也。芳非切，十五部。」蓋段氏十七部諧聲表，己聲在一部、妃在十五部，故段以爲己非聲，而改作女己會意。斯、析也。从斤其聲。段注：「其聲未聞，斯字自三百篇及《唐韻》在支部無誤，而其聲在之部，斷非聲也。息移切、十六部。」弁、五指弁也。从又一聲。段注：「聲疑衍，一謂所弁也。呂戌切、十五部。」配、酒色也。从酉己聲。段注：「己非聲也，當本是妃省聲，故叚爲妃字，又別其音，妃平配去，滂佩切，十五部。」黃先生以爲凡若此類，並非形聲字自破其例，乃無聲字多音之故，蓋字非一時一地之人所造，故同形體符號，往往因時空人之關係而代表不同之意義，因之乃有不同之聲音。《説文》中已明舉無聲字多音者亦甚多。例如：

丨、下上通也。引而上行讀若囟，引而下行讀若退。

屮、艸木初生也。象丨出形有枝莖也。古文或以爲艸字、讀若徹。

皀、穀之馨香也。象嘉穀在裹中之形，匕所以扱之。或說：皀一粒也。又讀若香。鵖、貶鵖也。从鳥皀聲。彼及切。幫母合部〔pjəp〕。鄉、國離邑，民所封鄉，嗇夫別治。从邑、皀聲。許良切、曉母唐部〔xjɑŋ〕。鵖鄉同从皀聲，而音讀不同者，正以皀原有二音也。

無聲字多音，雖前人間有言及者，卻爲黃季剛先生所發明，無聲字多音亦爲黃先生所定名。

癸、以無聲字多音，故形聲字聲子與聲母之關係，凡有二例：一則以同聲母者讀爲一音，一則聲母有讀如某一聲子之本音。

第一例卽今日讀之其聲子與聲母之音，完全相同，或因聲韻之轉變，尚爲雙聲或叠韻者。例如：禮从豊聲、禎从眞聲、襧从類聲、祥从羊聲、期从其聲。

第二例卽今日讀之，聲母與聲子之聲韻完全不同，實則先有聲子之本音，造字時取一與此聲子本音相同之無聲字作爲聲母（音符），此一無聲字在當時兼有數音，其中之某一音，正與聲子之本音相符合，故聲子與聲母亦爲同音，其後無聲字漸失多音之道，於是此一聲子所從之聲母，再不復有此聲子本音相同之音讀，故聲韻全異，乃滋後人疑惑也。

子、言形體先由母而至子，言聲韻則由子而至母。史有吏聲，故吏可从史，方有旁聲，故旁可從方，子有李聲，故李可從子，因此可明瞭聲母多音，亦卽無聲字多音，此在文字學上爲形體關鍵之處。例如：

一、惟初太極，道立於一，造分天地，化成萬物。於悉切，影母

屑部〔ʔjæt〕。聿、所以書也。楚謂之聿，吳謂之不律，燕謂之弗。從聿一聲。余律切，定母沒部〔djuɛt〕。⺕、五指⺕也。從又一聲。呂戌切，來母沒部〔ljuɛt〕。律、均布也。從彳聿聲。呂戌切、來母沒部〔ljuɛt〕。戌、威也。從戊一、一亦聲。辛聿切、心母曷部〔sjuat〕。

廿、二十幷也。人汁切、泥母合部〔njəp〕。竊、盜自中出曰竊。從穴米、离廿皆聲也。廿古文疾、离偰字也。千結切、清母曷部〔tsʻjat〕。疾、病也。從疒矢聲。𤕫、籀文疾、廿、古文。秦悉切，從母屑部〔dzʻjæt〕。

丑、凡《說文》中重文或形聲字中重文聲母，今讀之雖與本字聲母之音義或有差異者，在古人讀之音必相同、義亦可通。

逖、遠也。從辵狄聲。逷、古文逖。墣、凷也。從土業聲。圤、墣或從卜。球、玉也。從玉求聲。璆、球或從翏。稑、疾孰也。從禾坴聲。稑、或作穆。柄、柯也。從木丙聲。棅或從秉。簏、竹高匧也。從竹鹿聲。箓、或從彔。麓、守山林吏也。從林鹿聲。菉古文從彔。漉、浚也。從水鹿聲。渌或從彔。飽、猒也。從食包聲。䬫、古文飽從孚聲。䬬、亦古文飽、從卯聲。觵、兕牛角可以飲者也。從角、黃聲。觥、俗觵從光。纊、絮也。從糸、廣聲。纩、或從光。

寅、凡《說文》讀若之字，必與本字同音，其義亦可通假，欲知形聲字假借之關鍵及古音通轉之體系，不可不詳明其例而悟其理。

例一：

祘、明視以筭之。從二示。讀若筭。蘇貫切，心母寒部〔suan〕。算、數也。從竹具。讀若筭。穌管切，心母寒部〔suan〕。筭、長六寸所以計厤數者。從竹弄。穌管切，心母寒部〔suan〕。祘讀若筭、算亦讀若筭、故祘算通。

例二：

瓀、玉也。从王夒聲。讀若柔。耳尤切，泥母蕭部〔njɔ〕。柔、木曲直也。从木矛聲。耳由切，泥母蕭部〔njɔ〕。夒、貪獸也。一曰母猴，似人、从頁、巳止夊其手足。奴刀切，泥母蕭部〔nɔ〕。

例三：

殳、鳥之短羽飛几几也。象形。讀若殊。市朱切，定母侯部〔dʻjɔ〕。殳、目杖殊人也。从又殳聲。市朱切，定母侯部〔dʻjɔ〕。殊、死也。从歺朱聲。市朱切，定母侯部〔dʻjɔ〕。娛、好也。从女殳聲。昌朱切，透母侯部〔tʻjɔ〕。姝、好也。从女朱聲。昌朱切，透母侯部〔tʻjɔ〕。

卯、《說文》中有一字讀若數字之音，此即無聲字多音之故。例如《說文》妃、匹也。从女己聲。芳非切。滂母灰部〔pʻjuɛ〕。配、酒色也。从酉己聲。滂佩切，滂母灰部〔pʻjuɛ〕。然己居擬切，見母咍部〔kjə〕。清儒既言同諧聲必同部，而妃配與己古韻部不同者，乃無聲字多音之故也。葢己字除己之本音外，尚有妃配等字之音。無聲字多音乃黃季剛先生之創見。所謂無聲字多音乃同一形體（符號），各地之人取象不一，故意義有殊，聲音不同。例如：｜、下上通也。引而上行讀若囟，引而下行讀若退。㢴、舌皃。从谷省象形。讀若三年導服之導、一曰竹上皮、讀若沾、一曰讀若誓。皀、穀之馨香也。又讀若香。《說文》鄉从𡟔皀聲。許良切，曉母唐部〔xjɑŋ〕。䳑从鳥皀聲。彼及切，幫母合部〔pjəp〕。鄉䳑同从皀聲，而古音不同者，以皀原有二音故也。此皀字若許君未收又讀若香一音，則勢必如妃配从己聲之使人疑也。

辰、《說文》中讀若之字，必與本字同音，與本字之聲母同音，其有與本字同音，而與本字之聲母異音者，則讀若之字與本字之聲母必皆另有他音，在他音亦必相同，此亦無聲字多音之證。

例如：瓅、玉也。从王鬲聲。讀若鬲。郎擊切，來母錫部〔liek〕。鬲、鼎屬也。郎擊切，來母錫部〔liek〕。鬲、相擊中也。古歷切，見母錫部〔kiek〕。虩、虎聲也。从虎鬲聲。讀若隔。古覈切，見母錫部〔kiek〕。隔、塞也。从𨸏鬲聲。古覈切，見母錫部〔kiek〕。擊、攴也。从手鬲聲。古歷切，見母錫部〔kiek〕。

巳、六書中最難解者莫如假借，許氏《說文》謂本無其字，依聲託事，此叚借之正例也。亦有本有其字而互相通叚者，要皆不離聲韻之關係。

例如：洒、滌也。从水西聲。古文以爲灑埽字。按假借多叠韻或雙聲也。《說文解字》段玉裁注言假借之變，博綜古今，共有三變。假借之始，本無其字，及其後也，旣有字矣而多爲叚借，又其後也，後代譌字亦得冒爲假借。

午、假借之道，大別有二，一曰有義之假借，二曰無義之假借，有義之假借，聲相同義相近也。無義之假借者，聲相同取聲以爲義也。故形聲字同聲母者，每每假借，進而言之，凡同音之字皆可假借。

無義之假借無固定之字，只求音同。例如：爾、尔、你、女、汝、乃、而、若皆是也。你字古無其字。

未、班固謂假借爲造字之本，此葢形聲字聲與義定相應，而形聲字有無義可說者，卽假借之故也。^(參見
戌條)

例如：丕、大也。从一不聲。按不爲鳥飛不下來、丕有大意、不無大意，然不字雖無大意，不聲則有大意，葢不聲與旁薄音近，借不爲旁薄字，故丕訓大。

申、《說文》之字有本有聲而不言聲者，此於無聲字中可以明之。如道从辵从首、實首聲也。皆从比从白、實比聲也。差从左从𠂹、實𠂹聲也。輔从車從付、實付聲也。馗从九从首、實九聲也。鏦从金从

猷、實猷聲也。逑从辵从坴、實坴聲也。位从人从立、實立聲也。(此
舉大小徐皆不言聲者，若大徐言聲，小徐不言，或小徐言聲，大徐不
言，不在此例)。

道、所行道也。从辵首。段注「首亦聲」。徒浩切，定母蕭部
〔d'o〕。首、古文𦣻也。𦣻、頭也。象形。書九切，透母蕭部〔t'jo〕。
皆、俱詞也。从比从白。古諧切，見母灰部〔keæ〕。比、密也。二
人爲从，反从爲比。毗二切，並母灰部〔b'jæ〕。𡕥、貳也。左不相
值也。从左𠂢。初牙切，清母歌部〔ts'ea〕。𠂢、艸木華葉𠂢。象形。
是爲切，定母歌部〔d'jua〕。駙、反推車令有所付也。从車付。讀若
茸。而隴切，泥母東部〔njɔŋ〕。付、予也。从寸持物曰對人。方遇
切，幫母侯部〔pjɔ〕。馗、九達道也。似龜背故謂之馗。从九首。
逵、馗或从辵坴。馗、高也。故从坴。段注:「九亦聲。」又云:「坴
亦聲」。渠追切，匣母蕭部〔ɣjo〕。九、易之變也。舉有切，見母蕭
部〔kjɔ〕。坴、土𡉺坴坴也。从土㭬聲。讀若速。一曰:坴、梁地。
力竹切，來母蕭部〔ljok〕。轙、車衡載鑾者。从車義聲。轙、或从金
獻。段注:「獻聲與義聲合音最近。」魚綺切。疑母歌部〔ŋja〕。獻、
宗廟犬名羹獻犬肥者以獻。从犬鬳聲。許建切，曉母寒部〔xjan〕。
位、列中庭之左右謂之位，从人立。段注:「古者立位同字」于備切，
匣母沒部〔ɣjuɐt〕。立、偭也。从大在一之上。力入切，來母合部
〔ljəp〕。麗、旅行也。从鹿丽。待、待也。从人待。軷、車迹也。
从車從省。以上三例，則大小徐爲會意而段玉裁改爲亦聲者，或大小
徐爲形聲而段氏改爲會意者。

酉、《說文》之字本有聲，而得聲之後，其音轉變，因而不言聲。
如天从大實大聲，熏从黑實黑聲，亼从入實入聲，悉从心實心聲，內
从入實入聲。皆有線索可尋，觸類旁推，可以悉明。

按會意字雖形與形相益而成，似無關聲理，然先有語根而後有文字，字據語根而造，故盡可能利用能表達意義之語根爲其構形。天、顚也。至高無上。从一大。他前切，透母先部〔t'iæn〕。大、天大地大人亦大焉。象人形。徒蓋切，定母曷部〔d'ât〕。熏、火煙上出也。从屮从黑。屮黑熏象。許云切，曉母魂部〔xjuɛn〕。黑、北方色也。火所熏之色也。从炎上出囧。呼北切，曉母德部〔xək〕。亠、㐱之必然也。从丨八、八象气之分散，入聲。兒氏切，泥母齊部〔njɐ〕。入、內也。象從上俱下也。人汁切，泥母合部〔njəp〕。悉、詳盡也。从心釆。息七切，心母屑部〔sjæt〕。心、人心土臧也。在身之中，象形。息林切，心母覃部〔sjəm〕。思、睿也。从心从囟。息滋切，心母咍部〔sjə〕。囟、頭會匘蓋也。息進切，心母先部〔sjæn〕。內、入也。从门入。奴對切，泥母沒部〔nuɛt〕。

戌、《說文》訓釋，往往取之同音。如天之順顚，知天顚後世音異，古人讀之則不別，吏治人者也。知吏治後世音異，古人讀之則同。自此以下，如帝、諦也，禮、履也，反、覆也，禍、禱也，祫、大合祭先祖親疏遠近也，祀、祭無已也，福、備也，祈、求也，旁、溥也諸文，更不知其數，要之，《說文》說解中字，與聲韻無涉者至尠，此亦可由說解而明語根也。

天、顚也。按天他前切，透紐先部〔t'iæn〕，顚、都年切，端紐先部〔tiæn〕，於古同部位雙聲、疊韻，故爲推因。

吏、治人者也。按吏來紐咍部〔ljə〕、治定紐咍部〔d'jə〕，亦古同部雙聲疊韻爲訓也。此爲義界。

亥、許氏博采通人，其說解多有依據，研求未深，決不可妄加指駁竄改。陽冰二徐，旣多謬誤，炎武博學，亦成鹵莽，蓋形聲義不能貫通，則成妄說，經籍未嘗徧讀，則生妄疑，虛妄之弊，吾人宜自警

惕。

按許君敍云:「今敍篆文，合以古籀，博采通人，至於小大，信而有證，稽譔其說，將以理羣類、解謬誤、曉學者、達神恉，分別部居，不相雜厠也。萬物咸覩，靡不兼載，厥誼不昭，爰明以諭，其偁《易》孟氏、《書》孔氏、《詩》毛氏、《禮》周官、《春秋》左氏、《論語》、《孝經》皆古文也。其於所不知，蓋闕如也。」

(一)李陽冰唐人，《崇文總目》有李陽冰《校定說文》二十卷，今佚。陽冰改定《說文》謬誤之處，見於徐鍇《說文繫傳‧袪妄篇》者有：折𣂪陽冰以折者用手、𣂪者自折。

《說文》：𣂪、斷也。从斤斷艸。譚長說。𣂪、籀文折从艸在仌中，仌寒故折，折篆文折，从手。

毒、厚也。害人之艸，往往而生，从屮毒聲。李陽冰以爲毒非聲，應从屮母，母出土之盛，从土，土可制毒，非取毒聲。鍇曰：顏師古注《漢書》，毒音𦯈同，是古有此音，豈得非聲，母何得爲出土之盛，方說毒而言土可制毒爲不類矣。

(二)徐鉉南唐人，後入宋，鉉所校定《說文》今尙存，卽所謂大徐本《說文》也。錢大昕謂其對於形聲相從之意，未能悉通，妄加竄改。《說文》：代、从人弋聲。徒耐切，定母德部〔dʻək〕。徐鉉疑弋非聲，謂代有忒音，不知忒亦从弋聲也。按《說文》忒更也。从心弋聲。他得切，透母德部〔tʻək〕。弋與職切，定母德部〔djək〕。三字音皆相近也。又《說文》絰、喪首戴也。从糸至聲。徒結切，定母屑部〔diæt〕。大徐以爲當從姪省聲。按《說文》姪、女子謂兄弟子也。从女至聲。不知姪亦从至聲也。姪定母屑部〔dʻiæt〕。至端母屑部〔tjæt〕。三字音亦相近也。

(三)徐鍇《說文繫傳》今猶存可見，清盧文弨謂楚金《說文繫

傳》大致傷于冗而且隨文變易，初無一定之說，牽強證引，甚或改竄經典舊文以從之。又其引書，多不契勘，分疏音義，亦有可疑。例如楚金於《說文》元改爲「始也。從一兀。」並云：「元者善之長也，故從一、元、首也。故謂冠爲元服。故从兀、兀、高也。與堯同意，俗本有聲字，妄加之也。」段玉裁嘗駁之云：「徐氏鍇云：不當有聲字，以髡从兀聲，転从元聲例之，徐說非。古音元兀相爲平入也。」

（四）顧炎武清代樸學大師，一反宋元明心性之學，袪其空疏而歸徵實。揭舍經學而無理學之言，欲明經學必先明詁訓，於文字聲韻大有創見。雖博極羣書，倘有懷疑之處，皆非的論。孫星衍及黃季剛先生曾力駁其謬。

《說文》：「郭、齊之郭氏虛。善善不能進、惡惡不能退、是以亡國也。从邑𩫏聲。」

顧氏謂《說文》勦說而失其本旨。孫星衍謂此乃顧氏之誤，許氏之說，盍出于《新序》、述劉向之語，以證其亡國之事也。

《說文》：「弔、問終也。从人弓。古之葬者厚衣之以薪，故人持弓會敺禽也。」弓盍往復弔問之義。

顧氏以爲許君之謬。孫星衍曰：「人持弓會敺禽。此出《吳越春秋》，顧氏未能遠考。」

顧氏又謂《說文》訓參爲商星，此天文之不合者也；訓亳爲京兆杜陵亭，此地理之不合者也。孫星衍曰：「此顧氏尤疏陋。據《說文》，參商爲句，以注字連篆字讀之，下云星也。盍言參商俱星名。《說文》此例甚多，如『偓佺、仙人也。』之類，得讀偓斷句，而以佺仙人解之乎！若亳爲京兆杜陵亭，出〈秦本紀〉，寧公二年，遣兵伐蕩社，三年與亳戰。皇甫謐云：『亳王號湯、西夷之國。』《括地志》云：『按其國在三原始平之界。』《說文》指謂此亳，非《尙書》亳殷

之亳，彼亳作薄字，在偃師。惟杜陵之亳以亭名，而字從高省。此則許叔重《說文解字》必用本義之苦心，顧氏知亳殷之亳，不知亳王之亳，可謂不善讀書，以不狂爲狂矣。」

《說文》：襄、漢令解衣耕謂之襄。从衣𤕦聲。顧氏亦加指責。黃季剛先生曰：襄古文𤗔，實卽農字，農卽男也。故襄字古文有男子之特徵，故謂襄解衣耕也。顧氏未明此字之根本而妄責叔重，此亦顧氏之魯莽也。

原載一九八二年《香港浸會學報》第九卷

滄海叢刊書目 ㈠

— 1 —

自然科學類

異時空裡的知識追求
　　——科學史與科學哲學論文集　　　　　　傅　大　為　著

社會科學類

中國古代游藝史
　　—— 樂舞百戲與社會生活之研究　　　　　李　建　民　著
憲法論叢　　　　　　　　　　　　　　　　鄭　彥　棻　著
憲法論衡　　　　　　　　　　　　　　　　荊　知　仁　著
國家論　　　　　　　　　　　　　　　　　薩　孟　武　譯
中國歷代政治得失　　　　　　　　　　　　錢　　穆　著
先秦政治思想史　　　　　梁啓超原著、賈馥茗標點
當代中國與民主　　　　　　　　　　　　　周　陽　山　著
釣魚政治學　　　　　　　　　　　　　　　鄭　赤　琰　著
政治與文化　　　　　　　　　　　　　　　吳　俊　才　著
中國現代軍事史　　　　　劉　馥著、梅寅生　譯
世界局勢與中國文化　　　　　　　　　　　錢　　穆　著
海峽兩岸社會之比較　　　　　　　　　　　蔡　文　輝　著
印度文化十八篇　　　　　　　　　　　　　糜　文　開　著
美國的公民教育　　　　　　　　　　　　　陳　光　輝　譯
美國社會與美國華僑　　　　　　　　　　　蔡　文　輝　著
文化與教育　　　　　　　　　　　　　　　錢　　穆　著
開放社會的教育　　　　　　　　　　　　　葉　學　志　著
經營力的時代　　　　　　青野豐作著、白龍芽　譯
大眾傳播的挑戰　　　　　　　　　　　　　石　永　貴　著
傳播研究補白　　　　　　　　　　　　　　彭　家　發　著
「時代」的經驗　　　　　　　　　汪琪、彭家發　著
書法心理學　　　　　　　　　　　　　　　高　尚　仁　著
清代科舉　　　　　　　　　　　　　　　　劉　兆　璸　著
排外與中國政治　　　　　　　　　　　　　廖　光　生　著
中國文化路向問題的新檢討　　　　　　　　勞　思　光　著
立足臺灣，關懷大陸　　　　　　　　　　　韋　政　通　著
開放的多元化社會　　　　　　　　　　　　楊　國　樞　著
臺灣人口與社會發展　　　　　　　　　　　李　文　朗　著
日本社會的結構　　　　　　福武直原著、王世雄　譯

— 3 —

| 財經文存 | 王作榮 著 |
| 財經時論 | 楊道淮 著 |

史地類

古史地理論叢	錢　穆 著
歷史與文化論叢	錢　穆 著
中國史學發微	錢　穆 著
中國歷史研究法	錢　穆 著
中國歷史精神	錢　穆 著
憂患與史學	杜維運 著
與西方史家論中國史學	杜維運 著
清代史學與史家	杜維運 著
中西古代史學比較	杜維運 著
歷史與人物	吳相湘 著
共產國際與中國革命	郭恒鈺 著
抗日戰史論集	劉鳳翰 著
盧溝橋事變	李雲漢 著
歷史講演集	張玉法 著
老臺灣	陳冠學 著
臺灣史與臺灣人	王曉波 著
變調的馬賽曲	蔡百銓 譯
黃　帝	錢　穆 著
孔子傳	錢　穆 著
宋儒風範	董金裕 著
增訂弘一大師年譜	林子青 著
精忠岳飛傳	李　安 著
唐玄奘三藏傳史彙編	釋光中 編
一顆永不殞落的巨星	釋光中 著
新亞遺鐸	錢　穆 著
困勉強狷八十年	陶百川 著
我的創造・倡建與服務	陳立夫 著
我生之旅	方　治 著

語文類

| 文學與音律 | 謝雲飛 著 |
| 中國文字學 | 潘重規 著 |

— 4 —

文學之旅　　　　　蕭傳文　著
文學邊緣　　　　　周玉山　著
文學徘徊　　　　　周玉山　著
種子落地　　　　　葉海煙　著
向未來交卷　　　　葉海煙　著
不拿耳朵當眼睛　　王讚源　著
古厝懷思　　　　　張文貫　著
材與不材之間　　　王邦雄　著

美術類

音樂人生　　　　　　　　　黃友棣　著
樂圃長春　　　　　　　　　黃友棣　著
樂苑春回　　　　　　　　　黃友棣　著
樂風泱泱　　　　　　　　　黃友棣　著
樂境花開　　　　　　　　　黃友棣　著
音樂伴我遊　　　　　　　　趙　琴　著
談音論樂　　　　　　　　　林聲翕　著
戲劇編寫法　　　　　　　　方　寸　譯
戲劇藝術之發展及其原理　　趙如琳　著
與當代藝術家的對話　　　　葉維廉　著
藝術的興味　　　　　　　　吳道文　著
根源之美　　　　　　　　　莊　申　著
扇子與中國文化　　　　　　莊　申　著
水彩技巧與創作　　　　　　劉其偉　著
繪畫隨筆　　　　　　　　　陳景容　著
素描的技法　　　　　　　　陳景容　著
建築鋼屋架結構設計　　　　王萬載　著
建築基本畫　　　陳榮美、楊麗黛　著
中國的建築藝術　　　　　　張紹載　著
室內環境設計　　　　　　　李　琬　著
雕塑技法　　　　　　　　　何恆雄　著
生命的倒影　　　　　　　　侯淑姿　著
文物之美——與專業攝影技術　林傑人　著